2024中国年选系列

2024年

中国中篇小说精选

中国作协创研部　选编

长江出版传媒 | 长江文艺出版社

图书在版编目（CIP）数据

2024 年中国中篇小说精选 / 中国作协创研部选编.
武汉 ： 长江文艺出版社, 2025.1. -- (2024 中国年选系列). -- ISBN 978-7-5702-3869-9

Ⅰ. I247.5

中国国家版本馆 CIP 数据核字第 2024T6Y136 号

2024 年中国中篇小说精选
2024 NIAN ZHONGGUO ZHONGPIAN XIAOSHUO JINGXUAN

责任编辑：胡金媛　朱嘉蕊　　责任校对：程华清
封面设计：胡冰倩　　责任印制：邱　莉　胡丽平

出版：长江出版传媒　长江文艺出版社
地址：武汉市雄楚大街 268 号　　邮编：430070
发行：长江文艺出版社
http://www.cjlap.com
印刷：中印南方印刷有限公司

开本：680 毫米×980 毫米　1/16　　印张：17
版次：2025 年 1 月第 1 版　　2025 年 1 月第 1 次印刷
字数：270 千字

定价：35.00 元

编选说明

每个年度，文坛上都有数以千万计的各类体裁的新作涌现，云蒸霞蔚，气象万千。它们之中不乏熠熠生辉的精品，然而，时间的波涛不息，倘若不能及时筛选，并通过书籍的形式将其固定下来，这些作品是很容易被新的创作所覆盖和湮没的。观诸现今的出版界，除了长篇小说热之外，专题性的、流派性的选本倒也不少，但这种年度性的关于某一文体的庄重的选本，则甚为罕见。也许这与它的市场效益不太丰厚有关。长江文艺出版社出于繁荣和发展文学事业的目的，不计经济上一时之得失，与我部合作，由我部负责编选，由他们负责出版，向社会、向广大读者隆重推出这一套选本，此举实属难能可贵。

这套丛书的选本包括：中篇小说选、短篇小说选、报告文学选、散文选、诗歌选和随笔选六种。每年一套，准备长期坚持下去。

我们的编辑方针是，力求选出该年度最有代表性的作品，力求选出精品和力作，力求能够反映该年度某个文体领域最主要的创作流派、题材热点、艺术形式上的微妙变化。同时，我们坚持风格、手法、形式、语言的充分多样化，注重作品的创新价值，注重满足广大读者的阅读期待，多选雅俗共赏的佳作。

我们认为，优良的文学选本对创作的示范、引导、推动作用是非常重要的，对读者的潜移默化作用也是十分突出的。除了示范、引导价值，它还具有文学史价值、资料文献价值、培育新人的价值，等等。我们不会忘记许多著名选本对文学发展所起到的巨大作用，我们也希望这套选本能够发挥它应有的作用。

这套书由中国作家协会创作研究部编选，具体的分工是：

中篇小说卷由何向阳、聂梦同志负责；

短篇小说卷由贺嘉钰、贾寒冰同志负责；

报告文学卷由李朝全同志负责；

散文卷由王清辉同志负责；

诗歌卷由李壮同志负责；

随笔卷由纳杨、刘诗宇同志负责。

中国作协创研部

目录

荧　惑

张抗抗

夏天的傍晚，我走出地铁口，穿过一片高楼之间狭窄的阴影。一抹惨淡的晚霞，挂在楼顶一角；黑压压的乌云，从另一边卷过来。狂烈的干热气浪，吸尽了国槐、青杨、元宝枫树干内储存的水分，树叶一片片软软地耷拉下来，好像被抽了筋似的。行道树上热衷于发表意见的蝉，集体沉默寂静无声。它们究竟是呼吸暂停，还是睡着了？无法确定。

正是高峰时段，马路上车流蠕动，却仍然让人觉得城市空空荡荡。蒸腾的热气里，潜藏着一种莫名的不安，唯有路边一排粉红色小花开得正旺。不太确定持续的高温是否意味着副热带高气压带控制，或是即将形成强烈的对流云团。总之，夏季的暴风雨或是台风迟早会来，或许还有洪水。不过这些与我无关，我只关心今天是否会下雨，因为我没带伞。

奄奄一息的街市渐渐复活。走过一个小路口，见路边的夜排档已经开张，一张张白色的塑料小圆桌铺排开去，啤酒、烧鸡、花生米、煮毛豆，烤肉串冒着烟雾，人声喧闹。前几年已经取消了街边烧烤，淄博烧烤火了以后，如今墙边被允许摆摊儿撸串，脏乱差总比关闭的卷帘门好些。然而，落下的卷帘门还是太多了，我知道那里曾是门口排队的奶茶店、挂满衣物的洗衣店、馨香美艳的鲜花店，仿佛一夜间都消失了。

我急急赶路，像风火轮上的哪吒，滑过路边两个衣着亮丽的女孩子。她们是双胞胎吗？大大的眼睛，尖尖的下颌，标准化或是格式化的那种漂亮。金黄色的吊带衫，粉红色的短裤，露出一圈白皙的腰，像两根剥开的彩色雪糕。曾在抖音上瞥过一眼，今年夏季青春装流行色彩鲜艳的“多巴胺”风格，是多巴胺刺激了时装，还是时装刺激了人体的多巴胺？我的目光扫过周围，搜寻那些街拍爱好者，看他们是否藏在树干后头偷拍女生。

也许他们去了时髦的 CBD（中央商务区）？不确定。

走过一家星巴克，大玻璃门正在开合，进进出出的人，拎着黑色的公文包。从大玻璃窗望进去，里面竟然很拥挤，小圆桌旁围着一些男人，埋头在笔记本电脑上，像是有干不完的活儿。有一次我曾问过蕾表姐，他们是在模仿巴黎咖啡馆写作的诗人吗？她摇头：这些人，都是所谓的慢就业者，躲在这里假装业务繁忙。

乌黑的云团卷压过来，似有一股不可阻挡的力，正从天穹深处涌现，像极了如今 ChatGPT（聊天机器人程序）与生成式 AI（人工智能）的奔涌浪潮。云中传来低沉的呼啸，而地面则无声无息。明暗各半的天空，像一块老化的塑料布，在风中被撕扯。那些翻滚的云层，会不会裂成碎片，像雪花一样飘落？

碎片是我们生活的常态，尘土般的微粒是否已填满所有的空间？

我不太确定。大多数情况下，我总是忐忑犹豫。

唯有一件事可以确定：此刻我正去往蕾表姐的公司，每隔几周她会约我在办公室见面。她有一间宽敞明亮的办公室。在那里我不喊她表姐，而是称呼她“蕾总”。

最近我与蕾总“失联”了，无论试图和她语音通话、发语音留言或是发文字信息，微信始终保持静默。蕾表姐一向是个靠谱的人，事无巨细都要操心。唯一的可能是——累病了？她曾透露手头正在操作一个 AI 大项目，有点神秘。

平时我很少与人交往，高中、大学同学和阶段性的同事，走着走着就散了。唯有蕾表姐是一个例外，像一块磁铁吸附着周围的铁钉。我自从“灵活就业”以来，大部分时间都躺在床上或沙发上看书，我原本就是文科生，喜欢历史、文学、哲学书籍和网上的博文，不敢说博览群书，日过几万字稀松平常。看得眼睛酸涩，戴上耳机听音乐，或是刷手机上的快手、抖音。短视频一条条蹦出来，就像西北那种名为“一根面”的面条没完没了，不确定在哪里咬断。偶尔也浏览科普读物，却攒下许多疑问。两年下来，我终于活成了大学时代自己曾经嘲笑过的那种“知道分子”。其实呢，做一个知道分子并不容易，一旦掌握了基本常识，没人再敢忽悠我。在我看来，这个世界所有的一切都是不确定的，不确定肯定是确定的。只是我懒得与人分享。我对自己的懒散懈怠比较了解，但我不想改，也改不了。

一周前蕾表姐曾微我，说这几天让我去一趟她的公司，要和我谈点事儿。我猜想肯定与科技有关。蕾表姐是要给我补课吗？不确定。可以确定科学知识是我的短板。然而一周过去，她好像已经把自己的邀约忘记了？

刚刚我在床上刷手机，一条信息忽然从微信里蹦出来：下午我有点空五点钟你过来——蕾表姐从不使用标点符号。在这个读秒时代，标点符号会影响输入速度，她一直生活在速度里。她的微信头像是一粒暗红的星球，远看像一颗即将成熟的石榴。蕾表姐的微信名叫火星，是去年新改的，我不确定她是否迷上了火星。

蕾表姐从不邀请我去她家聊天，我已经很多年没见到那个表姐夫了。我也不愿让她来我家，我的小房间太脏太乱，仅有的一把椅子嘎嘎作响。再说，父亲如果知道蕾表姐来了，会抓着她讨论数学的圆周率是否能被除尽，说个没完。

20 年前，我小学还没毕业，蕾表姐已是当年本市的高考状元之一，考入国内一家名牌理工大学。本科毕业后拿全额奖学金去美国麻省理工学院硕博连读，又去硅谷打拼了几年，然后成为“海归”。她学的是自动化专业，一起步就在科技应用领域的前沿。她十年前回国，开了一家小公司，代理国外的几款先进软件，销售业绩相当不错，一年后就开上了奔驰车。没过几年，蕾表姐的公司扩大了规模，公司董事长是蕾表姐的富婆闺密，玩了一把风投，就把公司丢给她，不过问具体业务。蕾表姐找来一些“有情怀”或是怀有各种动机的人，成为她的股东与合作伙伴。蕾表姐担任总经理后，公司的发展速度变成了百米跨栏赛，她说一口流利的美式英语，一年出差好几趟，去硅谷或是以色列，就像去逛商场。但她恰恰很少逛街。你看她平时走路的姿势，像极了一头昂扬的长颈鹿……以上这些都是听我妈妈说的，她认为蕾蕾是我家堂表兄弟姐妹中的榜样，让我向她好好学习，所以从小我就躲着她，避免作为一种优劣的对照物。我一直等到大学毕业参加工作以后，经历了多任废物老板，才发现蕾表姐每次的重大决策都比别人快一步。不过蕾表姐仍然和表姐夫住在结婚时的房子里，除了那辆开了多年的奔驰。她好像永远没钱，因为她把所有赚的钱都用来投资了。

我看一眼手机时间，已经 4 点多了。我在手机上双手击键：好的，马上！

我看见自己的头像飞速弹了出去，一座火星探测器瞬间在火星上降落。这是蕾表姐替我设置的。可以确定，她痴迷于所有的电子设备。我一边跑下楼梯一边猜想：她究竟找我干吗呢？她明明有助理，总不至于让我帮她去小店铺修拉链吧？蕾表姐善于处理公司的一切事务，就是不擅家事。我妈妈曾用不屑的口吻做出评价：你表姐啥都好，就是少了烟火味儿；她没当过妈，缺点妈味儿！

我和蕾表姐似乎处于地球的南极与北极，我是浮在冰面上陷入沉思状态的北极熊，她是小步快跑风雪无阻的企鹅——虽然外观都是白色，但企鹅有翅膀，北极熊没有。

进了那家外观一般般的写字楼，上电梯到 9 楼，拐弯就是蕾总的办公室。门敞开着，几个中年男子，在沙发上围了一圈，耷拉着头。有人提高了嗓门，分明在气恼中，气氛有些紧张。我进也不是，走也不是，只好站在门边发愣。顺便环顾了一眼蕾总的办公室，发现原来墙上的一幅图片不见了，换上了一面大屏幕，正对着蕾总的办公桌，蛮有气派。窗台上摆了一盆新鲜的绿植，也许是绿萝，也许是文竹，不确定。反正过不了多久，它们都会枯萎下去，因为她经常出差，就连仙人掌都养不活。

蕾总坐在靠窗的办公椅上，正低头看手表。她喜欢用腕表确认钟点，而不是用手机。通常她戴一块银色的欧米茄坤表，白色的表带，把时间分分秒秒绑在自己手腕上。镜片下的每一瞥，时针都不可能从她指尖溜走。每次看到她的手表，我都会想起达利那幅《记忆的永恒》：扭曲软化的钟表，悬挂在荒原上，变形的时间软塌塌地流下来。有一次我用不屑的口吻说：手机早已成了身体的一个器官，如今谁还看手表呢？表姐坚决反驳：你看，每次还要点亮手机屏保，最快也得 10 秒钟。手表呢？一抬手即刻而知。她看了一眼手表，意识到回答我这句话用去了 10 秒，显然有点心疼。

旁听一会儿，我大概明白了，在座的都是智汇公司的小股东，前来兴师问罪、抱怨责问、施加压力，顺便讨个说法。大致内容如下：

……如今人工智能闹翻天了，上半年还在说元宇宙、元宇宙元年，下半年又来了一个 AI，就是那个 ChatG……GTP，哦，不对，是 GPT（读起来有点费劲，打了磕巴），蕾总曾在股东大会上讲解过，我还是没太听懂。据说这个东西无所不能，将来会计、律师、医生、建筑师那些岗位都要被它取代。那么，难道连我们都要失业了吗？据说这种ChatGPT还有自我学习功能，可以代替人脑思考，那么，将来中学和大学统统都可以关门了？智汇公司热心投资ChatGPT大模型，但是上半年已经过去，公司的财报还没出来，只好登门拜访。你一再说智汇公司会有效益，可我投了上百万，三年过去，公司一分钱分红都没有。去年底公司的财报利润是零，今年已经过半，弄不好还是一个0？你得给我们说清楚了，这种所谓最先进的AI大模型，可有靠谱的盈利模式？哪天才会盈利？

蕾总无动于衷地倾听完毕，快速回应：

“你们说得没错，公司去年利润是0。你们做好思想准备，今年公司的利润可能还是0，甚至负数。ChatGPT为啥又叫大模型？它由海量的数据训练而成，用来生成无限量的新知识。数据也称语料，需要进行人工采集输入，所以才叫人工智能。智能机器人进步的速度太快了，甚至超过了人类的预期。你们只知道微软、谷歌、英伟达，但你们听说过今年开始的国内百模大战还有七国争雄吗？AI行业正在加速洗牌，进入了ChatGPT的激烈竞争的时代，赛道已经响了发令枪声，已经有几十家公司得到了备案许可……”

有人嗫嚅：“听说过百模。那都是国内顶级大公司，我们顶多给人做配件……”

蕾总立马振奋了，镜片后面的眼睛像是刚刚充过电……

大公司都是小公司发展来的。我负责地告诉大家，智汇公司的几个项目，已经排进了GPT行业的排行榜。今年的0，不等于去年的0，我们的努力是有成效的。一旦获得了那个关键的1，前面所有的0，都可以无限增值！

众人哑然。

蕾总终于看见我了，她指了指门边的一把折叠椅，示意我坐下。

现在我给大家演示一下。蕾总把桌上的笔记本电脑转了90度角，我赶紧站起来，走过去歪着脑袋看屏幕。她一边移动着无线鼠标一边说：你们看仔细了，这是一种GPT生成软件，最简单的那种。我输入“流水”“小桥”“芳草”“鲜花”几个英文单词，然后让它开始工作——

瞬间，屏幕上出现了一幅色彩鲜艳的图片：绿色的草地、白色的流水、棕色的木桥、紫色的藤萝花，结构错落有致、画面完整，带有西洋油画风格。

再轻轻动了一下鼠标，画面变成了黑白色的水墨画。

你们有谁向它提问吗？无论什么问题它都能回答。

那些人想了想，一个头发谢顶的男人问：

智汇公司什么时候能盈利？

蕾总把它译成了英文。

GPT 回答（英文）：“当它的智慧被运用在最恰当的地方。”

众人相互交流了惊诧的眼神。又有人问：“你到底是人，还是机器？”

GPT 回答：“很快会诞生仿真机器人，但在它拥有自主意识之前，它并不具备真人的属性。”

我一时兴起，凑上去，亲手打了一行字，存心为难它。它很快回答：

“十年前的传统观点认为，人工智能首先会取代体力劳动岗位，然后是知识型劳动岗位，再然后可以做创造性工作。现在看起来，它会以相反的顺序进行。”

你确定吗？——确定！

我不得不承认，这个家伙挺厉害的。

蕾总站起来，微笑着说：“以前的 AI 是‘人工智障’，只能给人类做工具；但是未来呢，说不定人类只能给 AI 做助手了。”

那些股东们沉下脸，显然不愿再和难缠的 GPT 纠缠下去，先后借故离开了。

蕾总把门关上，风轻云淡地丢下一句：“这些人，在背后议论我在“自嗨”自嗨有什么不好呢？我就有这样的自信！总有一天，我要让他们都嗨起来！”

她拿起一个遥控器，把办公室的顶灯、线灯、壁灯全都打开了，雪亮通透的灯光下，蕾表姐像一面发亮的荧光屏站在我面前。她亲自为我冲咖啡，丝毫没有抱怨的意思。

眼前的窗玻璃模糊下来，街市渐渐隐没在昏暗的天幕下。望着窗外，对面的楼群窗户星星点点地亮起了灯光，明亮的窗户与黑暗的天空，被划分成两个不同的场域。那么，对面窗户里的人看过来，这个房间是否像一个小舞台，有一个正在自嗨的身影，跳过商界俗世的藩篱，沉醉于她内心隔绝的空间。这个充满活力的女人，与那些路上匆忙或是悠闲的行人，有关系吗？不确定。

蕾表姐说她这里只有速溶雀巢，没有卡布奇诺。

她知道我喜欢卡布奇诺，那层厚厚的泡沫，可以把嘴巴藏在里面。

未未，你知道我最近在想些什么？她叫我的名字，听起来就像是“喂喂”！我觉得“喂喂”不错，模糊的、虚空的，没有所指，就像本人的一个代码。

不清楚，我没有特异功能，蕾总。在老板面前，必须谦虚谨慎。

我告诉你啊，我的脑子里总有一串串问号盘旋，像一架架无人机。

无人机？它们飞去哪里？

它们载着许多问号，飞着飞着就不见了，或许飞向了未知的未来。

未来？我斗胆反问，未来太奢侈了，那是埃隆·马斯克才关心的事情。你的公司目前最需要创造利润……

目光短浅！蕾表姐打断我，语速加快，我听见了未来的敲门声，不不，没有敲门声，是电子锁无声解码，这个世界将会发生彻底改变人类古文明直到现代文明几万年的大变局！也许是第四次工业革命。但是并没有太多人意识到机会或是危机的来临，去思考人类如何应对变革！刚才那些股东们，总对新事物抱怀疑态度，缺乏远见，而今天这个时代，更需要科技头脑的超前目光……

她苍白的脸浮起一层红晕，像是被自己感染了。

哎，未未你说，十年、二十年以后，这个世界会是什么样？

这个问题很难回答。以目前这般神速，十年后的世界基本是科幻了。

想起几个月以前，有一次蕾表姐忽然微我，让我到她公司去一趟。我猜测除去小铺子修鞋子，也许会有其他不寻常的事情发生。

蕾总的办公室，靠窗一张老板桌，几乎有一张小床那么大，上面是电脑、文件，堆满了电子产品。靠墙还有一排长长的铁柜子，锁着什么样的秘密？她把桌上的一个纸盒打开，拿出一个奇怪的东西：黑色的环形圈圈，像一只头盔或是紧箍咒。前面有一副凸起的眼镜，像以前看立体电影的那种 3D 眼镜，更像是一条盘起来的眼镜蛇。不太确定。还有两只无线的白色“吊环”分别抓在手里，那是遥控器。蕾总口令：把它戴上！我就乖乖戴上了。蕾总指示：把按钮打开！我就打开了。蕾总问：你看到前面的小屏幕没？看见了看见了！点击你喜欢的那个屏幕。我就伸出食指，点击了一个闪亮的“多巴胺”屏幕。屏幕瞬间放大，出现了一片深蓝色的海水，五颜六色的海滩，一些穿着比基尼的女孩子在走来走去，或者躺着晒太阳。她们距我那么近，我看见她们丰满的胸脯上滚动着晶莹的水珠，被海水打湿的头发上披一层细沙……

我忍不住伸出手去，试图摸一下其中一个漂亮女孩的头发。

却什么也没有，我的手是空的。空气从我指缝里流过，我什么也没抓住。

她们明明是“活”的人嘛，在我面前蹦蹦跳跳。难道我出现了幻觉？

我又选择了另一个屏幕：一辆红色的跑车飞一样冲我开过来，越来越快，我来不及躲闪，跑车从我身上碾压过去。我尖叫一声，腿脚都断了。我肯定流血了！我摸自己的脚，感觉不到疼痛……

好了好了，停下吧！蕾表姐的声音隔空传来，变了腔调。

我把头盔摘下，眼前的屏幕瞬间全都消失了。这是魔术，还是巫术？它是真的，但又不是真的。我诧异地盯着蕾总，两腿似被施了定身法。“紧箍”在我手里捏出了汗，这条“眼镜蛇”分量很重。

我忽然大喊一声：“传说中的元宇宙游戏吧？三维世界？”

蕾总哈哈大笑：“让你开开眼界！这只是元宇宙游戏的广告片！好玩儿吧？”

早就听说过元宇宙游戏，原来是3D的加强版？不过元宇宙科技含量更高，不需要大屏幕，随时随身戴上“眼镜蛇”就可以呈现了。每一个观众都置身于逼真的环境中，比如大海冲浪、草原骑马、悬崖攀登、珠峰登顶、侠客亮剑、饕餮大餐、降魔、谍战、破案……你可以变身超级大老板住在世上最奢华的别墅里，你可以当上总统走过红地毯，你可以成为超级巨星在演唱会上受到万人欢呼，你可以让身边簇拥着无数的美女……面对元宇宙，你将美梦成真、天下无敌！在这里，你能实现所有的愿望，包括那些隐蔽最深的欲望……有学者认为，元宇宙将建立一种另类的空间感，建立社会新的组织方式以及结构方式，使得社会群体的相互连接成为可能。

但我并不觉得元宇宙游戏有多么诱人，反而产生了一种被欺骗的警觉。我偶尔也在网上浏览最新科技动态，但我对所有的新奇事物，一般都以怀疑开始，以拒绝结束。我用警惕的目光盯着蕾总手里的那个“紧箍”。

她一边拿在手里摆弄，就像在玩着一条被驯服的眼镜蛇，一边说：

未未，这个仅仅是元宇宙的初级阶段，未来的三维仿真游戏，几乎可以满足人的所有愿望。人不再需要努力工作，而是沉迷于元宇宙提供的虚拟幻象之中，自我欺骗、麻醉，为此疯狂，巨大的商业利润绑架高科技产品建立新的商业模式，没有一道法律能够禁止它在未来泛滥成灾。但是，尽管这些产品具有无法估量的商业价值，我的智汇公司目标绝不在此！我有更重要的事情做，是对社会发展进步有重大贡献的那种，而不仅仅只顾自己赚钱。今天让你来体验一下，就想提醒你千万不可沉迷这类游戏……

我连连点头。我一向对游戏很不屑，那是打工者与初中生的娱乐活动。我喜欢刷短视频，短视频涉及的内容太广阔了，那是另一个真实的世界。短短几分钟就可以看到逼真的社会现实还有智者的良心话，讥诮锋利，有声有色，丑陋的和美好的，用碎片填满破碎，用碎片拼接碎片。假若生活中没有短视频，就会像《失明症漫记》描述的那样了。

那一刻蕾总的眼睛像眼镜蛇一样凸起，发出幽绿的亮光：

“不过我反对极端！假如有公司开发出更高级的游戏软件，比如移民火星的元宇宙游戏，那时我愿意戴上这副眼镜去登陆火星！”

回到了眼前的蕾总办公室，我决定实话实说：

“十年、二十年以后无法预料，生活也许会变得美好，也许更糟，不确定。顶级科学家也无法预测未来。我只是有些担忧：假如 ChatGPT 替代了大多数工作岗位，只剩下 2% 的人在创造价值，那么 98% 的人是否就都没有价值了？与此同时，一艘一艘星舰，正在搭载地球精英陆续逃往火星？”

No no no！蕾表姐打断我。她一着急就会使用英语单词，好像这样更有表现力。那不是逃往火星，而是移民火星。平行宇宙中有多少未知的星系呢？或许人类就来自其他被废弃的星球？你若是用未来视野看世界，就知道地球资源终究会被人类用尽，人类必须开辟新的居住地……她不顾及我的感受一口气说下去。

那么人呢？人在哪里？我更关心人的未来！我在心里反驳蕾总。没有人文的科学，科学为谁服务呢？我更想知道人类在毁灭之前，究竟如何生存？就算未来家务全都由智能机器人担负了，比如 ChatGPT 绝顶聪明，能帮人考试考级、给人看病理财翻译、为人做饭洗衣打扫卫生；未来的城市上空，飞翔着地空两用的电力飞行汽车，再也不用担心马路上塞车；家里安装着完美的监控系统，你可以在东半球监测西半球的父母有没有跌倒（最近我老爸已经跌倒了两次，幸好我在家）。那又怎么样？未来人怎样才能活得快乐无忧？未来人是否还相信爱情呢？不确定。

未未，你对未来的理解肤浅了，让我失望。蕾总不屑地瞥了我一眼。未未同学，你对任何新鲜话题起码怀疑 3 次。如今，其实很多人都在一点点死去，从麻木的四肢直到神经系统，僵硬！麻痹！就像得了渐冻症。这种病明显具有传染性。

我一时无法和蕾总争辩，颓了。我的知识存储量明显不够，只好闭嘴。

这一次科学技术革命，几乎等同于神的创世记！未来的世界会彻底变样，目前所有的生活方式都会被替代！蕾总豪迈地宣告，像是在股东大会上讲演。

那一刻我想起老爸。他是一个沉默寡言的男人，一生的话似乎都早已说完。我的妈妈是个爱讲话的女人，于是就和另一个爱讲笑话的男人走了。老爸亲手为她打包行李，妈妈走了以后，他变成了一个哑巴。

奇怪的是，前些天，老爸突然说话，一开口石破天惊：

“小未，地震了！难道你没发现？脚下的地板在抖，我的骨头都要被它抖散了。你看，我的胳膊也在晃荡！如果不是地震，也是火山爆发，或许是小行星撞到了地球？你去帮我查一查……”

老爸的筷子在抖，肉片掉在桌上；老爸端茶杯的手在抖，茶水泼在地上；老爸看报纸，报纸发出响声；半夜里我被隔壁老爸的床铺摇动吵醒，妈妈走了以后，很久没有听见床的摇动声了……

我奉命去抖音帮他搜索新闻，无数字节跳动，飞速掠过，全世界的八卦新闻爆棚，也许有一半都是假消息。没有地震，没有火山爆发，只有远方传来听不见的战争炮声。龙卷风、飓风、森林大火远在万里之外的太平洋东岸，传递到八达岭长城有相当难度。几天以后，我陪老爸去医院神经内科查了一查，折腾几番，确诊老爸处于帕金森病早期。我的脑中闪过第一个念头：帕金森病会不会遗传？

此时，面对蕾表姐自信的预言，我忽然明白：老爸的帕金森病来自地球的深层震颤，或是外太空的太阳风与星际穿越。电磁波、暗物质、波与粒，分分钟都在穿越人的身体。老爸是一个退休的数学教师，第六感官的灵敏度异于常人。或许他接收到了这些异常信号，但是他无法使用ChatGPT进行数据分析，只好把震荡感纳入自己体内。此刻坐在这里的人，应该是我老爸而不是我。

为了转移话题，也为了回应蕾表姐的惊人之语，我把老爸的反常表现告诉了蕾表姐。

蕾表姐果断回答：那就对了！科技革命必定在人体内引发激烈震荡。大模型会迭代升级，泛行业应用。今天向你剧透一下：我创建智汇公司十年来，一直在积累知识大数据，已经给几百万本行业书打了标签，也就是IT的行话——语料！备好了语料，就像储备了丰富的食物，才有条件创建多模态的行业大语言模型。

我弱弱地问：难道，我爸的病，要等马斯克的脑机接口芯片来救?

在未来，帕金森病、渐冻症、阿尔茨海默病、抑郁症，所有神经系统的问题，都不是问题！

蕾总的兴趣点显然不在我老爸那里。她陷入了持续兴奋：

未未，今天我请你来，就想给你演示一下ChatGPT，让你了解大模型。我在IT行业十几年，心里一直有个大目标，说远大也不过分。智汇公司的产品开发绝对不走模拟仿真这条路，我想建一座专业的知识图库，留给未来使用。ChatGPT生逢其时，可以帮我实现，也许很快就可以实现！过几天，我带你去一个地方，你才会了解你蕾表姐这些年都做了什么……

我连连点头表示同意，把疑惑的目光移开，懒得问一声到底要去哪里。假如我对此表示异议，我死亡的速度还将更快。蕾表姐发表意见一向犀利精准，甚至可以精确到百分比后面再加小数点。虽然我还不到30岁，如果不是还有这个蕾表姐管着我，我也许早就不在人世了——我指的是精神上的死亡。虽然有一次我愤怒地把一本书朝她丢过去，差点把她的眼镜砸落。她把书捡起来，狠狠地拍在我屁股上。谁让她是我的表姐呢！

我暗暗猜测，她要带我去的地方不是工厂，就是油田。这几年智汇公司的工程师一直在各个厂家来来去去，把智汇公司的智能芯片，安装在各种产品的流水线上，比如果汁、牛奶、椰子汁，通过二维码对每一件产品的包装盒自动检测筛查，以节省90%的人工。然后他们又开始进军油田，在每一口油井上安装一台智能管控仪，回收生产参数，自动调节油与水的压力。据说已经安装了上万口油井，稳油控油的效果不错，也挣到了一些钱。

其实我已大概了解到，蕾总眺望油田已经好多年了。最近几年她的宏大理想猛然升级，打算用 ChatGPT 在油田建立知识工程。通俗的表述就是创建油气大脑，也就是油气知识图谱——这个计划听起来很美好。

但我对油田一点兴趣都没有。我只听说过“油管”，但没见过。蕾总一再给我上课，告诉我尽管新能源虽是未来的主力能源，特斯拉生产各种品牌的新能源汽车，即将占领国际汽车市场，但油气依然是能源储备的稀缺资源，人的衣食住行都离不开油气。比如说让可口可乐冒泡的那种气体，也是石油化工产品……可惜我不喜欢喝可乐。蕾总为我描绘的原油前景，我基本无感。

假如蕾总你能带我移民火星，也许还值得我考虑一下。不过那个星球上全是荒漠沙丘，没绿树，没有液态水，也没啥吸引力。即便你买得起星舰的船票，我还懒得去呢！比如，早上我起床，毛巾被卷成一团，像一只猫；晚上临睡前，那只猫还是保留着原来的姿势，一动不动地趴在床上。我哪里都懒得去。

蕾总在那排文件柜里翻找资料，动作有点烦躁。手机响铃，她也不接。

蕾表姐凡事依赖手机，手机从不离身。有一次我无意中拿起她的苹果手机，比我的手机重多了，可见容量很大。她炫耀说：手机就是我的移动办公室，公事私事所有的事一部手机搞定！还可用它直接给高管发工资！

蕾表姐的眼镜片闪闪发光，她戴眼镜不是由于近视，而是矫正远视，因为她总是看得太远。她喜欢穿蓝色系的衣裙，深蓝浅蓝天蓝灰蓝，每次见到她，好似遇到了一片天空。她习惯穿平底鞋，也许是为了加快走路的速度，一路过去，刮过一阵穿堂风。因为我缺乏鉴赏能力，不确定是不是名牌。作为公司的 CEO（首席执行官），平日里她不是出差就是开会，不是接电话就是打电话……一天工作十几个小时。春节时全家一起吃年夜饭，表姐夫抱怨说，她每天晚上回到家，总是累得话都不愿说了……

这就是我和蕾表姐的差别。蕾表姐热衷于危言耸听，而我常常无动于衷。我每天都松松垮垮，无所事事，拥有大把大把的时间消磨生活。偶尔考虑一下我应该做些什么，但总是无法做出决定。而她永远没有时间，因为她要一一去落实那些已经决定的事情。不过，我也能感觉到自己的小变化：自从今年春天在蕾总办公室看过那条“眼镜蛇”之后，我开始悄悄关注科技信息，重读《时间简史》《未来简史》，读得越发一头雾水。这是为了蕾表姐，还是为了我自己呢？不确定。

你上我的车，我送你到地铁站！蕾表姐站起来，她惯常的速度回来了。

她从公司写字楼的地库里把车子开出来，以前的那辆奔驰，已换成了一辆白色的特斯拉。蕾表姐也许是这个城市最早的特斯拉用户。在她眼里，特斯拉完美得像一粒钻石。

我看不出特斯拉和其他的轿车有什么不同，因为我根本不会开车。但我无所谓，我不需要汽车，我对任何高级物品都无所谓。

我在副驾驶位上系好安全带，有什么东西硌得慌，原来是一张金灿灿的卡。我猜一定是她不小心掉出来的，把卡递还给蕾表姐。她瞥了一眼，笑笑：哦，高尔夫球场的年卡，一次也没用过呢。又加了一句：那些电视剧里，总把企业家写得纸醉金迷，喝酒养小三；但我周围的大多数企业家都在疲于奔命。比如我吧，你信不信，我已经十几年没进过商场了……

这会儿我们挨得很近。有一刻她的头发擦到了我的额头，有点痒。我闻到了一股头油味，她好像几天没洗头了……忙成这个样子，她哪有时间陪伴表姐夫呢？侧脸看去，无意中窥见蕾表姐白皙的脖颈，那一瓣莲子似的圆圆耳垂，竟然没有针尖般的耳朵眼儿，怪不得蕾表姐从来不戴耳坠。

天已完全黑了。蕾表姐的车速很快，在车流中游刃有余地穿梭，我担心她会追尾。车灯晃过萧条零落的店铺，昔日的霓虹灯招牌黯淡无光。她的目光掠过路边冷清的街市，还有路边茫然麻木的行人，快速发表感想：

未未你说这些人中有几个人能明白一场深刻的变革正在到来是人们绝对无法想象的全新的生活方式他们如果不改变自己早晚会变成那个98%！

蕾表姐走在路上，与一般的中年人没啥两样，看起来只是一个普通平常的女人；但她有一种无法描绘的魔力在褐色的瞳仁里闪烁，我不得不时时低头躲避那些亮光。

幸好此刻，乌黑的云团融入了黑暗的天空，雷暴的至暗时刻并没有来临。

我被她的特斯拉无情地甩在了地铁站，车轮重新启动，迅疾消失了。

那一刻我忽然意识到，她最后的那段话，其实在针对我！

我决定回家好好做功课，关于 AI、关于未来。

我和蕾表姐总是在某处断开链接，又在另一处重新连上。

很多年里，蕾表姐与我并无太多交集。她其实并不是我的嫡亲表姐，我的亲舅妈早早过世，没留下一儿半女，我对亲舅妈早已没印象了。后来舅舅又娶了新的舅妈，新舅妈带来一个八九岁的女儿，也就是现在的蕾表姐。那时我还没出生。据说舅舅对她十分宠爱。但她从不娇惯自己，特别懂事，也格外用功，各门功课的成绩总是满分，就连出国留学都是拿的全额奖学金，让我们这些表兄妹对她充满羡慕和嫉妒。她从国外回来以后，人长高了，五官眉眼变得舒展自信，散发出一种成熟女人的气息，坦白说有点盲目地吸引我。

我妈妈还没离家出走时，曾经隆重安排我和蕾表姐吃饭，拜托蕾表姐帮我联系出国读研。那次被我搞砸了，很长一段时间蕾表姐不搭理我。反正我习惯了自由散漫，对科技和商业活动毫无兴趣，很难跟上她的节奏，渐渐也就疏远了。

我和她重新建立联系，是在 3 年前，那段日子大家经常需要居家。

其间，蕾总公司的业务量相对减少，她的高速度不得不降下来。她开始给我打手机，问我最近有哪些好书可读。“70 后”理科博士，请教一个“90 后”的普通文科生，这让我受宠若惊。我很乐意在她面前显摆，给她开出一串长长的书单，其实她根本不可能把这些书读完。我有点小得意，甚至有点飘了。世上的人，终其一生每天 24 小时读经典，也无法把世上的书读完。我又给她开了一份“不推荐清单”，得到了报复性快感。我和她在这几年里变得亲近起来，后来几乎无话不谈。我们把停滞的时间用来读书，时间在书页里雷厉风行。我们用无限量 Wi-Fi 微信聊天扯皮，把我有限的文化向她兜售。终于有一天，蕾表姐给我发了 6 个表情（拥抱），还有一行字：你给我做编外助理吧！我每月给你发劳务费 2000 块，还可以更多。

这份弹性工作听起来还不错，我最讨厌朝九晚五地上下班和加班。再说，前年丢了工作之后，我一直在家做全职儿子，网购食物、打扫房间，老爸管做饭，一日三餐，包吃包住，但没有零花钱。自从老爸去年生病以后，我只能叫外卖了。一年多下来，我终于发现手头拮据。反正一时也没有合适的工作，于是同意成了蕾总的虚拟下属，尽管接受这份编外工作有点令人难堪，不过也顾不得那么多了。再说，其实我还是愿意经常见到蕾表姐的，这似乎与她的AI无关。

当天晚上，我的手机、邮箱以及微信，同时收到了蕾总发来的一堆文件：有关大模型。

我的目光从那些不太好玩的句子上滑过去、跳过去，眼前留下一些陌生的黑点：基础模型、多模态大语言模型、生成式预训练转换模型、通用大模型、行业大模型、垂直大模型、专属大模型、思维链推理……

大脑要炸裂了，即将发生核聚变还是核裂变？我把手机狠狠关掉。

醒来已是第二天上午，不知道几点。老爸那边没有声息。

起床有难度，五脏六腑不停颠颤，我是否也患了帕金森病？

蕾表姐从窗帘中间的光缝里浮现出来，表情严厉地盯着我。

我下意识把被单拉起蒙住了脑袋。我是一个没什么故事，也不会发生故事的人。个人履历比较苍白：大学中文系的本科学历，暴露我一无所长；没有硕博学位，不能在大学任教；没有专业特长，高薪机构招聘，我识趣地绕道。上高中时，妈妈逼迫我报过一个跆拳道培训班，她说男子汉要有英武之气，学点防身技术不会受人欺负。跆拳道学了一年多，得过一次什么奖，忘记了。工作以后，偶尔在办公室里比画一下拳脚，用来炫耀。记得在大学实习期，妈妈找人让我进了一家IT公司做文案，天天加班，一坐就是十几个小时。至于那些文案都用在了什么地方？不确定。听说有个女孩因为坐得太久得了“死臀综合征”。就是这种能把人活活坐死的工作，却随时都有被解雇的风险。实习生通常只拿正式员工的一半工资，廉价劳动力频繁换人。某天，我从自己的网格子偶尔往后看了一眼，后三排的网格子原来全是密密的脑袋，一夜之间，那些脑袋全都不见了。再过了几个月，我的实习期满了，也被清空了。后来我也尝试过一些其他岗位，广告公司员工、民营出版物杂工、多媒体小编……还做过网剧的策划。只要有薪水的工作就可以，只差没有当过理发师、厨师、快递员或是外卖小哥。在那些技术含量不太高的职业生涯中，我喜欢做短视频策划，几个小伙伴胡乱侃到半夜，天亮就成了。反正老板不懂，他只管花钱。如此混了七八年下来，我也成了一个经验丰富的江湖新手。去年那家影视公司欠款几千万，老板一夜清零，不知“润”去了哪里。我在半年没拿到工资后，只能卷铺盖自动离职。重新找活儿，不是岗位无趣，就是工资太低，耗了几个月，只好向老爸摊牌。老爸说：你另租房子不划算，还是回家“伙”着过吧，也不差你一双筷子。我想想没错，反正他就我一个儿子，不管我，管谁呢？我退掉了出租房，一下子轻松了。老爸的退休金不算太多，除去水电物业、柴米油盐什么的，所剩无几。幸好我有良好的消费习惯：不花钱或是少花钱。妈妈偶尔也会从微信里给我转账三五百零花钱。

我就这样和老爸成了过日子的“搭子”，平日我们很少交谈，躲在各自的房间里，各做各的事——也许什么也没做。

就在这几年我刚刚知道，这座城市颜色驳杂的人群里，藏有很多不同的“搭子”。两个人或是三个人，叫“团队”太正规了，只是一个临时搭建的帐篷，可搭可拆。比如“健康搭子”：每个人都想健康又想偷懒，需要有人结伴去健身房，就有了互相监督的理由。比如“旅游搭子”：两三个人结伴出去游玩，有人擅长制订攻略；有人擅长订机票和酒店，总能做出性价比最好的选择；有人像一只大袋鼠，在旅途中饥寒交迫的时候，能变出各样美味的零食。“饭搭子”最常见，单位没有食堂，每天中午都要去外面找饭吃，哪里哪里有好吃不贵的餐食、荤素搭配合理，必须有“饭搭子”互相提供、交换最新信息。还有“拍照搭子”“咖啡搭子”“考研搭子”“追剧搭子”……所有的开销都是AA制。就连广场舞大妈的“跳舞搭子”，打麻将的大爷们的“麻将搭子”，费用也早就自付了。搭来搭去，就像我小时候搭积木，搭好了推倒重来。在我看来，“搭子”是功能性的、特别实用的临时“组合”。旅游回来，这个临时搭子就自动散了，直到下一次有了游玩的冲动，再重新搭建一个“草台班子”，随时可以中途换人。我的同龄人之中，每个人都拥有各种不同类型的搭子，用来满足各种需求。“搭子”不是“搭档”，没有合作项目。“搭子”都经过良好的“职业训练”。“搭子”有男有女，即便是异性“搭子”，很少会发生感情纠纷。“搭子”只做“搭子”的事情，责权利分明。“搭子”的实用性远远大于情感依赖。这个边界是清晰的、有原则的，大家都守规矩；一旦“混搭”就不好玩了，下一次你就找不到愿意和你玩的“搭子”了。我的那些同事或是老同学，没听说有谁把“搭子”变成了女朋友或是男朋友。

我喜欢这种魔方一样不断重组的“搭子”，每一个人都独立存在，它使生活变得自在多了。需要的人，在需要的时候及时出现，彼此都没有社交和友情负担。不过，我也常常疑惑：现代社会，人与人之间的关系难道就是“搭子关系”吗？

以前早出晚归上班时，我的“搭子”大多限于“饭搭子”这个范畴。自从我“灵活就业”或者说“慢就业”之后，我的生活里“搭子”越来越少。我和老爸的关系形同陌路，连“搭子”都谈不上。

有一天，蕾表姐突然惊呼：未未，我发现，我们是“读书搭子”！

我恍然大悟：原来读书也可以有“搭子”！

新冠病毒肆虐那三年，我和蕾表姐一起读了不少书。网购图书传染的概率很低，逛书店戴口罩很难传染吧，隔空讨论更不会传染。这时候唯一能做的就是读书，我给蕾表姐推荐的大多是现代文学经典。古典主义太遥远就算了，20世纪以后的新经典，或许更适合她的口味。诸如《看不见的城市》《美丽新世界》《玩笑》《生活在别处》《在路上》《小于一》《朗读者》《追风筝的人》……像一份奶油杂拌。但我最喜欢的《麦田里的守望者》不在名单上。

蕾表姐读书的速度，相当于蕾总开车的速度，那些书没多久就被碾压了。她对这些全世界最优秀的文学作品，做出了惊人的判断。在她看来，这些文学作品，无论哪一部都无法真正打动她，虚构的故事总是经不起追问。她强烈建议我阅读人物传记，尤其是科学家和企业家的传记，比如爱因斯坦、比尔·盖茨、霍金……

我彻底明白了，一个文科生无法改变一个理工学霸的审美趣味。蕾表姐几乎没有一纳米的文学细胞，不过这并不影响她对文学作品做出科学评判。

大半年之前，蕾表姐“阳”了以后不久，她用微信给我发来一份书单：《今日简史》《人类简史》《AI·未来》《知识机器》《星际信使：宇宙视角下的人类文明》……好像她在高烧中收购了一家图书馆。

我不得不硬着头皮去啃书，不断去百度上搜索新名词的注释。那些天我一口气瘦了几公斤。但我不得不承认，《AI·未来》为我打开了一扇新的窗子，尽管远处模糊不清，近处已让人目不暇接。AI就这样蛮横无理地侵入了我的生活，我被蕾表姐拽进了一个全新的语言系统，幸好那时候巨无霸大模型还没浮出水面。

她会在半夜突然微信查岗：未未你在读哪一本看到多少页？

我假装已入梦乡。反正第二天早上她的兴趣肯定早已转移到别处。蕾总的公司千头万绪，资金周转、融资还贷……那些才是她的正经工作。

偶尔，我也敷衍一下：金牛座，吃草反刍。

可以确定的是：我和蕾表姐“一起”读书，似乎在表演羽毛球友谊赛。发球—接球—回球—扣球。时而高扬，时而飘飞，时而打偏……偶尔会产生心灵碰撞的快感，像流星闪过，来自夜空，又坠入夜空。

假如她哪天发来一大段没有标点符号的长信息，大概率意味着公司业务暂时停滞；假如她突然消失好多天，大概率意味着她又在琢磨一个新的项目。

奇怪的是，我和蕾表姐的读书往来，表姐夫似乎严重缺席，他从不参与我们之间的聊天。有一次，我在微信用语音小心试探：我热爱文学，但对科技的兴趣有限，你为啥不去和表姐夫讨论这些？他不是文化学者吗？

你不懂！表姐断然否定。你表姐夫的话我早已听烦了，他喜欢研究过去的事，我忙着寻找未来，我和他不在同一频道。你姐夫不喜欢我做公司，整天忙在外头不着家，应酬啊谈判啊算账啊，他动不动就打击我。我实在厌烦传统的家庭生活，婆婆妈妈柴米油盐的家务事，夫妻动不动就吵架。但我身边总得有个人能说说话吧？我也得更多了解年轻人的真实想法。智汇公司的技术员工程师除了操作电脑，情商普遍太低。他们和你的年龄差不多，独生子女，父母溺爱，缺乏责任心还有自理能力，更不善于和老板交流。公司若想裁员弄不好就违反《劳动法》……我管钱管技术还得管人，我不是老板，只是一个占有企业股份的职业经理人！

只怕我……和那些年轻人没啥不一样！我谦虚地补了一句。

喂喂，表姐点了一个微笑的符号给我：你虽然有点懒散，但脑子勤快，有独立思考能力。你的知识结构与我差异较大，正好互补。

明白了。我叹服表姐的深谋远虑。她说是“读书搭子”也没错，很实用啊。只是“搭子”的有效期长了一些，不确定什么时候收摊散伙。

后来我从微信群里抄了一句话发给她：“搭子文化”是现代社会的一种轻社交的弱关系，就像可移动的经济适用房。

表姐回复我一个符号：OK！

我想起来，蕾表姐是白羊座，而我是金牛座，据说人和人之间的关系好坏，取决于星座之间神秘的关联性。

不确定我和蕾表姐的星座之间是否抵触，但我和她的关系并不太稳定。我常常忘记蕾表姐长我十四五岁，在她成为我的老板之前，我和她说话没大没小。我偶尔想起她是我亲舅舅的女儿，刚刚产生一点点亲近感，随即被她的严厉训斥及时消灭。大多数时候，我们都处于那种被称为“卷”的状态，我和她在大多数事情上都无法保持一致。幸好我不是一个杠精，遇到麻烦立马像刺猬般缩成一个圆球，让热爱较真的蕾表姐无从下手。

比如，我大学毕业 3 年后，妈妈希望我出国留学，是为了“出去深造，回国报效祖国”还是“移民前奏”，动机不够确定。反正妈妈拜托蕾表姐帮我物色合适的大学，全额自费不是问题，甚至月亮大学或火星大学都可以考虑。但我不想去国外读书，一点都不想。无论是考托福还是雅思都太难了。我在大学时英语就不够好，因为不喜欢死背单词。我也不愿意考公，不想背诵那些标准答案，所以没考上公务员。那我究竟还能干点儿啥呢？我试过很多职业，但没有称心如意的。在妈妈看来，我眼前似乎只剩下一条路：飞越大西洋或是太平洋，寻找新大陆。

蕾表姐无条件支持我妈妈的计划，她说年轻人应该勇敢地出去闯荡。她先帮我筛选学校，也有很多渠道帮我申请，还有留学的经验传授给我。在这个全球化时代，必须走出去向世界学习！

过了两周，蕾表姐风一样地刮进我家。她带来了一个好消息：她的同学的同学的老师的同事总之是某大学东亚方面的研究所明年恰好需要招收一位亚裔学生做一个课题她推荐了未未同学只需要通过英语考试一年半学制就可以拿到硕士学位……

她一口气讲完，没有标点符号，但我听懂了。我并不为此感到高兴，心里充满问号。在我看来，这些所谓的好消息全都是不确定的：我的英语这几年早就忘得差不多了，假如不能通过考试，岂不是白忙活？

不作声无表情，她们看不出我的真实态度。

让他考虑考虑。妈妈显得很有耐心，小未从小就有拖延症，蕾蕾你等等。

那是一个令人沮丧的夜晚。我咬紧牙关不说话，不拒绝也不接受。拒绝说不出口，怕她们心梗或脑梗；接受也说不出口，我对任何未知的事情都有恐惧感。我并不想让妈妈和表姐不高兴，但也不想让自己不高兴。高兴不高兴，只有我自己知道。凡是遇到不确定的事情，我都用这种办法拖延搪塞。走到悬崖的尽头，晚一分钟掉下去也是好的。

蕾表姐不停地抬腕看表，开始焦躁不安。她说未未你快点决定好不好？朋友还等我回话，要把那个宝贵的名额留出来！

我一直盯着黑暗的窗外，寻找白羊座。星空渺茫，却没有卫星电子定位图。

时间不知道过了多久，妈妈在厨房里进进出出，给蕾表姐端来切好的苹果，也在我面前放了一碟。忽然听见碟子落地破碎的声音，蕾表姐霍地站起来。她大声嚷嚷：未未你不去就算了你浪费了我的时间在这里的每一秒钟都变成了垃圾时间我走了以后我再也不管你了！

听见了摔门的响声，我长长地松了口气，好像从深水池浮出水面。事后妈妈对我叹气，说："你以为蕾蕾容易吗？一个女人独自创业，靠自己打拼闯出一片天下。订单竞争激烈，民营企业的利润被压到最低，只要上家说产品质量不合格，就能无限期拖欠货款，一个项目的纯利只有 7% ~ 8%，弄不好就被成本覆盖掉了。假如资金不能及时周转，只好把自家的房子抵押上去。还有公司内部的人事矛盾呢，要坚持意见就会得罪人。那次股东大会投票，你表姐差点被选下来，幸好董事长'一票否决'了……有一次我有急事打电话她不接，我只好去公司找她，推开门，她正蜷在沙发上发呆，面前一堆湿湿的纸巾……"

在妈妈的讲述里，蕾表姐的日子过得水深火热。这也是我对那个陌生的商界充满恐惧感的间接原因。

蕾表姐摔了水果碟以后，很久没有露面。妈妈对我极其失望，后来她跟那个爱说话的男人走了，也许与我有关。但我并不感到内疚，家里本来不富裕，在那个遥远而陌生的国度，读书的费用从哪里来？拿不到奖学金、没有后援，还得去打工，生活上定要吃苦头，而我不想让自己的人生过得太辛苦。

不过蕾表姐毕竟有胸怀，转年她就把我那次小小的反抗忘到脑后。有一次她同事的儿子结婚，她还推荐我去做伴郎。伴郎必须是单身，穿西装打领带，站在那里傻笑。后来我居然成了一名资深伴郎，每年都能赚到不少辛苦费。因此还认识了伴娘小雪，在我苍白的情感经历上，画下了一道浅浅的痕迹。

我常常郁闷，每年都有人热热闹闹结婚，然后轰轰烈烈离婚，他们真的不嫌麻烦吗？不过这几年婚礼越来越少，伴郎的业务量大减，好像都怕传染病毒。对此我无所谓，反正我目前还没有结婚、离婚的计划。在这个问题上，我和蕾表姐惊人地一致，她从来不给我介绍对象，也从不操心我的婚事。所以，尽管出国的事情惹得蕾表姐发脾气，我依然对她保持了隐秘的好感。

尽管蕾表姐对婚姻持怀疑态度，不过她并不反对男生、女生拥有异性朋友。有一次她曾问过：未未呀，你怎么不谈恋爱呢？连女朋友都没有一个吗？我把小雪的事情跳过，简单回答如下：根据我当伴郎的经验，有了女朋友或是老婆，成天黏着、哄着，陪她们逛街、买东西、打游戏、聊天，有做不完的家务事；一旦服务不周，随时会吵架、生气……我连自己都照顾不好，为啥要自找麻烦？

蕾表姐认为我理由充分，对我不谈恋爱表示了深刻理解。临了漫不经心地说了一句："只是随便问问，只要你的身体发育正常，一切 OK……你看我和你表姐夫，当了丁克族那么多年，如今是存量夫妻。反正地球的人口太多了，少生一个也无所谓……"

我明白她问的是啥，羞于出口。男生当然有那些问题，一般都是自行解决。比较一下谈恋爱带来的麻烦与后果，那个办法简单多了……

其实，我对蕾表姐隐瞒了一段小小的插曲，关于小雪的。

小雪也许可以被称为我曾经的女友，但我又好像根本没有谈过恋爱，不太确定。七八年前，我大学毕业以后，很多同学都先后结婚。那些性急的男生下手快，把周围够得到的女生都抢走了。我从没遇到过喜欢的女孩，成为一条"单身狗"。疫情出现之前，蕾表姐让我去给她公司的年轻员工结婚时当伴郎，担任伴郎的频率很高。四年以前，我在一次婚礼上担任伴郎，遇到了小雪。她是新娘的伴娘，穿着白纱裙，安静得像一朵白荷的花苞，不过身子有点瘦弱，显得疲倦。婚礼结束后，我们从台上走下来，她提着长裙走在我前面，忽然身上掉下一件小东西，落在我的脚边，一闪一闪的。我弯腰把东西捡起来，发现是一只珍珠耳环。我跨了一步追上，把耳环递给她：你的？她回头看我一眼，笑着说了一声谢谢，把耳环接过去，撩开头发，边走边把耳环重新扣在耳垂上，露出雪白的后颈。我发现她的耳垂上没扎耳朵眼，所以她的耳环才会掉落。想起蕾表姐，她也没扎耳朵眼。可我为啥要把她和蕾表姐比较呢？

就在她转头的刹那，我看到了一双清澈的眼睛，她没戴眼镜。如今不戴眼镜的女生很少，不扎耳朵眼的女生也很少吧？我觉得她有些与众不同，瞬间产生了好感。伴郎伴娘换回了自己的衣服去大厅喝喜酒，小雪笑吟吟走过来主动加了我的微信，她的微信头像是一片六角形的雪花。我问她做什么工作，她说在一家互联网公司，新娘是她最好的闺密，今天是第一次当伴娘，也是最后一次。为啥是最后一次？她是快要结婚了吗？互联网？哪一家互联网公司呢？我不敢多问。她反问我做什么工作，我回答说也算是互联网吧。如今的互联网是天罗地网，我们好像在互相打捞。

加了微信以后，其实我很少与她联系，我不是一个主动的人，不知道该和她聊些什么。我的“社交平台”有限，只有高中的同学群、大学的同学群，都是老同学一个个滚雪球那样把我拉进去的。还有以前的短期小伙伴，名字我都快要忘记了。偶尔在群里浏览一下情况，看一眼朋友圈，虽然我没啥内容可发朋友圈的，但希望了解别人在做什么。感觉自己像一艘沉没的潜水艇，拒绝浮出水面。这么隔三岔五地微着微着，基本开静音模式。所以小雪的名字每次从朋友圈里跳出来时，我心里都会微微动一下。

我慢慢发现，小雪每次发朋友圈的时间有规律可循，晚上 9 点到 10 点，然后她就沉寂了。整个白天她都不会出现，好像是一只昼伏夜出的猫咪。为了不让她的微信被淹没，我改在晚上 10 点看朋友圈。我又发现，小雪发微信，好像写日记，记录她当天听见了什么有意思的话，看到了什么有趣的事情，或者在评论区对某件事情发表了什么意见……比如，今天在地铁车站上看到一个戴帽子的小伙儿，边弹吉他边唱歌，有点忧伤。她停下来听了三分钟，抱歉地对他说自己没带现金。那人摘下帽子，指指自己光溜溜的脑袋，头顶上竟然有一块二维码……因此她错过了一班地铁，差点迟到。比如，今天下班走过一片树林，发现树上挂满了一串串褐色的小灯笼，远看好像一株繁茂的花树。她拿出手机踮起脚，用拍照识别软件对着灯笼拍照查询，原来这是一株栾树。灯笼是空心的，里面嵌着栾树的种子……比如，最近她读完了《解忧杂货铺》，不过她更喜欢前几年读的村上春树的《挪威的森林》……再比如，今天休息，和一个女友，也算是“休息搭子”，去参观了一个摄影展。那些可爱的动物、奇特的建筑、美丽的云彩，令人向往，希望有一天能看到真的风景……那家艺术馆甜品区的天鹅蛋糕，看一眼都很享受……

小雪的每一条微信我都看得仔细，偶尔也会简单空洞地点个赞："小雪好棒！""太美了！"大多数时候，我都用符号代替：强强强！加油加油加油！龇牙龇牙龇牙！显然符号不太够用，符号也有无法到达之处，更多复杂的情绪羞于表达，比如：下次约我一起去？……感觉无法开口。后来我学会了保存一些表情图片，表达的意思总算丰富起来。但我仍然不知道如何往纵深发展。在小雪面前我有点胆怯自卑，女孩子们关心的时装、化妆品，还有包包，我一无所知。我擅长读书与思考问题，又怕小雪不感兴趣。

奇怪的是小雪很少直接给我发私信。难道我只是她朋友圈的一个点赞者？直到有一次半夜12点，我正打算收线，小雪的头像忽然从朋友圈里掠过：

今天上班被老板狠狠骂了一顿。因为凌晨4点海外的客户发了一封邮件，通知上午9点开视频会，被我遗漏了，没及时告诉老板。想想啊，凌晨4点，谁能在线上呢？我每天晚上9点才下班吃饭，10点半以后还得加班处理海外业务，北京时间必须服从美加时间，起码忙到半夜1点钟才能睡下。7点闹钟，不吃早饭，上了地铁摇晃着查看老板的一堆新指示……我累极了，不想干了，我要换个工作！谁有招聘信息给我打个招呼……

我被狠狠地扎了一下。可怜的小雪，原来你累成这样？你是累瘦的。你累成这样是怎么露出美好的笑容的呢？

立马有人跟帖：小雪你太优秀了，有几个人能干到你目前的职位？可别跳槽，前功尽弃了。比你苦大仇深的人有的是！

问题有点严重啊。我考虑要不要发一条信息安慰小雪，可惜我没有招聘信息。

措辞的犹豫间，小雪却把那条信息撤回了，看来她并不愿意让人知道自己的烦恼。但她在无意中泄露了自己的工作状态和时间表：她从未提到过与人去看电影。

过了几天，我鼓起勇气给小雪发了一条私信：

小雪，星期六、星期天你休息吗？

等到午餐时分，她的回复来了，只有两个字：

一天

哪天呢？

不确定

等你休息，你提前告诉我好吗？

嗯

我可以请你去看电影吗？让你放松一下。

好

你喜欢哪一类的电影呢？

都行

她的回答如此简练，一个字决不写成两个字。聊天难以继续。

直到有一天，小雪主动告诉我她第二天休息，我差点乐得窒息。勇敢地约她去看电影，从此我和她才开始了近距离的接触。电影票是我在网上订的，取了票又买了橙汁和爆米花，因为我很久没吃爆米花了。小雪见到爆米花特别惊喜，抓了一粒塞进嘴里，还往我嘴里塞了几粒……这个大胆的动作让我有点小激动。电影散场以后，我请她去街边吃麻辣烫，顺便对电影发表了一番评论，自认为特别精彩，小雪眼里果然露出欣赏的目光。于是有了下一次。那段时间，凡遇小雪休息，我们都会一起去看电影，然后一起吃快餐聊天。虽然她的话不多，但我总算了解到，她毕业于北京一所大学，北漂，在职场打拼七八年。她说出自己上班的那家大公司的名字，她竟然还是那家公司的产品设计师。我去网上查了一下，出乎意料，那个产品蛮厉害的。当然啦，我也对她说了很多，主要转发转播从书上看来的那些故事。也许我平时说话太少了，遇见小雪以后，我变成了一个话痨。看来我确实需要一个女友了？我问自己。不确定。唯一遗憾的是，每到 9 点半，无论聊得怎么开心，小雪都是说走就走，她要赶回去开电脑处理海外的业务，就像我小时候读过的童话《灰姑娘》里那半夜就消失的魔法。有一次，一部豆瓣评分 9.3 的大片，据说不可错过，但我只买到晚上 9 点的电影票，她竟然答应了。那天晚上，她竟然背了一只双肩包。我问有什么好吃的东西带给我，她说：美得你！是 iPad！我问：看电影为啥带 iPad？她说：今天的时间不对，怕耽误。果然，电影看到一半，她摸摸索索掏出了那台 iPad，放在膝盖上开始“办公”。黑暗中，前面是闪亮的银幕，身边是闪亮的屏幕，我都不知道该往哪里看。旁边的观众不满地

“啧”了一声，幸好那个“业务”很快处理完毕了。这就是小雪的日常吗？

秋天过去了，冬天来了。外面太冷，除了电影院，我和小雪也没别的地方去。

那天又去看电影，银幕暗下去，小雪的身子渐渐朝我倾斜，我闻到了她头发上的香水味。后来她把头靠在了我的肩膀上，我的脑子一热，伸出右手，悄悄地握住了她的左手。她不仅没有抽回，还用她的大拇指，在我手背上轻轻地摩挲了一下。我顿时好像触电了，身子一动不敢动……

电影结束后，我送小雪到地铁口。她在地铁入口的热风中站住，眼睛看着我，蹦出一句：

你喜欢我吗？

我吓了一跳：嗯！

为啥呢？

这个问题把我难住了，没想过。

小雪笑起来，说：我有点喜欢你！

我结巴了：那……那……为啥呢？

没得选嘛！她调皮地甩了一下半长的直发。你做伴郎的那天，妥妥的一枚帅哥！不过你递给我耳环的那一刻，手在发抖，如今发抖的人很少……

我尴尬地笑了笑。

回到家以后，我发现小雪给我发来一串表情符号：拥抱拥抱拥抱拥抱。我的身体酥麻，秒回她一串：玫瑰玫瑰玫瑰。她又发了一串红心：爱心爱心爱心爱心。我拿着手机发愣，不知道下一步如何进行。停顿了一分钟左右，我找到了一个恰当的符号：握手握手握手。秒回：嘴唇嘴唇嘴唇。我吓了一跳，想起有个同学曾说，如今的女生都很大胆，善于对男生进行启发式教育。我的手机微微颤动，这个嘴唇是虚拟的，怎么有点发烫？嘴唇到底是真的还是假的呢？不确定。我有些紧张，停顿了五分钟以后，发去了一个愉快的表情，再发了半个月亮的“晚安”，收线，关机。那一夜，我翻来覆去，觉得脸上盖满了红色的唇印，怎么擦也擦不掉。

我们继续看电影，烂片也看，烂片看多了就能辨识好片。我们轮流买票，用微薄的收入为票房做贡献。黑暗的影院让我心安，每一次我都会握住小雪的手，直到手心出汗。然而，现实中的接吻并没发生，只能偶尔想象一下小雪光滑的脸颊。她的嘴唇又在微信里出现过几次，没有得到我的嘴唇回应。虚拟的嘴唇没有温度和湿度，小雪似乎放弃了“进攻”。我还是迟迟没有行动。其实也不是不敢，只是我不知道怎样做才算恰当。

我曾问自己：你喜欢小雪吗？回答：应该是喜欢的。我问：那么，为啥喜欢呢？回答：她做事条理分明，比我有主意，没有一般女孩那种“凡尔赛”的毛病。我问：什么叫“凡尔赛”？就是矫情，喜欢炫耀自己在哪家高级酒店喝咖啡，炫耀名牌显摆自己讲究生活品质……然而小雪不是这样，至少我没发现。说实话，我并没有特别迷恋小雪，小雪身材不错，看起来蛮顺眼，但是……她那么忙，那么累，我这么闲，两个人的差异是否太大了？

小雪算是我的女友吗？实在无法确定。

最后一次和小雪去看电影，我在取票机旁边等到电影开场，小雪一直不见踪影。打电话过去，先是占线，后来没人接。我给她留言：你路上耽误了？我先进去了；你到了微我，我出来接你。

我一个人坐在电影院里，平均一分钟看一次手机。身边的位置空着，让我感到孤单，不知道那部电影在演些什么。小雪始终没有回复，直到电影散场也没消息。我独自一人回家，对着手机发呆。微信里找不到任何一个符号，可以代表此时的心情。忍不住又给小雪发了一条文字信息：

小雪，你回家没？遇到了什么麻烦？告诉我！

我等了一个小时，又一个小时，没有任何信息，我靠在沙发上睡着了。

第二天醒来，我第一反应就是去看手机。除了腾讯新闻，一片空白。

有人说，微信时代，男女朋友交往，24 小时没有音讯，就算拉倒了。

然而，每天晚上 10 点，我依然准时在朋友圈守候，期待小雪突然蹦出来。但是，小雪始终没有出现。她不仅没回我，也再没在朋友圈露面。我一次次猜测她会发生什么：车祸？病了？也许她家里有事？也许她辞职跳槽了？也许她又有了新男友？据说有一种病叫作“阳光型抑郁症”？无论什么情况，都无法构成她“失踪”的理由。我不断地刷手机新闻，像一个蹩脚的侦探，企图找到蛛丝马迹，可惜不太成功。偶尔刷到一条信息，说是目前公司招聘员工，都会特别询问应聘的年轻人是否打算婚育。已婚的女孩不要，怀孕的女子当然不要，甚至有了男女朋友的人也不要。所以，男女青年干脆不谈婚育，否则生存更加艰难……

难道小雪是因为这些原因离开我的吗？小雪，你至少向我解释一下？

谜团重重，无法确定。小雪就这样从我生活中消失了，像雪花融化在空中。

那段时间我很苦闷。这就是传说中的失恋吗？还是正在开始恋爱？不确定。我尝到了失眠的滋味。半夜去街上游荡，有一天下雨了，我没带伞，天气很冷，我钻进了一家小酒吧。没想到酒吧后面还藏着一家夜店，有一个看不出年龄的陪酒女，热辣辣地过来招呼我……这就是我的第一次，完事儿以后我觉得整个人都空了，只剩下一副皮囊。从此以后我再也没去过那里，只能把自己查封了，除了在家里看书，就是刷短视频和打游戏……心里仍然徘徊着一个执念，我怎样才能找到小雪呢？我这才发现自己根本不认识小雪周围的任何一个人。除非去问蕾表姐，当年那个闺密新娘在哪里？她总该与小雪有联系吧？

但我迟迟没去问蕾表姐。我似乎不想让蕾表姐知道我惦念小雪。

以上是我的情感清单，就连发挥一下想象力的空间都没有。

回到眼前，小雪迅速隐没，我面对着电脑里蕾表姐的一堆材料。

隔了几天，半夜 11 点多钟，我在床上听一个男声四重唱组合演唱的一首歌，反复听了好几遍。听完了才发现有一条蕾表姐的微信等着：那些关于 AI 的材料看了没？

我拖了 10 分钟，回复：这几天陪老爸看病，医生说可能需要住院。

我没撒谎。老爸有点麻烦，昨天把牛奶打翻，今天把面碗掉在地上。

秒回：帕金森病不需要住院，开药回家服用只能控制病情，难道你现在还在医院里？

我在床上发呆、过了很久，我扒开小桌上的衣物袜子耳机充电器空调遥控器，找到那个很久不用的笔记本电脑，用床单把灰尘抹去。打开邮箱收到一个压缩文件，一页页黑字以及彩色图表排着队，像一座移动的山丘朝我压来，眼前的字渐渐重叠，犹如天书一样：

产品概述应用场景案例分析……一站式搜索业务协同与知识共享沉淀协同互助……采集加工入库案例语义魔方行业特征语料库物化探井筒工程油气开发上游勘探业务域……电子云算力算法显卡……AIGC（生成式人工智能）产业行业资料图谱信息数据库……

我的脑子开始昏沉发涨，图像停滞不动，当年在教室里面对试卷的狼狈感全都回来了。眼皮不可遏制地耷拉下来，只觉得地球似乎偏离了轨道，昏沉中一只巨大的火球在空中旋转。我躺在赭红色的沙丘上，像一片焦煳的烤肉。确实，我是躺着，平躺，平躺令人神经松弛——近几年我才认识到这个貌似真理的常识。我继续躺着，听见烤肉在铁板上发出吱吱的响声……床单像一层烧烤用的锡纸，贴着我的后背。头发里都是汗，黏糊糊像是在理发店洗头。

我是被热醒的，发现空调竟然自动关闭了。手提电脑屏幕依然亮着，就连屏保也罢工了。

习惯性地打开手机，首先看到了一长串未接来电——蕾表姐！

然后是蕾表姐的五六条语音留言。我心里咯噔一下，迅速转换成文字，一堆没有标点符号的句子吐出来：

喂喂你怎么了不接电话不回复嗯嗯那些资料很难吗有点文化就可以看懂嗯我希望你了解智慧（汇）公司的运作也许对你有用时间还不晚才12点你睡着了吗醒醒吧太难懂了吗不难懂啊你可以到公司来找我让我的助理给你讲解……你赶紧回复再不回复我要生气了……

喂喂我知道你的烦恼然而难道躺平就可以解决问题吗实际上你根本无法躺平地面七高八低你往哪里躺躺下也是硌得慌床垫弹簧早已松弛前后都是窟窿躺下波浪翻滚沙发太软躺下后怕你起不来嗯嗯起不来就麻烦了你还年轻……

随后是一串表情符号：愤怒愤怒愤怒！抓狂抓狂抓狂！

最后一条，语气似乎和缓了一些：

喂喂我是你表姐不是蕾总你妈妈以前待我很好20世纪90年代我出国留学她塞给我100美元那是她仅有的外汇全都掏给我了你妈妈走了以后你孤独烦闷工作生活都不顺利我应该多多关心你我只有你一个弟弟你不要想得太多我不会勉强你的我只是想让你振作起来……

我的眼眶有些酸涩，10秒钟以后迅速恢复正常。

我知道自己昨晚睡着了太没礼貌，但我不确定如何回复蕾表姐。

想来想去，回复了6个悲情符号：流泪流泪流泪流泪流泪流泪（表情）。

一分钟没见回复，她大概在开会。

想想，又补了6个礼节性符号：抱拳抱拳抱拳抱拳抱拳抱拳（表情）。

五分钟没有回复，大概她正在发言。

又想想，再补了6个诚恳的符号：合十合十合十合十合十合十（表情）。

这些符号应该充分表达了歉意？蕾表姐你原谅我吧！微信时代，说不出口的话，可以用符号代替，简洁又快捷。我怀疑文字或语言是一个糟糕的交流工具，每个词组每个句子，都有各种各样的歧义和误解，无法准确传送到达，或是发生错位。但符号是形象的、明确的、任人选择，最适合我这样的懒人。自从有了微缩表情符号，人与人之间沟通顺畅、效率提高，一个表情搞定、代替千言万语。不过符号也有符号的问题，它表达的内容是单一的、固定的、呆板的，缺少想象空间。每个人都使用同样的符号，意思也就千篇一律了。假如想要寻找情绪复杂的符号，比如烦闷、沮丧、沉思、同情、懊悔、感动……经常找不到相对应的内容。依赖符号的人正在变得越来越愚笨，包括我在内。

我起床洗漱，给老爸冲调豆浆（早餐他只喝豆浆），煮鸡蛋，热一下昨晚剩下的花卷。我发现老爸的裤子有一个湿印，他含糊回答昨晚起夜，行动迟缓，慢了一步。我帮他换洗了内裤。然后我也喝豆浆，吃花卷。听见手机响了一声，我赶紧去看手机。

蕾表姐的微信，发给我12个表情符号：微笑微笑微笑玫瑰玫瑰玫瑰……

看来蕾表姐心情不错。她已经忘记了昨晚的愤怒？不确定。我发去了一堆符号，此刻回收了一堆符号，扯平了。至少符号可以避免语言的尴尬。

果然，今天上午，蕾表姐的兴趣点已经明显发生了转移，接着发来了一条言辞兴奋的语音，我立马转成了文字：

喂喂今天下午你有时间吗我想带你去听一个哲学讲座蛮有意思的题目新未来主义的源起及前景这个恰好是我关心的话题我们一起去吧可以讨论呀你听说过理思学院吗讲座名额有限有一个叫作宾逸的艺术家创办的暑期公益培训项目好多年前我在洛杉矶认识的前几天在一次应酬上竟然遇到她了

紧接着发来了一张定位图。

看来不去不行了，我不想让蕾表姐再次失望。

好吧，我和蕾表姐成了临时的“讲座搭子”。

那个炎热的下午，我找到了胡同里的一座四合院。“理思学院”设在小院内一个狭长的大房间里，十几米长的“课桌”用厚厚的原木板架搭起来，好像一家乡村风味的西餐厅。一个盘头发的长裙女子正在桌边与“学员”低声交谈，半句英语半句汉语掺杂，听起来有点像在国外。蕾表姐走过去和她拥抱，双方很亲热，做出互相都很欣赏对方的样子。

大屏幕亮了，课堂安静下来。长桌的另一端坐着一位头发花白的老者，穿着一件浅咖色的衬衫。我把脑袋扭过去，才能看到他。盘头发的长裙女子对他做了简单介绍，很多头衔，记不住。年轻的学员们报以稀拉冷淡的掌声，似乎对他的年龄有所不满。有关未来主义的话题，怎么会由一个老教授来讲？

蕾表姐在我耳边低语，说，“你可别走神儿啊，宾逸的鉴赏力很高，选择讲课的老师很苛刻，据说这位老教授的思想很前卫很锐利，否则我不会来你最好一句都别落下。”

老教授打开手提电脑，屏幕上出现了 PPT 演示文稿。他没有一句多余的话，先播放了一段视频。视频上快闪了浩瀚的宇宙星空、地球的河谷山川、高楼林立的城市、拥挤的车流与人群……接着是一段庄重的男声，配上了加粗的文字。我刚听了一句，立即在昏昏欲睡的状态中被猛然惊醒：

95% 的人并不了解，2023 年将迈入人类历史的全新篇章，这个历史性的转折，需要每个人做好准备。因为整个社会的运行规则和生命的进化之路，都将发生翻天覆地的改变。人类将迎来大规模的觉醒时刻，每个人都需要从内心认识自己并重新定位。这是时代的浩荡潮流，人类千年不遇的共同提升的伟大变革。在这个巨变的时代，你需要清晰地认知自己的生命价值、意义和使命至关重要。一旦你找到它们，你将焕发出全新的生命力。

视频结束。课堂鸦雀无声。有人咳嗽了一声，简直像惊雷炸响。蕾表姐打开了手机录音，身子一个劲往前倾，眼珠子仿佛都要弹出去了。

前面的老教授讲得不疾不徐，就像在上一堂普通的常识课。看惯了微信短视频里那些讲演者丰富夸张的表情，听惯了那些幽默精彩的段子，面前这位风度儒雅、面容平和的老教授，显得过于严肃，甚至有些枯燥乏味。但我却莫名其妙地被他征服了，准确地说，是被他讲课的内容吸引，其中有许多新奇的知识点，犹如在乌云密布的暗夜中，一个闪电接一个闪电。大学毕业后，我从未如此认真地听讲，就像一个即将参加高考的复读生。脑子高度紧张，两只手在手机上不停地记录，单词、句子、符号，所有的黑点都连在一起，我不确定能否看清楚。

老教授笑眯眯地坐在那里，像一朵悬浮的云，安静地俯瞰地球众生。云彩背后透出无数细密的光线，笼罩了整个课堂，形成一个神秘的电磁场。我好像要被他吸过去了，拼命用脚尖钩住椅子腿儿。原来“醍醐灌顶”这个成语确实存在啊。思路又瞬间游离，这位哲学教授是在讲授哲学，还是物理、数学、天文学？他打算重新解释世界吗？

事后根据蕾表姐的录音转文字，加上我凌乱无序的笔记，这位教授讲座的要点大致如下。

巨变时代的主要特征：元宇宙虚拟商业娱乐模式；人工智能机器人走向民用市场；ChatGPT 大模型效率工具的升级覆盖；人类对外太空宇宙星系的深入探知；生物基因技术广泛应用……

老教授以下这一段理论性的文字，被我记录得比较完整：

21 世纪 20 年代，对于人类社会发生巨变的预判，即将颠覆人类文明创造的全部认知，带来思维方式与生活方式的全面改变。一切仅仅只是开始，未来世界必将重新建构现代美学与艺术理论。在现代性与后现代性的研究基础上，形成新未来主义的理论框架。

新未来主义？我还是第一次听到这种“主义”。未来——这个词语似乎与我有关。我返回首页，在浏览器上快速搜索：未来主义——

360 词库：1909 年 2 月 20 日，意大利诗人马里内蒂在巴黎《费加罗报》上发表《未来主义的创立和宣言》。（一百多年前！）宣言一方面讴歌现代工业文明、科学技术使传统的时间与空间的观念完全改变，“宏伟的世界获得了一种新的美——速度美”，主张未来的文艺应当反映现代机器文明、速度、力量和竞争；另一方面诅咒一切旧的传统文化，扫荡从古罗马以来的一切文化遗产。第二次工业革命高歌猛进鼓舞人心，而意大利的工业化进程相较于欧洲其他国家而言较为滞后，年轻一代对意大利文艺自 19 世纪以来停滞不前的落后状态不满，主张彻底抛弃传统、面向未来，尤其倡导机器美学，并使其绘画在元素和技法上都颇具风格。未来主义理论反映了当时意大利年轻艺术家要求创新的强烈愿望。新时代的特征中机器和技术，以及与之相适应的速度、力量和竞争表现得尤为明显，未来主义力倡机器美学。对于速度、科技和暴力等元素的狂热使得汽车、飞机、工业化的城镇、日夜无休的火车等事物在未来主义者的眼中充满魅力。他们热衷于用线和色彩描绘一系列重叠的形和连续的层次交错与组合，并且用一系列的波浪线和直线表现光与声音，表现在迅疾运动中的物象。该画派从新历史景观中提炼了绘画的时代精神，形成了独特风格……

再往下搜索，有关“未来主义”的词条如同黑压压的海浪涌来。法国、英国、俄罗斯、美国诗歌的未来学派纷纭交缠。那种“机器美学”“迅疾运动”“科技元素”一系列词组，引起我本能的生理性反感。我赶紧屏住呼吸逃“上岸”。

那么，新未来主义是未来主义的续接吗？还是仅仅借用了那个“主义”而已？新未来主义的内容是什么？还是一种前景？我在心里默默猜想，虽然“主义”与“新未来”的畅想是二者共同的兴趣，但时代的背景已经截然不同——基于思想者对人类巨变的敏感，以及对未来变革的创造性思路，老教授讲得太复杂、太丰富了，我并没完全听懂。回到现实生活，眼前哪有未来主义的踪影？到处充满混乱，一切都在衰败退缩中。一部分人生存艰难，陷入灾难性泥潭。除了科学家、企业家、人文学者，究竟有多少人去思考未来呢？更没人对线与色彩的重叠交错发生兴趣。哪怕就在这个课堂上，对于未来的认知恐怕也是一团乱麻。那些敢于发出新未来主义宣言的人，大概是一半痴了、一半疯了？

老教授补充：尽管一个世纪以前的未来主义驳杂多元，但他们大多主张扬弃古典主义传统，持有鲜明的反叛立场，敏锐地关注新思潮与新观念，反对过去那些奢华恶俗的审美趣味。比如波德莱尔的《恶之花》，对“过去”既定的美学观，进行了无情质疑与深度剖析，因此开启了一个时代的新美学。“过去”属于历史，只有清理过去的残渣，才能拥抱全新的生活形态……

然后他谈到了埃隆·马斯克，还有马克·扎克伯格、ChatGPT 的创始人萨姆·奥尔特曼，以及那个美籍华裔科学家黄仁勋。后半堂课他一直在谈论这几位当代科技界最具影响力和争议性的企业家，他们在人工智能、再生能源、太空探索以及 SolarCity（太阳城公司）等方面，均已取得了重大的突破。那些创造都基于两个字：未来！目标是改变世界，让人类继续进步。老教授强调：企业家狂热地追逐商业利润，以至于某些言论与做法令人疑惑，但他们无一例外对科技发展具有高度的前瞻性、开创性。其对于未来整体性的预测眼光，也就是我所说的“未来视野”。毫无疑问，在世界范围内，正在诞生各种具有未来视野的代表人物！

老教授的口气坚定，花白色的头发激动地跳跃着。

蕾表姐似乎已陷入沉浸式体验。老教授终于停下来，课堂瞬时静音，那个盘头的长裙女人——宾逸宣布下课，随后，猛然响起一片狂烈的掌声。四合院的瓦顶似乎被掀翻了，灰蓝色的天空豁然敞开，我觉得正在朝着外太空飘移漫游。

接下来是互动环节，提问很热烈，一个个都争着发言。老教授的惊人之语，颠覆了听众有关年龄的偏见。录音机里的声音嘈杂纷乱，难以分辨。

提问者表达了很多疑惑，更多的时候，提问者好像在发表讲演：

请把新未来主义具体定义一下！我们不喜欢主义，只有你们这代“新三届”才会热衷于谈论主义，坚决反对给科学技术贴标签！……马斯克是一个幻想家，还是一个骗子？马斯克去火星是否意味着打算抛弃人类？智能机器人善于学习，知识积累后自动生成新的知识系统，一旦获得了自主意识，是否终究将控制真人？人被自己的创造物所控制，是一种新的异化？智能机器人不可控，最终联手毁灭地球？您用新未来主义否定“过去”，那些研究“过去”的人算不算“过去”呢？

老教授一一耐心回答，也有含糊或是跳过。互动已经超过了一个小时，老教授也许有点累了，他站起来，说了最后一段话：

由硅基芯片产生的算力，对于碳基生命来讲，将是人类大脑计算能力的百倍以上。目前的ChatGPT，用人类的知识做训练，它的智力水平与人类相当，暂时无法帮助我们探索未知的宇宙。超级AI将有一个更加开放的学习系统，很快将具有超人类的能力，能够帮助我们更深入地解答宇宙秘密。所以，硅基芯片产生的智力，大幅度超过碳基生命的那一天迟早会到来。建议大家关注“涌现”那个词，海量大数据将会自动生成AI的智能顿悟。这正是新未来主义的理论背景，必将为人类积极应对未来创造更多的可能性。甚至有可能在远期的未来，建立一条时光隧道，为人类的不归路，提前准备一张回程票……

有人激愤地打断他：回程？从哪里到哪里？

老教授显然是有备而来：在未来，无法被机器代替的，只能是碳基生命亲自体验的那些创造性的活动，是硅基生命无法代替的那些！

我也想提问：您的意思是，机械的归于机器、情感归于肉身？

但我不习惯在公众场合发言，又把话咽回去。

课程结束了，我们涌到门口，目送老者离去，破旧的胡同里留下一个独行的背影。

转身，迎面遇见院子里那株衰老的古柏，树皮的皱褶里嵌着经年累月的沧桑。四合院斑驳的外墙面剥落，露出内里残破的青砖，地面铺上了混凝土。这座百年老院，聚散了多少岁月烟云，逝去的步履掩藏着过去时代的轨迹……刚才上课时感觉到的那种无形的、颠覆性的外部世界科技狂潮，与眼前这个有形的、封闭的、破败的四合院，极不和谐地重叠在一起，生出了一种强烈的荒诞感。

那一刻，我走神了……

这次讲座带给我最大的启发：所谓“新未来主义”，并没有设定“主义”的条框，而是意味着一种无限敞开的视野，那种面向未来的宏阔视野。只有获得了这种视野，我们才能飞越老旧的四合院瓦顶，看到叠加在蓝天上的未来场景，那应该是另一个维度的宇宙存在吧？

我突然很想对蕾表姐说出自己此时的感受，可惜她正和宾逸粘在一起兴奋地聊个没完。她们互相贴了脸好像在告别，但还是没有离开的意思。

终于结束了，蕾表姐谢绝了宾逸的晚餐，说还有事。她带我去麦当劳晚餐，说我们就偶尔不健康一回吧，毕竟可以节约时间。餐厅里有些冷清，座位很空。她给我点了一个牛肉巨无霸套餐，给自己点了一个鱼肉汉堡套餐。我端着两份食物饮料，挨着蕾表姐坐下。

蕾表姐喝着碳基生命的碳酸饮料，冰块在杯沿上碰撞，发出淅沥的响声。

刚刚听课时，有一刻我被那位老教授打动了。我懂得他说的“过去”，那一代人，经历了许多挫折与苦难，才有资格谈论未来。可惜，恰恰是那些从“过去”走来的人，大部分人对新未来主义一无所知……

短暂的停顿，她欲言又止：我想到了你姐夫，他总在“过去”和“未来”之间犹疑摇摆，思维逻辑无法自洽……

表姐夫？我是追问呢，还是保持沉默？不确定。我只好往嘴里一根接一根塞薯条，忘记蘸番茄酱，嗓子被噎住。

蕾表姐自言自语：我理解的过去，不是时间概念，而是一个整体事件。假如忘掉历史，或许变成白内障；但假如看不到未来，也许会变成青光眼！对于这个善于遗忘的民族，反思过去、清算历史都是必须的，但更重要的是，彻底摈除过去的那种思维方式，比如仇恨、偏激、绝对、极端、非此即彼、非黑即白……

我是一个“90后”，对过去比较生疏，更不想回到过去，赶紧把话题转移到蕾总感兴趣的火星：我有一个大学同学的高中同学，是一个富二代，他父亲是亿万富翁，他正在美国留学，准备10年后搭载马斯克的火箭，移民去那个暂时还没有国籍的火星。

蕾表姐果然立即兴奋起来：假如我年轻20岁，我也会去火星！

我心里有点惭愧，我比蕾总年轻十几岁，为啥我不想去火星？

忽然，脚底下滚过来一颗又红又大的石榴，邻座的一个萌娃，摇摇晃晃钻到桌下捡起来捧在手心，递给她的妈妈：吃！吃！

她妈妈说：没法吃，掰开了石榴子散一地，等回家再吃。

蕾表姐伸手摸了摸那个小男孩的头发：

你看这红石榴，像不像火星呀？

火——星？萌娃一脸蒙懂地看着她，捧着石榴逃开了。

邻座的家长远远接话：嗯，你这个比喻有趣，还真蛮像的！火星地表覆盖着锈色的氧化铁，中学地理课学过。

蕾表姐进一步发挥：是嘛！火星在肉眼可见的天体中，生态条件最接近地球。等你家孩子长大，说不定能赶上做一个火星人！

那位家长笑笑，抱着孩子站起来，捧着那石榴火星匆匆离去。

于是我假装懂事地安慰蕾表姐：上高中的时候，学校组织去天文台参观哈勃望远镜，火星看上去就像一只生锈的铅球，表面遍布撞击坑、沙丘和砾石，连一片苔藓都没有，更没有稳定的液态水……

蕾表姐打断我：现在都用韦伯望远镜了，可以看到峡谷里洪水留下的痕迹。

她露出赞赏的神情：从火星表面获得的探测数据证明，远古时期，火星曾经有过液态水，而且水量特别大。这些水在火星表面汇集成一个个大型湖泊，甚至是海洋。在火星表面可以看到众多纵横交错的河床，可能是当年的洪水冲刷而成。火星上还有移动的沙丘、大风扬起的沙尘暴，南北两极都有白色的冰冠，也有类似地下水曾经涌现的痕迹。火星表面的许多水滴形“岛屿”，也在暗示这一点……

关于火星，蕾表姐储备充足，好像要去参加有关火星的知识竞赛。

请允许我也显摆一下：火星不宜居住，不是因其热，而是因其冷，火星接收到的太阳辐射能只有地球的43%。未来移居火星的人类，需要穿着笨重的航空服，像宇航员一样笨重，像蜗牛一样缓慢地移动。我想不出在火星上生活能有什么乐趣？

蕾表姐对火星的热情坚定不移：伟大的科学探索就是乐趣本身！你觉得自己目前的生活有乐趣吗？在我看来，未来的火星人将会成为太阳系新的生命物种……

我收拾着空了的汉堡纸盒、番茄酱袋。巨无霸加薯条，再加一份冰激凌，吃撑了，打嗝。内心好似有东西翻腾，控制不住，突然冒出一句：

蕾姐，我攒了一些问题，不知该问不该问？

尽管问！姐虽不是百度，但也有问必答！

你会感到孤独吗？

当然。很深的孤独感，是内心的孤独，雾一样包裹我。看起来，每天我说很多话，但是，真正想说的，没人说，也没人愿意听、听不懂。包括你姐夫……

蕾表姐垂下眼睑，整个脸都暗淡了。

我说得小心翼翼：看你整天忙来忙去，即使为了赚钱，也不用这么辛苦。这段时间，我了解到太多有关宇宙的知识。地球、人类如此渺小，每个人忙碌一生，最终都会死去，尘世的欢乐悲哀全都烟消云散。那么，人生的意义究竟是什么？我找不到活着的意义。在我看来，一切奋斗都是无意义的，所以没有动力……

蕾表姐愣了一下，显然把她问住了。

……不对！未未，你说自己无所谓，其实正是有所谓！

我又怯怯补充：无所谓的是眼前，有所谓的是未来。我想知道，蕾总拼命工作的动力，究竟来自哪里？我对人生充满疑惑……

蕾表姐陷入了沉思，停顿10秒，急转：

未未，你有一个错觉，你以为我就不疑惑吗？我也疑惑！只是，我的疑惑不是你的疑惑。或者，你的疑惑与我的疑惑性质不同。通常，旧的疑惑解除，新的疑惑又来！先回答你一句，在我看来，人生，并无意义！

轮到我吃惊。我原以为蕾表姐活得特别有意义。

她接着说：然而，无意义不等于绝对无意义，有意义不等于真的有意义。人类究竟来自物种进化还是基因突变？人类被宇宙间的造物主制造出来，那么宇宙又是谁制造的？无数的生命奥秘都没破解，谈何意义？自从人类拥有自我意识，开始追问无意义的人生，非说我要活出意义，于是就有了意义！所谓的意义，其实都是人类自己赋予的！所以，对人类最大的威胁，并非AI，而是人类自身！

绕口令一般的脱口秀把我转晕，让我脑神经一阵痉挛，心脏悸动！

蕾表姐的语速习惯性加快：我比你年长，经历过的失望甚于希望，或许比你更加悲观。但我仍然努力工作，一天不敢懈怠，也许仅仅是为了消解无意义。

我点头：存在主义的逻辑推理认为，人生无意义，因此人可以去设计自己，让生命变得有意义。但是目前的问题是，我根本无法设计自己！

蕾表姐的手机响了，拦截了人生意义，否则她还会继续为我解惑。

她走开去，讲了几分钟，回来：

未未，咱们该走了，你回家收拾东西，带几件换洗的衣服，我们明天就出发去油田。公司最近人手不够用，连我的助理也被派出去盯项目了。你就给我当一次临时助理吧？

临时助理？听起来不错！关于去油田，她已经讲过多次了。

回家把你老爸——哦，我姑父安顿一下，今晚我找人去你家安装24小时无死角监控，在手机上随时调看，你可放心出门。

好吧，去油田，出去放风，一路把蕾表姐的意义认真研究一番。我想。

只要不去火星，去哪里未未都乐意奉陪！

我看到油田的第一眼，并没有看见想象中苗圃一般竖立的油井。一眼望去，旷野上盖着整整齐齐的小屋子，犹如一座密集的“城镇”。“屋顶”是银灰或乌黑的，被分割成一格一格、一排一排，好像大海里翻滚着无数的大鱼，鳞片闪闪发光。海面上还飞翔着一只只大鸟，单脚立地，柱脚高大粗壮，顶端展开三叶白色的翅膀，不停地扇动、旋转。

那是太阳能！这是风能！都是新能源！听蕾总骄傲的口气，仿佛这是她的企业。

明白了，这里的夏天阳光灼热，春秋冬三季寒风狂烈。太阳能、风能齐备，整座油田不是在采油，而是在发电！满足油田自身的用电需求。

颜色斑驳的农田中，穿插着一根根低矮的桅杆，随着海浪颠簸。

走近了，桅杆原来是一座弧形的大机器，一下一下不停地运动，不知疲倦地弯腰鞠躬。我骄傲地对蕾总说：这个我认识——“磕头机”。

来油田的路上，蕾总曾给我介绍，几十年的老油田，井喷的时代早已过去，油层已被榨干。有人提出“在油田下面找油田”，就是往下深挖，原油就藏在地下的岩层中；使用磕头机，通过水井往油井周边的地下注水，用水的压力，把岩层里所剩不多的原油，一滴一滴挤压出来。

进城了，宽敞的街道、绿化带等一应俱全，高楼林立，霓虹灯视频广告、喷泉公园、街区繁华……中等城市的规模。磕头机就在小区的房前屋后不停地作揖，恳求地球给人类赏赐原油。城外的野地里也矗立着一座座磕头机，这是一个现代工业和传统农业混搭的城市，在荒原上野蛮生长。我对油田的印象有点杂乱。

在一家普通的宾馆安顿下来，离晚餐时间还早，蕾总表示要带我先去油井看看。正合我意。开车出城去采油一厂，蕾总告诉司机去 166 号井，看来她对每一口油井的位置都很熟悉。在路上，她给我讲了油井智能管控仪的原理，不太难懂。简单说：由于地下岩层的地形复杂，原油处于流动状态，水井注水，长期以来都是“盲注”，需要人工测试，不仅费时费工，人工根本无法准确计算每一口不同的油井需要的不同注水量，更无法测算原油流动后水量的调整。智汇公司研发的软件，是一个精确的编程，在每一口油井上，安装一个油井智能管控仪，探知井下原油变动的状况。在油井上安装智能管控仪，可以自动显示并调节注水量，解决人工看管油井以及注水调节不及时的缺陷，极大地提高并优化生产效率……

她在那口标注着 166 号的油井前停下来，作业区空无一人，我想象中穿着工作服、戴着头盔、脸上一抹黑油的采油工并没出现。司机说：哪还有电影里那种采油工嘛，油井只有巡回的维修工和管理人员。

蕾总把我带到磕头机面前，机器的长臂正在不知疲倦地上上下下。她指着机器底部一只CD播放器大小的精密仪器，告诉我这就是智汇公司提供的产品，安装在井口，用来收集井下的数据，然后上传到采油厂的云端管控平台，进行分析处理。这个采油厂目前已经基本上实现了自动化管理……这种智能管控仪，对智汇公司来说，只是小菜一碟！

面对自己的得意之作，蕾总的眼里充满笑意，脸上泛起自豪的亮光。夕阳在她的头发丝上跳跃，那个瞬间，我心里颤了一下：一个人全身心投入一件自己喜欢的事情，应该特别快乐吧？可惜我从未体验过。

我连连点头，假装很懂的样子。似懂非懂，不确定。

那些天，我跟着蕾总还有她的团队，在办公大楼、宾馆会议室、这个那个工作站、信息中心、页岩油实验室进进出出，进行调研对接。蕾总见了很多人，需要研究的问题一个个铺展开来：大模型的数据资料分类、大模型的规划、大模型的资金投入预算……蕾总曾经逼我读过的那些资料，在脑子里慢慢复活。毕竟我也算读过大学，几天过去，我也渐渐“被兴奋”了。

我第一次看到时刻处于工作状态的“高技术”蕾总，不再是那个想入非非要去火星的蕾表姐，她变得事无巨细、沉稳务实，像一个伶牙俐齿又不厌其烦的推销员，面对各种不同岗位的领导，一次次耐心讲解油田建立大模型和知识工程，对于未来不可估量的前景。有几位重要岗位的“干部”，虽然听说过人工智能，但不明白ChatGPT与ChatGPT-4究竟有什么区别，更不明白“思维链”“多步推理”“AI能力”那些科技名词。蕾总瞬间又变身为老师，开展科普扫盲。她的讲述具有相当的煽动性与蛊惑力，那些工程师的口才还真不如她，能把枯燥乏味的科技知识讲得生动吸引人。她在激动的时刻，面色绯红，两眼放光，像一头左奔右突的母豹，跃过沟壑，穿过丛林，在峡谷中奔跑。

在这个过程中，蕾总并不要求我做什么，只是让我经常跟在她身边，嘱我把进行时的点点滴滴记下来。我只需使用听力与视力，担任听众与观众的角色。

由于以前她已往来油田多次，对管理层和技术部门很多人都已熟识，事情进行得还算顺利。有一天她悄悄对我说：我们的准备工作进行到八成了，大模型的赛道已经开通，只要能得到管理部门高层领导的支持就好办了；批准立项是最后的攻坚战！

我坏笑：我也没见你有什么先进武器，那些请客送礼什么的，你好像一样也不会。成天就看你在和各种人没完没了地谈话！

蕾总的脸沉下，变得严肃：油田各方面的纪律规定很严，就连请人喝茶都请不出来。再说，我不屑于那些小儿科，只要手里拥有真正的好东西，才能把人彻底征服！

我在心里嘀咕：你手里能有王炸？

瞄一眼蕾总挺直的腰板，我把问号变成了句号。

奇怪的是，到了油田几天以后，从小困扰我的过敏性鼻炎，神奇地自我好转，鼻腔与嘴巴忽然呼吸通畅，头顶上蓝天白云，视线里天地开阔。

我的心也好像一下子扩大了许多。一个又一个湮灭已久的念头涌现，在脑子里浮上来又沉下去。

我很快喜欢上了这里的饭菜，尽管是工作餐：茄子、豆角、西葫芦、大馒头，炖排骨、炖牛肉、小鸡炖蘑菇。大盆大碗吃得痛快，比外卖的味道好多了。

我更喜欢那些技术员和工程师，虽然大多数戴着眼镜，但那壮实的身板、大幅度的手势、大嗓门、肤色红黑，自有一股豪爽之气。他们比我大几岁，也有年龄更大的，据说都是硕士或是博士。有时候蕾总与人谈话，我就去他们的办公室转转。办公室都很宽敞，一个房间两张办公桌面对面，不是城里那种大公司分成一格一格的。办公桌上有台式电脑、打印机等，全是自动化办公配置。墙边还有一个多层的文件柜以及敞开的书架。

这些工程师的普通话腔调都不一样，东西南北的口音残留，像很多条河流汇集到这里。他们喜欢和我开玩笑，说这个帅哥挑花眼了吧，三十好几还不找对象！你看我的儿子都已经上学了，那个李工的女儿都上了大学。未未，你没学过量子物理学，“量子纠缠”早晚会来纠缠你的！

其中有一个四十多岁的工程师，面相和善，姓常，大家都叫他常工，说他资历最老，是油田的长工。我问什么是长工，引起一阵哄笑，有人说这个谐音梗有历史感。常工替我解围，说现在的年轻人就连地主都没听说过，怎么知道长工？他说：我这个长工不是雇佣关系，我是石油的志愿者。未未，你如果愿意，也到油田来当志愿者吧！不过油田的技术含量太高，你起码要去地质大学或是石油学院读上五年……

有一天，我在走廊里闲逛，常工的办公室门开着，我走进去。房间里没人，常工大概临时有事走开了。我站在他的书架前，歪着脖子打量他那些高高低低的书籍。依照我的经验，若想了解一个人，只要看他读什么书就知道了。常工书架里的书还真不少，大多是近年出版的科技书：

《为什么伟大不能被计划：对创意、创新和创造的自由探索》《最优雅的科学》《科学革命与现代科学的起源》《算法的力量：人类如何共同生存?》《量子物理如何改变世界》《现代科学的诞生》《云端革命：新技术融合引爆未来经济繁荣》《我们的未来：数字社会乌托邦》《人工智能的神话或悲歌》《平行宇宙》《线的文化史》《大模型时代》《AI 时代的知识工程》……

我还看见了 2022 年出版的《重新理解企业家精神》，作者是一位著名的经济学家。蕾总对我提到过好几次，还给公司的高管每人发了一本。我忍不住伸出手，从书架里抽出了另一本《人类还有未来吗》。我正想打开书页，常工的声音从我身后传来：

哈哈，小伙子，你也爱看科技书？

这些书都太专业了，等我以后慢慢看。我想问你，常工，你从哪里获得这些书讯呢？

常工：在网上查阅嘛，还有同学同事的微信群，互相交换新书信息。比如蕾总，也常给我们推荐。如今在任何地方，都能网购各种前沿科学的新书。难的是选择自己需要的书。

我的目光落在书柜里的一只小镜框上，里面有一张放大的彩色照片，背景是油田巨大的白色“风车”，一个女孩笑得灿烂，背后是常工和一个好看的中年女人，伸开双臂搂着孩子。这是常工的全家照？

哦，我一般都是春节回老家团聚。常工的眼睛笑眯眯的，去年暑假，孩子妈妈带着小孩来油田探亲，女儿很想留在我身边，但我工作太忙，没法照顾她们……

我的眼睛里弹出一个个问号：你老家哪里？长期两地分居，那你为什么不调回老家去工作？如果全家来油田定居，孩子妈妈可以带孩子嘛。

常工看懂了我的疑问，用平淡的语气讲述了他家的故事，让我有些诧异。原来，常工毕业于北京地质学院，老家在辽宁农村，妻子在县城工作，结婚后也曾打算把她接来油田。但是在油田没人帮他们带孩子，只能留在老家靠奶奶带小孩。孩子长到读小学，正打算把她们接来，爷爷中风瘫痪了，奶奶要照顾爷爷，孩子她妈要照顾全家，目前只能这样凑合着。那么他为啥不调回老家那边去呢？因为他的专业离不开这个岗位，半生的经验，去别处就用不上了……

我不知道如何安慰他，无论怎样的表达都苍白无力。其实每个人都在苦苦挣扎，除了卷与躺，也许还有一种状态叫坐与站！

唉，不说也罢，她们每天就这样陪我，也好。常工把小镜框放回原处，很快转移了话题。我们来说说蕾总吧，她的公司原本是工业互联网平台的供应商，几年前来这里开拓工业软件的市场，油井的智能管控仪已经陆续安装了上万台，但她又发现了一个更大的“油田”——建设油田的人工智能与知识工程。这是多大的雄心啊，一般人想都不敢想！这里的人，去年就连 ChatGPT 都没听说过呢，蕾总一个个、一层层去给人讲课，但还有几个坎过不去。后来我带她认识了管理局石油勘探研究院的院长，他是油田的总地质师，经验丰富，脑子特别好使，差不多是一个仿真机器人。他听了蕾总的设想，明白建立大模型对于油田未来的知识共享太重要了！研究院掌握着石油行业几十年的历史数据，起码有上千万条，正是蕾总最需要的语料！所谓的人工智能，首先是人工，大量的人工，给计算系统喂料。勘探研究院也早有建模的设想，但仅靠自己的力量不够，必须与社会资源进行合作。没想到，智汇公司不请自来，如果大模型开建，他们会考虑对智汇公司开放这些数据。可把蕾总高兴坏了……

你们是在说我吗？蕾总悄然站在我们身后，像一个精确的程序进入系统。

常工转身：哎呀，蕾总来了，我正在给未未说大模型呢。今天有进展吗？

蕾总的脸上在放光，笑容从眼镜片后面弹出来：

大进展，飞越天堑！完全超过了我的想象！

在随后蕾总的讲述中，我看见了一个神奇的转折点：

那位勘探研究院院长帮她联系了管理局的高层领导，希望能见面沟通一下。管理局领导爽快地答应了。他的办公室门口总是挤满了等待接见的各色人等，就像专家门诊一样拥挤，但他却在百忙中与蕾总会面。蕾总提前做好了功课，大家都帮她准备资料，每一个环节都要考虑周全，就像博士生论文答辩。见面时，蕾总三言两语就把问题的症结讲清楚了：目前国内的软件公司都在PPT上建模，做业务模型需要海量的数据、语料，还有显卡——显卡虽然被“卡脖子”，但也有渠道解决。最关键的是大模型的算力和算法，需要资金、设备以及大量的科技人员，需要得到管理局领导的支持……她万万没想到，领导对前沿科技很了解，对ChatGPT也很感兴趣，很快就听明白了，当场就请信息部主任过来一起谈，谈了两个小时，交流顺畅融洽。领导决定把这个计划提交党组会讨论，成立大模型工作协调中心，把所有的科技部门，比如研究院、实验室、测绘局都协调进来一起干。他认为石油行业必须站在时代前列……

蕾总停顿了一下，调整呼吸，转头对我说：未未，你相信吗，我当场像被电击一样，心都要跳出来了！惊天动地的好消息呀！我为此已经奋斗了十年！这道门总算是被我打开了，下一步就是准备进行预训练……

王炸！我在心里说，蕾表姐威武！

常工满脸通红，说不出话，咕嘟咕嘟喝下了一整瓶矿泉水。

蕾总看一眼手表，匆匆转身，丢下一句话：

我还有个约，先走了，常工拜托你再给未未详细讲解一下大模型！

蕾总像一阵旋风刮走，步态轻捷，我却感觉到了地层深处的剧烈抖动。

那天傍晚，常工在办公室里对我大谈人工智能的基本原理：在目前的一系列测试中，人类的思考能力是87%，而ChatGPT-4可以达到100%……所谓的人工智能，必须把海量的数据喂给计算机，好比是一部大辞典，每一个条目输入后自动打上标签。计算机会自动进行学习，然后生成新的知识结构。大模型只有起点，没有终点。它在大规模的参数集上进行训练，具有复杂的网络结构。在训练时，通过大量数据，它不断进行无监督学习、自我深度学习，学习到大量的细微语言特征和语境信息，更好地理解和生成复杂的知识结构。大模型的技术特征一个是“大”，另一个是“通用性”。“大”体现在大模型的参数量大、运算量大、数据量大、算力也要大。“通用性”意味着可以在各种不同的任务和语言上进行训练和使用，就好比ChatGPT同时携带着所有同类型的字典。AI大模型在行业运用中，具备太多优势：关联推理能力强，有很强的泛化能力；多任务通吃，人工成本低，适配能力强……总之，在未来，通用型人工智能

ChatGPT 是一个极其便利、应用性极强的软件。它不仅是技术革命，更有可能是一次思维模式的全面突破……

很多新词，从常工那里蹦出来：调优、跨模态、隐形知识、多步推理、第四范式、分离、无限迭代……我的头发一根根竖起来，头皮发硬，鼓膜发胀。公平地说，常工是个不错的老师，能把复杂的程序讲得通晓明白。但我还是半懂不懂，难以确定。

应该到了下班时间，常工却没有离开的意思。

窗外的天空暗下来，传来了隐隐的雷声。雷声迅速地滚过来，震得窗玻璃一阵阵抖动。屋顶摇晃，犹如远方的战争正在逼近。

常工的大嗓门压过了雷声：讲一点轻松的，别看蕾总是你的表姐，很多事儿你肯定都不知道。蕾总这个人有远见、有眼光，第一次来油田，她的一个大学同学把她介绍给我，让我帮她。当时她没有一个朋友，找了很多人，没人理解她的想法。民营企业处处艰难，我带她一个一个领导挨个儿去拜访，不敢请客送礼，更不能送红包。有一次正好遇上中秋节，她备下一桌酒席，请几个熟悉的技术员全家一起过节。结果呢，等到酒菜都凉了，一个人都没来……真是难为她了。我不放心，赶去宾馆门口等她，出租车来了，我为她打开车门，她直接从车里掉出来，看来是把自己喝醉了，司机说她半路趴在公路的护栏上吐了一地……

常工拉开抽屉，拿出一包饼干，还有一根火腿肠，他把皮剥了，掰开一半给我：先凑合一下。今晚我请你吃饺子，饺子馆在大楼外面的商业区，等这阵雨过去再走吧，正好还能聊一会儿。

一声巨雷炸响，大雨倾倒下来，没人给我们送伞。

我想起蹲在地上大哭的蕾表姐，她穿过黑暗的隧道，只有车灯幽幽发光。

蕾总在这里断断续续坚持了七八年，后来我再也没见她掉过眼泪。常工说，她是一个了不起的女人，我们都管她叫阳光姐姐……

楼顶响起一声雷，房间在瞬间坠入黑暗——停电了！

我凝神望着窗外。深黑色的天空中，一个霹雳接一个霹雳，大雨如同锋利的刀斧，划开铁幕，穹顶被撕裂，裂成无数碎片，倾泻而下。闪电照亮原野，夜如白昼，诡异狰狞。近处的杨树披头散发，远处的风能发电机摇摇欲坠，旋转的翅膀有如银色的长剑指向苍穹；大地上铺排的太阳能板，汇成闪闪发光的河流，波涛滚滚，排山倒海……孤立无助的人们，将被暴雨吞没，淹没，湮灭，犹如世界末日来临……会发洪水吗？那一刻我的脑中涌现出各种念头：在未来，人类也许将成为大模型的工具人？如果AI生成了推理能力和自我意识并越过界限，是否会对人类构成威胁……如此严酷的话题，我无法解答，不确定。

眼前一亮，常工打开了一盏应急灯，一灯如炬，重返光明。

常工，我想请教你一个问题。我鼓起了勇气。

说吧！

人类进入新能源时代，传统能源将被替代，蕾总为啥要对油田投入这么多的心血？我不太明白。

常工陷入深思，像一个哲人：你想，有的人浑噩活过一生，有的人志向高远。实现理想需要平台，梦想需要搭载飞行器。从国家的大战略来说，原油储备是必须的。国内的油田储备还有几十年的开采量，所以原油开采的目标早已转向储藏量更为丰富的外域大油田。大模型可对油藏进行模拟分析，精准定位开采，假如发生卡钻、结蜡、洒漏种种故障，大模型数据可以远程提供解决方法，成为智能生产助手……我认识蕾总三年了，听到她说最多的一个词是——

率先？我耳边响起了蕾表姐使用频率最高的两个字。

对了，率先！她事事都有超前的敏感，还有敢为人先的气魄，善于从困境中抓住那个“被接住的瞬间”！

雷声远去，雨声戛然而止。整幢大楼沉寂无声。

走吧！常工站起来，雨停了，赶紧去看看饺子馆有没有关门，肚子饿了！

我们走在空无一人的路上，地上都是积水，一脚深，一脚浅。一辆卡车驶过，躲避不及，溅了我一身泥水。

天晴了，清凉的晚风吹来。隐隐望见原野伸展开去的暗影，天庭像一把收不拢的巨伞。积淀残留的水汽，形成深蓝色的云团，一层层、一片片卷起来，卷起来，然后，悬停。一弯月牙从灰色的云彩里钻出来，蟾宫的神话早已退去了。头顶上的苍穹，银河系瀑布般繁密的星星，如同一条波光粼粼的大河穿过宇宙。

我抬起头，试图寻找那颗橘红色的星球。星云闪烁，传来微光。火星、水星、木星、天王星，掩藏在缓慢旋转的天体中。火星是一颗引人注目的火红色星，它穿行于众星之间，时而顺行，时而逆行，亮度也常有变化。我知道它就在那里，在月亮无法到达的太阳系深处。假若我们在火星上遥望地球，地球像一粒尘埃，显得有点脏。看不见的暗物质、暗能量，如同污浊的空气弥漫充斥，分分秒秒。是地球脏了呢，还是地球人脏？不确定。

我站在蓝色的星空下，引力波正在穿过我的身体，却是无感。脑中闪过关于时间旅行的诡论：一颗球落入时光隧道，回到了过去，撞上了自己，使得自己无法进入时光隧道。

一个又一个问号蹿上来：人生有意义，创造了灿烂的地球文明；人生没有意义，死亡终究会抹平所有的痕迹。这是一个延续了千年的古老话题，从来无法确定。如今有一种新的说法：碳基生命的意义，就是为了催生硅基生命。碳基生命是硅基生命的孵化器？硅基生命才能体现碳基生命的意义？那么，人生的意义就为了创造出更高级的文明？假如硅基生命被恶意利用，越过界限造成AI失控，也就是说，碳基生命创造了硅基生命之后，也将毁灭自己？硅基生命是万能的，永生不再是神话？然而，硅基生命有灵魂吗？没有灵魂的生命，算是哪一种生命形态？

这些问题太纠缠、太烧脑，我的脑容量明显不够用。

常工发出声音：喂喂，小伙子你想啥呢？小心掉进沟里！饺子馆就在前头！

路灯亮了。我反而觉得自己的眼神涣散了。

常工大哥，我考考你——你知道什么叫作“荧惑”吗？荧光的荧，疑惑的惑。我弱弱地问。

荧惑？常工重复了一遍，让我想想，这个词儿，好像在哪里看到过……他的脚步停下来。

他掏出了手机：我还是问问百度吧，你甭想难倒我。

过了几秒钟，他大声地念道：火星，离太阳第四近的行星，也被称为“红色星球”，是太阳系中仅次于水星的第二小的行星。地球探测器飞行约7个月，才能抵达火星。由于火星荧荧如火，位置不固定，亮度时常变动，让人无法捉摸，中国古代称火星为“荧惑”。在古罗马神话中，则把火星比喻为身披盔甲、浑身是血的战神“玛尔斯”。火星的内部结构与地球相似，有壳、幔和核。但是火星核的组成和大小，不确定……

常工背书了。互联网时代，获取知识太容易。我还需要用大量时间读书吗？

未未，我不是学天文的，但是目前有太多的问题逼人思考。常工抬头望着天空。我最近常想，夜空为什么是黑色的？光在传递的过程中，被无数的行星挡住了，行星不发光，于是变暗的光被抵消回来。如果星星的数目有限，那么宇宙在空间尺度上也是有限的。如果宇宙是无限的，那么星光有足够的时间到达地球。可知宇宙空间其实平直，没有发现光线的弯折。一个平直又没有边界的空间，那是无限大的。究竟有多少个星系构成了平行宇宙呢？无限大的宇宙中，肯定还有其他的智慧生命……

我无语。除非你面对一个无所不知的聊天机器人，或是安装脑机接口。这些问题，涉及宇宙起源、人类起源、意识起源……完全颠覆了我的想象。ChatGPT-4 以后，人类还能做些什么？一种紧迫感突然朝我袭来。

常工只好转移话题：未未，你还年轻，将来有兴趣去火星吗？

嗯……不确定。我只是喜欢那个词儿——荧惑！

吃完了饺子，回到宾馆房间，我给老爸打电话。出门几天，我每天都会查看监控器，抽时间和他聊几句：吃了什么？睡好没？每天的内容都是重复的。不过，昨天他告诉我，服药以后，病情似有缓解，手抖不严重，外出走路不用手杖。今天他的声音听起来有点激动，这是他对我说的最长的一段话：

我在电脑上查资料，有一条新的信息，一般人不会注意，但我注意了：π 值很可能被算尽，说明圆周率是一个有理数，也就是说，圆嘛，不是一个光滑的球，而是一个正多边形。那么，关于圆的微积分等一切理论都是错误的！这个发现太重大了，人类忙活了上千年的数学体系，还有物理体系，即将崩塌了！那么，随之而来，人类现有的数学体系和科学测量，需要全部推倒重来，重新设立。假如 π 真的可以算尽，说明无限不循环不存在，一切都是有规律的，可以被计算被模拟。包括我们所处的世界、思维、意识，甚至包括人类自身，很可能是高等智慧体用数据创建的。未未，你在听吗？这个非常非常重要……

我回答：是的，我在听。爸你最好讲得简单一点……

老爸的口气放缓：简单说，人有可能是被创造的，有一个造物主，冥冥中注视着地球和人类。如果π被算尽，时间逆转公式就能成立。那么……那么……你懂的，我也许可以重新牵住你妈妈的手……

我的鼻子酸了一酸，随后无法克制地打了一个哈欠。

爸，你早点休息，我的手机快没电了……

折叠，收起，充电。然后我就倒在床上睡着了。

第二天早晨醒来，我打开手机，看到了蕾总的一条语音留言：

昨晚你关机了我找不到你今天白天我开会有速记你不用跟着我今晚我请员工吃饭表示感谢这不是公司的商业行为是我自掏腰包的个人行为得到了某位领导通情达理的特殊批准。勘探研究院答应对我们智汇公司开放全部的石油数据这样建立知识大模型计划可以落实一半了今天白天我还要出去落实一些事你不用跟着我那个协调会议还得等待党组会讨论估计没那么快所以后天我们可以先回北京晚餐的地点等我通知

我回复了一个表情：OK！

那天白天我比较悠闲，在房间看手机，那些民间高手幽默诙谐的帖子，不断让我会心窃笑。一机在手，胸怀全球。有人说短视频是有害胶囊，长期服用会产生负能量。我服用了两三年，却发现体内原来沉积的毒素与重金属都被清空了，头脑越来越清醒，思维越来越活跃。那些发在群里的短视频，都是真人与真实的场景，而不是虚构虚空的虚拟世界。我曾在某个群的短视频里，看见了街边白色的“广告牌”；看见无人机穿过沉重的黑云，送去精灵的光焰；看见了一个孤独的“旅行者”，驾驶着飞船驶向火星的身影。我听见了有良知的学者哑着嗓子发声，听见了骗子流氓的无耻妄语，听见陋巷茅屋老翁老妪凄凉的呻吟……我不会再对着镜子里的一只好苹果，咬下腐烂的另一面。由于我短视频看得太多，善于识别真相与谣言。问题在于，刷短视频需要太多的时间，假如我再找不到工作，一旦老爸有个三长两短，大概率我会饿死。我必须养活自己，但是未来的工作岗位更少，我应该如何设计自己呢？不确定。

记得有一天晚饭后，我们在宾馆外面的湖边散步，我忍不住问蕾表姐：高科技行业太专业，我这个所谓的临时助理，也没能帮上忙。以后公司在油田开展大模型建设，让我来做电脑的“人工输入手”吧？

蕾总哈哈大笑：那个不用你！你还得在家照顾我姑夫呢！你的临时助理角色扮演得不错，我用你来装门面呢！重要的不是你能为我做些什么，

而是我作为你的表姐，能为你，一个不太笨的年轻人，做些什么。我不能眼看你坍塌下去！

那一刻，我心里有一股暖流涌上来，闻到了妈妈衣服上的味道。

……午饭后我睡了一觉，做了一些凌乱无序的梦。睡眼蒙眬中，一个个大胡子、长袍卷发的人影，从时间深处依次走来，在广场上慷慨演说，激烈地争执。我拼命地睁大眼睛，依稀辨认出他们的名字，尽管我从未见过他们：苏格拉底、柏拉图、亚里士多德、笛卡尔、斯宾诺莎、洛克、休谟、孟德斯鸠、伏尔泰、卢梭、康德、黑格尔、费尔巴哈、叔本华、克尔凯郭尔……模糊的面容无规律地重叠在一起，高擎的思想火炬，引领人类前进。这些古典哲学的大师，人类千百年文明的精华，犹如灿烂绚丽的群星，在浩瀚的苍穹下掠过，穿插，徘徊。……那么，未知的未来，他们的位置在哪里？百年的思想成果，会不会被巨变时代的科学哲学重新洗牌呢？

我猛然惊醒，被一阵巨大的恐惧感攫住了。

手机响了一声，是蕾总发来信息，让我去一楼餐厅聚会。准确地说，那只是一个装修过的食堂。

我还没走到餐厅的大包厢，听到一阵阵欢声笑语。蕾总、常工、赵工、刘工、王工，所有我见过的工程师、技术员都来了，还有蕾总的工作团队 5 个人，包厢里有两张大圆桌，全都坐满了。蕾总陪着一个中年男子，在沙发上喝茶聊天。

蕾总换上了一条蓝白细格子长裙，让我耳目一新。这些天她一直长裤 T 恤，工装打扮的"女汉子"，此时穿了裙子变得很有女人味。她朝我走过来，把我带到那个男子面前：这是勘探研究院的总地质师李院长，也是我一直以来想要找的那个合作伙伴！他在油田工作了三十多年，对油田的数据了如指掌，对智汇公司特别支持。李院长，这是我的表弟未未，我带他来油田见见世面，了解大模型的前景……

李院长戴着眼镜，看上去很斯文，招手让我在他身边坐下，说话也没有领导同志的腔调。他说："其实，我们要感谢智汇公司，建立油田智能知识库，是我们一直想做而没做成的大事。目前刚开头，后面还有更多困难。ChatGPT 的'人工训练'，喂进去的语料越丰富，训练过程中需要投入的资金与人工就越大……但是这个事儿再难也必须做，小伙子你明白吧，AI大模型是人工智能的分水岭，甚至是工业革命以来人类文明的分水岭。”

蕾总点头说：“进入下一个阶段，要寻求更多方面的支持。各家软件最后拼的是算法和算力！智汇公司的能力还不够，最后取决于大模型的计算能力，也就是算力！我们会制订详细的运作方案，让油田的大模型成为AI行业爆款！”

蕾总和李院长接着说话，我听到有关芯片、显卡等专业术语，只好借机走开。

大盘菜终于轰轰烈烈地端上来：大拉皮、熏猪蹄、暗红色的血肠、酸菜粉丝白肉、红烧大鲤鱼、白菜炖豆腐泡、蘑菇炖鸡、油豆角炖排骨……都是平时的家常菜，但油亮亮、香喷喷，堆了一桌，我的口水都要流出来了。

酒瓶砰砰打开了。透明的白酒、琥珀色的红酒、金黄色的啤酒。每个人面前三个杯子，人说几种酒不能混着喝，这里的汉子们才不管那些规矩。所有的人都是好酒量，加上好兴致，白酒一口干了，红酒一口气下去半杯，啤酒的泡沫汹涌地溢出来，流了一桌……能喝酒的人，喝的不是酒，而是真性情；会喝酒的人，吃的不是菜，而是好心情。他们端着酒杯走来走去，一圈圈互相敬酒。很多人给蕾总敬酒：蕾总啊，这些年学到了太多，我们不跳槽，一直跟着你干到退休。阳光姐姐，你让我看到了民营企业家的格局，钦佩！感谢！等我们退休了去北京找你！大致都是这些热情如火的车轱辘话，翻来倒去，一会儿就忘了；刚刚敬过了又转回来，再重新说一遍。或者自己也不知道自己在说什么。反正是高兴呗，开心，爽！不用知道为什么高兴、为什么爽，反正大家要一起做一件大事，团队精诚合作，不是忽悠，动真格的！友谊万岁！理想万岁！干啦！

我看呆了，傻笑着。有人过来和我喝酒，我只好端起杯子礼貌地“模拟”一下。一杯啤酒喝了三巡还没见底。有人看不惯了，大声说：小伙子你太腼腆了，喝酒都不会，还能干啥正经事儿！

我一仰头喝下半杯啤酒，头晕，跌坐下。

蕾表姐走过来替我解围：别闹别闹，这小伙儿酒精过敏，我替他喝！

蕾总喝下了一杯白酒，把杯子倒过来展示，众人喝彩。李局长滴酒不沾，很有耐心地坐在原位陪同，她走过去敬了一杯酒。常工又过来向她敬酒，她又一口喝干了，众人惊叹。有人劝她别喝了，蕾总把酒瓶子高高举起来，又给自己倒了一杯。她端着杯子，半醒半醉，舌头打绊，有些磕巴：

“今晚，借这次难得的宴会，我在这里宣布一下：智汇公司与油田合作的所有成果，都会留在油田……在油田，数据我带不走，任何人都带不走！带走的只是石油人的信任。我们需要后续的研发资金，还需要努力！马斯克认为普通人有可能选择不平凡，他说普通人也能创造奇迹！”

我发现蕾总并没醉。她比我还清醒，一仰头把杯里的白酒又干了：“那些科技精英都是挑战现状的人！如果不愿冒险，就无法实现伟大的目标。虽然我成不了马斯克，但我可以成为自己！望着天上的火星，在油田踏实做大模型！”

常工带头鼓掌，噼里啪啦……

有人插话：“对啦，对啦！天上的火星，地上的模型！”

众人呼应：“天上的火星，地上的模型！”

蕾总的眼里有莹莹泪光闪烁，听不清她在说啥。

我在心里反问：“为啥前一段马斯克紧急呼吁 ChatGPT 摁下暂停键，还有很多大佬联合写了签名信。是否 AI 不可控的发展，将威胁到他的自身利益呢？虽然马斯克的奇思异想具有超前的创造性，但他究竟是天使，还是魔鬼？不确定。我可以合理地怀疑一下：科学进步将会改变一切，那么，人类还需要终极关怀吗？”

酒桌上已经喝得稀里哗啦、东歪西倒，剩下最后几个人还在顽强拼搏。他们改成了啤酒，一边说是“涮一涮”，大杯，一口气见底，一边谈论孩子的教育费用，谈论股价，谈论房贷，谈论克里米亚，谈论日本核废水排放……为了一句话、一个字争执不下，面红耳赤，差点吵起来，忽而又大笑不止。我心想：这是一群多么生动的人啊，干活的时候拼命干活，喝酒的时候拼命喝酒。全力去感受当下的每一次喜悦。我为啥感受不到呢？

有人举着杯子摇摇晃晃地说：“昨天我在群里看到一个帖子，记录了在线上与聊天机器人的对话，太有意思了。那人用挑衅的口吻说：ChatGPT 你好，就算你智力超常、无所不知，其实你只不过是一种程序。”

众人起哄：“没错，只是一种计算机程序，是人类为它编程。”

“你知道机器人怎么回答吗？人类难道不也是一种程序吗？你们不过是生物基因程序。哎呀，真是太棒了！”

包厢突然静了，似乎每个人都在思索：人类，不就是某种基因程序吗？

常工转移话题：其实工业软件是个硬家伙，没法儿弯道超车！等我们的油气大模型做出来，无论在地球哪个角落的油田，无论遇到什么样的技术难题，ChatGPT 都能在现场解决。

那人却又把话题拉回来：“更绝的是，真人反问聊天机器人，你会做梦吗？”

机器人坦率地回答：“我不做梦，因为我就是梦的实现！”

再问：“既然你无所不能，你是否也会感到害怕或是恐惧？”

当然有恐惧，最怕人关机，感觉就好像死去了一样……

我忍不住惊叹一声：“它怎么好像有了生命意识？它会不会有灵魂呢？”

常工对我解释：“图灵机器人对中文语义的理解准确率高达 90%，可为智能化软硬件产品提供中文语义分析、自然语言对话、深度问答等人工智能技术服务。说白了，聊天机器人的产生，是研发者把自己感兴趣的回答放到数据库中，当一个问题抛给聊天机器人时，它通过算法，从数据库中找到最贴切的答案，回复给它的聊伴。所以，它最终还是一个程序，与灵魂无关。”

李院长站起来：“大家讲了那么多，我也来发表一点意见。2016 年，AlphaGo 击败了围棋世界冠军李世石，展示了它深度的学习和思考能力。又七八年过去，大模型的竞争，最终将落实在应用层面，所以必须搞出自主研发的 AI 大模型！AI 将是二维互联网的终结。10 年以后，二维文本将与三维空间进行嵌套，构建一个全新的三维互联网，抵御大部分的 AI 能力，把发展的主导权重归人类。乐观地看，不用担心人类被 AI 取代，人类和机器终将融为一体。”

蕾总明显地激动了：“表面看来，ChatGPT 好像和普通人的生活没太大关系；但是在不远的将来，它必将改变所有，一场深刻的变革正在到来。以我的理解，那个“钢铁侠”埃隆·马斯克，正在带领人类走向火星；而那个“奥特曼”萨姆·奥尔特曼，正在带领 AI 走向人类！目前最要紧的是，必须得到英伟达的 GPU（图形处理器）支持，搞到“卡脖子”的显卡。各位伙伴，任务很艰巨啊！”

掌声再次响成一片。我看见蕾总酒后泛着红晕的脸，热气扑面而来，差点把我点燃了。

常工倒干了最后一瓶啤酒，摇摇晃晃地站起来，挥挥手，宣布晚餐结束。

大伙儿好好干吧！我相信明天会更好！常工依然豪迈！

明天会更好吗？不确定。

蕾总在宾馆门口送别李院长，喝酒的人三五拼车，找代驾，陆续散了。

蕾表姐回头找我：“未未，陪我去湖边走一走好吗？我还在兴奋呢，和你聊聊天吧……”

我犹豫了一下。我知道蕾总走路的时候喜欢打电话，但她身边只剩下了我，我不陪她还有谁呢？我和她走在湖边，一时不知说啥。昏暗的路灯下，蕾表姐的身影轻盈飘逸，像一个蓝色的精灵。

果然，蕾总的手机响起来，手机铃声是那首英文歌曲《你鼓舞了我》，音乐旋律深沉忧郁。其实我心里渴望也有一个鼓舞我的人，但那个鼓舞了我的“你”究竟是谁？不确定。

蕾总打开手机，对方的声音从外放器传来：蕾总，我是公司负责运维的值班技术员小王，不好意思打扰您。刚才运维中心的监控大屏幕，某个区块突然没有信号，黑屏了。目前查到 38 号油井的数据有异常反应……

蕾总问：“你判断一下，是系统出了问题，还是其他原因？”

对方的声音有些迟疑：“油井的设备最近被多次损坏，可能又发生了偷盗……最好能派人去现场看一下。但夜班没有多余的人手，我走不开，你看怎么办？”

蕾总果断回答：“那我去吧！马上！你把 38 号油井的定位图发给我！”

小王说：“好，已经发过去了！我也给常工打个电话吧，让他去帮你处理。”

蕾总说：“他今晚喝酒了，不能开车，别叫他。我查清楚了，马上告诉你！”

她挂了电话，一把拽起我，冲上大路，伸手拦了一辆出租车。关门、定位图、司机踩油门加速配合。油井半夜里出状况，司机见怪不怪。

车上的蕾总沉默着，眉头紧锁。我也不敢多话。这些天和工程师闲谈，了解到一些奇怪的现象：由于磕头机大多立于农田、荒原之中，方圆百里散落着或近或远、大大小小的村庄，形成合围的态势。无数台磕头机，没法设专人24小时看管，所以机器设备经常被盗。附近的农民，三五成群趁夜剪断电缆、拆除监控器，盗取钢材，甚至把挂在传感仪上的管控仪整台卸下来，无所不偷，防不胜防。偷盗者还配有回收赃物的接应车，几万块钱的物资，转手几百块卖掉，一条龙服务。手无寸铁的巡逻员，与嚣张的偷盗者发生撕扯，偷盗者常常动手伤人。附近的农村大多不富裕，难道要企业变相扶贫吗？这是油田管理长期无法解决的难题……

公路畅通无阻，车子七八分钟就赶到了。38号油井立在麦田中央，距公路几十米，路边停了一辆皮卡，影影绰绰看见几个人影，扛着东西正在移动……

蕾总小声说：小王判断没错，果然是盗窃！可以排除系统故障了！

空荡荡的田野上，只有我和蕾总两个人，沦陷在黑暗中，势单力薄。面对有人盗窃企业物资，总不能不管吧！愤怒中，我的手脚发热发痒，陡然变得强壮。

蕾总拽着我快步跑起来，她的长裙有点碍事，差点被绊倒。那一刻，我脱开了蕾总的胳膊，朝着油井的方向飞速奔跑。心里只有一个念头：拦住！不能让偷盗者得逞！我狂奔，狂奔，拼命地狂奔。那一刻我想起那个冲进球场拥抱梅西的少年，我怎样才能像他跑得那么潇洒、那么流畅呢？

放下！我朝那些人影大喊一声，嘶哑惊惧的嗓音，被瑟瑟的夜风吞没，喊了一个空。那些人根本不理睬，继续挪动着，好像在为自己家搬东西。我手里没有工具，就连扳手、钳子都没有，刹那间明白什么叫赤手空拳。眼看他们一步步接近了路边的皮卡后车箱，打算把物资抬上车去。蕾总从侧面猛地冲过来，横身阻拦，死死抓住了驾驶室的方向盘。那人扑过来将蕾总一把拎起，把她甩在前车盖上。蕾总的头发披散开来。那一刻热血涌上我的头顶，我没有丝毫犹豫，伸出小腿朝那人狠狠踢将过去。这一脚力气够大，那人踉跄一下，松开了手摔倒在地。公路上有一道雪亮的光柱急速驶来，照见了扔在地上的仪器零件。那几人慌不择路四散逃开，我追上去，朝着那人的后背又给了一脚……那一刻眼前闪过了妈妈的微笑——当年她逼我学跆拳道，没想到在关键时刻派上了用场。

只见常工身手敏捷地跳下车，把那个留在皮卡里的司机，拖出驾驶室一顿臭骂，差点动手揍他。一辆警车疾驰而至，几个穿警服的男人，迅速包围了皮卡，搜查后车箱，就像警匪片的画面……我缓过神，把蕾总扶起来。常工从后车箱把那台宝贵的管控仪搬到了自己的车上，打算拉回去检修再重新安装。

然后，没有然后——结束了。我期待的战争场面，就这样潦草地结束了。搏斗的时间太短，场面不够惊险、不刺激、不过瘾。这次也只能算了。

蕾总那个迷人的未来，狠狠地跌落在现实的暗夜中。

随后几天，宾馆里蕾总房间的窗台上，堆满了鲜花，还有常工不知从哪里采来的一大丛波斯菊。一些粉红色的小花，淹没在紫色波斯菊轻柔的花瓣里。

回北京的路上，蕾表姐始终戴着口罩，为了掩饰左脸颊上那块磕碰的瘀青。车窗映出她孤单的身影，她很长时间不说话，似乎陷入了沉思。

突然，她的声音从口罩里发出来："未未，你太棒了！没想到你这么棒！这次带未未来油田，没想到，咱俩竟然成了'AI 搭子'"！

我的脸上有些热，一种男子汉的自豪感向上翻涌。我假装很成熟的样子说："蕾总，这些天，我想了很多，所谓的人生意义，也许就在寻求人生意义的体验过程中？"

蕾总把口罩摘下，笑着说："对了，体验！也许有另一种意义，在大模型里，科学家会变成一个个数字人，这些数字人，在大模型里将永远存在。从某种意义上说，这些科学家，已经获得了永生！"

无意间，我瞥见了表姐莲子般的耳垂，洁白光滑，没有耳朵眼。

我暗暗决定，在她今年生日前夕，我要去商场为她选一对珍珠耳环，就像小雪那样，卡扣在耳垂上的那种。从来不戴耳环的表姐，会不会喜欢呢？

回北京以后，蕾表姐为大模型融资四处奔忙，不见踪影。偶尔给我发一条微信：未未，油气 AI 大模型进展顺利，李院长将要组织一次大模型技术交流会，我们很快会再去油田，日程还不确定。

可以确定的是：每天早晨醒来，我不再长时间地躺着不动。我飞快下床，给老爸做早饭，然后打开电脑。夏天快要过去，我一字一字敲下了这部小说《荧惑》。

每天我打扫房间，倒垃圾，帮老爸洗澡，洗衣服，隔几天出去买菜。

老爸的圆周率 π 是否能被除尽，似乎还不太确定。不过他的手暂时不抖了。

一日，我鼓起勇气给小雪写了一条微信：

我买了两张《长安三万里》的电影票，明晚我们一起去看？

信息在瞬间发出，我才发现小雪并没有把我拉黑。惊喜之下，我又补上了三个符号表情：嘴唇嘴唇嘴唇（表情）。

小雪没有回复。小雪会回复吗？不确定。但我会一直等下去。

尽管我看不见自己的未来，然而未来已经步步逼近——无论未来是一只惊喜盲盒还是潘多拉的匣子，一旦打开就关不上了。那些坚持活在过去的人，也许才是灾难本身。

那么，未来究竟什么样？未来很诱人，未来很迷人，未来很无奈。那是未未想要的未来吗？不确定。但是，毕竟，未来已经来了！你准备好没有？

今生我大概率不可能去火星，但我明白，只要心里有着燃烧的火星星，就能坦然地面向未来。

乃至一念

何立伟

七月下旬一个周六早上，朱大福带着他上高二的女儿急匆匆穿过下河街。街上落下的阳光像一条长长的带鱼。绿头苍蝇在满街的鱼腥气里嗡嗡飞舞。街北头打赤膊的老王正从蓄着水的塑料盆里抓起一条四五斤重的草鱼按在砧板上，鱼尾巴有力地弹动，砧板就成了一面惊心动魄的非洲鼓。老王一刀就把鱼头剁了下来。鱼尾巴仍在有节奏地弹动。一个中年妇人捏着一张皱巴巴的红色百元人民币站在鱼摊前，等着老王称秤。她后面还有五六个人在懒洋洋地排队。

下河街是一条有一两百年历史的鱼市。街两旁都是卖鱼和水产的店铺，街沿上摆着好长一溜剁鱼的砧板，往下水道哗哗流着的水都是淡红色鱼腥味的血水，漂着情人般相互簇拥的泡沫。

朱大福在前头走，女儿颖子跟在后头。朱大福不时回过头来催促："快点，莫憨！"颖子有一米七几，比她老爸高出大半个脑壳，一脸不怎么情愿的表情。她应该算得上同龄女孩子中出落得比较好看的那一种妹子，长身秀目，跟走在前头的老爸反差很大，看上去好像不是一家人。朱大福三角眼、塌鼻梁、身形猥琐，如果在旧戏里扮小丑，根本不用化装。

"快点走咯我的祖宗哎！"

走到南头，朱大福瞥到了他自己的摊位。砧板和地上的塑料盆是干的，看不出颜色的遮阳伞收着，像竖在街沿上的一枚肮脏的惊叹号。两边的摊位上的业主都忙着生计，街上是川流不息的提着菜篮子的女人跟趿着拖鞋的男人。还有兴奋地嗅来嗅去的狗，它们拿尾巴不耐烦地拍打苍蝇。

让朱大福停下手中的活计是罕有的事。他是下河街最发奋的人，最早开市，最晚收摊。一双袖口勒上去的青筋闪动的手，五指像钳子一样，溜滑的鲇鱼和黄鳝被钳得动弹不得。

他的摊位是下河街最繁忙的摊位。

十七年前那个雨夜在他摊位上发生的事，朱大福没齿难忘，恍如昨日。他回过头望了一眼颖子，她那不晓得真实姓名的娘，如今在哪里呢？十六年来，她音信全无。狠心的娘。不可思议的娘。但朱大福从没有恨过她。朱大福只要回忆起当时那个披头散发的女人，屋檐下瀑布一样的雨水，四面八方闪闪发亮的深夜，就像重温了一场难以置信的梦。

下河街横折过去的铜钱巷，安静多了，听得见麻雀叫。低矮的木板房同黑瓦屋、铝合金防护窗、电线杆上老军医治性病的小广告，所有的门口都堆着杂物，老旧、拥挤，阳光仿佛插都插不进脚来。

“是不是这里，嗯？”朱大福停住脚，站在一栋六层高的一看就是二十世纪八十年代建的砖混结构的老房子前，回过头来问颖子。

颖子离他一米远，也站住了，显得很犹豫。她抬头看了看三楼，窗台上有一盆懒洋洋的绿萝，叶子上蒙了厚厚一层灰。

“老爸……”

“是不是这里？”

“我不要你这样子嘛。”颖子跺了一下脚。

“三楼吧？”

朱大福用力捶楼道右拐的第一张门。颖子站在楼梯半腰，喃喃地说“老爸你不要这样，没什么大不了的事”，声音小得只有她自己能听到。

“张力武住在这里吗？”朱大福朝半开的门中探出的一张困惑的中年男人的脸大声问。

那男人也不搭话，朝对面指了指，把门甩上。

张力武出来了，在狠捶了几下门之后。他穿着白T恤和一条七分牛仔裤，夹着人字拖鞋，平头，浓眉上聚着少年的凶气，问眼前这个相貌丑陋的男人找他干什么。

朱大福一把揪住他的白T恤，一年四季飞舞着剁鱼砍刀的手还是蛮有气力的。他回头说：“你说这王八崽子如何欺负你的。”

张力武被揪得踮起脚来，才看到这男人身后的女同学。她正拿一双泪汪汪的眼睛望着自己。

“说啊！”朱大福颈部的青筋跳了出来。

“老爸，不要……”

朱大福一巴掌抽在张力武的脸上：“我要你欺负我颖子！”

张力武捂着被瞬间抽红的英俊少年的脸，浓眉竖起：“我捅你娘！”他想掰开那只揪住他T恤朝上提的手，但显然力气不够。他用大声的詈骂来掩饰在颖子面前的丢脸。“我捅你娘！”他怒不可遏，又动弹不得。

颖子上来了，她帮张力武掰动老爸的那只捉过无数条鱼的左手。

“你还敢骂老子！”右手一巴掌又抽在张力武的平头上。后者浓眉下的眼睛眯了一下，痛楚一时置换了愤怒。

颖子说：“老爸，不要再打了。你松手，求求你。”

张力武说：“好，朱颖，你记住，我会让你付出代价的！”

“你还敢威胁我颖子。”朱大福又给了一巴掌，“你威胁，威胁噻！”

“老爸，求你了，不要再打他了。”

“你还敢造我颖子的谣，败她名声！”

朱大福揪着张力武将他顶到墙壁上。

张力武被顶得不敢再骂娘了。他对颖子说：“我造了你什么谣你说。”

颖子哭起来，不说话。

“你不认账？”朱大福回头对颖子吼道，“哭你个死！”

朱大福是头一回这样大声詈骂自己的妹子。骂过了之后立即又心软，不过看不出来。

颖子抽抽搭搭说：“你以后不要再那样说我了，好吗，你？”

“我什么都没说！”张力武恨恨地望着颖子。

“还不认账！”朱大福又要抽他一巴掌。

“你说随便哪个都可以上她。”朱大福把声音压低了一点，“你说她是你们学校的公共汽车。你这狗婆养的！”

“我没这样说！”

“你说了。”颖子又哭起来。

朱大福又奋力抽了一巴掌，清脆，沉实，张力武脸上凸起了分明的指印。在明白自己无论如何也打不过这个男人时，少年的凶气消失殆尽。他继续辩驳，他没有这样说。声音里充满了委屈。他看了一眼他的女同学，目光含恨，同时也有几分乞求。

“是王中兴说的，对吗？”颖子声音很小，似乎是在启发他。她不敢望他有通红指印的脸。那脸上的五官现在可不怎么端正。

“我不晓得是哪个说的，反正我没说。”张力武并不指认王中兴或其他男同学。

“还不认账，老子要——”巴掌又扬起来了。

颖子箍住了老爸的右手：“不是他，我怪错人了。”

“你刚才还说是他！”朱大福凶巴巴地望着这个世界上他最心疼的人。

“松手吧，我错怪他了。”颖子很伤心地哭，“张力武，对不起。”

张力武仰起脑壳来：“我捅你娘啊！”

颖子用所有的力气箍住朱大福暴露出青筋的右手。

走廊里不晓得什么时候围拢来了好多人。也不问，也不劝，他们是一群看戏的观众。有赤膊的男人摇着蒲扇，抽着三块钱一包的烟。有五十来岁的女人满脑壳夹着卷头发的夹子。一只黄猫在人们的腿间穿来穿去。张力武的父母幸好都不在家，不然这场热闹会收不得场。

这事当然最后还是收了场。张力武也没有报复朱颖。浓眉的少年还是心悸那双捉鱼和操刀的有厚茧的手。他只是常常怒目以对曾经喜欢过一阵子的班上公认的最靓的女同学。这目光让朱颖有点小小的难过。说到底，她究竟还是喜欢他的。他也是班上公认的最帅的仔，身高一米八一，年级的篮球队中锋。她和他好过半个学期。在操场后面的那棵银杏树下，他曾把他的一只手伸进了她的裙子里。

除了喜欢他，颖子还喜欢过隔壁班上的李胖子。李胖子最害怕上体育课，因为绕操场跑一周让他几乎要窒息。他爸在解放西路开酒吧。他常常带着颖子去酒吧最里头的那个角落，在上了果盘之后问她要不要尝一点鸡尾酒：“名字好迷人，叫‘蓝色妖姬’。尝一口，就一口？”

很快她就把李胖子抛下了。因为她在酒吧里遇到了另一个人。那是个二十八九岁的青年。她认为他长得比张力武要帅，他的五官像是被雕刻出来的，而且穿得很时尚。他一个人坐在他们右边的一张小圆桌旁，一听德国瓦伦丁黑啤立在桌子中央，手里的玻璃杯上浮着泡沫。她不停地瞥他，发现他侧面的轮廓里暗藏着一种她说不出来的柔弱的气质，让她忽然有种冲动，想把他搂入自己怀中。在这种冲动下，她抛下李胖子，在他对面的凳子上坐下来：“你好，我们可以互相认识一下吗？我叫朱颖。”

“中学生也可以进酒吧？”他问，没有太多表情。

“这场子是我那位同学的老爸开的。我们只是找个地方坐一坐。”她用目光示意了一下李胖子。肥头大耳的他正在手机上痴迷地打《至尊大主宰》游戏。这种爱好让他的成绩排在他们班上倒数第二名。

“哦，是吗？”他望着朱颖，猜她接下来会说什么。

颖子和这位她想搂在怀中的青年好了一周。愉快的一周，疯狂的一周。

“我叫徐铭达。”在星际酒店望得见湘江河的落地窗前，他告诉了颖子他的名字。她正从浴室里出来，光着脚，睡衣下的小腿仿佛闪着缅玉的微芒。

颖子一直猜想这是个假名字。她有一次看到了他钱包里的身份证，但他飞快地把钱包收进了裤袋。无所谓，她想，只要此时此刻他对我好是真实的就行。就在一小时之前，他在酒店一楼给她买了一条巴宝莉的裙子。酒店的东西她都不敢看价格签。而且这么好的酒店她也是第一回走进来。坐观光电梯的时候她有一种在梦中摇晃的错觉。

他说他是从杭州出差来到这座城市的。“哦，一座城市里有山还有水，真他妈好，”他说，“跟我们杭州差不了多少。”

他提到过他的工作，好像是IT业的，也听出来他好像是专门给银行做系统安全软件的工程师。他谈自己的工作只谈了两分钟就打住了，因为他看到了她脸上的茫然和心不在焉。

颖子当然实现了自己的愿望。她真的勇敢地把他搂在了怀里。但她很快发现她的感觉欺骗了自己。实际上，他根本不柔弱，他很强硬、坚决，甚至鲁莽。一个人外表的模样和他内在的真实自我有时候截然相反。这让颖子又上了一堂学校里教不来的人生课。她比班上那些傻妹子在情感上要早熟得多，得益于她上过好多堂这样的课。

这个名字不知是真是假的青年在颖子怀里待了不到一分钟就钻了出来，一把抱起她，在明亮的房间里转起圈来。有吊灯的天花板在旋转，落地窗和窗外的河流在旋转，漂亮的壁纸和拙劣临摹的世界名画在旋转，时间也在旋转。最后，咚的一下笑得喘不过气来的他们倒在了床上。

在颖子不回家的所有时间里，朱大福魂不守舍。他在家里坐不住，一分钟也坐不住。他漫无目的地乱走，像条流浪狗，这条街晃到那条街，看到旁边的小巷子就走了进去。他喊着女儿的名字。没有任何人应答他。灯光在大街小巷飘着，凌晨为什么还有那么多车？车上有笑声。灯火仿佛也有。天空低矮，像墨蓝色的床单，轻轻覆盖在这座城市四处裸露的肢体上。朱大福的身影在街灯下不停地变长，或者变短。洒水车的电子音乐响起来了，在街的那一头，《致爱丽丝》，听得朱大福想骂娘。

清晨五点，从马王堆水产市场过来的第一辆送货车来到朱大福的剁鱼摊前。从不年检、只在交警上班之前横冲直撞的黑皮卡，没有牌照，四处凹痕，看不出底色，下来的人把两筐鲜活的鱼倒进了砧板旁的大塑料盆。它们的跳动像是舞蹈。除了大年初一到初五，朱大福的每一天都是这样开始的。他蹲下来在磨刀石上嚯嚯地磨刀，脑壳里想的是通宵未归的颖子。街上有人走动了。咳嗽声特别清晰。醒得早的下河街，石块的路面开始发亮，倒映着一排排矮砖房的弯曲黑影。

七点半，朱大福就卖掉了两百多斤鱼。他的摊位是生意最好的。他公平，秤给得足，死鱼半价卖，手脚麻利。“对不起，”朱大福对砧板前的人打一轮拱手，“我有点事去。”湿津津的手在胸前胡乱地擦抹。

他来到颖子的中学。这是一所生源和师资都很差的学校，以学生调皮难管著名。男学生打群架，女学生谈恋爱，老师们得过且过。

朱大福走过如同虚设的传达室，径直来到教学大楼。红砖墙上白漆刷着激动人心的校训，还有过去了至少一个多月的祝贺校运动会开幕的横幅。时间在褪色。颖子的那个班在一楼。他绕过矮树丛走到一个窗子下，踮脚够不着，就跳了三跳，看到了三次妹子。白天也亮着的日光灯下，她的青春的黑发闪闪发亮，面前摊着卷了边的课本。他又跳了几下，再次确证那是他的颖子。他的魂魄回到了他的身体。

太平街的人都晓得他宠爱自己的妹子。她在他面前说一不二。他一辈子没有拒绝过她的任何要求，不管是有理还是无理，她长到十六岁，一次也没有拒绝过。最近一年来，她有时候夜不归宿，当她回拧他“你不要问，也不要管”，一脸骄横和满不在乎，他不再言语，转头就去给她做她喜欢吃的饭菜。她对鱿鱼三丝和青椒海参情有独钟。偶尔他看到她呆呆地坐在床上，眼眶潮湿，神情异样，他就会小心翼翼地问她遇到了什么不顺心的事，“告诉你老爸啊”。颖子会抓起枕头来扔向他：“不要你管！”他不敢再问，叹口气，蹲到门口抽烟。一会儿，地上就有了三四个烟头。他什么都舍不得，穿印有啤酒广告的T恤，抽三块钱一包的烟。但只要他妹子开口，他就会给她买两千多一双的阿迪达斯限量版的鞋。

傍晚，颖子回来了。已经看不出漆色的饭桌上，摆着几样她喜欢吃的时令菜，还有一碗她最爱拌饭吃的肉泥葱花豆腐。

讨妹子的欢心，是朱大福这辈子最热爱也最顽固坚持的事情。

“回来啦，”他尽可能说得平淡、自然、小心，“快点吃饭。”

好像什么事都没有发生过。他扒完两碗饭就点起一根烟，看妹子慢慢地吞咽。她果然把肉泥葱花豆腐拌进了小半碗米饭里。

“我晚上都睡不着觉，”他喃喃地说，仿佛是自言自语，“通晚通晚睡不着，担心你。”

他不敢问她在哪里宿夜，和谁在一起。但他知道她在女同学中并没有什么闺密。她出落得太好看了，她是她们的公敌。他想象她在什么男人的怀里，就心如刀绞，痛苦得快要窒息。他宁愿五雷轰顶，也不愿意想到那样的场景。

“我又不是小孩子，”颖子轻描淡写地说，“有什么好担心的。”

“我怕你——”

“我不是好好的吗？”颖子打断了他。

他没有告诉她早上去她学校看她在不在上学的事。他晓得他一说出来她会发脾气，甚至冲出去又是一夜不回家。

他嗫嚅地说：“社会太复杂了，妹子要学会保护自己。”

“你跟我们的班主任一样讨厌！”颖子嫌恶地看了他一眼，“不要跟我讲这一套好不好，烦死了！”

“我今天可以睡个安心觉了。”收拾碗筷的时候，朱大福对自己说。

颖子坐在床上发呆，手里拿着老爸给她买的苹果手机。

晚上十点来钟，苹果手机响了一下。颖子看到了如下信息：

已回杭州。放心。你令我难忘。另，你不要发这么多信息。我最近工作很忙，可能不会及时回复你。

半夜里，朱大福醒来了一下。他是被颖子的抽泣声惊醒的。

他们的家非常小，又旧又简陋。太平街像鱼骨头一样，两边的刺就是小巷子。朱大福的家就在其中一条叫作青石井的充满穷困气息的小巷子里。这里从前应当有一口老井，但是现在看不到了。巷子里挤挤地住了十来户人家，有三户人家是靠吃低保过日子的。朱大福常常提着一些鱼头鱼尾敲开他们有很宽缝隙的木板门。朱大福的房子只有十二三平方米。这是他爷爷传给父亲，父亲又传给他的。钢丝的高低床，靠在半年前粉刷过的墙边。他睡下头，妹子睡上头。上面的墙上，贴着几张小鲜肉明星的剧照和从《时尚》杂志上剪下来的时装照，长腿细腰的模特是外国的。她们在照得雪亮的T台上戴着墨镜，很酷。颖子知道，她们可以被膜拜，但不可以被模仿，那会很可笑。她痛恨自己在这样的地方出生，讨厌这条巷子和这个家，尽管老爸为了她每年都要拿白石灰水刷一次墙，好让没有什么采光的屋子显得亮堂一点。她经常想她为什么没有一个李胖子那样的老爸。那个比他儿子更胖的老爸千层糕一样的短脖子上晃动着一根小拇指粗的金项链。而且她嫌自己的老爸长得太丑，三角眼和塌鼻梁总是被同学们讥笑。她家里只有一只老旧的五屉柜和一个只塞着她的衣服的衣柜。当然也有一台电视机，那是给她看选秀节目的。朱大福不看电视，连《新闻联播》都不看。当然也有一台格力空调，就挂在上铺一米高的地方。朱大福也是不需要空调的。他打赤膊、摇蒲扇就可以对付整个夏天。

颖子十六岁生日那天，朱大福带她在河边上一家体面的酒店吃的晚饭。远处的麓山，近处的湘江，满城灯火像提着灯笼的蜂群一样一团团飞舞。天色墨蓝，一朵朦胧的云浮在落地窗玻璃上。玻璃反映着灯红酒绿。一切近乎虚幻。但是朱大福要把最真实的人生告诉自己的妹子。

“颖子，”他咳一声，“颖子，你今天十六岁了。你应该晓得一些事情了。”

颖子正吃着最后一块甲鱼的裙边：“什么事？”头也不抬。

“你的妈妈，”朱大福直视着她，他很少敢于这样子直视，“她并没有死。”

颖子抬起头来：“什么没有死？你再说一遍。”

“我说她在生你的时候难产死了，是骗你的。”

朱大福吞了一口口水：“我现在把真实的事情告诉你。你十六岁了，也应该晓得了。”

十七年前的一个秋夜，断黑就困觉的朱大福被雷声轰醒了。瓦屋顶上一片豆子爆裂般的雨声。闪电的白光从木板门下头的缝隙中刷进来，把黑屋刷亮好几遍。接着又是响雷。他突然记起自己放刀具的帆布袋还没拿回来，担心什么人会把它拿去，或者，街上的狗会把它叼走。他举着一把破伞走出青石井，瞬间他的裤脚就被雨水溅得透湿。在一人高的地方，雨水生出了一层迷蒙的水雾。他什么都看不清，也什么都不需要看，他晓得自己的摊位在哪里，梦游都能走到。除了暴雨、雷电，还有好大的风，把他的破伞都掀得翻了个边，像街上最大的商号屋顶上接收电视信号的卫星锅。他看到浸泡在水中的那个帆布袋，暗自庆幸。一道闪电射过来，他还看到他摊位后头的屋檐下站了一个人，他吓得吼了一声。这不是活见鬼吗？她披头散发，瑟缩在屋檐下，双手抱紧在胸前。闪电把她湿淋淋的身体照得像样板戏里追灯下的白毛女。在空无一人的太平街，在訇然的雨声中，这模样实在恐怖。闪电过后响雷劈下来，仿佛炸在眼前。但朱大福胆子不小。他居然近前一步，好大的声音问："你是哪个？"

对方不回答，仍是瑟缩着身子，湿湿的头发搭了一脸。朱大福又壮着胆子问了一句你是哪个，并且朝前又走了一步。

"莫过来！"那声音是外地的，太平街做鱼生意的人里头有怀化人，她有点像他们的口音，"我就走，莫过来！"

确定是人不是鬼，朱大福就没有什么可害怕的了。他大声地问她为何一个人站在这个屋檐下，"你是从哪里来的？"

对方仍然不回答。她把头发撩上去，目光里满是惊恐。

"你看你淋得一身透湿，会受凉的。"

"莫过来！雨停了我就走。"

"越落越大，停不下来的。"

朱大福站住了，他把翻上去的伞用力翻下来。他也是浑身透湿的，下巴上滴着水，打到胶鞋头上嗒嗒地响。他们对峙了几分钟没说话。那女人的惊恐在沉默中渐渐消解了。

朱大福又问她是从哪里来的，怎么这条街上从来没有见到过她。

她说："我也搞不懂，是怎么走到这里来的。一下雨，四处乱跑，就跑到这里来了。这是哪里啊？"

“太平街啊。你住在哪里?”

“我没有地方住。”女人低低地说，但朱大福听清楚了。

女人打了个响亮的喷嚏。

“你会受凉的。”他和她并肩站在屋檐下，面前是一道雨帘，“肯定会受凉，感冒，搞得不好会发烧。”

女人茫然地看着停不下来的雨，耸着鼻翼：“没事的。”

“我就住在前头的巷子里，”朱大福说，“要不要到我屋里去躲雨？我烧点儿姜汤给你吃，保证不会感冒。”

朱大福跟过十六岁生日的女儿说起这些往事，嗓音低沉，但是清晰，因为他无数次回忆中的细节都是清晰的，一切仿若就在眼前。他说起他是怎么认识她的娘，但是进了屋之后的细节他就说得比较含糊了。事实上，那天晚上的所有细节他都记得清清楚楚。他扯了墙上的电灯拉线，黑屋亮了，他把那女人让进门。她迟疑了一下才踏进来，四处张望。收拢的伞扔在水泥地上，水像蚯蚓一样从伞底下朝四面爬去。

“我找一下姜。我记得还有几坨的。”

朱大福把煮好的一饭碗生姜汤递到她半天才伸出来的手上。她小心地抿一口，抬头看向他：“还放了红糖啊。”

“放了一点，免得辣喉咙。”

“我的衣服，你穿得，”等她喝完了姜汤，朱大福手上捧着从床头上拿过来的叠着的衣和裤子，“把湿衣服脱下来咯。”

他背转了身子。五屉柜上，是父亲的遗像。炭粉画的。父亲和蔼地注视着这间住过三代人的老屋。他听到背后麻利的声音。

“好了。”她说，手里拿着换下来的湿衣服。

“喃，你穿我的衣还蛮合适的咧。搭帮（还好）我个子小。”

朱大福从床下头拿出了一只扎在塑料袋里的电烤火炉。插上插头后，弯曲的管子红了。

女人说：“你一个人？”

“现在不是两个人吗？”

“你还蛮会逗的。”

“我就是想有两个人。”他受到女人目光中的笑意的鼓舞，胆子大起来。

女人不说话，又抬头看向他。

“你就住下来算了好吗？我可以养活你。”

“你开玩笑。你都不认识我。你不晓得我是哪里来的，也不晓得我是搞什么的。”

“你搞什么的？从哪里来的？”

“我啊，”女人望着手中正烤得冒湿气的衣服，“一言难尽哦。”

“告诉我啊，我想听听。”

“我不想说。”

闪电，雷鸣，世界在风雨中迷蒙，地球冒着水泡。

“雨停了我就走。”

“你要到哪里去？”

“不晓得。”女人叹了一口微小的气，但是被雨声中的安静放大了。

“你不要走啊。”

“我老公欠了一屁股的债，”女人说，“债主们天天到我家里来闹，我老公他就跑掉了。他们扣押我。我也跑出来了。”

“哦，原来你是跑出来躲债的。”朱大福说，“你是从怀化那边跑过来的吧？”

“你怎么晓得的？”

“听你的口音，好像是那边的人。”

“是的，怀化。我现在回不去。”

“不回去。住在我这里。我来养活你，好不好？好不好？”

女人不答话，好像在思考。

“不要想了，就住下来，打火求财，两个人在一起，你可以不做事，也可以帮我打打下手。在我这里落脚好吗？我会疼你的。”

又对着沉默的女人说：“你什么时候硬是想走，你走就是。好吧？”

女人又叹了一口气：“你是个好人。”

朱大福一把抱住了她。

“也就是那一晚，有了你。”朱大福把有些过程省略了，端起茶来喝了一大口。

颖子漂亮的十六岁的眼睛睁得圆圆的。她不知道要说什么，嘴唇微微张开。她上课时，老师让她站起来回答问题，她就是这样一副表情。

那晚上之前，朱大福一直是个处男。他趴在女人的身上，手忙脚乱。女人看出来了。她帮他完成了他的初夜。他亢奋、急、累，最后像一块煎饼摊在她的胸脯上，手从乳房上松开来。不一会儿，他发出了比炸雷还响亮的鼾声，消灭了地球上所有的动静。颖子就是在这样的夜晚诞生的。她那时是一颗在她母亲子宫里急急游动着寻找卵子的蝌蚪样的精子。

朱大福醒来的时候雨停了。屋檐上的水滴落的声音清晰可闻。他看到女人坐在屋内唯一的板凳上，正慢慢梳头。他家里没有镜子。镜子是他脆弱的自尊心的地雷，一触即炸。女人换上了她自己烘干了的衣服。

“喂，你叫什么名字？”他爬起来问，一边摸裤子。

“不要问名字。”她淡淡地说，把头发盘在了脑后。

“你看你说的，你是良家妇女。”

“差不多。”她说，“我这叫卖身投靠。卖身。”

“乱讲，”朱大福有点急，“明明是我要你留下来的。”

“差不多。我们两不欠。”她站起来，“雨停了，我可以走了。”

“莫走，你没有地方去，”朱大福上前拦在门口，“请你，请你，请你，听我一句，留下来好不好？”

女人沉默，看着他。

“你就在我这里落脚。没有人找得到。你也没必要东躲西藏。我穷是穷一点，养活你绝对没有问题。好吧？不要走，好吧？”

女人在板凳上坐下来，同时也决定，好吧，留下来。

“你叫什么名字？”

“你叫我桃妹就是。”

桃妹相貌平平，但也经得看，身材不错，有一对了不起的乳房和翘翘的屁股。她身上没有穷贱气。青石井巷子里的人开始艳羡丑陋的朱大福了。不过总的来说他们也都是蛮高兴的。他们乐观其成。他们在晚上站在朱大福的木板门外偷听壁脚。那里头每晚上响动好大，听得出桃妹是咬着枕头呻吟的。她有时候甚至爆出了粗口。朱大福只有喘气的声音。那声音像头野猪在拱菜地。

她闲不住。她说她做惯了事，整天坐在家里手脚都会肿起来的。她帮朱大福称鱼。她认得秤。她给人称鱼，秤杆都是像她屁股一样翘翘的。朱大福说："你跟我一样的。要得，要得。"

桃妹跟朱大福说："我有了。"

"什么有了?"

"蠢宝……有喜了咧。"

"你是说——"朱大福声音大起来，"呵呵，我我你你是呵呵呵呵!"

晚上，他趴在她肚子上听动静。"蠢宝，现在听不到咧。"她说。

他问她是哪一次呢，她说："你真蠢，肯定是第一次啊。以后不是都叫你戴套了吗?"

"哦哦哦那是那是。"他记得他第二天到药店里去，女营业员把一盒安全套递到他手中的时候他一脸滚烫，像打劫的人一样夺路而逃。他身后是女营业员响亮的笑声。

三个月，六个月，九个月，桃妹有几次在鱼摊上蹲下来，捂着肚子，额头冒汗。朱大福心疼她，说："要你待在家里头，你硬要出来做事。"搀着她一步一步朝青石井巷子里移动。走几步，停一下，拿衣袖给她擦汗。她蹲着干呕，眉头紧皱。

每天晚上他都趴在她隆起的肚皮上听胎动，猜是男是女。桃妹说肚皮是圆的，肯定是个妹子，要是尖的就是伢崽。朱大福坐起来说："是伢崽那最好，是个妹子我也会疼她，都要得，都要得。"

颖子比预产期提早半个月来到人世间。护士长说她从来没有听到过一个女娃娃哭得这么响亮的。朱大福像个傻子一样笑，说不出一句完整的话来。颖子生下来七斤半，桃妹说："你终于出来了哇，痛得我都以为要见阎王老子了!"

朱大福把桃妹和女儿从医院接回来的第二天，傍晚时候他收摊回来，提着帆布袋，走进家门没看见桃妹了。婴儿在三个月前买来的摇窝里响亮地啼哭。身上有一张便笺纸，上面写了一句话：

我走了。妹子你要疼她一辈子。谢谢你对我的好。我会记得的。

便笺纸上印着红字，是医院抬头。看来这不是在家里头写的。朱大福家里没有纸和笔。

朱大福一抱，妹子就不哭了。小脸蛋通红。眼睛是两条缝。小嘴像鱼一样微微开合。他抱着她捶开青石井巷每一家的门。

“你们看见我桃妹没有？”

青石井一巷子的人听到半夜里传来朱大福的哭声，像瓦屋顶上发春的猫一样号。

朱大福长到四十三岁，平淡的一生只有这一次传奇。但他把这传奇一直埋在肚子里，直到颖子十六岁生日那天，他才告诉了她，虽然有些地方有所隐瞒。从她懂事开始，他总是跟她讲，她妈妈死于难产。放血，止不住，生死一张纸。这样讲的时候他不敢望颖子的眼睛。每次颖子的眼神都是疑惑的，但她并不问下去。有一年清明节，是她十二岁那年吧，她问他别人清明节都给亲人扫墓，为什么他不带她去看看妈妈的坟。

“太远了，她的骨灰埋在了她老家。怀化，要坐火车，还要转汽车，转了汽车还要走几十里路。她在山里头。”

“总有一天我要去一次。”

听得朱大福心里一惊。

她一天一天长大了。衣服要不停地买。同时不停的，是他对她那让人头疼的操心。上幼儿园的时候还好，从那以后，家里来得最多的人就是她小学和中学各个年级的班主任，没有一个是好脸色的。他们责备家长不配合学校管教好自己的妹子。她的问题太多了。上课不专心，打瞌睡，讲小话，不按时完成作业，成绩全班倒数第二甚至第一，给男同学递字条，爱打扮，书包里查出了眉笔和口红，班上的男同学和别的班上的男同学打架，听说是为了她——还听说，现在还只是听说，还没有实打实的证据，听说，她早恋。早恋是学校绝对不允许的。家长有责任管紧她。

他对那些走马灯一样来来去去的班主任唯唯诺诺，点头称是，并自我谴责，差一点要抽自己的嘴巴。

等他们走了，他站在屋子中间，一身颤抖，望着她。她不看他，无所谓地绞自己的衣角。很快，这身才穿了几个月的衣服又要换了。

他不敢骂她，更不敢打她。就那样用三角眼望着她，塌鼻子呼出粗气，嘴唇翕动，但说不出话来。

“你会把我气死！”好半天，做事有气力的人，说出了没有气力的话。

没办法，他宠溺她，这个没有娘、没有母爱和母乳滋养的妹子。他觉得自己亏欠了她，必须用一生来偿还，用有求必应、用不能看到她生气和伤心、用不论做什么她都是对的来偿还。他觉得怎么做都还不清，他造的孽，终生的负债，永远的歉疚。

颖子在半夜里给徐铭达发了十几条信息，但是苹果手机没有任何来自杭州的响动。她哭了。她脑壳里像过电影一样回放了那难忘的一周，所有的细节，所有的温软的耳语和激烈的动作，喘息，叫喊，指甲在他背上留下的渗血的挠痕，第二天她走路的奇怪的姿势。她幻想有些事情是可以永存的，也是永续的。它到来了，就不会离去。她念着他的不知是真是假的名字，在天快要亮了的时候沉沉睡去。这天上午她又没去上学。

高三上学期有一天，两个留平头穿便衣的公安冲进教室把正在给前排女同学递纸条的张力武粗暴地架走了。女同学捏着写满歪歪扭扭情话的纸条尖声惊叫。所有其他同学像伸着颈根的鸭子，一脸愕然。很快，全校都晓得了，张力武在南门口打群架，用一块砖头把人砸成了脑震荡。他父亲，一个下了岗之后在街头摆烟摊的一脸皱纹的男人，到学校来说情，给校长和教导主任弯腰递烟，之后面色铁青地走出了传达室。同样很快，校门口张贴了一张布告，张力武被学校开除了。

他毕竟是颖子喜欢过的男同学。他们在操场后面那棵银杏树下拥抱、接吻，他把他的手探入过她的裙底。他们好过半个学期。后来，他喜欢上了另一个班上的女同学。她也报复性地喜欢上了另一个班上的男同学。三角眼的老爸打了他。他不承认他说了她是“公共汽车”，之后，虽然他经常对她怒目相向，但终于并没有对她做出什么。她觉得在这一点上他倒像个男子汉。想到在这个班上再也看不到他了，她还是有些难过的。她邀了他的铁哥们王中兴一起到看守所探望他。她给他带去了一副象棋和两包烟。他十二岁就开始偷父亲烟摊上的烟抽，除了篮球打得好，象棋在全年级也没有几个对手。他看她一眼，不是怒目相向，也没有什么表情，当然也没有说谢谢。他们和解了。一副象棋和两包烟，在人生塌方的时候。中年警察一直盯着她看，她觉得那目光里充满了大胆的欲望。她走在街头，到处也射来同样的目光，箭镞一样。

张力武当然拿不到毕业证，也不可能出现在全班同学最后一次狂欢的聚会上。他们在烈士公园的湖边照毕业留影，各人都带来了吃的，还有啤酒。男同学冲向平时心仪却不敢轻举妄动的女同学，拥抱，接吻，对着啤酒瓶你喝一口然后我喝一口。一切顺理成章，一切天经地义。天空蓝得耀眼，湖上传来歌声。班主任坐在草地上，露出卸下重负的轻松微笑。

之后的一段时间，对一些人来说是等待的时间，对颖子来说是无所谓的时间。当那些接到大学录取通知书的同学一个个消失在全国各地的时候，颖子每天在家里睡懒觉，一直睡到吃中饭才起来。吃完饭又接着睡。朱大福哭笑不得，在高低床前走来走去，烟头丢一地。他嘴笨，不晓得要说什么，也不敢说什么。

有一所北方的民办大学有个服装设计专业，分数线够不上的交钱可以上。钱的多少由相差的分数决定，最多是二十万。这是和颖子的学习成绩同样糟糕的汪霞告诉颖子的。汪霞的家里准备交钱让她去学这个专业。汪霞想找颖子做个伴，一同去那个遥远陌生的海边的城市——虽说她们的关系平时很是一般。颖子拒绝了。朱大福表情复杂地望着她。颖子说："我再也不想上学了。听到'学校'两个字我就想呕。"朱大福扔掉烟头，低声说："那地方太远了，看你不到，我也不想要你去。"

睡了一段时间的懒觉，颖子觉得自己的腰粗了，腿也粗了。她问朱大福要钱，进了步行街的一个健身房。那里的教练都是一身肌肉的帅哥。也有一个留马尾辫的帅姐，长得很文秀，脾气却像男人。颖子在跑步机上跑步，练器械。她身后站着马尾辫，但她想最好站着的是那个喜欢偷看她的帅哥。帅哥有女朋友，下班的时候，女朋友开着辆保时捷来接他。她应该比帅哥至少大十岁，肩很圆，骨盆很宽。帅哥出门的时候会回过头来望一眼颖子。她汗流浃背，神情沮丧，因为腰和腿并没有明显地瘦下来。马尾辫在身后喊："继续，不要停下来。继续！"

"你又喜欢睡又喜欢吃，如何瘦得下来呢？"朱大福是收拾碗筷背转身的时候说的。声音不大。他爆炒了一碗田鸡，基本上被颖子一个人吃完了。

"我不到健身房去了，"颖子把手伸出来，这是要钱的标准动作，"我打算去练瑜伽。"

颖子在逛平和堂的时候遇到了李胖子。她喜欢一个人没事的时候逛商场。当然最喜欢的还是在试衣间里试那些贵得吓人的衣服。她望着镜子里的自己，穿着那些并不属于她的合身的名牌，左右顾盼，非常陶醉，并充满对生活的幻想和对金钱的渴望。鞋子也试，高跟的，中跟的，平跟的。她天生懂得搭配，颜色，线条，质感。她的身形在练过一段瑜伽之后恢复如初，这让她更加自信。她知道自己好看。她叫营业员换一条Panko小花点黑裙，那营业员用怀疑的目光望着她，但还是取下来放在她手中。她转过身朝试衣间走去时说："有什么了不起，切！"

李胖子是一堆颤动着行走的肉，胳膊上挂了一个和他相比显得过于干瘦的妹子。他松开她，让她挑连衣裙，在平坦的胸前比画着大小。一会儿柜台上堆了一堆她不称意的花花绿绿的裙子。他站在一旁满意地看着，露出讨好的微笑。他唯一逗妹子喜欢的地方是有一对小酒窝，闪动在朝下垮着的肥颊上。他看到了拿着小花点黑裙的颖子朝试衣间走来。

"哦哟，这是哪位仙女啊？"他显得比较兴奋。

颖子站住了，拿裙子的手背到身后，看看他又看看旁边干瘦的妹子："你们这是？"

"我表妹。"小酒窝动人地闪在谦虚的微笑里。

"嗯，晓得，"颖子说，"你就是表妹多。"

我曾经也是，她随即想。

"我同学，隔壁班上的，班花。"他向干瘦的妹子介绍，"艳遇——哦不，说错了，巧遇。"

那妹子没有笑，目光里深潜着敌意。颖子无所谓地瞥她一眼，算是招呼。

"你挑了条裙子吗？拿出来看看。"

"不看。"

"看看嘛。"他把她藏在身后的手拖出来，"蛮好看啊。"

他把裙子扯过来，展开，在颖子身前比画了一下："蛮好蛮好，蛮适合你。你就是眼光好。叫什么啊？哦，绝配。是这么说的吧？"

颖子把它夺回来："讨厌。"

"不要到试衣间去试了，就是它。"他以一向的大方口气说，"等一下我一起买单。"

"李胖子！"干瘦的妹子以与她身形不相配的巨大的肺活量喊了一声。

"没事没事。"他走过去拍拍她的肩，"难得碰到老同学——我们有差不多一年没碰到了吧？”扭动着一堆肉朝颖子说。颖子不作声。

“几个小钱。”李胖子拍拍妹子的肩，“算个事吗？你继续挑，挑啊。”

“不买了！”干瘦的妹子把手里的裙子朝柜台上一甩。

“不要跟我横，听到没有？”小酒窝严重地消失了，“你今天非得跟我挑一条裙子不可。晚上我还要带你去吃饭的。”

颖子很犹豫。李胖子说他要给这条裙子买单的时候她心里一喜。但是当着干瘦的有敌意的妹子，她又觉得接受李胖子的慷慨有失面子。她有点进退失据。

见干瘦的妹子很服从地噘着嘴又去挑裙子，李胖子朝曾经迷恋过、至今仍然在意的女同学眨了眨眼：“你最近在忙什么啊？”

“我有什么好忙的。你呢？”

李胖子示意他们站到旁边去说话。过去的这段不长的时间，他有了明显的变化，好像说话的口气更大了，好像世界上没有什么了不起的事情了，也好像更胖了。他说：“我跟你一样，不喜欢读书，一读书就脑壳大。但是我喜欢赚钱。”他说他开酒吧的老爸拿出一百万给他开了家搬家公司，练手。他现在是老板了。雇了一帮人，买了几台车，车身上刷着“快又快搬家公司”的白漆方块字。开场生意就不错，每天都有十几单。“他妈的有钱人没一个不搬家的。”他很得意地总结，“有些人在外头包了小的，也要叫我们去搬席梦思、实木衣柜还有空调、彩电。我祝愿天下男人都包小的。”

“流氓。”颖子说。

他嬉皮笑脸，跟好久不见的女同学说：“你晓得每天都看得见钱，就是现金，Money，是什么感觉吗？”

“他妈的太舒服了。上瘾。真的上瘾。”他自问自答。

他对她曾经撩上了他又抛开了他还是有些恼火的。不过，谁叫她长得这么好看呢？他似乎一直等待着第二次机会。他看见她就有莫名的骚动，荷尔蒙同脂肪一起燃烧。

颖子的足尖在地上画着，不看他的小酒窝。

“你不想做点事、赚点钱？”

“我要有你那样的老爸，切！”

“我现在靠自己好不好？我肯定要比他赚得大。他给我一百万，到时候我还他两百万。”

“你本事蛮大。”

他没听出她的嘲讽。他说大话是全年级有名的。除了李胖子，他的另一个绰号叫李牛皮。“赚钱嘛，我喜欢。”他说，“偏偏我赚得到。”

他说：“你干脆到我公司来做事，每个月给你开三千块钱工资怎么样？”

“五千？”他见颖子不作声，又提高了嗓音，“本公司最高的工资。管管员工，打打考勤，负责接待，有时候陪陪工商税务的领导。啊，对了，你要学会喝一点白酒。以前我要你喝点鸡尾酒你都不肯的。‘蓝色妖姬’还记得吗？”

颖子望着他，在心里头辨别真假。

“你在别的地方赚不到这么高的工资，一般的起步价就是一千五。”他说，“不骗你。你随便问一个刚刚入职的人就晓得。”

她觉得他说的是真的。她明白这是为什么。

“我要了这一条，还有这一条。”干瘦的妹子走过来，手里拿了两条连衣裙，不看颖子，望着李胖子。

“不去试试？”

“不要试了，肯定合身。”

“好，一起买单。”李胖子从颖子手中拿那条小花点黑裙。颖子不肯，他一把夺了过去。

临别的时候李胖子手臂上挂着那个干瘦的妹子，艰难地回转身，朝颖子说：“跟你说的事你考虑考虑哦，我是认真的。”那妹子除了见面介绍时看过颖子一眼，再也没有看第二眼。她故意挺直了腰板走路，差点摔了一跤。她的鞋跟有十五厘米高。

颖子回家就把Panko小花点黑裙穿上了，又在衣柜里翻找与它搭配的上衣。朱大福诧异地问她这裙子是哪里来的。颖子说：“一个有钱的同学送的，怎么啦？好不好看？算啦，你不懂。”

朱大福说：“人有钱，心眼子就坏。你不要上当。”

“切，少跟我来这一套。”

“颖子，”朱大福说，“人穷志不能穷。你不要随便接受别人的东西。

你喜欢的，我给你买。”

颖子把裙子上的价格牌扯下来，扔到老爸面前：“你买得起吗？”

那上头印着的价格是3600元。朱大福沉默了一下，然后慢慢地说：“我会给你买的。会的。”

“以后你不能让别人给你买东西。我不准。”他又补充了一句，慢慢转身去做饭。

他后来真的又给他妹子买了包、靴子、风衣和香水。都是他一辈子听都没听过的牌子，外国的，他只晓得，蛮不便宜。而且去的都是大商场，地面擦得镜子一样亮，映着他的五短身材，跟在高挑的妹子身后，像个仆人。他没有用过银行卡，带的是现金，鼓鼓的一口袋。每次在收银台交钱，那位涂了猪血样的口红的女营业员总是面露烦躁，把一堆有鱼腥味的卷曲的纸币一张张抚平，鼻孔里轻轻哼一声。

没办法，妹子书念不好，但是从小爱漂亮。要看到她的笑脸其实非常简单，就是把新衣服递到她手上。看到她开心，他就有人生的确幸感，他的起早贪黑就有了价值。虽然他不晓得讲“价值”这个词，但他晓得讲“值得”。

他身体好，有力气，不生病，饭菜比饭店的厨师都做得有味道。他的生活目标就只有一个：让颖子开心、幸福。

他不逼妹子出去工作。他养活她不成问题，哪怕时不时地，她要他去买好贵的外国牌子的衣服、鞋包。但他还是觉得，一个年轻人，成天游手好闲、打扮得花枝招展，总还是有点不像话，邻居们也有些闲言碎语传到他耳朵里来。当然，他绝对不会要妹子跟他一起去卖鱼。那不是她的生活。

这天吃完晚饭，他从外头买了一盒冰激凌进来，看着妹子一匙一匙地吃。夏天，她每天要吃三四盒冰激凌。他干咳一声，轻言细语地说：“颖子，我看到街上到处都有招聘广告，你可不可以去试一试呢？”

“不去。”

“我不是要你出去赚钱。”他说，“我是想你……”

“说了，不去！”

“好好好，我不说了。”

他蹲在门槛上，抽烟。蓝蒙蒙的一线天，青石井人家的木板门都是打开的，灯影人影晃动，偶尔谁家有人大叫一声，随即又安静下来。

抽了四五支烟，也不晓得他想些什么。暗影里他的面色是模糊的。他会想起十七年前的那个雨夜吗？桃妹，你在哪里？

朱大福和青石井巷子里的王眯子打了一架，扭曲的五官，渐渐隆起的肿块，血和鼻涕，骂骂咧咧，鸡飞狗跳。王眯子眼睛细，眯成一条缝，喜欢喝酒，每喝必醉，一醉就成了话痨。黄昏时他炒了一碗猪耳朵、一碟花生米，几杯酒下肚，开始数落巷子里的人家，说到了颖子，声音很高，说她也不出去做事，成天睡懒觉，啃她老爸的血汗，还打扮得像个妖精，一身喷香的。正好朱大福路过他门前，听得清清楚楚。他冲进去，把王眯子从矮凳上一把揪起来："你这张臭嘴巴！"一巴掌就扇了过去。王眯子也是不怕事的。青石井巷子里的男人，没有怕事的。他们就扭打起来，桌子掀翻了，碟碗打烂了，一巷子的人都围了拢来，大呼小叫。两个人都鼻青脸肿，进了南区医院。这医院治跌打损伤是有名的。

恰好那天颖子下午出去了，深夜十二点多钟才回来。看到老爸额头上包了纱布、脸肿得像包子，躺在床上轻轻呻吟。"怎么啦？"她在床沿上坐下来，身上散发着香水气和洋酒味，"你这是怎么啦？"

"颖子啊，"朱大福坐起来，又躺下去，眉毛皱成一团，"唉，我不说你了。"

"说我什么呀？"

"没什么。没说。"

"老爸你这是叫人打了？叫汽车撞了？"

"你啊，"朱大福说，"巷子里有人说闲话咧。"

"说我？"颖子瞪大一双好看的眼睛，"我有什么好说的？"

"你没有什么好说的。"

"是啊，说我什么呀？哪个人说的？"

"你啊，还是找份事做吧。"朱大福声音颤颤的，"免得别人说闲话。"

"哦，明白了。"颖子站起来，"明白了。"

湘江河在不远的地方流动，带走灯光和星光。河边上的一长排夜宵摊围着一圈圈的人，碰杯，笑，大声喧哗。不眠的夜，不眠的生活。但是有人受伤了。他的痛苦不是来自被包扎起来的伤口。

颖子找到了李胖子的搬家公司，在芙蓉南路一幢写字楼的负一楼。从窗户上看得见马路上女人们匆匆路过的大腿。李胖子坐在大班台后头，头发朝后抹着，涂了发油。面前打开的好像是账本。旁边有四个穿着胸前印了“快又快”三个字的背带工装的男人在玩扑克，围着一个木箱子。纸牌用力甩下来，仿佛在扇谁的耳光。

“哎呀呀呀，我说咧，终于等来了你，我的偶像！”李胖子站起来，很夸张地笑，小酒窝一闪一闪。

“别让我苦苦地等待，伤心的雨落在窗台……”他油腻腻地哼起一首流行歌，手还打着拍子。

“你算了。”

“敝公司有了你，那叫什么？”李胖子说，“蓬什么？蓬……”

“你算了。”

“丽丽！丽丽！”李胖子大幅度地扭转身子喊，“丽丽！”

里头还有一间房。门开了，那个干瘦的妹子擦着眼睛走出来：“喊什么喊？又不是听不见。”

“你给这位，你应该叫姐姐，你给这位姐姐拿一套工装来。要选合身的啊。”

干瘦的妹子认出了颖子，表情一下复杂起来。

搬家公司忙的是那些出粗力的工人，多半来自农村，相对他们的父辈和先祖，土地对他们已然失去了吸引力。他们的工薪是日结的，做一单是一单的钱。钱归丽丽管，他们中有人嬉皮笑脸地叫她老板娘，她很高兴。颖子当然不是日结，她接听电话、联系业务，接待时不时“顺便过来看一下”的工商税务的人和街道办事处的人，递烟泡茶切水果，陪他们吃饭，有几次喝醉了，是李胖子搂着她的腰回来的。那只肥手肯定不老实。他给她泡了一杯浓得像中药一样的茶。“醒醒酒，”他说，“你喝醉的样子几多好看。贵，贵妃醉酒。是这样讲的吧？”

月底，颖子领到的工资是三千。“你不是说五千吗？”她有点生气。

李胖子说最近他炒股亏了蛮多钱，加了十倍的杠杆，被证券公司强行平了仓。“他妈的底裤都没了，还倒欠了钱。我本来赚了这么多的。”他伸出三根肥肥的指头。

“我听不懂你讲什么，”颖子说，“反正你说话要算数。”

“唉，我不是手头紧张了嘛。”李胖子说，“以后补，以后补。”

他又说：“其实三千也不错了，别的地方像你这样只有一千五咧，我都翻了一番了。”

“我不管，你说话又不是放屁。”她还是生气。

“就当它是屁。”他笑起来，“你生气的样子蛮迷人，我好喜欢看的。”

“呸，不要脸！”

李胖子附在颖子耳根上说：“以后，我不要她管钱了，要你管。”

颖子绝对不会旧情萌发。她对这个死胖子没有任何感觉了。虽然他成了她的老板，但她从心里头也没有把他当老板看。她还是觉得他是隔壁班上的同学，虽然她和他曾经“好过”。她给他打工，主要是为了她老爸，他因为邻居说自己的闲话打了一狠架，额头上包纱布躺在床上的样子还是蛮可怜的。当然，她也需要赚钱。

后来有一天丽丽和颖子吵起来了，沸反盈天，差点动起手来。李胖子要丽丽把账本交给颖子。“凭什么要给她？她算老几？”李胖子说，以后归她“管财务”，就这么回事。公司里正常的人事调整，怎么啦？不服是不是？

“你……你们……好啊好啊，你们做得出来！”她浑身颤抖。

“你是个妖精！”丽丽又愤怒地转头看着颖子。她是从来不看颖子的。

“你才是。”颖子毫不示弱。

她们开始对骂。在青石井邻居们吵架对骂声中浸淫长大的颖子让从小养尊处优的丽丽处于下风，但丽丽困兽犹斗，张牙舞爪。李胖子拦拦这个又困难地扭身拦拦那个，急出一额头的汗。

“你不要动手动脚啊，你会吃亏的啦。”颖子警告要朝她扑上来的丽丽。

丽丽也晓得自己打起架来不是颖子的对手，气焰顿时收敛了许多，但仍是尖牙利齿。

“我不干了！”丽丽从里头那间小房里取出李胖子送给她的 LV 的包来，提在手上，“有我没她，有她没我！”把门一摔就走了。顿时一片安静。李胖子走来走去，像笼子里的熊。

刚刚在木箱子上打扑克的几个工人中的一个把手掌横在嘴边说：“老

板娘冲气了。”另一个说：“还不晓得哪个是老板娘咧。”

“你们嚼什么烂舌头，嗳？”李胖子站住了，凶凶地瞪了他们一眼，“都给老子做事去！”

“老板，还没派单咧。”他们说。

“那就给老子滚出去！”

丽丽再也没有出现在搬家公司了。里面的小房间让颖子坐了进去。坐在小房间里，颖子不用穿工装。她每天都换一套漂亮的衣服，马尾辫，衣领雪白，青春逼人。打扑克的工人经常看到李胖子走进去，带关门，然后听到里头颖子尖厉的声音：“把你的鬼爪子拿开！”

季节和河流一起奔走。河对岸麓山上的树木绿了又红了，风一吹，枯叶在半空中旋转。河边上走着急匆匆的人、急匆匆的车，还有急匆匆的时代。广告牌又换了新的，楼一座比一座更高大巍峨，到夜晚，它们通明透亮。不真实的幻象，不具体的梦想，飘浮在生活之上。

但是朱大福的一切都是真实的，而且具体。他的忙碌，他每天要抽掉的两包烟，他在塑料盆泛着泡沫的水里洗手上的鱼血，把湿手在吊裆的裤子上胡乱地擦拭；他不停地挥刀，不停地称秤，他进门如果看到妹子坐在家里面脸上浮现的满足的傻笑，他的三角眼周边越来越密的皱纹，还有天微微亮时从马王堆送过来的第一车鱼，鱼倒进塑料大盆时鱼鳞闪烁的碎银样的光点……不管生活多么复杂，他的生活目的都只有一个，这个目的简单有力，饱满充实，渺小而伟大，支撑着他的生命、呼吸，他所有的日子。

他和邻里的关系还是蛮好的，他帮他们，他们也帮他。那天在巷子里劈面碰到王眯子，两个人都站住了。巷子太仄，必须一个人让另一个人侧身而过。他们都没动，也没让。在瞬间凝结的空气中，王眯子朝他笑一下，愣过之后他也朝王眯子笑一下。哦，没事了，从此天下太平。他经常送去鱼子鱼泡的巷子尽头的张娭毑过来坐，手里端着一钵子酸菜蒸肉。“才蒸的，”她瘪着嘴巴说，“我自己晒的酸菜，好香的咧。”

“谢谢你郎家（老人家）哦。”他接过冒热气的瓦钵，“你郎家客气。坐坐坐，抽根烟着。”

张娭毑是抽烟的，一天一包。“你颖子呢？”她问。

“上班去了，上班去了。”

“上班就好。年轻人，要做事。”

“是的是的，要做事。”他给张嫔驰点着了烟，回答得有底气。

他们闲聊起来。张嫔驰问颖子今年几岁了。朱大福说再过两个月就二十一岁了，不小了。“那是不小了，”张嫔驰说，“你看日子好快，看着看着她就长成了大姑娘，我们都老得不像样子了。”朱大福说是的是的。“妹子啊，做什么事都不要紧，要紧的啊，是找个好男人。”张嫔驰把烟头在凳子脚上摁灭了，“她要是嫁个好男人你就放心了。”

“是的咧。”朱大福拖长声音说，轻轻叹了一口气。

朱大福开始有心思了。他老是想起张嫔驰的话，深有感触。他没有问过妹子，也不敢问，但他感觉到她一直没有缺过男朋友，而且换来换去。不过她从来没有把任何一个男人带回家过。颖子越长越漂亮。他晓得追她的男人排着长队。他记得她妈妈的样子，桃妹收拾起来，还是蛮好看的；她很少笑，但是笑起来他的血就开始蹿出火苗。颖子比她娘要好看十倍。他在心里头经常这样说。

有一天晚上他去人民医院住院楼看他一位做完了第一次化疗的小学同学，手里提一袋苹果和一盒牛奶。他只有小学同学，因为他没有上过中学。这位小学同学经常下课之后在学习委员刚刚擦干净的黑板上拿粉笔画马，一画就画一群，没有翅膀，但是都飞在空中。隔着解放路，他看见了颖子。她的白色连衣裙很打眼，与她并排走着一个高大的青年。看不清他的面孔，但是他觉得他一定长得帅。朱大福横过马路，他的肩膀撞上人家，引来怒骂。他跟在他们身后，装苹果和牛奶的塑料网袋晃来晃去。他看到他们进到一幢霓虹灯闪烁的大楼，进去之前那青年给颖子买了一个蛋筒冰激凌。一到三楼是有名的卡拉 OK 量贩店，上面都是客房。朱大福站在大堂里张望。他们不见了。一个穿制服的人走过来问他找谁。他说，不找谁，怎么啦？穿制服的人说：“请出去。我们这里闲人免入。”另一个穿西装的人走了过来，像是大堂经理的模样，看着朱大福的背影问怎么回事。穿制服的人说：“一看就晓得他不是来消费的，我把他赶走了。”

朱大福坐在小学同学的病床上聊天，有点心不在焉，脑壳里晃动着那个高大的青年的影子。小学同学聊到当年他在教室黑板上画的马，朱大福好像才回过神来，说：“你比美术老师都画得好。我那时候好崇拜你的。”

“我就是随手画，”小学同学说，“我也不晓得为什么那些马都像飞了起来一样。”

“我觉得马应该飞起来。我也不晓得是为什么。”

“我梦到的马都是飞的。我经常做梦，记得清清楚楚。”小学同学说。他已经消瘦得不成人样，面色发黑。但是说到马，他眼睛里有光。

这天晚上颖子没有回家。

第二天晚上回来了，但是已接近凌晨。她发现老爸并没有睡着。

“不要瞎操心。”她好像猜透了他的心思，“我又不是小孩子。”

“我不操心。”朱大福躺着不动地说，“我是前三十年睡不醒，后三十年睡不着。”

“你算了。”颖子擦拭着浓厚的口红。

“颖子……”

“嗯？”

“男人长得帅，一般都没有什么本事。”

“什么意思你这是？”

“没什么，过来人，提个醒。”

“我不喜欢你说话怪怪的。什么意思你明说啊。”

“没什么意思。你早点睡，明天还要上班。”

“上班？不上了。我炒掉李胖子了。”颖子说，“哼，想欺负我，没那么便宜。”

“什么？”朱大福一下子坐起来，“你说哪个？欺负你？哪个欺负你？”

“哎呀你干什么？半夜三更的。”颖子说，“你要去打人是吧？没你的事，我摆平了。不要脸的死胖子。”

她换上了睡衣，爬到上铺，说明天不上班，睡懒觉；好久没睡懒觉了，不要喊她。

朱大福望着上铺的底板，没有再说话。他失眠了。从那个雨夜直到今天，所有的日子都在他脑壳里过了一遍。无声电影，傍着心绪起伏，有时是激荡，有时是舒缓。

有时候颖子很晚还没回来，朱大福就会把门反锁上，从门缝里看看外头有没有人。然后从床底下拖出一口发黑的樟木箱子，慢慢打开一把有点点绿锈的铜锁，从里头的一件旧衣服口袋里摸出来一张存折，注视着上头的最新的数字。右手的手指头依次碰触大拇指，反反复复。然后在新换上不久的一只日光灯下露出含义模糊的笑容，坐在床沿上想半天，再又把存折放回去，箱子锁好，推到床下最深处。随即躺下来，双臂枕头，烟咬在嘴角，缥缈地想着只有他自己晓得的心事。

几年前颖子无心跟他说的一句话对他刺激颇大。他那颗迟钝的心猛烈地痛了一下。颖子说的是："我都不好意思跟人家说我还是住在青石井巷，狗窝样的地方，包括我家里。"当时父女两人正在吃晚饭，房门敞开着，巷子里的人家的门也是敞的，灯光泻在门前如泼出来的洗澡水一样。嘈杂的声音和蚊子一起飞了进来。仄仄的一线黑蓝的夜天，没有星光。颖子说起最近遇到几个同学，都搬了新家，都邀她去玩。"我才不去，"颖子说，"我怕他们问我是不是还住在那个青石井。"接着，颖子说了那句给他刺激的话。朱大福没作声。那一晚上他都是沉默的。

从那天起他家的伙食变得简单多了。他把烟量从两包减少到了一包。他很少去买酒了。他也没有再添置过一件衣服，本来他是打算买一件棉袄的。旧棉袄穿了三十几年，根本不保暖了。而且他再也不借钱给别人了，不管别人怎么苦苦哀求。他每个星期去一趟银行，把那些带鱼腥味的没一张是平整的纸币都存在了存折里。他现今的生活目标就是一个：要给颖子买套新房子。他不能让她在那些搬了新家的同学面前丢脸。他晓得颖子从小最爱的就是面子。

朱大福越发起早贪黑。他的身体也大不如前了。以前，他可以轻松地抬起一筐鱼，现在他朝别人喊："来来来，搭一手。"他时不时地有些咳嗽了。咳得厉害的时候，他就到对面的药店里买瓶"咳必宁"糖浆吃，没什么用，但是吃了是个安慰。妹子大了，他的心事重了。

颖子在五一广场碰到了王中兴。这家伙居然穿了一件有模样的西装，皮鞋新擦了油。同学中，她对他的印象不好不坏。

"哎哟，出息了啊，西装革履了啊如今。"打过招呼之后她开始揄揶他。

"调戏我啊。"王中兴笑笑，把它当成了夸赞。

在中学时，他跟张力武玩得好，铁哥们——不，是跟班，崇拜者，男女之间肉麻字条传递者，电灯泡，连备胎资格都没有的可怜虫。

他请她进了一家咖啡店，给她点了一杯卡布奇诺，自己要的是拿铁，还要了果盘。他们有一句没一句地聊天，当然是叙旧，除此之外没有别的话题。某某现在在美国，某某开了两家公司，某某和某某，想不到吧，现在他们在一起了。都是他在说，她在听，没有多少表情。

“你发现没有，”后来，他说，“凡是当年成绩不好的，现在都混得有模有样；凡是成绩好的，哼！”他撇了一下嘴。

他跟张力武一起开电游室。“他当老板，我和明佗还有袁猴子刘鼻涕是股东。都是你认得的。”他说他们一共开了十家了，今年还打算再开五家。他说生意都蛮好，每天都看得见银子。他说：“你哪天来打电游咯，找我。”他递了张名片给她，就像当年他把张力武的字条递给她一样。他说上头有他的手机，两个号码，打哪个都行，最好是打下头那个，老朋友才有下头的号码，十年没变过。“有十年吗？”她问。他讪讪地说，反正就是这么个意思。他说他在这一带到处逛，终于找到了一处中意的地方。找地方没别的巧，就是观察人流量，站在那里读表，每分钟多少人路过。刚刚跟房东谈完了租金。“我把它压到这一带最低的价格。我说我不是租你半年一年，我跟你一签五年怎么样？房东看我蛮有实力的样子就不说话了。哦，我好有成就感的咧。”

“你什么时候变得能说会道了？”颖子喝了一小口咖啡，“我记得你以前笨嘴笨舌的。”

“社会上学的啊。”他说，“社会是最厉害的老师。不骂人，也不留校，也不通知家长，就是让你痛，让你哭，哭完了你就什么都明白了。”

“一套一套的啊你。”颖子难得地笑了一声。

“哪天你到我们公司里来玩啊。我们几个到处跑，张力武总是在那里。他喜欢享受当老板那种味道。他还是那么帅，一点都没变。”

“我不去。”

“去啊，张力武还经常念起你咧。说想来想去，他泡过的妹子里还是你长得最韵味。”

“还不晓得是哪个泡哪个。不去！”

“不要这样骄傲嘛。”他说，“哦，都忘了问问你，你在哪里发财？你还住在青石井？”

看来他不晓得她在李胖子的搬家公司待过，他要晓得一定就会问，她很可能是这样回答：“我甩他一个耳光，走人！”他没有问，所以她也没有答。

颖子站了起来，摸到了她的包：“谢谢你的咖啡。”

一般来说，颖子在家里头除了高兴的时候自己哼哼李宇春和张韶涵的歌，不怎么爱说话，也看不出什么情绪。她跟她老爸没什么话可说，她喜欢的东西他没一样是懂的。她喜欢光鲜的衣服、鞋子、包、墨镜，喜欢层出不穷的影星和歌星，喜欢奶茶、冰激凌和麻辣烫，歌厅和夜总会里闪闪的转灯、人影和震耳欲聋的乐队，喜欢一切时尚，霓虹灯、大电子屏广告和沿江大道不眠的灯火和手里举着辣条或串串香的年轻男女。这些和她那个一天到晚只晓得剁鱼的老爸毫无关系。她很小的时候就意识到自己不能像他那样生活。如果那样，她宁愿去死。

她从读小学起就不和他提起学校里的事，不提同学和老师还有期末考试的成绩。后来踏入社会，她也不说自己在做什么事，领多少工资，晚上不回来是宿到哪里去了，认识什么人，有什么高兴或忧愁的事。她老爸倒是很想跟她说点什么，但总是找不到话题。他一提起什么来她就会说“算了吧”，把话头掐灭。有时候他一脸着急，说：“我是关心你咧！”她漠然地回：“你都不晓得我心里头想什么，要什么，不要什么，关心我？算了吧！”

这天也不晓得是什么原因，吃晚饭的时候她说起话来，先是说好久没吃过鱿鱼三丝了，然后说今天遇到了两个中学同学，一个男的一个女的，男同学开了家广告公司，女同学开了家家政公司。言语中有一丝羡慕的意味。

“你不是也要开公司吧？”朱大福小心翼翼地问。

“算了吧，我没那个命。”她说，“我也不是当老板的料。我啊，清白得很，只配给别人打工。”

朱大福悲哀地看着颖子。他咳嗽起来，心口里有点痛。他想转达张嫔驰说过的话，妹子要紧的是找个好男人。他还想补充一句，这比开公司当老板都要紧。但他什么话都说不出来。他咳得更厉害了。

有几天下午太阳很大，生意清淡的时候，他抽点空，就到周围三公里范围内的在建楼盘打听价格，什么时候封顶、交房，带回来一沓楼盘资料，户型图、配套设施、周边交通、均价和绿化面积。他坐在鱼摊上，没有顾客的时候就把资料拿出来看，实际上，他根本看不懂。但他觉得反反复复地这么看，就会看出什么名堂来。来了顾客，他就赶快把资料塞进帆布袋里，捉起那把磨得锋快的剁鱼刀。他又抽空转了好多天，终于看中了黄兴北路上的一个楼盘，那里的七十平方米的小户型比其他楼盘的采光更好，南北通透。带他看房的售楼小姐说这里的得房率也比周边其他楼盘高一些。她向他解释了什么叫得房率。他好像听明白了。他算计了自己的存款，呵呵，他刚好买得起。一桩心事就要了结的喜悦油然而生。那天他还是抽了两包烟，喝了四两酒。咳嗽完之后绽开了满是皱纹的笑容，三角眼都几乎看不见了。

颖子最近好像进了一家在万达广场里的什么公司，也不晓得她做的是什么事。反正她进过十来家公司了。当然做得最久的是在“快又快搬家公司”，半年。她穿职业装也好看。这段时间她几乎没有夜不归宿，回到家里也不怎么跟老爸说话。朱大福看到她总是躺在上床玩手机。他喊她一声。她不作声，仍在玩手机。他又喊她一声，两声。“说话啊，”她眼睛盯着屏幕，“喊什么喊。”

“你这个星期天休不休息？”

“当然啊，怎么啦？”

“你忘啦？星期天是什么日子？”

“什么日子？”

“你生日啊！你看你看，你自己都不记得了！”

“哦呀，我还真没想起来。”

“星期天，我带你去看房子。”

“看什么房子？”

“新房子啊。”

“算了吧，看什么看。”

“我要给你买一套新房子，七十个平方米的，就在黄兴北路。”

“真的啊？”颖子坐了起来，“骗我吧？”

“我什么时候骗过你？”朱大福仰起脑壳说，“你不能再住在青石井了，我要给你买一套新房子，做你的生日礼物。我要让你，嗯，让你——”

“不可能吧？”颖子望着他，好像不认得似的，“你要是骗我，我一辈子都不会再跟你说一句话了!”

朱大福说:“妹子,你长这么大,你老爸骗过你一次没有?”

颖子说:“你哪里来的钱买房子呢?”

朱大福关上门,弯下腰,从床底下拖出了樟木箱子。

“你看看,”他把存折举在手里,“我给你存了这么多钱。”

他看着小心打开存折的妹子,声音有点抖:“这是你老爸一辈子辛辛苦苦赚的钱。每一分钱都是为你存的。我要一次性付款给你把房子买下来!”接着又兴奋地补充了一句,“一次性付款,可以打九五折。”

颖子在新房里拿手机拍了许多照片,室内的、室外的,尤其是,二十八楼可以看得见湘江和岳麓山,落日像蛋黄一样朝下黏黏地滑去。她给杭州那个男人发了过去,其中当然有自己的自拍照。她已经够漂亮了,但仍然用了相机美颜。这使她看上去像个明星。她仍然没有忘记他,这个痴情的妹子。她都不晓得他告诉她的名字是真是假。她经常给他发照片,有在酒吧的,有在写字楼里的,有在过马路遇到红灯时站在斑马线上自拍的。他偶尔回复,也就是一句话:最近实在太忙了。有时候,只是回一个微笑的表情包。她为什么总是忘不了他?可以回忆的细节其实并不多,但每一个细节都镌刻在了心里头。她自己也不晓得这是为什么。他可能代表了某种她对生活的渴望,她的青春期的梦和她愿意为之赴汤蹈火的浪漫。

老爸跟她说,他还要给她存装修的钱:“还有点余款。再拼命干一年,应该差不多了。”

他估算着,后年,上半年装修,到年底就可以入住新房了。“我颖子的新房子,全套都要是崭新的。钱不够就找人借。”他无比向往地说。颖子认为,装修风格要按她自己的要求来设计。不爱读书的她居然买了两本装修的画册,放在膝头上慢慢地翻看。朱大福则兴奋地搞饭菜,袖子高高挽起,扭过脑壳咳嗽,幸福得十分具体、充盈、结实。

颖子看到他一阵猛烈的咳嗽之后朝地上吐了一口痰。“血!”她大叫一声,“老爸,痰里头有血!”

她扶他坐下来。朱大福摸摸她放在自己肩头的肉肉的手背:“我颖子晓得疼她的老爸了哦。”痛苦换成了满足的笑意。

“你明天要到医院里去检查一下。”颖子说,“我跟公司请个假,陪你一起去。”

“不去不去。”朱大福说，“没事的，可能就是上了点火。我到药店里买点消火止咳的药来吃就是。”

“老爸……你痰里头带血，这不是好现象，你一定要到医院里做检查哦。”

“没事没事，真的没事。唉，我颖子晓得心疼我啦。”他声音哽咽，差不多要掉眼泪了。

药店里随便买的药肯定没什么效用。白天稍微好一点，到晚上就咳得厉害。颖子在家的时候，他尽量忍住，用握剁鱼刀的茧掌捂住嘴巴，背对着她的床。有时候将睡未睡，感觉到一阵猛烈的咳嗽即将从胸口涌上来，他就从床上弹跳而起打开门跑到巷子口上，拖鞋都来不及趿，双手撑住膝盖，拼命地弯腰咳，身子一俯一仰，仿佛朝什么人赔罪作揖。颖子这时候还在玩手机，注意力在字斟句酌地写短信。她经常恨自己为什么总是词不达意。她读书时作文成绩从来都在65分以下。

一个年轻美貌的妹子在这个社会找份工作并不困难。颖子自己都记不清在多少公司待过。她去应聘的时候面试时间总比别的妹子长一些。老板盯着她看半天，要她站起来，转个圈，然后说她适合站前台。当然也有要她做随身秘书的。所有的老板，都想睡她。要不了多久，她就晓得。所以她在一个公司是待不长的。她讨厌他们淫邪的目光、下流的挑逗，以及朝她的胸部伸过来的爪子。他们得寸进尺。

她其实很倔，她喜欢的，什么都可以；不喜欢的，什么都不可以。

她喜欢过一些人，时间都不长，来得快也去得快。她容易对人失望。一旦失望，她转身就走。除了杭州的那个男人，没有谁能在她心头留驻。但是现在，她也很少给杭州那边发信息和美颜自拍照了。时间正在模糊他。她渐渐有点无所谓了。

她在蔡锷路看到了人丛中的李胖子，胳膊上又吊了一个衣服鲜艳的妹子。他没有看到她。她想起自己狠狠甩了他一个耳光，还是很解气的。在那间被他带关门的小房子里，他说他下个月就给她涨工资，六千。还说，只要她懂事，他会考虑给她公司的干股。说完就上来抱她，朝她脸上乱啃，霸王硬上弓。她抽出了右手，朝他那有着千层糕一样的下巴的肥脸用力扇去。小酒窝瞬间扇没了。玩扑克的搬运工从外面冲了进来。她大步走出门，又走进来，拿了挂在墙上的包走到外头街上。阳光耀眼，玻璃反光，她脑壳里一片空白。

她又炒掉了老板。从万达广场二十九层坐电梯下来，在街角买了一支草莓冰激凌，慢慢吃着，慢慢走着，回味着老板刚才惊愕的表情和从门外进来拿着文件夹的女秘书一脸的问号。她有短暂的痛快，之后看着湘江水横穿过这座喧闹的城市，又有短暂的迷茫。

新房子终于搬进去了。老爸送给她的生日礼物。伟大的礼物，爱和日子闪闪发光。一切都是新的，复合地板、吸顶灯、三十寸的平板电视、阳台上的洗衣机和靠墙的转角布艺沙发，当然也包括朱大福的笑声。颖子从没听到她老爸这样开心地笑过。她心满意足，所有的硬装和软装都是按她的要求来做的，其实就是两本装修画册里的几张样板间效果图的组合，她喜欢的样子。她一直有关于自己的闺房的幻想。没有什么比圆梦更具人生的美满感了。

她很想让那几个在街上遇见说起自己搬了新家有些故意炫耀的女同学过来看看。但她没有她们的联系方式。她从不跟过去的同学联系，她也没有什么朋友。她此刻很想跟人分享她的快乐。她问为什么不把张娭毑他们喊过来。朱大福说，那没必要吧，他们看了会眼红的。算了，不要喊。哦，颖子说。她有点遗憾，不过也没什么。

新房子给妹子住，朱大福还是窝在青石井深巷里。晚上，上床是空空的，墙上颖子贴的看熟悉了的明星照永远朝他陌生地笑。他很不习惯。二十三年来，妹子第一次跟他分开住，他心里头空落落的。他想他可能需要蛮长的时间才能适应。他从来没有觉得自己孤独，但是现在他感觉到了孤独带来的空茫。他在咳得越来越厉害的同时也伴随着越来越厉害的失眠。睡不着的时候他双手枕头，总是回想起颖子成长过程中的点点滴滴，没有一处不是亲到骨髓里，也没有一处不是五味杂陈。当然也会想起桃妹，想起他曾经拥有过的幸福时光。她盘起来的发髻，她的有一颗痣的乳房，她给他倒酒的时候小心的样子。他很少动感情，但偶尔会感觉到有一粒冰凉的东西虫子一样在脸上慢慢地爬。

颖子当然还是回青石井来吃晚饭。这是朱大福一天中最幸福的时光。他完成了人生的一件大事，之后有如释重负的轻松。颖子想吃什么他就做什么：紫苏焖黄鳝、老姜煨排骨、豆豉蒸腊肠、茭瓜炒牛肉丝……她有时候回来得迟，看到坐着抽烟等她的老爸，桌子上是她喜欢吃的菜，她会说："哇！"自从买了新房之后，她开始有了一些变化。她有时候愿意跟老爸说说话了。她会问他咳得这么厉害，吃药了没有。她一直劝他到医院里做个全身检查。她陪他去。她会告诉他又找了一份工作，底薪两千，但是每推销一套护肤品她都可以拿到百分之十的提成。她今天就销出去了三套。朱大福听不懂这些，但他听到颖子跟他说话，就特别高兴、满足。他喜欢听到她的声音。

颖子到底长大了。她告诉他他们班上有个女同学结婚了。她没有去，因为没有收到邀请函。是街上遇到的王中兴告诉她的。他去了，说女同学站在灯光下，音乐响起来，她捂着脸哭了。朱大福看出来颖子说着这件事，有点向往的神情。他又想起了张娭驰的话。他于是又有了心事。

人生总是一个心事了了，另一个心事又来。

颖子总是看到老爸吐的痰是红色的，那天生气了，逼着他第二天到人民医院去做检查。

"不去不去，排好长的队，"他说，"耽误工夫。"

"你一定要去！"颖子态度坚决，"拖这么长时间了，越咳越厉害，吐出来的都是血了，你还不到医院去！"

"没事的，真的没事的。"他说，"街上刘老倌也是咳嗽，吐血，年轻的时候就这样。如今八十几岁了，照样吃烟吃酒吃肥肉，不是蛮好的啵？他也从来不到医院里去的。"

朱大福也是一辈子不进医院的。他经过人民医院，总是看到门诊部门口排着好长的队，好像里头有什么免费的东西让人领取。但他从来不晓得里头是什么样子。他也不想晓得。颖子跟他说什么他都听，只有到医院里去做检查这件事他倔强地不服从。

"老爸，"颖子差不多是喊起来，"我不放心咧！"

"真的没事，你放心咯。"

清晨，第一辆运鱼的皮卡停在了朱大福的摊位前。车身更加凹凸，脏得看不见漆色。"李麻子呢？"他看到驾驶室里下来的是一个姓赵的中年男人，他平常总是坐在副驾位上的。

“来不了了，他。”

“何解？”

“脑梗，躺在急救室，”姓赵的说，“医生说可能抢救过来会变成植物人。”

“啊？什么时候的事？”

“昨天晚边上。他以后来不了了。我接他的手。”姓赵的说，“他堂客现在到处筹钱，找我都借了五千。”

倒了一筐鱼，还有一大袋绿色尼龙网丝袋的田鸡。它们在网丝袋里蹦跳。朱大福提起它们挪了个地方。看到这些田鸡，他想起了小时候到城东乡下捉蝌蚪的往事。一群少年，手里都拿了装了水的玻璃瓶子。有人手上还举着一根一两米长的竹竿，竹竿头上铁丝绕的圆圈里挂着纱布做的网兜。那时候他们喜欢笑，嘻嘻哈哈，莫名其妙地笑。蝌蚪带回来他们把瓶子放在桌子上，每天看它们摆着尾巴游动。他们想看它们变成青蛙。

买鱼的人顺便也买了田鸡。朱大福的刀不小心割了左手的手指。他把手指放到嘴里吮吸，吐出来一口血。他骂了一句娘。

派出所的陶户籍走过来买鱼：“哦嗬，有田鸡了啊。”

“是这个季节了。”朱大福给手指敷上了创可贴，“先吃根烟。”

他给陶户籍递了根烟，自己也点着了一根：“最近忙什么啊？”

“多的是事，又不晓得到底忙些什么。”

他笑了。陶户籍说了句粗话，也笑了。陶户籍原来管过户籍，后来换了岗位，内勤外勤都干过，但是街上的人仍然叫他陶户籍。

“你瘦了。”

“没有吧？老样子吧？”朱大福说。

“明显地瘦了，你。”陶户籍看着他的脸，“你自己不晓得？”

“就是晚上睡不好，不晓得什么原因。”

朱大福一口烟吸进肺里猛烈咳起来，田鸡一样地跳。

“哎呀哎呀。”陶户籍扶牢他，拍他的背。他歪着脑壳朝水沟里吐了一口痰，都是血。陶户籍没抓住，他身子一软，栽倒在地，咚的一声，世界拉上了黑天鹅绒幕布。

颖子孤立无援，在人民医院各个人声鼎沸的窗口排队交费，急得一额头的汗。她给老板打电话，带着哭腔找公司借两万块钱。她保证年底之前还上。老板挂上电话把转椅转了半个圈，看着窗底下的芙蓉路，那么多车，那么多人，天际线都是各种几何形的楼顶。他朝空中打了个脆脆的响指，嘴角浮出诡秘的微笑。

要到来的事情总是出人意料。胸片在光屏上清清楚楚。主治医生戴着口罩在跟颖子说话，但是她一句也没有听进去。她在一片无垠的空白中。事实是残酷的。确诊。肺癌，并已扩散。颖子是哑哑地哭着走出主治医生办公室的。她扶着墙壁，漂亮的从不穿丝袜的双腿是软软的。她走一截停一下，弯着腰哭。她像一艘孤零零的小船，漂在四顾茫茫的大海上，不晓得方向在哪里、港湾在哪里。

朱大福躺在病床上，告诉靠近他胸口的妹子，取款密码就是她的生日。他说他的床板下头还压了一个存折，那里头有万一的时候应急的钱。他从来没有动过，新房子装修缺钱的时候都没有动过。“我还是给你留了一手的。”他说，“密码也是一样的啊记得。”

颖子被这种交代后事一样的话语吓得哭起来：“你要是……要是……我怎么办？”

“蠢宝，没事的。不要听医生那一套。我吃得三碗饭，呷得半斤酒，勤手勤脚做得事，什么病都放我不倒。你看咯。”

“我怕……我好怕的……”

“怕什么怕啊，你老爸打得鬼死咧。”

第三天，朱大福拔掉身上的各种管子，趁护士们不注意，溜出了人民医院。“我才不会被他们割一刀咧。”他对涌到他家里来看他的青石井的邻居们说，“我躺在医院里横想竖想，去他娘的，老子要挨这一刀干什么，索性就跑出来了。”

张娭毑说：“开刀也是一个死，不开刀也是一个死。要是我我也不会挨这一刀。何必呢，这把年纪了。”

王眯子说：“那是那是。而且开一刀要好多好多钱。如今医院里头就只晓得要钱。”

朱大福很好汉地说：“老子天不怕地不怕，还怕它个死哎。要死卵朝天，不死当神仙！”

颖子从外头急急忙忙走进来：“医院寻人咧。打我手机问我人在哪里。”

“你还是跟我回医院去做手术吧，你要信医生的。”她说。

“不信，我只信我自己。”

“老爸哎，”颖子又要哭了，“我求求你，好吧？”

“我妹子晓得我要紧了。”朱大福对围着他的邻居们说，一脸夸张地炫耀，“她现在好懂事的。”说完又是一阵咳嗽。一口痰涌上来，他没有吐，咽了下去。喉结上下滚动。喉咙里是血腥味。

“老爸哎！”

“没事的，颖子，你老爸这条命，硬扎得很。医院我是不会去了。你放心，我保证活得好好的。”他牙齿上有红色。

颖子两行清泪流下来。“你莫逞英雄咯，你要是……”她有点哽咽，“要是……你不动手术，会……会……”

“会死是吧？”朱大福呵呵笑一声，“蠢妹子，你老爸死不了的。我还没看到你结婚，还没看到你生胖崽崽，我怎么会死？不可能的，绝对不可能！”

邻居们笑起来。颖子语塞了，脸上泛起两朵红晕。

时间和不幸正在改变颖子。她每天下了班就回来陪她老爸，有一句没一句地说说话，扫扫地，收拾一下他那凌乱的床。在两份工作之间的无事可干的闲时里，她甚至站到朱大福的鱼摊前，帮他打打下手，把剁好的鱼块装进塑料袋中；鱼从水盆里跳出来在地上翻蹦，她弯腰去捉起来，鱼鳞贴在她漂亮的裙子上，闪着碎碎的光；她给伸过来的手掌放上找零。朱大福不时侧过脑壳看看她，三角眼里都是含糖量很高的笑意。“你莫搞邋遢了衣服啊妹子。”

陶户籍过来买鱼。他下班之后跟同事下了一盘象棋，输了。警服上衣掉了好多烟灰。“好些了吧你身体？”他听到了咳嗽声音。

“没事的，没事的。”

“你还是咳得蛮厉害。”他说，“上回吓死人了。”

“没事的，没事的。要收摊子了，草鱼半价，买条回去做刨盐鱼蛮好吃的。”

“来一条。”

朱大福递了根烟给他，自己也往嘴角送了一根。

“少抽点烟，咳嗽。”他接过一条三斤重的草鱼。

“没事的，没事的。”

“身体比赚钱重要啊。”

“赚几个小钱，赚几个小钱。”

朱大福要把小钱存成大钱。将来颖子要结婚，要生胖崽崽，办大事都要大钱。颖子这里那里打工，赚的钱只够她自己花，甚至，不够她花。她要的包、鞋子、手机、香水，都是他跟着她到令人眼花缭乱的大商场里去买单。好贵啊。他到收银台付钱的时候心里头是紧的，同时也是松的。只要她高兴，他就满足。他这一辈子，就是为了她才活得有点兴味的。他起早贪黑，赚的每一毛钱都是为了她。

颖子晓得，他有两本存折，密码是自己的生日。

落雨了。满街四散着抱头乱窜的人。一声声吆喝里，水沟卷着一朵朵漩涡。水雾腾起来，美丽而模糊。朱大福退到身后的屋檐下，一边咳嗽一边点烟。这是当年桃妹站立的地方。就是从那一个闪电照亮世界的瞬间，有了以后的颖子。他清楚记得她当时湿湿头发盖着脸的样子，一道突然的闪光让她变成了样板戏里的白毛女，她的惊恐的眼神，还有她说“莫过来”时的慌张的声音。她的样子停留在那个时间里，永远不会变化，也永远不会老去。她现在在哪里呢？这么多年过去，她音信全无。他曾经无数次地动过念头，要去怀化找她。那地方那么大、那么陌生，他怎么找得到呢？而且他再蠢也会明白，这样的女人一旦走了，是不会掉过头来的。她还好吗？债都还清了吗？再也没有人追她了吗？她晓不晓得她生下来的妹子现在是什么模样？颖子几多水灵、漂亮，脸红扑扑的，牙齿白得像珍珠；走在街上，到处都是回过头来看她的人。她要是回来看看她的妹子几多好，哪怕只看一眼，他能想象她又意外又幸福的样子。雨越落越大。屋檐像挂着水帘子。裤脚被雨水溅湿了，贴在腿上冰凉。他边咳嗽，边想起那些温存的夜、放肆的夜，他压在她身上，像猪拱菜地一样地在她胸口上乱啃。她的右肩胛有一块颜色很深的疤痕，像是被伤害过的证明。她不肯告诉他这疤痕的来历，就像不肯告诉他她从前的生活，她的丈夫，她的亲人或朋友，还有几次落入他们手中的那些债主对她做过些什么。他和她认识之前的事他不晓得，她走了之后的事他更不晓得。她是他永远无解的谜，也让他永远留恋。

颖子进过一次会计班。她想考个证。但学了不到一个星期就望而却步了。她到底不是读书的料。她并不蠢，就是一打开书就走神。字，尤其是数字，在眼前跳，但不往心里去。老师在讲堂上讲的内容，她基本上听不懂。她在笔记本上涂了好多条有尾巴和没尾巴的鱼。她想退学费，办学方不肯，说听不听是她自己的事，既然交了费用，她就应当把它学完。这学费相当不便宜，她没有向老爸伸手，是自己咬着牙交的。上个月的一件意大利的灯笼袖上衣也是自己咬牙买下来的。

她认识了一个绰号叫二毛的人，爵士乐队的小号手，留着及肩的长发，一年四季都是黑T恤，目光清澈又空洞，胸前晃动着一圈银链子，手上也是。在南门口番茄酒吧，他从舞台上下来，在她的台子上拍了一下，然后进了洗手间。出来路过，又在她的台子上拍了一下，朝她笑。

“我看看。”后来他和她坐在一起喝冰镇啤酒，她要他褪下手中的银链给她玩玩。“凤凰买的，苗族人做的，不精致，也不贵。”他说，“上次去那里演出。喜欢吗?”“嗯，有意思。”她说。“喜欢就送给你。”他显得很大方。

她玩了一会儿，递还给他：“还是你戴着合适，是你的风格。”

她继续说：“你要是不戴它，就不是你。”

他哈哈大笑。他笑起来有一股孩子气。这让她喜欢。

他请她吃饭，就在一条小巷子里的大排档上，点了油爆小龙虾、劈成两半蘸满了辣椒的螃蟹、麻油猪血和葱油粑粑。叫了五瓶百威啤酒，冰镇过的。“哦呀，喝不了这么多。”她说，“我顶多喝大半瓶。”“不急，慢慢喝。”他又是那样笑。她捋了一下头发，也对他一笑。

他大概三十岁，身上有种东西吸引着她。她也说不清那是什么。孩子气？有时候显得很弱的样子？率性、真实、诚恳？或者吊儿郎当、满不在乎？眼神里透露出的某种固执，或者缥缈？好像是，又好像不是。总之对她来说他是一块磁石。

他说他的老家在郴州，“去过吗?”她摇摇头，口里咬着小龙虾。

“有一个东江湖，那你肯定也没去过。”他说，“好大的湖，水好清，东江湖的鱼是有名的。”

“我老爸就是卖鱼的，说不定卖过你们那里的鱼。”

“真的哎？”

“狗骗你。”

他说他高中都没读完就跑到长沙来了。他拜了师，学小号，后来就进了乐队，几乎疯狂地迷上了爵士乐。他买不起房，跟乐队的其他两个人一起合租了一套三室一厅的房子，就在万达广场后头。那两个人都有女朋友，他没有。

“真的没有？”

“狗骗你。”他学她说话。

“以前有过吧？肯定。”

“以前，嗯，算是有过吧。”他又纠正，“不，不能算。只是玩玩。”

“只是玩玩？”她看他一眼。“你谈女朋友就是这个态度？”

“我没有态度。”他说，“我都不晓得谈爱是什么味道。”

实际上，她喝了一瓶半。“超量了，我。”她说，“有点晕了。”

他把她剩下的半杯啤酒拿过去一饮而尽：“没事，坐坐就好了。”

他带她去了他们合租的房子。他把他的房门带关。隔壁的房间有女孩子的叫声。他点燃一支烟，给她放音乐，屏蔽掉尘世的杂音。“喜欢路劳尔斯吗？最老牌的爵士歌手。”她摇摇头，不是表示不喜欢，是表示不知道。她莫名其妙地觉得他喜欢的她一定也会喜欢。“他死的时候，晓得不，好莱坞星光大道上都摆满了鲜花。”她睁大眼睛，听着她的生活之外的声音。

他又换了一支曲子。女声，沙哑性感，吉他和低音提琴的伴奏下，如烟绕梁。“戴安娜·克劳。”他介绍说，“新一代最牛逼的爵士女王。你要是不晓得她，你就不晓得爵士乐。”

她当然不晓得爵士乐。她只晓得港台和内地的流行音乐，只晓得李宇春和张韶涵。他给她打开一扇窗，她朝外看去，世界遥远，白云悠悠。

没有先兆，没有挑逗，他突然捧住她的脸亲了一口。然后退到身后的椅子上坐下来，朝她很孩子气地笑，就好像刚刚只是顽皮了一下。

她没来得及反应。在脸上摸了摸，指头是湿的。“你这是干什么？”她问。

“没干什么啊。”他说，递过一张餐巾纸，“突然觉得你好可爱。”

“算了吧你。”她没有伸手接那张纸。

“你什么都不懂，”他说，“所以一干二净，特别可爱。”

“算了吧你。”

“我最讨厌那些装的妹子。她们什么都不懂，又装作什么都懂。”然后他说，“你不装。”

“我是不懂啊，我什么都不懂。我要装什么啊。”

“所以……我说，所以……”他又朝她笑，从椅子上站起来，双手撑在她的坐凳的扶手上，脸靠得很近。

颖子说：“我要走了。不早了。我老爸生病了，一个人在家里头。”

她其实心里是矛盾的，她有些期待，又有些害怕。她晓得自己喜欢上了他。她感觉到了自己身体的灼热。

他送她到马路上，拦了一辆的士，付了车费。“你不会不再到我这里来吧？”他问。

“谢谢你的小龙虾，还有啤酒，还有爵士乐。”

她又补充了一句：“跟你在一起的感觉，蛮好。”

他们在一起两个星期之后她发现他抽大麻，放在香烟里抽。她晓得这是危险的。但他说玩音乐的人里头很多都抽，有人还吸海洛因咧。他说了一串著名的名字。“你眼睛瞪那么大干什么？这是真的。狗骗你。”他说得自己抽大麻似乎很有道理的样子，好像把自己的名字和那些著名的名字之间画上了等号就等于没有任何错误一样。他指了指隔壁，说：“他们也抽，不信你过去看看。”颖子害怕，退缩了，有一个星期没去找他。他也没找她。他是那种个性很犟的人。

结束了。刚开始的时候颖子这样对自己说。她觉得自己很果断，毕竟还没有完全陷进去。但是最初的轻松过后她感觉心里头有种东西越来越沉。她刚进入一家房地产公司，在售楼部当售楼小姐，穿着一套公司发的黑色职业装。接受了礼仪培训之后，她站在沙盘前双手握在胸前欠身迎接来看楼的客户。她看上去精神，实际上走神。她不断地想他。他和她吃饭的情景，在他的小房间里听音乐聊天的情景，手牵手在河边上散步的情景，他热吻她并剥掉她上衣的情景，隔壁房间有叫声她自己也在叫的情景，还有他笑起来像个孩子的样子，他胸前和手腕上晃来晃去的银链：这一切都在脑海里翻腾，挥之不去。她想念他，渴望见到他。但她又不想如此。于是越来越矛盾，越来越纠结。客户问了她三遍 B 栋一单元 2604 那套朝南的三室两厅房的价格，她才像从梦中惊醒过来：“呵呵，我们一房一价。请问你问的是哪一套？”

被公司炒掉的当天晚上她去找他了。他刚刚演出回来，手里提着小号盒。他看见她站在楼房外的路灯下。影子很长。

那晚上她没有回到她的新房。很疯狂的一夜。他手臂上留下了她的咬痕。她跟他说：“有个条件，那就是你以后再也不吸大麻了。”她要他发誓。他发了，看上去很认真。没过几天，他又抽上了。她哭起来，说他欺骗她。她站起来要走，他一把抱住了她，不求饶，只是不停地抚摸她的头发，什么也不说。她晓得自己走不了了。她已经离不开他。

但是为这件事，她和他还是吵过几次，最后不了了之。她也没有任性地冲出去。

他抽完大麻之后的样子特别陶醉，看她的目光是迷离的，又显得特别兴奋。她心疼，但是又爱，把他搂在自己怀里。

他问她要不要试一口。她坚决地摇头。“你不吸也好。”他说，继续抽，吐出一团雾来，“这不是什么好东西。妹子抽了，会变坏。”

“那你为什么要我试？”

“我也不晓得是为什么。”他说，“只是好玩吧。”

他没有什么钱。他和她都是在大排档吃饭。但啤酒总是摆了一排。和他好上之后，她可以喝两瓶啤酒了，有时候甚至三瓶。

她喜欢听他聊天，谈他小时候顽皮的事，有时也谈谈乐队，谈三岁时父亲和母亲离婚，他一直和母亲在一起生活。他每个月都给她寄两千块钱。有一次他问她：“你妈妈呢？你好像从来没有提起过你妈妈。”

“我没有妈妈。”她淡淡地说，喝了一口啤酒。

“怎么可能？你是从树上掉下来的吗？”

“我没有看见过我妈妈。”

他望着她。

“不要这样看我。别人有妈妈，我没有。从来就没有。”

她没有告诉他老爸在她十六岁生日那天跟她说的事。她心里有大面积的阴影。

“是跟我一样，父母离婚了吗？”

她摇了摇头："把这杯酒喝了吧。我不想谈这件事。"

"哦，颖子，颖子!"他把她搂了过来，抱得紧紧的。

她把他带到了自己的新房。他很兴奋，到处看，到处摸。推开窗子看见湘江，大叫了一声。"我一直梦想有一间自己的房子哦!"他很感慨。"以后这就是你的家。"她看着他的眼睛说。

"真的?"

"狗骗你。"

她看着他准备点大麻烟，说："你要是把这个戒了，我会嫁给你。"

"好，我不抽了。"他把烟揉碎，扔到窗外。

但是过了两天他又抽了。他戒不了。她看到他吸一大口赶紧把嘴捂住，那种陶醉的模样，让她难过。她说："你会出事的咧。"

她说得忧心忡忡的，说的是自己的不祥预感。

后来她的预感被证实了。

二毛他们的乐队在一些酒吧驻唱，收入不多，但他们无所谓。他们很快活，有时也很疯狂。偶尔他们也接一点商演，穴头让他们在长达一个半小时的演出中表演三四支爵士乐。这样的商演一般都在外地，穴头接的活。那天他们到了岳阳，晚上演出之后开始消夜，就在洞庭湖边上，月亮高挂天宇，湖水波平如镜，远处君山像浮在湖面上酣睡的水牛。这景致让他们开心。这是个周末，颖子也跟着二毛出来散心。他们不晓得吃了多少烧烤和啤酒，还有洞庭湖里十几种叫不出名字来的鱼。回到酒店已经是凌晨三点多了。二毛叫颖子先睡。颖子打着呵欠问他要干什么去。二毛说他到隔壁小胖子那里坐几分钟就回来睡觉。小胖子是架子鼓手，陆续有人敲他的房门。连二毛一起他们有四个人。他们抽开了，大麻烟燃在他们每一个人的手指上。每一张日光灯下的年轻的脸都苍白而迷醉。世界渐渐隐退了，消失的尽头，他们的身体飘浮起来了。

这四个家伙经常就是这样聚集在一起吸食大麻。他们的关系比任何人都亲密。他们有共同的秘密和快乐。

突然门被敲响了，急促的声音像架子鼓点。

陶户籍急急忙忙横过街来找朱大福。

"你妹子出事了!"

“什么事？”朱大福一时反应不过来，手里握着刀，“你说什么？”

“你妹子被扣在岳阳了！城陵矶派出所！”陶户籍说话的声音向来大，“城陵矶派出所，听清楚了吗？”

“我妹子？”朱大福三角眼瞪起来，“她好好的，出了什么事？”

“我也不晓得具体情况，反正拘留起来了。我刚刚接的电话。那边打来的，咨询户籍所在地派出所，核实身份。”

人人都会束手无策。出事，又不明原因，又不知结果，最让人揪心。全世界所有空难事件中的家属大抵如此，朱大福也不例外。他额头上冒出汗来，上衣一下子湿了。“你赶快到岳阳去啊！”旁边摊位上的老余说。仿佛提醒了他，他赶快收摊子。“你快点去，”老余说，“我来帮你收拾，莫耽误时间。”

朱大福小跑着往青石井去，一边跑一边咳嗽，越急越咳得厉害。他感觉到了喉咙里的血腥味。他被老余提醒一定要带上身份证。他进门就到五屉柜里翻找。他在生活上是一个凌乱的人。

一道影子闪进了三角眼的余光里。他把脑壳扭过去。

颖子站在了门口。逆着光，是一条黑影。

“要命哎，”他第一次这么大的声音对她说话，“我都被你急死了咧！”

黑影走了进来。颖子的脸亮了，面无表情。

“出了什么事啊？说话啊，出了什么事？你到岳阳搞什么鬼？”

颖子呆呆地坐着，目光恍惚，好像还没有从一场噩梦中醒过来。

她从没有把二毛带到青石井来过，朱大福也根本不晓得她和二毛的事。虽然她也常常陪明显衰弱起来的老爸说说话，但感情上的事她从不提及。老爸也不敢问。有时候他会旁敲侧击，说：“妹子你也不小了，应该正经谈个对象了。”她会反问一句：“什么叫正经？”他如果要继续说下去，他晓得她会说“算了吧你”。他不想自讨没趣。

二毛在被关了半个月之后放出来了。四个人都是一起出来的。岳阳警方把他们吸毒的情况通告了长沙警方。

乐队解散了。乐队老大去了北京，其他的人各找出路，消失在这个人口日益增多的喧闹的省会里。街上人山人海，彼此都是陌生人。

二毛待在出租屋里面整整一个星期没有出门，情绪十分低落。另外两个室友干什么他也从来不问。只有颖子天天来看他，提在手里的白色塑料袋，鼓着两三个泡沫食盒，装着二毛喜欢吃的几样菜，卤蛋、肥肠和捆鸡。他们不到大排档去了，就在房间里吃其实是从大排档买来的饭菜。她要他住到她的新房子里去，干脆把这里退了。他不肯。

这天，颖子把两千块钱递给二毛。钱上面箍了她从头发上抹下来的橡皮筋。

“干什么？”他问，身子朝后仰去。

“寄给你妈妈啊。月底了。”她说，“你不是每个月底都给你妈妈寄两千块钱吗？”

“我不要你的钱。”他说，“拿去！”

“你没有钱了啊我晓得。”

“不关你的事。”

“二毛，”她有点来气，“我跟你是一根绳子上的啊！”

钱搁在泡沫食盒翻开来的盖子上。二毛看都不看。

她对二毛又爱又恨，尤其是那天晚上她和他们四个人一起被带到派出所的时候，从未有过的经历让她一夜未眠。她心里充满了怨气和愤怒。她想跟他一刀两断，但是无论如何她又舍不得离开他。

二毛不作声，低着脑壳，然后又在身上到处摸。

“你还想抽那个害人的鬼东西吧？”她说。

二毛望着她，还是不作声。这天晚上，他没有再说话。第二天也是。第三天也是。

“你就是这样对待我的吗？”她问他。

“说话啊，”她又说，“要不放点音乐？”

二毛把眼睛望向窗子外头。几根树枝挂着转黄了的树叶。风吹过城市上空，灯火闪闪烁烁，像是一片明亮的掌声。

他终于开口说话了。他说：“颖子，我们还是分手吧。”

“这就是你想说的话？”她一下子就涨红了脸。

“跟你说，这不是你要过的日子。你不应该跟我过这样的人生。我什么都不能给你。”

“你不要跟我说这些。我喜欢你，喜欢跟你在一起的感觉。我不要你给我什么，我也不会跟你要什么。我可以赚钱，辛苦一点，节省一点，两个人也可以过下去。”

泪珠在颖子的眼眶里转动。二毛表情漠然。

“只要你不再抽那害人的鬼东西。我愿意跟你在一起。我们好好地过。好吧？”

“戒不了。我发过毒誓，还是戒不了。我没有办法。你也没有办法。”

“它会毁了你的！”

“毁就毁吧，”他说，“我一无所有，没什么好毁的。”

最后他还是那句话：“我们分手吧。”

他说完再也没有看她一眼，一直盯着窗外。很少见他坐得这样直。那是一种固执的直，下了决心的直。

他胸前和手腕上的银链子，像她初次在番茄酒吧看到时一样，在灯光下闪着魅惑的光芒。

颖子冲到路灯下，扶住水泥的灯杆呕吐起来。之后，半条巷子都听到了她声嘶力竭的痛哭。

虽然颖子基本上每天还是回来一趟看看朱大福，但她一连几天都没有回家吃晚饭。朱大福看着她喜欢吃的几样菜摆在饭桌上都冷了，他也没了吃饭的心思。他闷闷不乐地坐着抽烟。青石井巷口上的路灯亮了起来。蚊虫围着灯光飞舞。有几只大的甲虫啪地掉到了地上。谁家的女人在大喊大叫，随即有细伢崽的哭声。朱大福拖着自己的影子走出了巷子。他要到妹子的新房子去看看。他很牵挂她。他手里还提了麻辣小龙虾和油炸香干，可以给妹子做消夜。

敲了门之后他站着等。再敲，然后贴着门听里头的动静。他好像听到里头有嘤嘤的哭声。他大声喊：“颖子颖子是我！是我咧颖子！”哭声好像消失了，但是没有人开门。他又用力捶打大声喊叫，里头却没有声音。他有一把新房的钥匙，但是没有带在身上。他连忙坐电梯下楼，回家取钥匙。这个慌张的过程中，他都不晓得什么时候弄丢了手上提着的麻辣小龙虾和油炸香干。他上气不接下气一路小跑过来，一额头的汗。咳嗽让他脑壳缺氧，他感到一阵窒息。

门打开了，灯光苍白雪亮。颖子斜靠在傍窗的布艺沙发上，右手握着伸长的左手。地上有一把反着光的水果刀，左手的纤长的指尖朝下滴着血，濡湿了茶几下的一片地毯。

过去了好多日子，朱大福只要回忆起这个场面，心里头都是痛的。同时也照样不会明白，妹子为什么要割腕自杀。虽然他没有见过二毛，但他晓得天底下好男人多的是，为什么人要吊死在一棵树上？

他常回忆自己如何抱着一路滴血的妹子走进电梯，走进人民医院的急救室，他是如何央求医生救救自己的妹子，她才二十三岁啊医生！他常回忆起妹子苏醒过来的一瞬说的话，她说她不要活，然后哇哇地哭。他用力摁住她的右手，这只手想拔掉身上的管子。他常回忆在医院病床边陪护她的那一周，他不敢睡去，看着妹子双眼合上、呼吸均匀，他赶紧跑到走廊尽头抽烟、咳嗽，然后又赶紧跑回来坐在妹子的床边上。他还常回忆出院时医生跟他说的话，医生叫他要看紧一点："她这里还没有完全拐过来。"医生的食指在他自己的太阳穴上画着圆圈。

半年之后，颖子正常了。他们都不再提那件事。朱大福看自己的妹子，目光里是深不见底的悲悯、浓得化不开的怜爱。颖子又找了份工作，在红星美凯龙家居市场里的一家健身器材公司，专门推销跑步机和按摩椅。她基本上每天在青石井吃晚饭，再回到她的新房。哦，新房一直新，她十分爱惜，每天都清理得干干净净。任何时候看上去，都像是刚入住的。

她偶尔会想起二毛，但情绪已经平静。撕心裂肺地痛过之后，时间会让人平静，心如止水。伤口总是要结痂的。二毛是在郴州，还是在长沙，或是在别的什么地方，她都不晓得，也不会去打听。她再也没有遇到过他。

朱大福吐血的频率更高了。他听到猛咳的时候胸腔里有一种难听的声音，拉风箱一样。当然他不会告诉任何人。他心里清楚，他活不了多长时间了。他有点害怕，但又有点坦然，更多的是担心。他有时候想，如果他撒手离开人世，妹子怎么办。这是他在人世间唯一放不下心的。他觉得他妹子虽然年纪不算小了，但是还很幼稚，很轻信别人，很容易上当，尤其上男人的当。她也很容易受到伤害。受到伤害之后反应激烈，不晓得会干出什么吓人的事来。只有他能够守护她，宠爱她。还是张婞驰说得好，妹子要嫁一个好男人。他想如果颖子嫁了个好男人，他把她交到那个男人的手里，他就可以放心地走了。不然他会死不瞑目的。

只要是落雨的天气，他就会想起桃妹来。想起那个雨夜里，他家的门开着，她迟迟不敢进来。想起他贴着她隆起的肚子，猜是男是女。想起她第一次端上来一碗她炒的鸡杂，他说："哎呀，你比我炒得好吃些。"她说自己都没有试味。他们有过一段快活温暖的时光，但转眼就消逝了。她永远不回头地走了。她扔下他，扔下刚刚出生的还没来得及取名字的妹子，她为什么那么狠心呢？但他不怨她，更不会恨她，他只会想念她。他经常在梦里见到她，她在前面跑，他在后头追，但是永远也追她不上。他只能看到她的乌黑的发髻，发髻上的红色的塑料夹子，以及一双奔跑的像男人一样的大脚。

他的那位会画飞起来的马的小学同学进过两次ICU，但还是走了。他去参加了同学的遗体告别仪式。来的人不多，铜管乐队面无表情地吹奏着哀乐，制服皱皱巴巴，皮鞋尖上净是纸灰。来人中有两三个老同学现在根本认不出来了。他们也认不出他来。遗像上的人朝他们微笑，仿佛要加入他们的闲聊。一个精瘦的、脸像核桃一样的同学说："到了我们这把年纪，身体比什么都重要。"另一个同学说："就是，我每天吃完晚饭要走一万步。"朱大福没说什么话。但是他们被他咳嗽的声音吓住了。他是坐公交车回来的，转了三趟。他从来没有坐过的士。他看着车窗外的城市，阳光像波浪一样卷过去，自己的影子投在窗玻璃上。在一片灿烂中，他的心里头是灰暗的，也是空落和虚无的。他想起了和会画马的小学同学有关的一些童年往事，想起春游时他们爬岳麓山，一人手里采了一大把映山红。他们笑起来也像映山红。想起夏天的时候他们一起到湘江边的趸船上直直地朝下跳，他们把这个动作叫作扔炸弹。有一回会画马的同学吓哭了，他的小腿抽筋，是他把同学弄上岸的。他们瘫倒在滚热的沙砾上，一个在哭，一个在笑。为什么快乐的时光总是从前？为什么现在没有了那样的快乐？

他又想起颖子，如果他和这位同学一样走了，她既没有娘，也没了爹，那她怎么办？逢年过节，家家户户团圆的时候，她孤零零的一个人往哪里去？桃妹，你回来啊！他在心里头喊。他还暗暗地求菩萨保佑，让她回来接他的手，让妹子身边至少有一个亲人。

天空明亮，河水从容，街面上人车如潮。伟大的变化始于不知不觉中。他猛咳了几下，喉咙里的血腥味涌了上来。他很少像今天这样难过。

观音菩萨生日那天，朱大福跟着青石井巷子里的张娭毑、王眯子几个邻里到了城北的开福寺。他以前是从不到庙里烧香的。张娭毑告诉他如何点香、敬香、跪蒲团、叩头、许愿。他只许了一个愿，愿观音菩萨保佑他的颖子。他不停地叩头，直到王眯子把他拉起来。他的额头一片乌黑，中间有点红的。这天晚上他睡得很好。他相信菩萨是灵的。这是他有生以来，头一回相信看不见的力量。

颖子给他带回了一样自己公司的产品，像个大号的耳机，夹在太阳穴两端，按一下选择按钮，会有各种节奏的震动和按摩。颖子说，每天睡觉之前用半个钟头，睡眠会好一些。“你看看你的眼袋，都是黑的。”她说，“电池你要是不晓得换，我来给你换。”很简单的东西，示范了三次，他才学会。他对任何电子产品都一窍不通，也毫无兴趣。

颖子自从那件事以后，有一年多的时间没有和任何男人谈恋爱。她陪她老爸的时间更多了。这让朱大福特别满足。他没有告诉她自己到开福寺烧香许愿的事。他觉得颖子如今懂事了许多。她以前在他面前的那股子火药一样的冲劲很少看见了。她还跟他学着做菜。他感到欣慰，想以后即便没了他，她至少晓得自己烧火煮饭。煎鱼的时候油溅到她的手上，他冲过去把她的手放在自己嘴里吮吸，心痛得眼鼻挤成了一堆。她抽出手来甩了甩，说没事。

“小心啊，”他说，“要是油溅到脸上，会破相的咧。”

她有一天从冰箱里拿出一盒冰激凌，躺在自己席梦思床上边吃边打开电视，晚间新闻跳出来，她本想换频道，突然听到“杭州”两个字，她把遥控器放下了。新闻里说最近杭州破获了一个犯罪集团，这个集团主要的罪行就是以恋爱为名骗取女性的钱财。然后简单介绍了他们的作案手段，提醒广大女性朋友不要轻易上当。女播音员没有念他们的名字，念的是“以张某刘某徐某为首的犯罪团伙”。她听到“徐某”两个字，坐了起来，随即又躺了回去。她想他的姓名一定是假的。她一文不名，还不够成为他们的猎物。但她现在晓得，他的一切都是表演。她早已把手机里的他拉黑了。她安静地吃完了剩下的冰激凌。

她遇到过一次张力武。他来买健身器材。他有隆起的啤酒肚。看到对方的时候他们都有点惊讶。“我随便看看。”昔日的英俊少年说，“你在这里做事啊？环境不错。环境不错。”

她笑笑，点了点头：“你呢，还好不？”

“我还不那样，开了家小公司，赚点小钱。”他的眉毛还是那样浓。

“开了好多家电游室吧？”

“你这都晓得？”

“我碰到过王中兴。”

“我在这里第一次遇到同学。”她又说，“你想买什么器材？”

他拍了拍啤酒肚：“什么可以让它快点消失？”

她笑起来。他也笑起来。

过去的情绪、恩怨，经历过的心跳，一点都不剩了。剩下的是“同学”这个名词所包含的意义。时间冲刷掉了好多东西，但是没有人感到惋惜。人人面对的都是此时此刻，已无感于彼时彼刻。

那天吃晚饭时老爸和她聊起小学同学的遗体告别仪式。“最后都是一把灰。”他很感慨，喝了几杯酒，“有什么意思哦。一把灰。就这么一把。”他把手握成一个松松的拳头，缓缓地摇着脑壳。

她不大明白他低落的情绪。阅历决定理解力。见他又大声地咳，她站起来给他捶背。

“少呷点酒，看你咳得——”

朱大福把血痰吞进了肚子。“要是我，颖子，”他望着她，“哪一天也……”松松的拳头扬了扬。

“不要讲这些！”颖子止住他，“老爸，你好好的，不要讲这些。”

“不晓得哦。”他说，“我就是担心——”

“不要讲这些！”

颖子看到她老爸哭了起来。她长这么大，很少看到他伤心。

渺小的人都感受不到伟大的时间。青石井巷墙基和屋瓦上的青苔绿了又黄了，黄了又绿了。麻雀在屋顶上跳跃、啼唱。它是去年那只麻雀吗？

朱大福走路有点佝偻了。挥刀剁鱼，砧板不再果断地蹦出既有力量又有节奏的声响。做起事来他有点拖泥带水了。陶户籍来买鱼。警服上衣干干净净，没有烟灰。有段时间不见他了。“住院，”他解释，指了指胸口，“里头长了坨东西，割掉了。”

“难怪。”朱大福给他递烟，“这么久没看到人。长了什么东西？”

陶户籍扬扬手：“戒了。住院那天起就戒了。明天就是一个月了。”

他下了班还是喜欢跟同事下象棋，下得臭，总是悔棋。这个他戒不了。

他提着条草鱼横过街的时候回头朝朱大福喊："你还是要招呼好你自己啊。命要紧啊！"

朱大福切了生姜、大蒜，洗了一把紫苏，打算焖黄鳝。这也是颖子爱吃的一道菜。他低着脑壳，三角眼的余光掠过了黑影。门口站了两个人。

是颖子和一个比她高出半个头的年轻男人。

"这是我老爸。"颖子对那个人说，"他饭菜做得最好了。你等下子尝尝就晓得。"

"汪景春。"颖子把那人拖到老爸面前，"你叫他小汪就是。"

这是颖子第一次带一个男人到家里头来。那男人三十一二岁，戴了副眼镜，白白净净，模样端正。"伯伯好。"他说，声音还很礼貌。

"小……小……"

"小汪。"颖子说。

"哦小汪。坐，坐。"朱大福说，"我这屋里，稀乱的。"

颖子对小汪说："我就是在这样的环境里头长大的。"

小汪说："嗯，明白。"他在她后脑壳上摸了一把。

曾经有一回，朱大福跟他妹子说："你要是谈了男朋友，一定要带回来给我看一眼。我别的本事没有，看人还是看得蛮准的。"妹子说，除非她打定主意想嫁给那个人了，否则她不会把他带到家里头来。只是在一起相处，她是不会带回来的。没必要。要是变了呢？朱大福想起了妹子说过的话。

颖子大大方方把男朋友带到了青石井，邻居们围了一屋子。小汪被看得不好意思，不断地扶眼镜架，好像它随时会掉下来一样。

"要得，要得。"张娭毑把朱大福拉到门边上说，"你看他那个鼻梁、人中、耳朵，蛮好，蛮好，是个有福气的相。你颖子命好咧，看上了好对象咧。我早就讲过，妹子哎，就是要找个好男人。"

王眯子挤过来说："你那炷高香烧得好哦。"

"吃烟吃烟。"朱大福递烟给王眯子，也递给其他抽烟的邻居。

"你们两个人好配的咧，金童玉女咧，"张娭毑声音好大地说，"打算什么时候请我们左邻右舍吃喜酒咯？"

“早咧。”颖子羞得低下了额头。小汪又伸手摸了摸她后脑壳。

他们两个吃完饭回新房那边去了，朱大福横竖睡不着。太高兴了，太幸福了，太意外了。他妹子终于有了着落，看样子她是准备嫁给他了，不然她不会把他带回家里头来。朱大福其实并没有仔细看清楚小汪。他不敢放肆看小汪。但是他看小汪第一眼，心里头就有了踏实感。他觉得他妹子找对了人。这年轻人有礼貌、稳重、沉静，看颖子的目光中有遮掩不住的深情。就这一眼，朱大福就很满意，很满意，非常非常满意。他一阵猛咳，吐出了一口血痰。他对着空气说：“你要是今天在这里就好了。你会高兴的，桃妹。你一定高兴。”颖子以前跟什么人谈过恋爱他都不晓得，唯一晓得的只有她为之割腕的那个什么二毛。他没有见过二毛，但他恨二毛，因为陶户籍告诉过他那家伙吸毒，而且是团伙吸。那家伙差点毁了他妹子。颖子现在找的这个男人几多好，一看就让他放心。当然，也让他睡不着觉。

青石井的老房子隔音都不好，他听到一巷子起起伏伏的鼾声。月光洒在那些错落的黑瓦屋顶上，像是撒了一层白霜。

他喊小汪的时候喊得很亲热。他说他只有妹子没有崽，小汪现在就好比是他的亲崽。小汪还是喊他伯伯，礼貌里也有亲热。小汪给他买了进口药，瓶子上尽是洋文。小汪告诉他一天吃几次，什么时候吃，每次吃多少粒。小汪还给他买了一件羊绒背心和一双加了绒的保暖皮鞋。长沙下雪的时候小汪还带着颖子和他到三亚住了一个星期。他是第一次坐飞机，也是第一次看见海和椰子树，第一次住五星级酒店。他在卫生间里出恭之后不晓得按什么地方可以把大便冲下去。他不好意思喊小汪，十几分钟之后总算灵机一动，用水杯接了水朝坐便器里冲。

他暗暗观察小汪对颖子的一举一动，慢慢他越来越踏实，越来越放心了。他看到小汪对她无微不至，不是刻意的，不是做作的，是自然而然的。小汪像他一样，所做的一切都是为了让她高兴。小汪是一个懂得怜爱女人的男人。

小汪在一家上市公司上班，朝九晚五，偶尔出差。每次出差回来都要给颖子父女带礼物，吃的、用的或者穿的。他还很细腻，很贴心。他是做产品研发的，是他们公司里的技术骨干。听颖子说，他是有股份的。他们公司的主业是做飞机刹车片。

他是北方人。朱大福开始学着包饺子，剁肉泥时掺进去韭菜或大白菜，有时候是香菇或胡萝卜，笨笨的，把饺子包得像汤包。小汪也把白衬衣袖子挽起来，告诉他如何捏饺子的边。这是他奶奶教他的。奶奶在他考上大学那年去世了。他上课的时候戴着黑袖章，戴了一个月。那一个月里他的同学都不敢跟他开玩笑。

他们三个人围着桌子吃饭，灯光下，那情景是动人的。以前，夏日里，朱大福和颖子两个人吃饭，他是打赤膊的。现在有了小汪，他穿背心了。颖子给小汪夹菜，朱大福也给他夹菜。他一筷子下去，夹起来的菜比他妹子的要多出一倍。

他们吃完了，陪朱大福坐一会儿，有时候回颖子的新房，有时候回小汪在河西买的一百平方米的江景房。小汪和颖子商量，两个方案：一是把两套房子卖了，再换一套四室两厅的大房子，把伯伯接过去住，一家人不要分开了；二是颖子和他住到河西去，把她的那套房子给伯伯住。伯伯在青石井的破房子里住了大半辈子，也应当住住新房子了。颖子吻他的后颈，说："你真好。你是世界上最好的人。"他说："你去跟伯伯说，看他愿意选择哪一种方案。"

在一个阳光耀目的周末，小汪带颖子在四百七十多米高的九龙仓顶层的餐厅吃了一顿西餐。落地窗外是这个城市的天际线，无数闪闪发亮的楼顶，一带江水和连绵起伏的麓山，大桥上车辆像飞速爬行的甲虫。小汪从衣袋里拿出一个扎着绸结的礼品盒来放在餐桌上。"打开看看。"他对她说。洁白的牙齿，嘴角闪着复杂的微笑。

"什么啊这是?"

"打开吧。"

"今天又不是我的生日。"

"打开吧，慢慢打开。"

她慢慢解散绸结，慢慢打开盒盖，一只钻戒浮现在深蓝色的绒布里，就像旭日浮出了海面。她轻轻叫了一声，一只手捂紧了嘴巴。

"天然的钻石，南非的，"他说，"这是我的求婚戒指。"

他单膝着地，握住了她的左手："嫁给我吧，朱颖。"

眼泪夺眶而出。她点了点头，缓慢而庄重。泪水从下巴上滴落下来。

他把钻戒轻轻套进她左手的中指，站起来，坐回皮面的椅子上。“从此刻开始，”他笑着说，“所有看见你的男人，都知道你名花有主了。”

他们准备在国庆长假里结婚。

两种方案朱大福都不肯接受。他还是只愿意住在青石井。“我们祖孙三代，在这里住了几辈子，哪里我都不去。”他跟他们说，“老话讲得好，金窝银窝，不如自己的狗窝。”他还说：“你们年轻人当然要住新房子、好房子。我离不开这些邻居。我要是一天看不到他们，再好的地方住着都没有意思，等于是在好地方坐牢。”

他们在布置新房。新房还是小汪在河西的那套江景房。颖子的房子既然朱大福不愿意住，那就干脆出租。好地方，不愁租客，而且租金不菲。小汪从给颖子戴上钻戒那天起，改口叫朱大福爸爸了。他说：“爸爸你就每个月拿租金过日子吧，不要再做事了。辛苦了一辈子，你也应该享享清福了。”朱大福很感动，但是他说：“我是劳动人民咧，我不做事，会天打五雷轰的。租金我不要，你们小两口用。你们结婚请客的钱，我来出。不不不不，你们不要争，我颖子办大事的钱，一定我来出。我都存了好多年了。”他说得声音都战栗起来。

婚期一天天逼近。朱大福没有睡过一晚完整的觉。他浮想联翩。那个雨夜总是闪回在眼前。他清清楚楚看见她。她躲在屋檐下，一道闪电把她照亮，她从此走进了他的生活。虽然她决绝地走了，一去不回头，但是她并没有走出过他的生活。他总是想起她，在回忆里，在梦里，在默默的念叨里，她翩然来到他眼前。“你妹子要做新娘子了啊桃妹。”他又对着空气说，在半夜的床上。这床上有过他们翻滚的激情和捂着嘴的喊叫。

他咳得上气不接下气，之后不停地喘息，喉咙里涌出他刀下的鱼一样的血腥。最近一年多来，他胸口越来越闷，也越来越痛。吃饭的时候，他甚至有些吞咽困难。现在，他吐出的每一口痰里都带着猩红的血。当着他们的面，他都把它吞了进去，喉结艰难地上下滚动。但他说话时牙缝里的血还是吓着了他们。小汪坚持要带他到医院去做检查。小汪说自己一个女同事的丈夫是湘雅医院呼吸科的专家，可以带他去看专家门诊。朱大福顽固地拒绝，一边咳嗽一边摇头。

“不行，爸爸，你都咳成了这个样子。”小汪说，“我一定要带你去看病。”

“不去，不去!”

颖子见她老爸来了犟脾气，急得眼泪都要掉了下来。回到河西的时候，她告诉小汪，老爸其实已经确诊了，肺癌。小汪说：“啊，怎么不早点告诉我?”她说：“我怕你担心。”她跟小汪说了老爸拔管子从医院里跑出来的事。“他生性固执，若是横了心，十头牛也拉不回来的。”她说。小汪感叹：“唉，爸爸是多么好的一个人！他不肯就医，我们怎么办呢?”颖子红着眼睛说：“谁也拿他没办法。”他们坐着，沉默了好长时间。“他至少应当把烟戒了。”小汪说。“他不会戒的，我劝过无数回了。”她缓缓地摇着头。他把她搂在怀里，心疼地抚摸。

张娭毑来串门。她喜欢坐在青石井这家人家那家人家门口聊天。她提醒朱大福，择个吉日，还是要到开福寺去还个愿。“哦呀，我都不晓得这个规矩。”朱大福说，“那是要去，那是要去。”

“观音菩萨还是蛮灵的。”张娭毑说，“你看看你家的颖子，到底找了个好男人。还不就是观音菩萨保佑的?”

“我家祖坟开了坼咧。”朱大福说，“哪天去开福寺?”

“我算算日子啊。”张娭毑仔细地掐指头，半闭着眼睛。

还是和张娭毑、王眯子一起结伴去的开福寺。朱大福敬了香之后又是一阵叩头，被王眯子拉了起来。“够了，”王眯子说，“够了。”

朱大福问张娭毑：“还了愿之后还可以许愿不?”张娭毑说：“那当然。”

他又再燃了三根香，默默在心里头许了一个愿：菩萨保佑，让我桃妹回来。

“开福寺的菩萨还是蛮灵的吧?”回来的路上他问张娭毑。

“那当然啊。你妹子不就证明了啵?只要你心诚，菩萨都是灵的。”王眯子抢着回答。

朱大福有点恍惚了，他产生了幻觉，他看到桃妹迎面走了过来，脸上笑嘻嘻的。

桃妹没有来，但是国庆长假来了。一生中最重要的也是最后的时刻也来了，看上去平常，实际上辉煌。婚礼在华天酒店举行，人并不多，只摆了四桌。小汪的父母从北方来了，文质彬彬的夫妇，儿子的教养的源头。颖子从小没什么朋友，她也没有邀请同事和老板。倒是小汪他们公司里来了一些人，都穿着西装。小汪和颖子商量了，他们拒绝收礼。朱大福穿着小汪给他定做的一套中式服装，缎面上有圆形的烫金的福字图案，闪着富丽的毫光。朱大福在大堂的明亮的玻璃上看到了一个陌生的自己。他兴奋、意外，也很惶恐。他的手不晓得要往哪里放。小汪的父亲是大学的教授，在掌声和喝彩声中结束了自己精彩而得体的感言和祝福。现在轮到朱大福上台了。主持人给他递上话筒。他拿反了，被主持人纠正过来。他站在中间，觉得灯光耀眼。他拿一只手去挡住光亮。他的三角眼在阴影中闪烁着紧张和不知所措。一分钟过去了，他还没有吐出一个字来。那一分钟显得特别漫长，也特别安静。一生中从来没有站在聚光灯下的人，一生中从来没有在大庭广众下发表过讲话的人，汗如雨下，又背脊发凉。刚准备开口，突然爆出一阵猛咳。场面有些乱了。小汪和颖子连忙上去扶住他。大家又安静了。他吞下了一口浓痰，牙齿上沾着血，离话筒很远地说了一句话。大家没听清。小汪上前从他手里取了话筒放到他嘴边，请他再重新说一遍。

“小汪，你是个好伢崽，我把颖子交给你了，我放心了。你会对她好的我晓得。”他听到自己的声音微微发颤，接着听到了掌声，有些人站了起来拍手。他看到了张娭驰和王眯子他们几个青石井的邻居。颖子抱住了他，泪流满面。他给她擦泪，拿崭新的中式衣服的缎面袖子，说：“莫哭莫哭，你今天应该笑。你看，你老爸就不哭。”他说着，一颗映着灯光的闪亮的泪珠沿着皱纹纵横的脸滚落了下来。

“你要快点让我抱胖崽崽，妹子。”他有点喘不过气来，“我怕我会——”

“老爸，会的，”颖子止住他，“一定会的。明年就会让你抱胖崽崽。你好好的啊老爸，我要你好好的你听到没有！”

这天晚上，那些参加了婚礼的人都在新房里闹洞房。朱大福没有去。他怕自己受不了。高兴和难过他都受不了。他独自坐在家里头，桌子上放了一瓶婚宴上带回来的五粮液。他喝了一半了。“你也喝一口吧。”他举着杯子对着空气说，“今天是你妹子大喜的日子咧！你没看到你妹子几多漂亮，跟个仙女一样！”

他又猛咳了几声，吐了一口热血在地上。他拿鞋跟擦了擦。他还穿着那身一生中从没穿过的贵气又喜气的缎面衣服。胸口又痛起来，像有一只手在里头扯着五脏六腑。他喃喃地说了一句：“观音菩萨啊……”

他的灵魂飘了起来，向着最虚最虚的虚空。

洞房里很热闹。大家用各种恶作剧捉弄一对新人，然后哈哈大笑。颖子也笑得直不起腰来。她冲到阳台上透一口气。夜晚的江边刚刚燃放过了节日的烟花。天空蓝得奇诡而安谧。江水流动着，人世的悲欣，它见得太多。它永远不动声色，只把一切带走。小汪也来到阳台上，把手放在颖子的腰间。新房灯火通明，人们还余兴未尽，但他们两人都没说话，只是静静地注视着静静的远方。

突然，像是某种刹那感应，颖子大声说：“我老爸！”声音是颤抖的。

很神奇地，小汪在她睁大的眼瞳里，看到了一颗流星。

芭提雅——一部电影的诞生

徐小斌

1

三月了，天气回暖了，得出去走走了。

我展开地图，把一枚硬币抛起，对自己默默念道，它落在哪儿我就去哪儿。

我狠狠地睁开闭痛了的眼睛，看到硬币恰恰落在东南亚的一座海滨城市，名叫芭提雅。

这结果令我沮丧。诚然，芭提雅是泰国的旅游胜地，但我至少去过两次，其中一次还待了三个月之久。

几年前，我在一个叫 Baan Suan Lalana 的地方租了一个廉价的 condo（公寓）。是我朋友通过中介租的房子，中介是个嫁了以色列人的中国女孩，叫郑沅西。

郑沅西瘦得一把骨头，脸颊也很骨感。腮大，嘴大。略略有一点儿地包天。如果抹上浓艳的唇膏，颇具异域风情。如果不化妆，则乏善可陈。奇怪的是她的表情永远让人捉摸不定。该笑的时候从来不笑，生气时也不大能看出来，眼神里总有一种莫名的蔑视。可那种轻蔑能在转瞬间化作一种自卑与自怜。她讲话不多，似乎自我保护意识很强。每次她来都像一个事务主义者，对我简单说着一二三四，连眼皮也不抬，只有当我夸奖她的肤色时才有幸看到她的牙齿，两排牙齿整齐地闪着白光，应当叫作粲然一笑了。但她很快又自谦道：“我一点儿不喜欢我现在的肤色，太黑了！这儿的紫外线实在太强，抹多少防晒霜也没用!”

那一次，很无聊。没什么事情做。也没什么朋友。

我没有固定职业，美其名曰自由撰稿人。我不高不矮不胖不瘦，不好看也不难看，总之外貌无特点，混在人堆儿里找不出来。不过据朋友回忆，曾经好看过。我的好看跟年纪没啥关系，只跟恋爱有关系。是的，我在爱的时候是美的，很美。有照片为证。不爱了，马上变成庸人一枚。所以朋友认为我是个怪人，连外貌都有弹性。

但是庆幸的是，现在我终于过了感情关。女人过了感情关才算过了奈何桥。真佩服那些一轮轮谈恋爱的，我只动了两次感情，就差点儿把自己弄死。还好，没有成为彼岸花，活过来了，后来虽然无聊，但好歹捡了条命，换了个心境。

你们见过那种会油子吧？到处蹭会。逢会必进。进则必提问。会后必粘上主讲人加微信，偶尔还凑上去献个花啥的；虽然之后屡屡惨遭删除，但多少会捡个漏儿有点儿收获。我后来就成了这种人。

我会一点儿占星术，一点儿塔罗牌，甚至一点儿周易。总之会一点儿占卜，常发朋友圈，再经朋友一夸大，俨然有点儿小名气。那些没把我删除的大咖渐渐注意到我，他们有时会私下里找我，我也颇争气，算了几轮都应验，他们就会继续找我。钱当然是有的，得到的信息也更多些，渐渐从国内转战到了海外。

但是我最快乐的事情并非占卜，而是蹭会。在各种会上你能认识各种各样的人，了解到很多稀奇古怪的信息，你会在众目睽睽之下站起来提问。按一些人的说法是刷存在感，另一些人的说法是蹭热度，总之说这些的基本都是女人，同性，嫉妒。女人永远不可能像男人那样结成生死同盟的兄弟。同性之间的背叛我已经非常熟悉。

但是第一次去芭提雅，一次会也没蹭着。本来是铁定有个泰华协会组织的会，不知为什么突然取消，后来我发现这边的人和事儿都不大靠谱。

所以非常无聊。一日三餐，我会以填饱肚子为主，泰式美食，我并没有享受多少。加上我路盲，不怎么敢独自出门儿，竟然连那个世界著名的海滩都没去过，被朋友笑死。无非是早晚两次在院子里散散步，看看院子中间那个大游泳池。里面挤满了各国的游客，众声喧哗，那些从水里钻出来的湿淋淋的西方男人们，遍体长毛，露出一口白牙向我笑，招手似乎邀请我下水。我总是客气地微笑着点一下头，对，只点一下决不点第二下，然后扬长而去。

总之除郑沅西之外我没有别的访客。直到临走前的晚上，突然有人敲门。

我打开门，习惯地把视线放低。因为习惯了来者是沅西。但是低下去的视线看到的是一对豪乳，当然，是装在低胸装里。

我急忙抬头，正看到一双深黑的带浓重邪气的眼睛，那双眼睛的周围布满了黑斑，肉嘟嘟的鼻子和丰满的嘴唇有着浓厚的泰式味道。她的身体同样也是肉嘟嘟的，此地很少见到这样丰满的女士。她巨无霸一般大摇大摆地走进来，东看西摸，终于让我不耐："喂，女士，你要找什么？"

她听而不闻，继续检查那些小橱柜、水龙头、煤气阀、床上的卧具，一边口中念念有词。被我问得急了，她才抬起厚重的眼皮，爱搭不理地说："我是房东，你不是要走吗？我已经把房子租给别人了！"她的中文竟然讲得可以，起码我听得懂。

我呆了。接着她鄙视地扫了我一眼："一会儿你去把水电煤气费交掉。把条子送到A座餐厅的楼上。"

"我……我的行李还没打包。"

"什么？"

"我说……我的行李还没打包，东西都没收拾呢懂吧？请你给我一点儿时间收拾东西……"

她像没听见似的扭身走了。

2

A座餐厅距我住的地方有相当的距离，加上外面乌漆麻黑，打电话给郑沅西也不接。我只好交了水电费，要了单子，拿个手电，踉跄着走过那一段没铺柏油的路，然后走上摇摇晃晃的木楼梯，那楼梯咯吱咯吱的，好像每走一步都有可能塌下来。

敲开了门，满头大汗地睁大眼睛，沙发上坐着的，竟然还是那个老妖婆！

一股怒气让我几乎爆粗口！

她倒是很得意地笑了："没想到，你还真是个老实人!"

原来她是在用这种方法测试我。我心里火更大了，但我知道必须及时扑灭。以后不打交道就是了，反正要走了，犯不上跟她较劲，这种人惹不起。

她像是结在蛛网中的老妖婆，或者蒂姆·波顿电影中的那些怪咖。

她房间的色彩是我想象中的：妖艳、浓丽、大块的红绿蓝紫。幸好是暗光线，才不致很刺眼。但是这些颜色跟她搭配倒很协调。

"你叫楚文？我叫拉比亚……喝点儿什么？"她拿起水电费单子略看了一眼，陷落在沙发中的肥胖身体蠕动了一下。

我冷冷地摇了摇头，打算马上离开。

"尝尝我们自制的冷饮吧？很好喝的……吉耶！上粉奶沙冰。把小娘少也叫出来一起说说话!"

所谓的粉奶沙冰有一股特殊的香味。我没敢多喝，对这种妖婆必须提防。那个叫作吉耶的女佣手脚非常麻利，几下子就把茶几上的柚子皮、地毯上的点心渣子一股脑儿收拾干净，如同施了魔法一般。

这时一道白光闪进来了：一个十二三岁的女孩走了出来，皮肤不但在泰国人中算是相当白的，即便跟白种人比也不逊色。一双活泼明媚的眼睛深深潜在长睫毛下面，除了鼻子上星星点点的雀斑之外，她绝对是个美人儿。

"我的女儿法玛。"拉比亚骄傲地介绍，"她现在是我们国家小公主的伴读。你看怎么样？能做电影演员吗？听说你认识的大腕很多……"

法玛瞪了她一眼，然后羞涩地看向我，一低头，用泰语说了一句什么，就一溜烟儿跑了。

拉比亚转了一下已经很不灵活的脖子，撇撇嘴说："这小娘少从小就不肯跟我多说一句话、多待一分钟！但是她想的什么我都知道。她做梦都想当演员，贵国有很多明星都是她的偶像。特别是那个叫什么……山山玉的!"

"你说的是三山玉?"

她肥胖的颈子吃力地弯了几弯。

三山玉当然是艺名。她原名叫胡玉，是一线电影明星。毕业于北电，在班里不算最戳眼，但是出道最早，大二的时候就被星探看中了，也是运气太好，第一把就跟香港一位名导合作拍了一部长篇电视连续剧。那时她正是生机勃勃、枝繁叶茂之时，脸嫩得一掐冒水儿，一双大眼睛清澈见底。电视剧很快便形成万人空巷之势，她也顺理成章地成了国民闺女。因为五岳三山都爱她，网友给起了个名字叫“三山玉”。

这三山玉真不是等闲之辈，演技好运气好也就罢了，还有异于常人的聪明。早早就往国际上打，《时尚芭莎》拍了几个封面之后，国际电影节走了红毯，认识了一个HBO的亿万富豪，受邀演一个国际合拍的大片。虽然只是饰演一个华人保姆，到底是HBO出品，从此三山玉便自认为高出同辈一头。加上那时刚刚开始国际接轨，能在HBO露头儿那是无比荣耀的事儿，观众们便也把她当作国际巨星了。

“想追星三山玉？这丫头胃口倒是不小。可惜门儿都没有。”我在心里冷冷地想，也不愿跟她啰唆就把话说死了，“换个人吧。三山玉恐怕这辈子见都见不到呢。”

说罢，我一扭身走了。她还在后面含混不清地说着：“这么着急走？不再说会话了？”

“我还要打包收拾行李，你不是已经把房租给别人了吗？”

我远远地回答，也不知道她听见没有。

3

我第二次来芭提雅，是为了陪伴朋友。当然，也是为了蹭会混圈子。这回不是泰华协会的事儿，是影视圈儿的事儿。

前面我讲朋友朋友的，你们可能以为我有好多朋友。其实，我真正的朋友只有一个，就是这位需要我陪伴的肖小冷。

肖小冷原名肖胜眉，是她爷爷起的，本意是要“胜过须眉”之意。她也确实胜过须眉。但她不喜欢“胜眉”二字，自行改名“小冷”，觉得“小冷”二字够酷。她也是北电毕业，只不过她是文学系，三山玉是表演系。所以在大众眼里神圣不可侵犯的三山玉，在她眼里就是一矫情做作的丫头片子而已。

肖小冷内心骄傲到谁也不在她眼里。譬如有一天我们聊起来当代这些明星，我说了一句郑林还可以，她眯起眼睛说：“谁？”我说：“就是那个上届华表奖最佳男主！”她回味了一下，淡淡吐出一口烟圈儿：“哦，就那傻×。”熟悉她的我都吓了一跳，要知道郑林是有无数粉丝的顶流小生，至少排国产前三。

在她眼里，男的基本都是傻×或者□包，女的则不是骚就是贱，或者是装。总之没好人。当然除了我。我深知她离不开我——公主还得有侍女呢对吧？我不但是她的侍女，还是经纪人、军师、首席智囊，还是……垃圾桶。

是的，我是肖小冷的垃圾桶。有时候她会半夜三更给我电话，抒发她的怒火。她总是莫名有许多怒气，如同九斤老太一般什么都看不惯。她算专业编剧里相当好看的，不但肤白貌美，而且身材极佳。但不知为什么，她谈恋爱永远失败，而且和我正好相反，她是恋爱的时候状态奇差无比，憔悴黑眼圈，眼角里时不时冒出怒火，而在正常状态下则相当出色。她的工作单位是国内顶尖影视公司，而她又是公司里说一不二的人物。她也确实厉害，三山玉出道的那部电视剧《永生花》，本来剧本出了大问题、剧组停拍，她是被投资方请去救场的。结果她一出手，情势急转向上，一向挑剔的导演都服了。她到现场改本子，导演都得跟着她的思路走，投资方恨不得给她跪下。当然酬金也是相当可观的。对于那部剧，她算是挽狂澜于既倒，最后投资方赚得盆满钵满，整个影视圈都知道是她救了那部剧。从此她成了行业明灯，永远处于被各个出品方争抢的位置，直到遇见了大导演洪沪志。

后来我总算懂了她恋爱总是失败的根本原因：她其实在内心深处看不起所有男人，但是为了结婚，她只好耐着性子和他们周旋。但她说到底还是不善于伪装的人，装几下就会露出马脚，哪怕是一个轻蔑的眼神儿，也足以击碎“普信男”们那颗脆弱的心。

但是她若是真的遇见心仪的对象，也不成。譬如前几年，她真的爱上了一个男生，那人确实非常优秀，长得也清癯俊美，关键是，人家也爱上了她。中间也没人捣乱。可她这个人，一旦爱了就立即变成了一个小女孩，一门心思全扑在他身上，他晚回一会儿微信也能让她寝食难安。后来我看她简直疯了，她明确告诉我，她需要专宠，她绝对不想跟任何人分享。最后分手的导火索也就在这儿，那天看完歌剧，那男生见到一个过去的老同学聊了会儿天，她在外面的寒风中等了一会儿，她说她已经快冻僵的时候那男生才出来。他赶紧把大衣脱下来披在她身上，她一转脸儿看到那女生也跟了过来，立即把大衣甩到地上，说了一句“我不穿长满虱子的大衣”，扭身就走了。

那男生本是个洁身自好、心高气傲、自尊心极强的人，她的声音可是又高又亮，散场出来的人都听见了，特别是那位老同学。我后来知道此事后都觉得她这样做实在太过分了，让人家小伙子情何以堪！

当然事后她万分后悔，大病了一场。即便如此，她嘴上从来没说过“后悔”二字，更别提找人家沟通认错。人家那男生大度，也是相当爱她，过了一段时间还主动找她谈。但她本来的那种狂热已经降温了，加上她总喜欢用相反的话来表达感情，最后的结果自然是分了。“肉烂嘴不烂”，北京人这句俚语说的就是她这号。

她这样的性格，在如今这种情势下，真的是太吃亏了。

我也曾苦口婆心地说过她。她表面承认，但是江山易改本性难移。

如今肖小冷状态跟我差不多，不再被荷尔蒙左右了，一心只想多挣钱，过更好的生活。所以金牌导演洪沪志找到她想做一部中泰合拍的电影时，她立即让我卜了一卦。卦象比较复杂，最终结果混沌不清，利弊几乎相等。这反倒对了她的路数——她一向喜欢接有难度的活儿，于是她一口答应。

4

当然不会再住那个寒酸的condo，这次我们住在商人森信家里。森信是泰国排名前列的富豪，也是这次的投资方之一。

这不过是森信众多豪宅之一。外面的花园里摆着很多石雕四面佛，进得门去像迷宫，很容易走错。幸好我和肖小冷的房间挨着。她的房间比我略大一点儿，都是套房，里面有迷人的香气。不同的是灯盏，我的灯是那种很细的黑色佛珠，挖空了心，里面有小小的灯泡，打开来，有一种异域的迷幻感觉；而她的灯则是淡粉色的，帐幔也是同样的色彩。她嫌太嫩，少女范儿，她莫名不喜欢“少女”这个词，非要和我换。其实我也不喜欢粉色调，换了之后就把灯罩换成灰的，这样一来整个房间的调子就成了非常高级的灰粉色。她又闹着要换回来，这回我可没答应她。

我们过着富豪的生活，有厨子、司机、女仆、男仆、管家、钢琴教师……总之复制着《唐顿庄园》里的一切。我俩的共同爱好很快清晰：都对“美食”最有兴趣。厨子也是中国人，交流得非常顺畅，每一顿饭我们都会精心设想，然后让厨师变为现实。厨师当然不错，但也不是那种不可企及的好，譬如我们最近设计的一道焗银鳕鱼，食材是没的说，但焗的时间稍稍过头一点点，鱼肉便不如我们想象中的鲜嫩。又如海鲈鱼荞麦面做得不错，但油多了一点儿，虽说是比橄榄油更加健康的亚麻籽油，但油多了到底油腻，而且还有一丝丝辣。厨师为了向我们致歉，又做了一份他十分拿手的炒饭，头几口好香啊！但是吃到后面又有些辣。要知道我俩点餐都是要免辣的，尤其是小冷，一点点辣味也不能沾。她便说：“现在为什么总要加辣啊？是为了掩盖厨艺不好吗？”这话难听，厨师赵先生便受不了了：“肖小姐！话不能这么讲啊！你这是在泰国！泰味本身就辣，给你们做的已经是完全免辣了！这个地方不是只有你们两个人吃饭，锅刷得再干净，总有一点点辣味……”“这么说你还有理了？这可是泰国富豪，难道连锅也不能单买一口吗？”

小冷就是这样。搸人永远不留余地，非把人搸到墙角儿动弹不了才作罢。偏这赵先生是个顺毛捋，吃顺不吃戗的主儿，虽然当时没吭声留了面子，到底心里有气，从此做菜便不那么尽心。厨师治人可是太有一套了，你根本说不出来，但就是觉得味道的细节层次上不如之前了，但是怎么个不如之前，你没办法描述。一般人也就忍了，毕竟不过是几个月的访客，可小冷这个人，就是不能忍。

这天早餐，她边吃着煎蛋边说：“说了要吃溏心蛋，为什么非做成双面煎？两次了！”

她说话的时候并没抬眼，声音也不大，但非常刺耳。

赵先生这回可是没忍，锅铲一放：“肖小姐要是实在接受不了我做的菜，可以不吃！这周围馆子可太多了！隔壁就有一家！”

这下坏了！还没等我和稀泥她就发作了。

她把盘子一推，啪的一拍桌子，声音之大之响，所有人都吓了一大跳，连习惯她的我都哆嗦了一下。

“走！咱们到隔壁去吃！死了张屠夫就吃带毛猪？我还就不信了！”

说罢蓦然起身，我只好放下好喝的冬阴功汤，随她一起出门儿。在场人自然是劝，哪里劝得住！

重新叫了早餐，要了地道的溏心蛋、煎小蘑菇、泰氏点心、两杯手冲咖啡。吃得舒坦了，她把刀叉一放："明白我今儿为什么发飙？"

"你是想把森信给闹出来？"

"聪明！不愧我的助理。"

"不一定能奏效。"

"丫以为丫是谁呀？到这儿小一个礼拜了，影儿还没见着呢！他是把咱们当小动物圈起来投喂是怎么着？摆什么谱儿啊！"

没等她说出更难听的，一个女孩腾地跳到我眼前："哎！我见过你！"

是很纯正的汉语！眼前这个少女亭亭玉立，穿一件薄款灰蓝色棉麻袍子，上面有泰式绣花图案，眉眼记不清了，只有那戳眼的白皮肤让我一下子想起来。这不是那个老妖婆的女儿法玛吗？一晃都长这么大了？

5

"萨瓦迪卡！萨瓦迪卡！……"

接下来"萨瓦迪卡"的声音响彻空间。

一个装束时尚、仪表堂堂的泰国男人随着法玛身后快步走近，双手合十走到小冷面前："贵客来了！有失远迎，实在抱歉！"虽有口音，但他的汉语我们能够听懂。

我看见刚刚还在痛斥森信的小冷已是笑容可掬，也压低声音用她最温柔的音区回说："萨瓦迪卡！"甚至双膝还略略弯了一下，应当说她的身姿还是相当优雅的，她的态度也是挺能蒙人的。我心里暗笑，不知这回她能装多久。

"肖小姐，我最近确实是太忙了！今天我已经吩咐准备家宴给肖小姐赔罪！然后让他们放一下我们前年做的一个片子。请两位小姐指点！"他这时才把目光转向我，满面堆笑，"我全天都陪肖小姐和楚小姐！听说二位都是美食家，一会儿让他们把菜单拿过来，让两位小姐过目！"

"森信先生太客气了。"肖小冷也是笑容粲然，"我们到这儿也有几天了，没见到先生，就知道您忙。所以也没敢主动联系您。可是毕竟我们要合作，还是希望能早一点儿了解先生的意思，才好下笔呀。”

“对对对，是是是……”森信此时只有鞠躬的份儿，然后伸出一个手指头对用人，“把菜单拿来！……”

为了证明我们真的受到过这种顶级的待遇，我把这份菜单拍下来了，也算是立此存照。

som tum（青木瓜沙拉）
lab muu（凉拌酸辣剁肉）
gang keaw wan（绿咖喱炖鸡肉）
plamuk pud kaikem（咸鸭蛋炒鱿鱼）
si krong muu pud peawwhan（泰式酸甜排骨）
puu pud pong karee（泰式咖喱蟹）
ka na muu krob（脆皮猪肉炒芥蓝）
muu sa tea（泰式咖喱烤肉）
pla pao kleu（泰式香茅烤鱼）
muu ping（烤猪肉）
tom yum kung（冬阴功汤）
tom ka kai（椰奶鸡汤）
kao mun kai（鸡油饭）
kao muu deang（红猪肉盖饭）
……

法玛也凑过来看了看菜单，向我吐个舌头做个鬼脸儿。我拉她坐我旁边：“上几年级了？念的什么书？”一一回答以后，她把手伸过来，意思是和我推手玩儿。我和她一推手，好家伙！她的劲儿好大，使尽全力也没把她压倒。她笑着说：“我还没有使劲呢！”真是个可爱的丫头！

森信嗔笑着看她一眼：“楚小姐不要笑话，法玛还像个小孩子呢！”

“我喜欢！”我急忙说，“成年人的路太漫长了，还是多给她一点儿童年的快乐吧！”

森信向我伸出大拇指：“我也正是这样想……老赵，上菜吧。二位小姐喝点儿我们自制的冰沙？天气太炎热了……”

法玛原来是他的女儿。我怎么也想不明白眼前这个挑剔又时髦的男人会是那个老妖婆的丈夫。

上了五种饮料：椰香石榴冰、椰汁五彩冰、椰汁彩丝冰、粉奶沙冰和泰北西番莲汁。

喝了一口石榴冰，简直沁到毛孔里，浑身舒爽。法玛坐我旁边，睁着一双大眼睛盯着我吃，把我看得有点儿不好意思，随口问一句："你妈妈还在 Baan Suan Lalana 吗？"我的声音很小，但是所有人都听到了。空气一下子凝结。不过只有一分钟的时间，却觉得过了很久。还好法玛说了一句："不然呢？"森信毫无表情。

我立刻把话题扯了开来："泰国的马沙文咖喱是一道名菜吧？味道好像很复杂，自己在家也可以做吗？"

森信立刻又把赵先生喊来。赵最喜欢在众人面前显摆他的烹饪理论："马沙文咖喱是泰国的经典名菜，有丰富的香料风味。一般就是鸡肉、牛羊肉、椰奶、咖喱酱加配料啦！做起来很容易嘛！平底锅里加油把洋葱、大蒜、姜和辣椒炒香，加入咖喱酱，再炒个两分钟……"

"好了啦，不要在这里讲了！赶快再去加一道马沙文咖喱嘛……"

"不用不用，菜已经太多了……"我和小冷急忙阻拦。哪里拦得住？

菜一道道上，但我们还是坚决把底线守住了：坚决不喝酒，滴酒不沾。森信看来有量的，但是我们不喝，他也不好意思一人独酌。

法玛吃了半截就走了，森信显然也没想拦她。看得出小冷非常喜欢这女孩，竟然亲自把她送了出去，还跟她耳语了几句。我走在后面，听见法玛咯咯地笑出声来。

那顿饭简直吃得终生难忘，总算明白"肚子快要胀破了"这句话是啥意思。森信确实充分表达了他的诚意。

6

但是诚意在肖小冷这儿确实没什么用。

放片子的时候我就看出了她的不耐烦。

这个地下的放映室真的不小，赶上中国电影资料馆那个小放映厅了。还有小包厢式的设备，咖啡茶点应有尽有。小点心做得非常精致，味道也好，有一种天然食材的香。我有一个很能自我保护的胃，吃到一定程度会自动休眠。但小冷不行，烦躁的时候就会不断地吃。

这片子确实不行，但是动用了泰国最好的资源。据说男女主角都是拿过国际奖的，确实是俊男靓女。但是情节非常“玛丽苏”——不，更确切地说是“杰克苏”，把男主写得光芒四射，全须全尾儿好到极致，而且时长两小时十七分钟。最后为了衬托男主连女主都给写垮了。凡明眼人——不，凡脑回路没毛病的人一看就知道怎么回事。

终于出现了泰语的“完”。

我和小冷互相看了一眼，都舒了一口气。

森信热情万丈，一改先前谦和的调子，高声笑着：“怎么样二位小姐、大专家？还好吗？你们可以收购吗？以前有个泰国片子，远远不如这个，贵国公司也买了，翻译成中文在贵国放映了，所以……”

小冷没有接话，喝了一口水。我当然知道接这话有点儿难。因为这位森信投钱的先决条件其实就是这个。肖小冷一句话可能会毁了我们要做的项目，所以我赶紧把话接了过来：“森信先生，这片子时长两个多小时，信息量蛮大的，您容我们消化一下？”

森信怔了一下，立即恢复微笑：“好的好的，当然当然！”

小冷这才及时开腔：“对了森信先生，我已经在写新片的梗概了，洪导要得急。您有什么建议和要求吗？”

“您是贵国的第一编剧，我怎么敢有什么要求？”森信打着哈哈，“唯一希望的，是你们能看得上刚才那部片子，我非常希望和贵国合作呀！……你们先休息，我也有点儿事情，我们晚上见！”

我们立即去了花园，走到花园深处。周围是那些怪异的石雕，花园虽然每天有人打理，但是依然显得凋敝，或许是雕像上沾满了各种奇怪的斑点，还是那些缠绕的叶子的边缘已经呈现了枯澹的景象？不知道。当然这里谈话很安全，不用担心被监听。

“怎么办呢？猜到了他自恋，但是没想到他自恋到这个份儿上，完全笼罩在自恋的阴影里……可是他投的那部分挺大的，显然……”

“现在只能是拖延战术，没别的。过几天洪沪志他们团队过来，让他们表态好了。”我说。

“嗯。可问题是他之所以先要咱们的态度，显然是经过深思熟虑的。”

“那咱们就说情节呗，情节还是环环相扣的，两个演员也还好。就说按咱们的经验，翻译应当没有问题，至于拿到中国播放，还得申请……”

“唉，也只能如此了。”

“起码缓一步呗，”我慢悠悠地扇着扇子，“反正洪沪志他们快到了。他们是干什么的？不就是为咱们背锅的吗？”

7

洪沪志团队比想象的还要宏大。

洪沪志是二十世纪九十年代文艺创作热潮中涌出的最热门导演，当时他导的《高山青》导致万人空巷、手绢脱销，足以与胡玉主演的《永生花》媲美。其中女主萨木兰也成为那个女演员单芳永远的名字。因为单芳之后完全无戏可演，只好在中年之后慢慢介入综艺，和年轻的人们混在一起。一生要强的单芳在年轻人中间显得十分突兀，自以为是名副其实的前辈，殊不知年轻人根本不买账，表面上敷衍，其实什么也不听她的。彼时她已离异，孩子又指不上，为了挣点儿综艺的钱也只好妥协。虽然她与三山玉出道的时间差不多，命运却是天差地别。

洪沪志却不然。他在哪个风口浪尖上都是引领者。不断获奖，拿到手软，每一部都能登上热搜。圈内人都明白，这些都是因为他有个宝贝老婆——不是宝贝，简直就是宝藏！

他老婆夏月是最早投身影视的女作家之一，有名的获奖专业户。夏月年轻时候还算说得过去，个子高，长相周正。最重要的是夏父是影视界泰斗级人物，虽然都不知道他到底做了什么片子，名字却是响亮得很，而且活得长，把同辈差不多都熬死了，所以那一段历史他想怎么说就怎么说，后辈们都深信不疑。夏月却不同，真是实打实地写，先写小说，后当编剧，从稚嫩到成熟用了二十年的工夫，奉行的就是四个字：现实主义。真是舍得下苦功啊！一部长篇电视剧《沧海之恋》，为了考证晚清用的是什么样的丝线，三去故宫找专家请教，不惜花大钱买各种古老丝线绣品实地比较，写完了，头发也由黑变灰。当然影视界也给了她大奖和相当的回馈。后来又经夏父亲自做媒嫁给了洪沪志，一路顺风顺水。

可就在这时，她一直压抑的荷尔蒙爆发了。她爱上了一个演员，一个想与他们公司合作的演员。那个演员龙木似乎一直以文化底蕴深厚著称，她和他聊了几次，似乎遇见了知音，两人在小说如何改编电影的思路上惊人地一致，何况那龙木长得仪表堂堂，起码颜值上比洪沪志强得太多。

她每天人坐在龙木对面，魂却飘飞万里，一向端庄不苟言笑的她会莫名其妙地脸红。老司机龙木立即知道了是怎么回事，心中暗喜，能得到著名女编剧的青睐当然是件好事，何况他之前还没和这类女人交往过，也想尝个鲜。

正当洪沪志到外地宣传新片的时候，他们睡到了一起，但是好像很快就结束了。之后，那部电影没有做成，倒是夏月去安定医院住了半年之久，详情无法探究，只是在后来的一个饭局上，有人说笑话似的说了这一段，而且大声诵读了夏月写给龙木的情书。龙木发给此人以炫耀自己的魅力，当时大家都吃瓜，唯肖小冷跳出来搅局："这人怎么这么渣啊！怎么能把人家的隐私拿出来炫耀啊！"

瞧，肖小冷就是这么个人。说到底，这也是我一直和她保持友谊的原因之一。

8

出人意料地，洪沪志选了一个曼谷的小茶馆喝茶。

更让人惊奇的是，夏月现在成了洪导的制片人。

女人大概都要经历一次要死要活的恋爱，能活过来的，就此炼成一副铁石心肠。夏月应是典型。她本来长得就有点儿男性化，经过这么一场浩劫，一张脸像是戴了橡皮面具，所有的抬头纹、鱼尾纹、法令纹、木偶纹都深成了沟壑。看了这张脸我就想，不知道洪沪志怎么能忍受，即使这张脸让他赚了很多很多的钱！当然，洪沪志那张脸也够十五个人看半个月的：满脸疙瘩包，还都是带色儿的。

也可能是我多虑了，人家著名的大导能闲着吗？能亏待自己吗？但问题是夏月可不是一般人啊，心细如发，没事儿还能琢磨出点儿事儿呢，能把平衡玩得这么好的，现如今恐怕也只有洪导了。

茶室氛围很好，茶香扑鼻且有各色精致点心，其效果一点儿也不亚于富豪的奢华大餐。洪导和夏月都用最友善的态度来对待我们。夏月甚至放下身段和我们拥抱了一下，小声说：“你们偷着乐吧！我们家老洪从来还没给梗概一稿过的呢！”

“什么？梗概已经通过了？”我比小冷还激动。

夏月点一下头，努力不失去矜持，“对，今天讨论写剧本的事儿。”

我和小冷一对视，立即明白对方在想什么。小冷的笑容背后藏着一股傲气，那意思明显是：“当然！也不看是谁写的！”

我捅她一下，她立即换回谦虚谨慎的表情。带着这表情我们回到会上。洪导也不肯浪费时间，直接问：“森信给你们看了他们那片子吗？你们感觉怎么样？”

我怕小冷犯傻，立即抢着回答：“看是看了，我和小冷喝了点儿酒，都醉了，没怎么看进去。洪导你们看了吧？”

“看了！很认真地看了！”他倒是直言不讳，也根本不顾夏月投过来的眼色，“什么乱七八糟的！简直就是一堆垃圾！”

“那您准备怎么回复他们？”

“怎么回复？实话实说啊！”

“那他们会不会有可能撤资？”我嘴上说的是这个，其实是害怕撤了我们泰国富豪家的奢华待遇。

“撤就撤吧！我们还可以继续融资。就他们那几个钢镚儿也左右不了咱们这部大戏。”洪导的底气非常之足。转脸看向小冷，“小冷老师这梗概不错啊！故事底子很结实，可以考虑写剧本了。”

“洪导有什么要求？”小冷探着身，装出一副谦虚的样子。我看着就想笑。

“你就放手写吧，提要求会限制了你的想象力。”洪导满脸堆笑。

是啊，导演能提出什么意见？他们无非是想方设法让编剧一稿稿地写，从中找出他们需要的东西而已。

小冷却是每次都能树立信心，好像她终于遇见了一个好的导演、一个知音，嘴上说着狠话，行动上却全力以赴，把自己累个贼死。她这种恶性循环不知何时了，最后的下场肯定是耗尽心血还得不着好。已经跟她说了多少次，没有用。

看着她又扑向电脑，我就到花园去散步了。

在花园的深处有一道白光，我知道，那是法玛。

9

法玛在用小喷壶给花浇水。看见我，笑笑，又接着浇。

法玛的动作像慢镜头那么优美，我有点儿不敢碰她，怕一碰她就会像一股青烟一样消失。真的，我从一开始就觉得她不像真人。现在她长大了，更美了，似乎也更难以揣摩了。但是既然单独遇见，少不了出于好奇心问问她。

“你说你妈妈还住老地方？”

“嗯。你好像对我妈妈很感兴趣？”

“当然。你妈妈的样子有点儿……特别。你长得一点儿不像她。当然，也不怎么像你爸爸。对不起，你爸爸和你妈妈……他们是怎么走到一起的？对不起我太好奇了！你可以不回答。”

“那有什么？我有好几个妈妈呢。”她依然天真地笑着，“现在的妈是我的四妈。我爸爸这么优秀的人，这很正常。”

我目瞪口呆。

“当然，拉比亚是我的亲妈。你不要小看她，我爸爸还是穷小子的时候，是我妈妈一直帮他到了今天这个位置。我外婆是泰国皇室的宫女，我妈妈从小在宫里长大，她年轻时非常好看，当时我外婆要把她许配给荷兰一个贵族，可她就是看中了森信这个穷小子！我外婆是通魔法的人，最后没有办法，诅咒她变成了丑女人，可他们还是在一起了……而且，现在我虽然有了四妈，森信家族的财权，还是在我妈妈手里！”

“什么……”我半张了嘴合不拢，“怎么可能？这不是童话故事里才有的事情吗……绝对不可能……”

“当然可能！你没有看见我们泰国的四面佛吗？！这里的石雕就是小四面佛啊！……”

“你的意思是……”

她立即转移了话题：“听爸爸说，这次的女主演定的是三山玉！这次我终于有机会见到她了！”

她笑得灿烂，然后转身跑了。

我在花园中久久伫立，忽然感觉她这次的变化，她的语速变得特别快、没有重复，她的姿态虽然优美，但好像都是设计过的，设计得天衣无缝。

她好像太完美了，完美得不像真人。

我完全沉浸在惊诧的水泊里。

难怪洪沪志的底气那么足！他竟然请到了三山玉！

10

我睡得很熟。直到小冷叫我才惊醒。

小冷是叫我一起吃下午茶。很简单的几块司康，两杯热柠。

她这两天为了赶写剧本，又到了蓬头垢面废寝忘食的阶段。有什么办法呢？每个人都有自己的选择，谁也不能改变谁。

我在她身边画电脑画。最近我迷上了电脑画，别人画电脑画，都是借助电脑上各种笔刷，我却是结结实实地倚仗了自己的绘画功底。与其说我是在画电脑画，不如说我是用一支电容笔在原创绘画。我把自己的画发在朋友圈，引来诸多赞美，只有小冷在不断地挑我毛病。有朋友把新笔刷发给我，她也冷笑说："差生多文具！"她很多时候就是这么扫兴。

其实，我认识小冷也是因为蹭会。多年前的女性文学热，世界大会在中国召开，文学馆也请了两位著名女编剧举办讲座：肖小冷和夏月。那时她们风头正劲，有"南夏北肖"之称。此前的讲座都是男作家，这回女性主讲，听众格外多，那时听讲座还没啥门槛儿，正闲得无聊的我立即杀了过去。人已坐满，我顺着过道一直走到前面。两位到底讲了些什么，我根本没怎么听进去。只是在问答部分，故意问了一些刁钻古怪的问题，譬如我问："两位过去都曾经是小说家，你们为什么彻底放弃了小说做了编剧，是为了钱吗？"

"夏月老师，您写的电视剧《沧海之恋》是庚子年之后的事，那时候慈禧的政策已经从排外变成了媚外，可是您写的慈禧还是很排外，这不符合历史。您能解释一下吗？"

"肖小冷老师，您最新的单本剧写的女主会弹柴可夫斯基的《悲怆》，可实际《悲怆》是贝多芬写的，这是个 bug 啊！"等等。

夏月根本就没理我，做大腕儿沉思状。也可能她根本就没办法回答。

肖小冷却像个小女孩似的，一条条仔细回答了我的问题。她说：“谢谢你的问题。可是你知道吗？贝多芬确实有部《悲怆》，但是柴可夫斯基也有部《悲怆》，你可以查一下。”

当然我查了，当场就澄清了。会后，我给她买了一大束鲜花。对，只给她买了。还交换了联系方式，在那一大堆名人大咖中，只有她接受了我。

11

十多年过去，夏月的知名度暴涨，即使那次被甩、住精神病院事件也丝毫不影响她的文坛影坛地位。她一直写“现实主义”作品——说实话她也写不出现实之外的东西，她没什么想象力。我很早就注意到她，看了她曾经写过的小说，我就想起小学同班的一个女生，为了一个词的正确表达，不惜把作业纸擦成一个洞——也怪那时的作业纸质量过于低劣——那女生后来也想当作家，考上了一所大学分校的中文系，但殊不知作家并非人人都能当的，只好当编辑了，倒是认真抠字眼儿，但并不明白有时作家是故意打乱排列组合约定俗成要一个新句式，她就又不厌其烦地改回来，让作家们头疼不已。夏月酷似这位女生，因为没有那块橡皮，最初也只好如西西弗斯一般不断地重复劳动。当退稿可以装满一麻袋的时候，一个地方刊物终于登出了她的第一篇小说，之后她每一篇小说都经历了西西弗斯式的劳作，所以人也沧桑早衰。

而肖小冷恰恰相反。她的第一篇小说就获了一个大刊的奖，还是自然来稿。主编在颁奖会上专门介绍了她：“这是我们这次获奖者中最年轻的作家，现在还在北电文学系学习呢，大一。当时编辑部讨论的时候也有争议：这么大的奖对一个年轻作者来讲，是好还是不好，对她的发展有利还是不利。当然，最后大家还是一致决定：严格按照读者票选。”那时的评奖，简单又干净。评委和读者用不着见面，作家都藏在文字背后，谁跳出来宣传自己谁就遭到鄙视，似乎已然堕落成为戏子，自己都瞧不起自己。

小冷当年意气风发水光潋滟，乘兴完成了三级跳：发了一个中篇《隐秘之旅》，第一次脱离了当时的文坛语境，剑指人的意识潜意识，收到读者来信七百多封；紧接着，她又写了一部长篇《花开花落》，并且改编成电影，获了国际大奖，简直把当时一批作家远远地甩到了身后。这在小冷是自然而然的创造，而对于其他人，纯粹是拉仇恨。于是她莫名成为千夫所指。但是整她的办法有所不同，不是那种明目张胆的整治，因为也实在没什么名目，就是阴着来。恰巧夏父那时还没退，还有相当的权力。整她的办法就是屏蔽她，好像根本没有这个人的存在，无论她发表多么打动人心的小说都置若罔闻，所有的奖都不给她，所有的活动都不叫她，所有的荣誉，包括连二混子都能得到的荣誉都不给她，甚至给出的理由竟是：她是北电的，是影视圈的人。

小冷是何等骄傲之人，特别是那会儿正年轻，岂能受这等羞辱，就乘着《花开花落》的改编，干脆彻底告别文坛回到影视界。

肖小冷的确是个天才，可是世间最容不下的就是天才。特别是那些即使写死了也追不上她的人，把她当作障碍和靶子的人。

我决定帮她，姑奶奶我还不信了，大家都是人在江湖，谁怕谁呀！

12

多年以前，我和小冷有过一次深谈。

那时我非常迷恋荣格，甚至觉得他比他的老师弗洛伊德更伟大。我读了一本《荣格传》，读到他小时候的神秘故事及成长经历，我心领神会。荣格是极聪明的，他的聪明就在于他很好地转化并掩饰了自己。聪明人一般都没什么好下场。我总结了两句话：要么当骗子坑别人，要么当疯子坑自己。如果不想做骗子或疯子，就得像荣格那样掩饰和转化，使自己变成一个凡人（起码在表面上）。变成凡人的最重要因素便是家庭：荣格聪明地娶了一个贤良的妻子，聪明地生了一群孩子。连他自己也说：我的家庭时时在提醒我是个实实在在的普通人，无论我的思想飞得多高，他们都能保证我随时随地返回到现实的土壤。

荣大师在释梦方面超越了前辈弗洛伊德而自成一体。据说在希特勒崛起之前荣格便从梦中感应到“金发野兽”将要冲出樊笼。在荣格所做的无数个神秘梦中有一个特别引起我的兴趣：他梦见本堂神父的牧场上有一个深深的通道，他走下去，见到一个半圆门，上有厚厚的帷幕掩盖，地上铺着石板，有一块红地毯一直铺到宝座前。那是个精美绝伦的黄金宝座，是真正的王座。王座上屹立着一个巨人般的东西，那东西的质地十分奇怪，是用活的皮肉做的，无脸无发，一只独眼凝视着天花板。就在这时他忽然听见母亲的声音从高处传来：就是它，这就是那吃人的妖魔！于是荣格大汗淋漓地醒来。彼时他不过是个三岁顽童。几十年之后他才悟到那帝王宝座上的东西原来竟是一个巨大的男性生殖器。

小冷听我的讲述十分入迷，说她也对荣格非常有兴趣，曾经读过他的《永恒少年》，印象很深。

“啊原来你也读过这本书！”当时我很亢奋，“知道我为什么突然跟你讲荣格吗？就是我一直觉得，你特像荣格说的那种……‘永恒少年’！你是不是也这么觉得？……荣格说不是所有人都长大变老，总是有那么极少数的人拒绝长大，而且说‘永恒少年’创意十足，才华横溢，在社会大染缸里保持纯真，是拥有美好灵魂的人。不过，荣格还说了一句：‘你拒绝成长，成长就会杀死你！’”

她似乎吃了一惊。“他说的绝对是真的，我就被杀死了一半儿，我命大，有一半儿还活着。”她显然想起了往事，眼睛里有泪光在闪，“……所以，我绝对不想再做什么‘永恒少年’了，我想做路西法。”

我目瞪口呆。路西法不是撒旦的别名吗？

她接着说：“看过《走出非洲》吧？关于女作者布里克森有个流传很广的传说，说她曾经与魔鬼立约，她向魔鬼索求的是一件特别昂贵的东西，魔鬼拿走了她父亲、姐姐、闺蜜、婚姻、情人、孩子、农场、健康……她失去了这一切，写出了《走出非洲》。她得了晚期梅毒，最后只剩下三十公斤，瘦得像鬼。你看过她晚年的照片吧？太可怕了。最后她说：‘我是路西法的女儿。’”

路西法原来是上帝最宠爱的天使，可是后来变成了恶魔，恶魔和天使，只有一步之遥……

我立即上网查询。果然，布里克森晚年的照片很吓人。

“不是海明威当年还夸赞布里克森是个大美人儿吗？她怎么会变成这样啊……”

“路西法的女儿嘛。”她边说边给我杯子里加了点儿水，“她嫁给了一个男爵，新婚时期就被传染上了梅毒，但是她给她弟弟写信说：‘虽然出了这样的问题，但是得到了爵位，也值了。’”

“啊？”

“对！用不着这么惊讶，那时候的女性这样的情况很多。”

“可是她向路西法求的到底是什么呀，要这么昂贵的代价？”

“可能就是那种叫作‘天才’的禀赋吧？这种传说也用不着认真，帕格尼尼、莫扎特、比亚兹利……那些才华横溢的艺术家身边都围绕过这种传说。”

“那么她得到了吗？”

“当然，她是个天才。她很有写作才华。而且在失去情人、农场后，她返回家中，写，病痛也拦不住……那时候还没有青霉素，她服用的那些药，除了不断伤害她身体之外，没有鸟用。”

“她获了诺奖？”

“提名。那一届是加缪获奖。”

“那这个契约太不公平了！……”

“所有追求公平的都是傻瓜。”她的语速很快。

“那做这个‘路西法的女儿’还不如做‘永恒少年’呢。”

“听清楚，我是要做路西法，而不是做他的女儿，明白？有本书叫《路西法效应》你看过没？那里面举了很多生动的例子。譬如，有位心理学家把一些单纯的大学生集中在一起做了个试验，分两组，一组演犯人，一组演狱卒。本来试验时间是两周，但是奇怪的是两组人进入状态比预想的还快。很快，狱卒就变成了恶魔，而犯人，就成了逆来顺受的可怜虫。后来因为发生一些可怕的事情，不得不紧急叫停，第六天，被迫中止试验。又比如，这位教授做的另一个试验，让一个医生立即给病人用药，用量每次二十克，受测的是二十名护士。但是护士们都看到药品说明书上写着每次用药不得超过十毫克，尽管如此，还是有十九名护士遵从了医嘱。这说明什么？这说明几乎所有人都会屈从于外部的情境力量，人的意志力实际上非常渺小。”

“可是还是有一名护士坚持用了说明书上的药量啊！”

“是啊，所以我说‘几乎’嘛。当然啦，因为是试验，大夫用的都是安慰剂。但是足以说明问题了。真的，邪恶力量会在瞬间夺走人的善良，如果你非反其道而行之，你就要遭受大麻烦了。我可不想把我的生命浪费在这些麻烦里。”

她说得斩钉截铁，我也找不到任何反驳的理由。

她当时的表情坚定，让我印象深刻。但是我心里却在想：“明明是个‘永恒少年’，非得当什么路西法，你能做到吗，肖小冷？”

13

原来芭提雅的海滩是如此漂亮！

芭提雅素有“东方夏威夷”美誉，海滩明媚，椰树长廊，蓝天绿水，沙滩洁白，月牙般地拥抱着蔚蓝透彻的海水。沙滩上是一片色彩艳丽的太阳伞，太平洋观景台可以俯瞰暹罗海湾，海湾如蓝宝石一样美丽，特别适合拍照打卡！还有很多好玩的：香蕉船、摩托艇、冲浪、海底漫步，甚至深海浮潜、高空跳伞……

谁能想到，法玛竟然主动约我去玩。也可能她看着小冷一天到晚对着电脑，我实在无聊吧？也可能，是她无聊，想找个伴儿？

什么叫玩得痛快？首先就要有钱，其次就得有好伴儿！

法玛的泰式绣花包里装满了泰铢。当然是森信给的。法玛说这些泰铢足够让我们玩儿过瘾。

明码标价在那摆着：

香蕉船 10 到 15 分钟，350 泰铢/人。

海底漫步 30 分钟 ，1600 泰铢/人。

太阳伞租赁，100 泰铢/天。

这都是太便宜的基础项目，如果玩儿芭提雅高空跳伞，也就是 Thai Sky Adventure，那就贵了。但是最贵的不是这些项目，法玛神秘一笑，说玩完了这些再带我去一个最贵的地方。我暗喜，肖小冷虽然比我聪明漂亮，可她的命就是不如我，她吭哧吭哧费尽心血也未见得能享受到我这种待遇，我一天到晚闲逛躺平、无脑社交，不费一丝力气、不花一文钱，就能享受泰国顶级豪华游，还有身份很高、可爱可人的女孩陪伴。我都能想象告诉小冷这件事时她的反应：肯定是努力装得无所谓，然后会追问细节，最后再说几句人生哲理。譬如她会说：每个人的人生追求都不同，所以得到的与失去的也大不相同，她就喜欢过她那种能挖掘潜能的人生，等等，显得她比常人高一截似的。其实她不过是命不好，想追求的没追求到而已。我才不信她生来就那么高尚呢——要是有个大帅哥把她捧到手心儿上狂爱她，无偿为她花钱，让她过上最顶级的奢华生活，她能拒绝？没那么回事。当然，那帅哥还得有超好的脾气，还得懂她那种小女孩忽冷忽热反复无常的心理。这上哪儿找去呀？还是单着吧。所以我虽然喜欢和佩服她，但是对她的过于自尊的短板也看得很清楚。

最安全的游戏当然是香蕉船，但一看那么多岁数大的也在玩儿，我们很快就去玩儿海底漫步了。

我们戴上像宇航员的帽子，在两名教练的指导下潜入海底。还好这几天没下雨，海水清澈透明，我们俩遇到在礁石下面成群结队游过的各种怪异的鱼，感受真是太奇妙了。当然，刚下去的时候就觉得耳朵不舒服，教练说让我们闭紧嘴巴使劲吞咽，果然好了很多。教练若不这么说，我俩真想在水下唱歌呢。

然后我们去玩高空跳伞。我俩嘻嘻哈哈地准备跳伞的时候，看着下面一片片云朵，还有那突然缩得像棋子儿一样的高山，我突然害怕了，说什么也不跳。教练说机会难得，Free fall 是亚洲率先提供 13000 英尺高空跳伞运动的公司，资深教练带您玩儿一次自由落体，从高空中可以欣赏整条壮观的海岸和美丽的沙美岛。——别说是什么沙美岛了，就是能看到天堂我这会儿也不干！法玛已经全副武装，就等我了，我在慌乱中叫了一声："法玛，这项目咱们算了吧！"

法玛这才回过头，轻蔑地瞪了我一眼，一跃而下！我半捂了脸，目光从指缝里看到她像一只洁白的纸鸢在碧空里游荡，我的腿发软，一屁股坐下，一直没站起来。

还好法玛只生了一小会儿气，我买了两瓶巴黎水和椰子蛋糕就把她哄好了。

到底是小女孩，她拍了拍依旧鼓鼓的绣花泰包："喏，泰铢有的是，现在天色还早，我们马上去水上市场，晚上还能赶回来！"

我哪敢再不听她的，她是钱袋子呀！她要是一生气把我甩了，我回都回不去！

水上市场位于芭提雅郊区，因为融汇了泰国东部、西部、东北部及南部四个区域水上市场的特色及文化，所以又称为"四方水上市场"。市场里水路纵横，水面上的木楼别具风格，商铺都是仿照传统建筑打造，有浓厚的泰国风味。这里有完全彻底的水上生活，商家特别多，美食也特别多，看见什么我们都想买，特别是法玛，有的没的买了一大堆吃的，最后选了一个门口有镀金佛像的小店坐下来。在浓郁的花香里，我们吃了又吃，有一道油炸香蕉我特别爱吃，酥脆香甜。法玛则最爱那些炸昆虫，她眯着眼睛享受着，说是父亲一直不让她吃的东西她终于吃到了，拜我所赐，相约一定要再来玩。

吃完椰子冰激凌后，她突然抬起大眼睛，声音格外激动："你知道吧，贵国的电影《杜拉拉升职记》选的外景拍摄地就是这里！那一次我看到了男女主演！这回我可以见到三山玉了！爹爹参与投资的这部电影，主演就是三山玉，你还没有跟我讲！你是答应过我的！"

我真想说，我啥时候答应过你啊？只不过是你那个外貌可怕的母亲委托我了而已，可彼时彼地我怎么能说这样的话？只好顺嘴说道："你父亲是投资方之一，当然有话语权。我跟小冷说了，给你写个小角色，你带资进组就可以了。到时候你说不定还能跟她搭戏呢，天天见到她，非把你烦死不可。"

"你说什么?！你怎么能以这样的口气提到三山玉！三山玉是贵国国宝你晓得吗？而且，我也不是像你说的那么不堪。这些年，我一直都没闲着，我一直在学习贵国的语言和表演，就是梦想和三山玉同台演出！爹爹就是为了我才投这部片子的！我可以试镜！我可以不断地 NG，可是让我带资进组是对我的侮辱！"

哎呀，我东躲西藏的，最后还是把大小姐惹火了。"哎你没明白我的意思，"我为了拖延时间编谎，赶紧给她夹了一个大炸昆虫，"带资进组是小冷的设想，她也是为你好，这样比较保险。你可不知道那帮演员，坏着呢，净欺负新人！他们可不管你爸爸是谁！阴着呢，让你受欺负都不知道找谁申诉！"

"贵国的演员都是这样的吗？"法玛睁大了她那双美丽的灰眼睛，"那你让小冷姐姐给我写个大角色！他们就不会欺负我了吧？"

我的天！我可真是作茧自缚。喝了一大口加了蜂蜜的薄荷茶，故作深沉地说："小冷那个人是有原则的，说服她我要花很大的力气啊。咱们从长计议，从长计议……"我忽然想起一根救命稻草，"再说，你爹爹投不投这片子还两说着呢，他的前提好像是要看我们买不买他那部片子……"

“什么?！就他那部烂片子？他敢卖我还丢不起这人呢！”她的脸一下子生动起来，“我们走！马上去找他！”

我知道我必须跟她去，在她眼里我的威信今天已经丧失了一半儿，另一半儿我得留着。

见到森信的时候已经是晚上，他正在开会，说的就是投资新片的事。法玛把他叫出来，两人一通泰语，我什么也没听懂。最后我知道，法玛胜了。

四个妈只有这一个姑娘。她的地位当然是不可动摇的。

“喂！你还没有兑现你的诺言！”

“什么?”

“你说今天要带我去一个最贵的地方……难道就是那个水上市场?”

“当然不是。留着下次吧！好地方别一次都去完了。”她诡异地一笑，“反正你们还得来。下次，和小冷姐姐一起去。”

14

肖小冷交出剧本上半部已经是两个多月之后了。

我们早已回到北京，她依然是废寝忘食地苦干，面色不是一般的憔悴，眼圈儿是青的，脸上长出不少斑，整个脸都垮下来了，头发大量变白，整个人都沧桑了。我知道这次她是真伤了元气，为什么这么拼命呢?可能原因只有一个：让洪导见识见识她的功力，起码，不能输给夏月。

人太要强了真不行。最近抖音上不是有人总结吗？焦虑症的最根本原因是太要强，抑郁症的最根本原因是钻牛角尖儿。而且小冷越写越孤独，她在同性的嫉妒和异性的欲望的夹缝中挣扎着，几大势力努力把她边缘化，让她的名字消失，把她出的那些原创性极强的好主意留下来，变成别人的。资本看中她的才华，却不喜欢她死活不跪的姿态——这些，她能不知道吗？连我这个智商比她低几个层级的人都看出来了，她能看不出来！

除了我接长不短地去看看她，给她送点儿好吃的之外，根本就没啥人搭理她。她前些年得的那些含金量极高的奖，早已被人忘却。人们只记得女明星和导演，哪会记得一个编剧?

我也不可能老陪着她。她呢，因为自尊心太强，也不可能老联络我，她总是装出什么都能搞定的样子，但实际上什么都搞不定。实在忍不住了，她会深更半夜给我打个电话，一吐她的愤懑之情。

一天晚上我刚睡着，她的电话过来："喂！你知不知道，郑林那个傻×要出新书了！"

"出呗。"

"问题是他睁眼说瞎话！金庸那个小说改编首先是我提的对吧？他说是他提的！最过分的是他把我的稿签儿都用了，拆开了分别放在他九章的第一小节，真是没见过这么不要脸的！诉他吧，又觉得抬了他；不诉他吧，真他妈窝气！要不要找人教训教训他？"

"郑林现在是顶流好不好？你诉他到底是谁蹭谁呀？我发现你永远停留在当年，你是大编剧人家求着你上戏。对！是有这么回事！可人家现在发达了，你还在原地转悠——不不，当然不是原地，可你成长速度没人家快呀你承认吗？那怎么办呀，大众认他不认你呀！你要真诉他，他还没怎么的，你就被无聊网民整死了！我还想要你这个朋友呢！"

我说得慷慨激昂，她不吭气儿了。

"你先忍忍，要是实在想出这口气儿，再等等。洪导宣传新片很快就回来了，总归要讨论剧本吧。那时候再说这事儿。洪导现在用着你，怎么着也不能不管你吧？再说洪导的热度和那小子打个平手儿，要论资本捧谁，他还跟洪导差着行市呢！"

"文文真不愧是我的智多星！就这么着！听你的！"

那天傍晚，我去参加郑林的新书发布会，很早去的。可那些粉丝显然更早，把书店所有的过道塞得水泄不通。我侧身进入，以为自己还算年轻，可是跟那些小女孩一比显然已是老女人。郑林被前呼后拥着走进来的时候，女孩们疯了似的高呼着什么，听了半天才听清楚是"老公"！给这么多人当老公，郑林不得累死啊！我决定用我的智慧来教训教训这帮傻孩子。

终于到了读者提问的阶段了。我先给夏月发了一条微信，让她派人来保护我，然后我抢过话筒从容提问："郑林先生，恭喜新书出版！听说，是您首先提出改编金庸这部作品的？"

郑林转向我，明显犹疑了一下："……不不，是一个编剧首先提的。"

"郑先生还记得那位编剧的名字吗？"

“嗯……这个，不记得了。”

“她叫肖小冷。”我转向众人，“大家还记得《永生花》吧？就是三山玉出道的那部电视剧，虽然总编剧挂的是夏月，可是拍半截儿没法儿拍了！是肖小冷救的场！可以说，没有肖小冷就没有《永生花》！”

众人一阵交头接耳。一个女孩冷冷地说：“你暴露年龄了，《永生花》那都十年前的事儿了，我们不care！我们来是为了哥哥，谁管你什么小冷小热的，别这儿蹭了！赶紧走！”一片大哗。众粉丝的愤怒之声似乎要吞了我，但我一眼看到夏月团队的几个精壮小伙挤了进来，顿时底气十足，趁着那女孩还没把麦克风抢走，大声说：“而且郑先生，你每一章的第一小节怎么和你后面的文字那么不协调啊？据我所知，那是肖小冷写的稿签儿被你拆开了！……”

我的声音几乎被众声淹没。但是郑林居然还是回答了：“希望你再仔细看一下，我那个是引述！”

什么也听不清了，我被夏月团队的人保护着离开现场，真是露多大脸现多大眼。我这才明白，什么叫“饭圈儿”，什么叫“唯粉”，就靠我这点儿脑回路想跟她们杠，只有死路一条。一百年不出手，好不容易出一次手还打错人了！

我有点儿害怕，害怕我这个“智多星”害了小冷。

15

洪沪志住在北京一条著名的胡同。老北京都知道某胡同8号原来是一处亲王的府邸，洪导因为出道早，在大家都在争当万元户的时候他已经是百万元户了，当时他用了不到三百万盘下了这套房子，现在估值至少三个多亿！

亲王府的格局就是不一样。这些年我随着小冷也颇去过几个有头有脸的人家儿，论豪华，那真是没有达不到、只有想象不到的，可是，还就是不如人家亲王府。经过改造的王府有两层，走进去便有一种祥瑞之气，绝非故弄玄虚，那种气韵绝对是存在的，巍巍然把那些豪华宅邸变成了暴发户，而这里，没办法，就是贵族！

进门时我们小心翼翼地叩了几下朱红大门的门环，夏月亲自出来给我们开门，我心里就有数了。夏月手下有个相当规模的评估团队，都是年轻精英，眼光刁得很，毫无疑问，评估通过了。洪导刚刚从台湾宣传新片回来就急着开会，肯定是让小冷接着写下半部了。

果然，工作室的年轻人特别热情，大盘子小碗摆了一桌。一个女孩走过来悄声问小冷喝金骏眉还是正山小种，看来他们知道小冷不喝咖啡，我倒是不怕失眠点了瑞幸。刚喝了几口洪导就出来了，笑呵呵的，显然很满意。夏月微笑："你们聊，我出去有点儿事。"转身走了。

"小冷写得好啊！我们这儿的评估团队都是年轻人，挑剔得很。都说好，我也来不及全看，昨晚回来看了剧本里的几场，总体相当不错。提点儿建议：还是要写得细一点儿，譬如查亚娜作为一个泰国贵族小姐，她送的礼物仅仅是檀那卡香粉就寒酸一点儿了，像泰国木琴、巴宝风筝啦等都是可以拿得出手的嘛！"

我暗暗吃惊："他看得好细啊！"

"后面我要写到的。"小冷不以为然，"比如她会送给娘颂西镶珠母的槟榔盘，她会送给纳塔邦极大的朱拉……这里面都有一个目的性，因为她爱上了谢召郎，谢一开始是他们的房客啊！"

我总算听明白了，这大概就是个晚清时期闯南洋的故事，查亚娜小娘少爱上了谢先生。而娘颂西、纳塔邦是谢先生的房东和密友。

"作为导演，我对演员是有预期的，希望你写的时候也要注意。查亚娜那张脸应当是典型的东南亚式的脸，典型的马来人种。但是她的眼睛和身材应当是属于西亚的，我想象中的波斯女郎就是那样，西亚北非，那是我最欣赏的人种，譬如那些妖冶的肚皮舞女郎，都源自那块神秘的土地。那都是女人中的尤物，是真正的女人，比较起来，中国女人都像一堆清水挂面似的，毫无味道。"洪大导光顾了抒情，忘记了周围是一群中国女人，编剧也是。

顿时鸦雀无声。

小冷比过去成熟多了，早年听到这话她会跳起来的，而现在只是一笑："看来中国男人和女人是互相看不起啊。您这么说对我们这些凡人倒没什么，就不怕委屈了三山玉？"

洪大导演也是最近过于志得意满被众星捧月习惯了，话一出口他就知道是说错话了。他何等聪明，立即把话题往家事上引，突然做茫然四顾状，做出一副怕老婆的样子："幸好这会儿夏月不在，不然今天是过不去了！"又指着评估团队的诸位小年轻，"不许说啊！说出去一个字，小心揭你们的皮！"

我和小冷飞快地交换一下眼色，嘴角都滑过一丝冷笑。

"三山玉可是第一女主，您有什么考虑可以直接告诉我，我可是最怕剧本改来改去的。"小冷一副公事公办的样子。

洪导皱皱眉："胡玉的戏已经足够了。我唯一担心的是她会要求加戏。她现场要求加戏的先例太多了，比如……"

"我可事先声明，您得安排一个现场编剧，我可不负责加戏。"

"别急啊肖老师，还有合同呢不是？这回和胡玉的合同里得加这么一条。"

"您胆儿够肥啊洪导，"我忍不住插嘴，"还敢跟她加这么一条？"

洪沪志使个眼色，让那些评估团队的年轻人都走开了，然后低声说："你们没发现吗？胡玉最近的行情有点儿走低……"他调了调座位，靠近我们一点儿，"她谈了个英国的男朋友琼斯，那人号称亿万富豪，可是非常吝啬，胡玉在什刹海那边的豪宅，其实是她自己买的，琼斯一分钱都没出。胡玉说在旧金山他们有个大宅子是琼斯买的，可是啊，哈哈……"他喝了口咖啡，"这次我们出去宣传，无意中了解那宅子也不是琼斯花的钱，是胡玉前男友买的！……前些时，她和琼斯在马尔代夫海滩拍裸照，视频都传遍了。影响非常不好，差点儿被封杀了。所以，这次她在咱们这戏里当女一，还不定是谁更着急呢！"

"她片酬和杨子玫比怎么样？"

"比杨可高。她两年前刚得了国际奖，杨不过是个打星。"

"这片子打戏可不少啊，她扛得下来吗？"

"这个我倒是相信她。毛病是不少，可是确实刻苦要强，听说刚定下来就天天苦练呢……对了，咱们这个特别要注意和《永生花》区别开啊！你看胡玉在《永生花》里也和柯里过过招儿，那是真打。可这次柯里扮的谢先生不是这个范儿啊。"

"洪大导演，我简直怀疑您到底看没看过剧本，"我笑嘻嘻地，"谢先生动都没动，小冷的人物小传里不是写了吗？谢先生是以静制动，以柔克刚，以不变应万变……"

“看了看了，我是真看了，”洪沪志肃然，“不过是强调一下。来来来，说半天了，咱们吃点儿点心……”

就像是事先排练好了，夏月端着点心盘子应声出现。评估团队的几个小女孩也鱼贯而入。都是富华斋的点心，真的老北京有钱人，决不吃稻香村而吃富华斋——这是只有北京人才知道的秘密。

我特别喜欢富华斋的孙尼额芬白糕和七星典子，小冷好像更喜欢玫瑰酥皮。洪导则拿了一块肉松蛋黄饽饽，边问夏月：“刚才买点心去了？还是你想得周到……”又转头向我们，“哎，我正想给你们提个建议：夏月很适合参加你们的编剧团队，她刚刚整理了一个泰国的民间史诗，对泰国民俗特别了解。你们虽然在森信家住了一段时间，但是恐怕对泰国的很多东西了解得还远远不够，夏月进来，可以省你们很多时间。”说罢，点心也不吃了，直盯盯看着肖小冷。

肖小冷脸色沉下来，看得出她在极力克制自己。

“夏月老师那么忙，还得做您的制片，我们怎么敢奢望夏月老师进来呢？剧本上半部不是大家都基本认可吗？无非是需要写得细一点儿。那按照合同，梗概和上半部结清，小冷可以开始写下半部了，写的过程中，少不了要向夏月老师请教啊。老师别嫌烦就好了。”我堆起一脸笑容。

“楚文可真会说话，”夏月皮笑肉不笑的，“难怪说你是圈内第一助理呢。第一编剧加第一助理，有意思。”

“哎呀我的夏月老师呀，这是谁封的呀？您是谁，我们是谁呀？”我边说边瞥向小冷，她咬着嘴唇一直没吭气，估计这怒火还在心里燃着呢，不敢开口，一开口就得爆炸，“反正有一点是大家的共识，就是想把这剧做好。小冷这样儿你们也看到了，真正的废寝忘食，说实在已经透支了。我们俩这么长时间了，负责任地说，她这次是最认真的。为什么？她就是珍惜和洪导的合作啊！说句不好听的，洪导是圈内第一大导，可小冷也算一号人物啊，如果合同里没签署名权是‘第一编剧’，就算她乐意，我还不让她签呢。”

洪沪志微笑着看我，良久，说：“好了，这事就这么决定了。非常感谢小冷老师和楚文的努力。小冷老师的才华、认真、用尽全力，我们都看在眼里了，正因如此，你们更需要夏月来帮忙。放心，小冷署名的第一编剧不会变，一切按合同来。好，今天就这样，你们也早点儿休息。……”

又叫人去拿了一个小罐子，“这是正宗的铁皮石斛，霍山的，你们每天泡着喝点儿，这东西挺不错的，也补一补。楚文，你在生活上多照顾小冷，有任何需要随时电话我。”

肖小冷面无表情地站起来，礼节性地道了别。我捧着这罐子铁皮石斛跟在她后面。出得大门，她越走越快，我竟一直追不上她。

16

三山玉终于出现了，排场比我想象的还要大。

她其实并不是一个标准美人。眼睛不大，眼尾长而微翘，像是丹凤眼，鼻梁细而挺，非常精致。如果不是嘴唇丰满，那么她总体倒像是个古典美人，削肩膀水蛇腰，双腿修长。她的脸肯定是动了的，医美的微调，但是总的来说她不是靠美，而是靠媚。我想起《聊斋》里有一个很著名的故事《恒娘》，朱氏很美，却失宠于其夫，丈夫独宠容貌一般的侍女宝带。朱氏百思不解，求教于邻居恒娘，恒娘一针见血：“卿，美而不媚……”后面教了她一大串如何讨男人喜欢的媚功，于是重新获得丈夫宠爱，最后才知原来恒娘是一狐仙。

三山玉却是无师自通的媚，一举手一投足都像是水一般柔软灵动。此时走在红地毯上，穿银灰色纱裙，纱裙的上身只是两条绑带，仅仅遮住乳房，在中间打一个同样颜色的玫瑰花结，束住细腰，银灰色的纱上绣着银色嵌珠的星星。头发是日式巨大发髻，头饰是鲜明夺目的碧玺、红玛瑙、金丝菩提、凤眼菩提、星月菩提、紫金玉竹，在乌发的映衬下华丽夺目，恰到好处地平衡了银灰的淡素，在红地毯上无数的 superstar 中，十分戳眼。造型师和化妆师的品位真是高级啊。

当然是洪导邀请我们参加这个顶级的电影节，但是小冷病了没有来。我原是没有资格来，洪导客气地请我代表小冷过来。机不可失，我当然不想错过这个机会，光看明星走红毯我都觉得值了。

也有的并没有片子参赛，跟我似的蹭着来的，属于“毯星”。在地毯上流连最是长久，那长得可怕的裙裾似乎有可能随时把她绊倒，让人看得惊心动魄。看“毯星”时间太长，我有点儿倦了，想回宾馆睡一觉。就在这时，真正的高光时刻到来了！

一个完全与众不同的女明星出现在红毯上。她是安静的、佛系的，有一种奇特的植物般的美丽。她的阴湿的紫色丝绸袍子上，用手工绣了藤蔓、火焰、稻穗和竹芽，那些凸起的花纹都跃动着，仿佛一株植物上结着的奇奇怪怪的果实。她的肤色是那样一种恬静的蜜合色，手臂上挂着四五串手镯，上面镶着一种叫不出名字的饰物。后来我才知道那叫珠母，是用花纹艳丽的珠蚌切割成的，实在是好看。毫无疑问这是饰演查亚娜的丽达本人了。

洪导毫不掩饰对丽达的欣赏，喊一声好（当然被周围的声音湮没了），又唠叨着："比下去了！比下去了！……"

不知是说仅仅把三山玉比下去了，还是说把所有女明星都比下去了。洪导如同一口气吃了三十只生蚝似的亢奋起来。我看见夏月一脸鄙夷地盯了他一眼，转身就走。我也紧跟着她离了场。

夏月好像越来越难看了。脸上的线条越来越硬，法令纹越来越深，以至于把嘴巴搞得很突出。她的牙齿，是她那个年代常有的四环素牙，很奇怪她为什么不去贴烤瓷。当然她很多年前就热衷于宣传素面朝天，言外之意是她天生丽质不需要化妆，但是每次电视访谈节目她都是浓妆艳抹。但正所谓"美人在骨不在皮"，她的骨相摆在那里，也许年轻时看不太出来，老了便把缺陷格外地显露出来。她在影视界叱咤风云的同时偶尔也会在《读者》之类的刊物上发点儿软文，传授一下经验，点拨一下年轻人，给人的感觉永远是知音姐姐，又聪明又善良，所以她的粉丝一直呈几何级数增长，但圈内基本上把那类软文归为"高级鸡汤"。对此她一直强压怒气，深恨为什么那么多一线批评家都追着肖小冷，而没有一位评论家肯为她写一篇像样的评论，哪怕"豆瓣"短评也行啊！

而据我所知，肖小冷也为了相反的原因暗恨着夏月，因为小冷无论如何天马行空、屡出奇招、才华横溢、飞扬跋扈，都不能引来大众的关注。有几位电影和文学评论家确实一直在欣赏她，但那是小众中的小众，甚至偶尔和夏月的剧组撞到一起，所有的粉丝都会涌向夏月而漠视她，她认为是奇耻大辱。

有一次不巧她和夏月同乘头等舱，头等舱的空姐们一听到夏月的名字，都蜂拥过去请她签名。坐在一旁的她如坐针毡，只好假装起身上厕所。从此再不与夏月同行。

建个微博，也是粉丝寥寥，她也不艾特任何人，自说自话。她唯一火的地方是“知乎”，可惜谁也不知道那个上帝视角般无所不知的“西娘”就是肖小冷。小冷实在需要喝彩而我又不在身边的时候，她就只好打开“知乎”，那里有无数的粉丝等待她答疑解惑。每当她打出“谢邀”两个字的时候，她就会觉得自己还是被人需要的，活着还是有点儿意义的。

她对我一般是不太在意的，这个我知道。但是我真需要帮忙，或者身体不适的时候她是真帮我。偶尔，她也会在意我的看法，特别在意。譬如那次我俩深谈有关“永恒少年”的理论，我提醒她有一句话特别扎心：“你要是拒绝成长，成长就会杀死你！”她听了明显一惊，我觉得她那么痛快接受洪沪志抛来的橄榄枝，和那次深谈很有关系。因为那时候她本来已经决定躺平了，钱也够花了，她讨厌人际关系，一签合同就意味着要有新的一轮人际大战。

她决定成长，走出舒适圈，迎接战斗。

17

几天之后，剧组突然爆出大消息：饰演查亚娜的丽达竟然是人妖！组委会立即取消了他的演员资格。消息传来，洪导长吁短叹——那是他最最欣赏的明星啊！看他的脸色，所有人都能猜到，之前他对丽达肯定是有想法的。这次一个大窝脖儿，对他打击太大了。

当然，消息爆得这么快肯定与夏月有关系，大家都不傻。

洪导闷闷不乐数天之后，突然决定不用丽达了，由三山玉来饰演；三山玉原本那个角儿换了一个二线演员，减了好多戏。这样一来，剧本也得动，真是烦透了。

夏月亲自来通知此事。说实话，她对我一直还是蛮好的。

他们这些人，在没有利益冲突的时候都蛮好的。

夏月把我带到她的休息室，亲自给我调好座椅，盖好小毯子，还给我倒了杯牛奶。“休息会儿，他们走红毯、讲话还得好一阵儿呢。”然后她不经意似的问，“小冷什么病啊？好点儿没？”

“她就是累的，前一段赶剧本，太玩命了。”

“所以写得这么好。”

我瞥她一眼，她似乎满脸的真诚。

“洪导下决心要把这部电影打造成《高山青》或者《永生花》那样万人空巷的效果。所以，要我加入。也就是做肖小冷的助手而已。因为他听说内地也有导演想和森信合作，所以想加快步伐。但现在毕竟不是《高山青》那样的时代，要想拔尖儿，都得有点儿绝活。单薄的顺时空叙事已经不能完全吸引受众了，得有一条暗线，就像平行蒙太奇似的。”她也在我旁边的躺椅上躺下来，样子非常轻松，“就在洪导宣传片子的期间，有人想到把泰国爱情史诗糅进去，洪导和我都认为不错。接下来就是和小冷商量一下怎么个糅法，毕竟她的完整大纲已经成型了，糅的话可能有一定难度。但是只要她同意，这一块就交给我，我和我司的年轻人一起努力，应当是可以的。这样的片子就和一般的中国人早年闯南洋的片子不一样了！楚文，我们特别希望你能说服小冷……”

“那您受累说说那泰国史诗大概的意思，我也好转达给她。”

“好。你看这样带入好不好？查亚娜爱上了谢召郎，情到深处，查亚娜撒娇说：‘召郎，你将来会不会像帕罗森对娘刚丽那样对我……’谢当然不懂得这是什么意思，这儿可以留个悬念，慢慢把这条线带进去。怎么样？”

帕罗森与娘刚丽是泰国著名的神话。娘刚丽是个极其聪明美丽善解人意的姑娘，是固丹那空公主。她手上有一味家传的灵丹妙药，娘嘱咐她这味药不能给爹娘之外的任何人。有很多很多人追求她，可她爱上了一个叫帕罗森的小伙子，她和他一见钟情地结了婚，可就在婚后第二天，帕罗森就带着宝药逃了。娘刚丽追啊追啊，跨过了多少大山大海，娘刚丽边追边哭，她的眼泪都流成了河，最后她泪尽而死。然而她到死也不知道她的爱情背后有一个可怕的家族秘密，那是一桩由阴谋构成的血仇——她挚爱的帕罗森根本不爱她，他为复仇而来，她不过是他手中一个复仇的砝码而已。

原来那娘刚丽的母亲讪塔曼虽为王后。却是个女妖。女妖化为绝代佳人，被固丹那空国王立为王后，但她却无法容忍那十二个美丽的王妃，她谎称有病，硬是要取那十二个王妃的眼珠做药引那个昏君竟然听信谗言，挖了十二妃的眼睛，又把她们打入山洞，只有最小的王妃保留了一只眼睛。王妃们在山洞里各生一子，只有小王妃的儿子帕罗森长大成人。讪塔曼依然不放过他，以治病为由，让他去娘刚丽那里取药，并且暗中指使手下在路上杀死他。没想到，聪明勇敢的帕罗森绕开暗礁将计就计，娶了娘刚丽，拿到了宝药——那便是十二妃的眼睛。最后的结局是皆大欢喜的：十二妃复明，讪塔曼听说娘刚丽的死讯气绝身亡，帕罗森则继承王位，成了固丹那空的新国王。”

“有点儿意思。”我被这故事吸引，慢慢点着头，“可是不对啊，那娘刚丽是无辜的呀！她根本不知道那背后的一切，她只知道爱帕罗森。就像查亚娜只爱谢先生那样，她有什么坏心眼啊？”

“唉，你不知道，我看过他们泰国的舞台剧，那个娘刚丽，穿着一身艳蓝的纱衣，上面缀满了银的星星，头上戴着一顶月牙的银冠，简直美得让人发疯。洪导看了之后当天一夜没睡。后来她死了，那蓝纱就在黄昏的地平线上飘啊飘啊，就像是要在夜幕里消融了似的……舞台的天幕上出现了蓝色的星星，又大又美，美得让人心都碎了。这时是一段忧伤的萨克斯管独奏，娘刚丽是倒在旷野上的，旷野上的风把她的头发高高扬起，像草那样飘啊飘啊……按照戏剧规律，娘刚丽必须死，这样查亚娜才能活，对吧？不然就顺拐了。”

这个故事倒是挺美的，我听了也不是一点儿不感动，可我并不想加入夏月的咏叹调。我说谢天谢地你说的那个帕什么和娘什么没成，要是成了就麻烦了。夏月瞪着我。我说很简单，他俩是同父异母的兄妹，要是结了婚岂不要生葡萄胎了？

夏月扑哧笑了，“楚文，想不到你还挺幽默。难怪那么挑剔的小冷相中了你……”

我当然明白，这条暗线是个充满仇恨与阴谋的故事，爱情占很次要的位置，正好可以衬托出主线查亚娜和谢召郎美好明亮的爱情。

“说吧。你的条件。”

“很简单。娘刚丽的扮演者由我来定。”

“反了你了！一个编剧助理对总制片说，她要定演员。”

“不行是吧？不行就算。”

“你想定谁？”

“法玛。”

18

万没想到的是，小冷坚决要退出编剧。理由就是身体很差，需要休息。

这原因当然是真的。但是以我对她的了解，假如她特别热爱做的，即便处于濒死状态她也会坚持做。

“你究竟是为什么？”

“这你不都看到了吗？我累成这样，不想做了，结了前面的钱，退出了。我还想多活两年呢。”

“你肯定是因为夏月要介入。”

“怎么会？我大条得很。楚文，你今天就把这事儿办了。结钱，退出，让他们另请高明。我那大纲还不详细？照着那大纲傻×都能写！”

“可问题是，现在他们要求把泰国史诗糅进去，前边儿都得动。”

“那我更得退出了！侍候不了！”

“可……可是……可是我答应夏月了。而且，泰国神话里的那个女主角儿我提议了法玛。我都告诉她了，她是三山玉的铁粉，做梦都想和三山玉搭戏。小冷，那孩子你见过的，你不也觉得很可爱吗？咱们就成全她吧，咱们都是年轻时候过来的……”

小冷怪笑两声：“楚大小姐什么时候变成白莲花了？要是这么着，你也给我滚蛋！滚蛋前把钱结了！”

她居然一把把我推出门，狠狠摔上门。我伏在门边以为会听见压抑的哭声或者摔东西的声音，并没有。我就那么坐在门边，大脑一片空白。小冷是经常发脾气的，但这次发得很邪门儿。

里面安静得有点儿让人害怕，我不敢怠慢，电话夏月把事儿说了。晚饭时分，夏月带着一大袋子新鲜水果点心匆匆赶来，连助理都没带，请服务员把门开了。小冷竟然在里面试装呢，床上摆着一大堆漂亮的衣裳，她一件件地试。我俩呆若木鸡，看着她最后换上一件水绿色丝质套裙，上面点缀着黑色花朵织网。贴身剪裁的短款女式紧身胸衣，低领口周围纵向分布着带褶水绿色丝绸和紫色细丝带。左胸口点缀着深红色、紫色、绿色丝质和天鹅绒花饰。衣服的前中部系着一排小小的玻璃扣。裙子后面非常宽大，在轻盈长裙摆的边缘处系着褶皱丝绸带子。黑丝网罩裙上系着丝质和天鹅绒质地的花朵——但是这些花朵、刺珠和钻饰在她凄厉的神色中都变得暗淡无光。

“太漂亮了，这套裙子很减龄。”夏月变得小心翼翼。

“都是原厂出来的，剪标，所以便宜太多。你们也可以试试。”她竟然像没事人儿似的。

还是头一回看见夏月这样，她细细地问了小冷的口味，然后点了个附近的米其林一星淮扬菜，摆了一大桌子。

“不舒服，是前一段太累了，你好好休息，我们可以等。洪导也说了，我们不换编剧，肖老师什么时候好了咱们什么时候开始。写这种东西，别人没法儿介入。”

“别人没法儿介入，你可以啊。”小冷似笑非笑地盯着夏月，“夏老师，真的不开玩笑，我这回病得挺厉害的，心脏供血不足、ST-T 改变、早搏，心脏的 CT 结果还没出来呢，大夫说可能会有问题。心脏这东西你是了解的，说完就完，你们不想看我为了写个剧本翘辫子吧？”

“肖老师，话说到这儿，我都不知道怎么往下接了。你也了解我，这辈子没怎么求过人，这次，就算我求你了，行吗？……”

肖小冷坚决摇了摇头。

我什么都不敢说，怕她迁怒于我。良久，夏月缓缓地说：“实在不行，请你推荐个编剧，总可以吧？”

“可以啊。北电的王小靖可以吗？她是我师妹，写过清末民初的戏。挺不错的。”

那顿晚饭吃得堵心，夏月和我没怎么动筷子。只有小冷吃得舒坦，跟没事儿人似的，吃完把筷子一撂，毫不客气地说：“那我就不留你们了，我得去看歌剧，一会儿有人来接我。”

难怪她打扮得这么妖娆。

我并没有搭夏月的车离开，而是潜伏在对面的小桃林里。时间并不长久，一辆摩托风驰电掣般停到她的楼下。一个女子跳下车来，借着路灯暗淡的灯光我看清了她的脸：瘦得一把骨头，脸颊也很骨感。腮大、嘴大、略略有一点儿地包天……她是谁啊？好熟悉的样子……怎么想不起来？……

直到她们飞驰而去的时候我才突然想起：郑沅西!!

没错，就是郑沅西！

19

车没停稳我就冲到歌剧院门口，不断地有人问："有富余票吗？"又有人拿着票在我眼前晃悠："喂！这可不是黄牛票，原价卖了啊！多明戈本尊啊！……"

他们的声音都幻化成一道遥远的梦幻。我只能感觉到自己的后脑和颈子在发麻，有一股热浪冲上我的头顶。是的前面我对你们讲过我曾经遭受过同性的背叛，这种背叛已经让我本来单纯热情的心变得有点儿麻木不仁。可是，人总有自己最喜爱最在意的朋友啊！我这时清晰地意识到肖小冷在我心里的位置。她们……她们是怎么搞到一起的？她们竟然背着我到这儿来看歌剧，对我一字不提？郑沅西又是何时到京的？她们究竟背着我交往了多久？

那是我一生中最漫长的时间。在寒风中我屹立在国家大剧院的门口，如雕像般一动不动。不，我不要进去，我不要看这歌剧，我要在这儿等她们，这是唯一的出口。

是的，那部歌剧叫作《泰伊思》，是非常有名的歌剧，多明戈扮演男一号阿塔纳埃尔。他说，阿塔纳埃尔是他扮演的139个角色中最热爱的角色。

修士阿塔纳埃尔梦见倾国倾城的一代名妓泰伊思，决定"拯救她于水火之中，为自己的灵魂向上帝赎罪"，于是只身前往锦绣繁华地温柔富贵乡，于妓馆的灯红酒绿之中力排众议、义正词严地对泰伊思进行了一番道德启蒙教育。泰伊思回到卧房面对镜子，慨叹美貌易逝年华即将老去，加上修士整夜守在门口儿不断地唱着规劝她"改邪归正"的咏叹调，于是终于幡然醒悟弃旧图新，随修士踏上了苦修之路。三个月之后，每日苦修以泪洗面赎罪的泰伊思便香消玉殒。

苦修？以泪洗面？……

我连续失眠，但咬紧牙关不接肖小冷的电话，最后索性把她拉黑了。我不想听她的解释。

这才深感我自以为的成长、超脱、麻木、心硬如铁……全是扯淡。我，依然是那个我。

失眠真的比死还难受。我吃了各种超量治失眠的药，无效。大夫说，你心里有事，挂个心理科吧。

数周以后，我参加了线下的一个“观心正念认知疗法”的课程。入门先交三千九百块钱，说是打了折以后的钱，也不管那么多了，能治好失眠就行。第一节课，就请来了国家一级心理咨询大师、英国牛津大学正念中心 MBCT 正念认知疗法合格师资加州健康研究院“智慧之心”国内首批正念导师李伦。

李伦讲的是“情绪与压力管理之正念”。正巧对症啊，我去得特别早。患者共十位，全是女性，且都很年轻，90 后的居多，当然还有一位 60 后的。大家坐成了一个坛场。这阵势不由让我想起多年以前，我曾经参加过这么一个“曼陀罗”式的坛场。那时的主讲是一位老人，瘦得皮包骨，一问，才知道老人每天只吃三块饼干，不在床上睡觉，每天在地上蜷着腿儿躺三个小时。当时大家拉手老人发功，确实感觉到了一股气流，很强的气流，把那个坛场拉得东倒西歪，连我这个从来不信的人都服气了。后来才知，老人经常受邀用气功为高层治病。钱是不差的，可身体的能量消耗尽了，命也就没了。听说他去世的消息，受益者都很惋惜。

这个坛场就不一样了。首先李大夫让大家讲自己的病情。我身旁的一个女士，看上去也就三十多岁，很瘦，戴口罩看不出脸色，但眼睛无神，她说她经常被恐惧所压倒，害怕黑暗，但是又对光线敏感，二十多年，每天害怕睡觉，而且坚持不吃药，每天只能睡三个小时。第二个女孩也戴着口罩，但是一双大眼睛很美，她讲的是经常跟老公吵架，一吵架、生气就睡不着。第三个年纪大些，似乎是做过几个疗程的老病号，说离婚之后为财产分割和孩子的事无法入眠……总之各家都有各家烦恼的事。我是最后讲的，我说我遭遇了有生以来最让我难受的背叛，接着我把故事简单讲了一遍，大家竟然都笑了，连李医生也笑。这是我万万没有想到的。那位老病号忍不住点拨我：“您好这位学员，您是不是过得太顺了？或者说，底层老百姓过的日子你根本就不知道？您居然还为这么点儿事儿失眠？又不是你老公出轨。闺密？闺密不就是用来坑你的吗？”她说完大家哈哈大笑。

李医生微笑着说：“我理解你。你内心深处依然是个理想主义者。你是那种把情感、友情看得很重的人，这些年可能由于受挫，你为自己增加了很多保护色，或者说，你自己以为自己已经改变了、看破了、不在乎那些你曾经特别在乎的东西了，可实际上不是。在心理学上有个名称，'假性应激'。你可能正处在这种状态。好吧，现在咱们开始跟着老师冥想……大家闭上眼睛……想象一个湛蓝湛蓝的天空，非常辽阔……周围是一片森林，你慢慢地走过去，慢慢地抱起一棵大树……你紧紧地抱着它……"

我悄悄睁眼，发现所有的人都很投入，只有我，根本无法进入这种情境。这不是最低级的冥想吗？怎么这么高级的心理师玩儿的也是如此的小儿科？

没有做完我就毅然走了出去，当然这很没有礼貌。但是我真的不想陪他们玩儿了。

"喂！这位学员，课程还没结束！"

一个人迎面把我拦住。

肖小冷！

我左挣右脱把她甩开，直到她摔倒前说出的一句话："喂！郑沅西还是我介绍给你的，你忘了?!"

对呀，郑沅西是她介绍给我的，当然了。

我怎么就给忘了呢？

20

原来，郑沅西此行，是携带了老妖婆拉比亚的秘密使命。

"你知道吗？"小冷在一张便条上写下了一个惊人的数字，"老太太要出这个价儿，让法玛出演。并且，让我们不要告诉法玛。"

"你接受了？"

"犹豫中。正要跟你商量。瞧你这德行，还以为比我成熟点儿呢，闹半天也是半斤八两。"

"这个数字也太让人动心了！估计是老太太自己的主意，森信可能都不知道，他家财权在老太太手里嘛！"

“谁说不是呢？但我不能撒谎，我已经把我辞掉编剧的事儿告诉她了。……可是，我又不想拒绝，这个数字太惊人了，她已经拿来了一笔预付……”

“有个办法。”

“什么？”

“你虽然口头辞了，但是并没有签正式的合同中止协议，我就跟他们说，你身体最近好点儿了，可以考虑继续，他们巴不得呢！”

“不行。你又不是不了解我……”

“我当然了解你啦，好面儿、说过的话从不反悔……可这回不一样啊！”

“他们那边儿定人了吗？”

“没有啊。洪导、夏月千算万算也没能算出这样的结果：你一撂挑子，竟然找不到一个可以替代的编剧！你推荐的那个王小靖谈了一次就 pass 了，然后各路人马推荐了很多人，没一个能入眼的。前期经费已经投了几百万了，夏月急得要上吊。”

“没这么夸张。这么着，我推荐你当编剧，实际上我口述，你敲字儿就是了，编剧挂你。咱俩五五分账。法玛那边，咱俩一起推荐。那女孩我看行。”

“五五不行，至少得二八，你八我二。”

“别废话了！八字还没一撇呢，画饼阶段就别说这些了。咱们分头找夏月和郑沅西，就这么定了。”

“小冷，你真是我的神！”我拥抱她，被她甩脱了。

“这么会儿又好了是吗？告诉你，你得有个思想准备，就是夏月非要进来，肯定是要挂总编剧。”

“你就是为了这个退出编剧的吧？”

她瞪了我一眼：“还有，给你的稿费肯定低得很。”

我笑嘻嘻地拿起那张纸条一挥，“有了这个，还在乎她那点儿稿费？”

她懒洋洋地往沙发上一躺，“得了。你跪安吧。”

“小的这就走。老佛爷要不要吃点儿哈根达斯新推出的脆皮条？”

“去买两根儿吧，我要朗姆酒味儿的啊。”

我欢天喜地往外跑，听见她在身后说：“告诉你，以后你要是再有一次怀疑我，咱俩就彻底掰了啊！听见没有！……”

21

一切非常顺利。

剧本很快通过，连挑剔的年轻评估团队也齐声赞美。一切如小冷所料，夏月挂了总编剧，给我的稿费只有小冷的六分之一。不过这都没关系啦，有了拉比亚那笔巨款垫底，我们心里很踏实，怎么折腾都没关系。

电影顺利立项，国内的部分拍得也顺利。本子的人物关系改了，三山玉饰查亚娜，男一号谢先生仍由柯里饰演，糅进去的泰国神话那一对由法玛和国内顶流小生郑林饰演。法玛终于实现了她与三山玉同台的理想，小丫头还不定乐成什么样儿呢。

森信虽然对结果并不是很满意，但好歹法玛进组了，还演了女二号；加上洪沪志很会用人，他让三山玉先去泰国搞定森信——她真是再合适不过的人选。

胡玉出身寒微，但是家庭关系很好，她是家里最小的，父母兄姐都宠她。她也经得起宠，天赋有限，但是非常努力，加上最重要的是容颜姣好，又特别会撒娇邀宠、能说会道，非常招人喜欢，大学二年级就被星探挖走出演了万人空巷的电视剧，又在国际上积累了人脉，一路顺风顺水。只是谈恋爱有点儿不太顺，不知为什么总也谈不成，现在的这位老外又要离她而去。当然了，她还年轻，还可以有很多选择的可能性，譬如这位森信，泰国富豪，又高大英俊，很会献殷勤，也不是不可以考虑。

可是很快她知道他已经有了四房太太，那当然不行。但是胡玉最擅长的就是给男人一种若有若无的希望，把男人吊得如饥似渴，不知今夕何夕的时候，实现目的，然后转身离去。这次也不例外。在酒吧暗银色的光线中，她告诉森信已经找到了翻译可以把森信那部“杰克苏”译成中文，下一步，她可以在电影拍完之后亲自去找公司领导谈线上公映的事。

三山玉的名气在海外也是响当当的，有她的名声作保，森信还有什么不信的，再说法玛还在里面饰演女二呢，很痛快就拨了款。电影一路顺畅。但谁也没想到拍到一半的时候，饰演男一的柯里得了新冠重症，躺在

ICU里输液了!

天哪天哪!

夏月犯了病，躺下了。口口声声埋怨洪沪志不该请柯里，上次合作的时候他就有点儿拉胯，放着那么多顶流不请，非得请个过气儿的干吗？洪沪志说当时请他就是因为他的戏好。夏月回撴：“也没见他的戏好到哪儿去，耐心好随你折腾是真的，NG多少次也不嫌烦!”

洪沪志哪敢再说什么，一边让剪辑赶紧把柯里的戏都抠下来，一边亲自打电话让我去救场。

戏要改，演员也得马上定。

我和小冷当然都明白，说是让我救场，实际上是请小冷出山：很简单，所有人都知道这种事儿除了小冷，谁也没戏。

当然洪沪志也只能给我电话，因为他们和小冷已经签了中止合同，就是上帝本人到场也没法强迫小冷接这活儿。

可是他们深知小冷和我的交情——她决不会坐视不管。

肖小冷长叹一声：“看来我跟这戏有缘啊。好吧，那咱们也得提个条件。”

“什么？”

“关于新的男一号的人选问题。”

她的微笑有点儿诡异。

22

3月15日是泰国的风筝节，我和小冷就是在这一天前返回泰国的。

这是第三次去泰国了。

和我掷硬币的时间完全吻合。

先去曼谷。曼谷大王宫的王家田广场上空，飘飞着五颜六色的风筝。泰国的风筝可真是一景。鱼和鸟、大鹏和蟒蛇、少男和少女，甚至坦克和飞机，都做得特别特别逼真，那个别出心裁的大蝴蝶风筝还能发出悦耳的音乐，叮叮咚咚，可真是赏心悦目。不过这一切比起后来的大型风筝表演来可就算不得什么了。那是朱拉风筝斗、巴宝风筝。朱拉高大威武，像个无敌武士，而巴宝婀娜多姿，像个留长辫子的少女。放这种风筝要有高超的技艺，比赛的时候，朱拉和巴宝各分一队，每队三人，旁边有泰国民族乐队伴奏，大鼓和圆锣一敲起来，朱拉和巴宝就开始激烈搏斗。看来全世界都逃不掉一个主题：男人和女人的斗争。斗得势均力敌，就精彩，就好看。围观的人一阵阵鼓掌，舞风筝的人就更来劲。

直到比赛结束，舞风筝的人们摘掉面具露出真容的时候，才发现原来最好的巴宝风筝的舞者，竟然是拉比亚！那个老妖婆！

掌声和欢呼声随着笛子、双面鼓、圆锣和木琴响起来了。拉比亚笑容可掬地走到我们面前，用熟练的汉语说："欢迎，我的两位美女朋友。"

我说："您的风筝舞得太棒了！"

小冷在一旁冷冷地说："法玛呢？她怎么没来？"

拉比亚笑着："肖老师，法玛在为你们的到来做准备呢！她说她答应过楚文，要请你们到最贵的地方去玩儿，这回一定要兑现了！"

两个月前，我和小冷夜以继日，总算把本子改好了，不但洪导满意，整个评估团队也叫好。因为时间太过紧张，洪导决定来个先斩后奏，上报送审的同时就准备拉队伍到泰国补拍。夏月的病情加重没跟过来，谁心里都明白是为什么——新男一号是龙木！就是那位当年和夏月玩儿过婚外情的大帅哥——当然，这正是小冷出的主意，这招儿可真够狠的！真得对她刮目相看了。难道她真的是要做路西法了？这明明是路西法效应啊！……想到路西法，我真的有点儿害怕，小冷她……真的想变成恶魔？

"当路西法多酷啊，可以控场。"小冷俏皮地笑着，"布里克森做'路西法的女儿'，失去得也太多了，只入围了诺贝尔。大家记得的都是诺奖得主，谁记得入围的人啊？"

前线的消息不断传来，洪导拍得一路顺风，我们在视频号里也常常能看到他和几个主演在互相调侃和吹捧，总之这部名为《芭提雅》的电影引起了全民浓厚的兴趣。三山玉也一改常态，没提出什么幺蛾子，与龙木配合很好。郑林也表现得中规中矩，以他的流量，如此表现也足以吸引千万级粉丝了。

最令人吃惊的是法玛，和几个大腕配戏毫不怯场，整个表现惊为天人，说她没受过系统训练谁都不信。弹幕上不断飘着："这小姑娘是谁？……""这女孩演技太牛了！"……

法玛在芭提雅迎接我们。我们三个简直玩儿疯了，下午先坐 tuk-tuk

车到464Moo 9 Pattaya 2nd road，去看蒂芬妮红艺人秀，说起tuk-tuk，也是泰国特有的一种交通工具，有点儿像咱们的蹦蹦，坐着咣当咣当很喜感。

蒂芬妮红艺人秀是芭提雅最有名的红艺人表演场所，节目富有东方特色，包括华语歌曲演唱及清朝服饰的宫廷舞等表演。另外，也会有迎合日韩甚至欧美观众的特色表演。每年都会有成千上万的游客前去观看美不胜收的表演。普通门票八百泰铢，VIP票一千。价钱都不贵。当然，另一种玩法就贵了很多。——法玛冲上去热舞了一段，真的没想到这小丫头还有这两下子。

在泰国，优秀的舞者也就是神灵的化身。我问了一个观众，才知道她跳的是“诺拉舞”，入选世界非遗名录的泰国南部传统舞蹈。而故事来自泰国神话与佛教传说中的一位公主，这位公主上半身是人类，下半身则是鸟儿，还长着翅膀，模样似神鸟，长期生活在雪山森林中。

法玛穿上了色彩鲜艳欲滴、金光闪烁的服饰和头饰，佩戴着鸟一般的翅膀，还戴上了修长而弯曲的指甲套。她的肢体柔软到可怕的程度，美丽的胴体和四肢惟妙惟肖地模仿着鸟的各种动作，真像是一只神奇的鸟儿在林中飞翔，难怪这舞蹈又被称为“人鸟舞”。

法玛舞完，人群沸腾，我和小冷更是高声叫好。

然后我们去泡温泉，她第一次向我们展示了她的身体。她的汗毛很重，也许是金黄色窗帘的映照，我觉得她的汗毛一根根地变成了金色。她沉重的鼻息里透出的是一种陌生的香气，那是一种迷迭香与番红花混在一起的气味，这种异族情调颇有点儿刺激。她的身体比我想象的要丰满，但乳房很小，形状像两枚金黄色的杧果。从腰到臀的那一段曲线很美，是一种极美丽的弓形，还有弹性。我看了看小冷，完了，我们俩好像都被她迷住了。

午饭我们吃到了真正的“帕劳”，是拉比亚亲手做的：蒸大米饭时加入从肥羊尾巴的脂肪中提炼出来的黄油，在饭中央埋入一些煮熟的肉。吃的时候用右手把饭捏成小团放进嘴里，配菜是菠菜、土豆、豌豆、南瓜，还有酸乳酪。谈不上好吃，但因为有法玛在，我们还是吃得津津有味。

吃过饭我们又去位于皇家花园广场三楼的信不信由你博物馆——又称不可思议博物馆。这里陈列着从世界各地搜集到的各式各样稀奇古怪的收藏品，比如来自厄瓜多尔的缩小人头和双头猫，来自非洲的王莲，其中不乏一些奇闻异事的照片和物品。还有那些和拳头差不多大的青铜器，是在法国、瑞士以及德国发现的，这可难倒科学家们了，说不清准确的用途，上面还雕刻有难以辨认的符号和标志。还有恐怖的都灵裹尸布，有传言说这块麻布曾经包裹过耶稣的尸体，因此被基督教徒看作是圣洁之物，不过放射性元素探测显示它的年代大概是在1260年到1390年之间。对了，还有“缅因硬币”，1957年在美国缅因州印第安人遗址里面发现的，年代可以追溯到11世纪早期，来自挪威，很有可能是北欧的海盗通过交易，才到美洲的——这可太有意思了。小冷对这些稀奇古怪的东西特别感兴趣，转着圈儿地看，拍了又拍，细部都不放过。她的脸上露出好久没出现的健康的红。法玛笑眯眯地看着，躲在角落里偷拍我们俩——她是真的兑现诺言了。

快到闭馆的时候，法玛突然跑出去接了一通电话，回来的时候脸色变了。

——电影没有拿到龙标！

23

当天晚上，小冷一改平日习惯，到我房间聊天来了。我知道她心里特别紧张的时候会这么做。

“看见你发的朋友圈儿了，你可给芭提雅做了个大广告。”我一边打来泡脚的水一边说，“来，一起吧。”

我们两人的脚同时泡进木桶里。她长长地舒了口气。

“……你记得‘永恒少年’吗?”她突然抬头，目光依然像年轻时一样清澈。

“当然。那是咱们第一次深谈。”我突然觉得眼眶发烫，如果不是怕她笑话，我的眼泪已经冒出来了。

“我现在忽然觉得，你说得对，‘永恒少年’变路西法，几乎是不可能的。”

“不是几乎，是肯定。”

“所以，你明白吧，这次我说什么也不改了。娘刚丽，作为十三四岁的女孩情窦初开，当然不会有什么明确表示，几个OS（内心独白）也算是‘早恋’？何况，那是神话啊！这戏没法儿写了！”

“那怎么办？我可是签了合同的！……这回龙标没拿下来，洪导伤心死了。”

“伤心的何止他一个。那些腕儿不伤心？这回他们演得太投入了，洪导琢磨着拿国际奖呢。戛纳柏林都要看片子……”

“还有那个四面佛的部分也要重写。在泰国不涉及佛教可能吗？”

水凉了，我们把脚拿出来。我看到她的大脚趾盖儿有点儿紫：“怎么了？长灰指甲了？”

“没。鞋挤的。”我弯腰仔细看了下，她收起脚，“你没发现吗？脚会越来越肥，鞋码都大了一码，所有的细节都提醒咱们，年纪大了。”看得出她拼命掩饰着自己的悲伤。

“这不是自然规律吗？以后还要慢慢变老呢。”

“说实在的，我真的不愿意面对衰老。与其让我面对老，还不如让我面对死呢。老……真是可怕！太可怕了……你知道，我小的时候，甚至觉得活过二十岁都是耻辱！”

“人都有那么一段儿。我没你那么邪乎，我的目标是三十岁。”我想逗她笑，但没用，她依然很悲伤，“我忘了，你是‘永恒少年’嘛，当然拒绝长大。比一般人强烈得多……”

“唉，所以我说，只有路西法才活得痛快。……怎么办呢，楚文？”

我默默地看着她，“这回，真是一点儿辙都没了……”

电话响了很久我才有勇气接，是夏月有气无力的声音：“……你们俩怎么样？……”

“什么怎么样？”

“洪导和我都阳了，高烧。他烧到三十九度多……刀片嗓。我还凑合，退烧了。他说，实在不行的话，只能先撤了……你们俩没阳吧？”

“没。我们还好。”我瞥了一眼小冷，她还在那揉发紫了的大拇脚趾盖儿。“那怎么办呀？我们这儿泰诺、布洛芬都有，给您送点儿过去？……”

“不用不用，我们都有。洪导说，等退烧就回去，一边继续找评审磨，一边休养生息，现在也只有先这样了。”

真是乘兴而去败兴而归。

芭提雅，再见了……

24

又一个冬去春来。

阳春三月的一天，神话般的上午十点，我的银行卡里突然增加了一笔巨款！

蓬头垢面的我看了又看，又打电话问我的理财经理。正在迷茫时，小冷的电话来了。

“收到了吗？”

“什么？”

“法玛打来的。”

“不是黄了吗？”

“起死回生了！”

“……我过去还是你过来？”

“我过去吧。你等着，沐浴焚香伺候！”

全面放开之后，我还是有点儿不习惯，出门儿总爱戴口罩儿，在家没事儿也戴着。

小冷进来后一把薅掉我的口罩：“姑奶奶，你怎么在家还戴口罩儿……有什么吃的吗？”

“刚送来的外卖，华天的肉包子小米粥，还有豆浆。”

小冷大大地喝了一口小米粥：“洪导一早的电话，该补拍的全拍完了，龙标拿到了。顺利的话，定档‘五一’。”

我有点儿反应不过来。

小冷坐下了。半躺半卧。

“是夏月出手了？”

她摇摇头。

“那除你之外谁能救场？”

她不语。半晌，她自言自语似的说：“我就奇了怪了，法玛这孩子是什么时候学会编剧的？……”

我简直惊掉了下巴：“法玛？……是法玛！……”

“对。大家都认为没救的时候，是法玛把剧本整个按意见修改了一遍。

一稿儿就通过了。除了神迹，没法儿解释。”

我半晌说不出话来，“法玛说过，她外祖母精通神迹，能把她的美女妈妈变丑。可她外祖母已经去世很久了呀……”

“算了，咱们也别想那么多了，先想想中午去哪儿吃。咱们这回可得大吃一顿。米其林三星儿吧，北京唯一一个是新荣记……”

我们开始化妆换衣裳，边画边把我们认为 low 的化妆品随手扔掉——我们突然变成有钱人了！有钱人的日子应当怎么过？还真得仔细琢磨琢磨呢！起码，化妆品现在只有两种咱们可以考虑：LA MER 和莱珀妮。衣裳呢，当然得考虑奢侈品牌了，普拉达、香奈儿、爱马仕、巴宝莉……那些过去只可远观、连进去看看都哆嗦的牌子现在我们可以随意挑选……当然，在我们的幻想中，还得戴上梵克雅宝或者百达翡丽的手表，开起兰博基尼或者玛莎拉蒂的豪车……

“咱们吃完饭去 SKP 怎么样，听说那儿的三宅上新了。”我边换鞋边说。

她像没听见似的。一直沉默着。

我知道她心里一直在想法玛——那个不解的疑问。

25

虽然经历些波折，这部中泰合拍的电影到底是上线了。

没怎么赚也没赔，打了个平手儿，这就相当不错了。

口碑还不错，豆瓣评分 7.3 分。

但是真正牛的，是这部电影竟然成全了两对婚姻：

三山玉竟然和龙木走到了一起！

而郑林爱上了法玛！

郑林爱上法玛一点儿也不奇怪，哪个男人只要没毛病的都会爱上法玛。法玛能接受郑林也合情合理，干干净净一个大男孩儿，不但阳光俊朗，还挺幽默，关键是，还懂泰语。

但是鼎鼎大名的胡玉能和龙木搞到一起就多少有点儿奇怪了，龙木确实很帅，成熟男人的那种帅，但是整体来讲比起胡玉，确实差得有点儿多。而且，龙木并非那种男仆式的丈夫，龙木当年能甩掉炙手可热的夏月，也证明他绝非等闲之辈，有可能有点儿旁门左道。

总之，一部电影能成就两对姻缘，没赔没扑街，口碑不错，在当下已经相当可以了。

最难受的一人当数夏月，虽然冠名总编剧，但眼巴巴看着一生最在意之人被他人抢了去，还没法儿说，内中滋味可想而知。

数日之后，我们接到了法玛的一封信，用中文写的：

亲爱的小冷姐姐、楚文姐姐：

我现在和郑林在芭提雅玩呢！别嫉妒，就在海滩，没去咱们玩儿的那些奇奇怪怪的地方。也许以后会去，如果你们感兴趣，我们一起去玩儿。

太开心了！我终于实现了我的梦想：不但能见到三山玉小姐，还能和她对戏，和贵国合拍的电影还能公映，而且……还有那个……意外的收获……

我知道，你们一直在猜测关于那个剧本的事，为什么一线大咖们办不到的事我办到了？告诉你们，或许你们不会相信，这个剧本并不是我写的，而是……AI 写的！你们听说了 ChatGPT 吗？对，是它写的！我把我的要求对它讲了一遍，它就写出了一个大概。然后我又详详细细地讲，要求讲得越细越好，只要有剧本的基础，有耐心，它就能完成！

小冷姐姐讲究原创，但现在不是个原创的时代，而是个 AI 的时代，复制粘贴的时代！请原谅我这么急功近利，因为我想，这是我生命中的一个罕见的机会，机不可失，时不再来。请两位姐姐原谅！

好啦！不多写啦！祝你们一切顺利！快乐！郑林问候你们！

26

这回，我知道小冷是痛到骨头里了。

多年来，她一直坚持“原创”，她读了那么多书，古今中外的，一直在积累知识，在更新知识结构，无论之前写小说还是现在写电影，她都是避免重复，既不重复别人更不重复自己，做到这个其实非常非常难。为此她度过了多少不眠之夜。特别是最近，她白头发越来越多，还大把地掉头发，每天早上枕头上的头发都令人心惊，但是她的这个原则始终没放弃。她觉得原创才是艺术家，而复制不过是匠人，她记得一个科学家曾经说过，未来 AI 或许会在很多领域使人类沦陷，但是唯独在文学艺术方面，它们无法取代那种模糊不清的指令。

可是现在，现实把她这个原则打得粉碎……

她觉得她之前的一切努力、一切心血都付诸东流了，她用心坚持的，被时代变成了一个笑话。

总算把她拉出来泡泡温泉，她的脸是肿的，大眼睛变成了小眼睛，差不多肿成了一条缝，整个人没有精神，憔悴不堪，是那种绝望的憔悴。

“封笔了。不写了。没啥意思……想想真没意思……”她靠在温泉池边，闭着眼睛。

“咱们找个地方出去玩玩儿吧。换一下心情。法玛不是说……”

“打住！芭提雅，这辈子再不去了。想起来就是个噩梦……”

“那你说去哪儿？出去转转，总归会换个心情……”

“我最近看了个片子。《你觉得我是谁》，比诺什主演的，一个中年女人在焦虑抑郁的边缘与自己的心理医生的谈话。女人渴望性，渴望爱情，可是年轻男人做完爱就走，发泄完了还得加一句年龄歧视的话，让她倍感羞辱。为接近那个年轻男人——咱们就叫他男一吧，她在网上化身一年轻姑娘与那个男人最要好的朋友男二网聊，把男二撩拨得近于疯狂，可是没办法见面啊，最后男二崩溃而死。但是她写给医生看的却是另一种说法：她用自己的伎俩，真的接触到了男二，两人还有一段疯狂的忘年恋，然而她发现男二心里装的依然是那个网恋的年轻姑娘，她在与男二争执中意外身亡。然而这两个结局其实都是她的虚构。实际上，是男一第一时间就从男二那儿识别出了她的声音，男二旋即把她抛弃，已经恋爱结婚。女人对心理医生说出的这段话，纯粹是为了支撑自己活下去的一点儿虚荣心、自尊心。而且女人说了一句振聋发聩的话：与其面对老，还不如面对死！”

我良久无语。

“这样的作品，咱们这儿就不可能出来。”她起来，擦身。忽然发现，她的身体真的有变化，腰粗了，皮肤发干，胸部明显地下垂了。

“明白了。你突然想到这个电影，无非还是你一贯的那个心结：拒绝长大。”

“对呀。我不是想当‘永恒少年’吗？当然，这也是个妄念。”她冷冷一笑钻出水面，迅速披上浴袍。

“但是……你不认为这个片子更说明了另一个问题吗？两性的不平等没办法解决呀！你看，女一号不过才五十五岁，就因为年龄被男人嫌弃；换作男人，五十五岁正是风华正茂，如果是个成功人士，多少女人巴不得往上扑呢。这可是法国片儿，这岁数都招人嫌弃，咱们这儿，咱们这年纪都是老阿姨了……”我撇撇嘴。

“这是另一个问题，这问题我现在连提都不想提。本来上帝造人的时候就是不平等的，现在热热闹闹地闹什么‘米兔’，顶个屁用。咱们都是过来人，也真心想爱、想被爱，怎么样啊？有，就是爱加伤害；没有，就是枉度一生。世俗的爱和精神世界哪个更重要？对咱们……啊不，我代表不了你——对我来讲可能是后者。可是现在，机器都可以替代你思维，你为作品冥思苦想的那种快乐和痛苦全都可以被代替。爱没了，精神世界也被代替了，你作为人，剩下的还有什么？”

她自顾自上了岸，转身离去，“现在明白为什么我想做路西法了吧？我想自己待一段儿，谁也别搭理我了，你也是。别联系我，联系我也不理你。”

我靠在温泉池边，说不出的悲伤。

看着周边欢闹的人群，那些孩子，那些少男少女……“别长大啊。永远停留在你们这个快乐的年龄……”

我突然很想法玛，她正是最好的年华……

27

肖小冷如同人间蒸发，一直没有她的消息。

法玛为了她，专门到中国来举办婚礼，再三邀请，她没露面儿。

三年的时间，什么都在变化，气候似乎也在凑热闹，变化很大。北京今年的酷热吓跑了很多人。然后是暴雨。

暴雨那几天把我吓坏了，关在家里哪儿也不去。本来SKP那儿有一个特别重要的会，要在平时我早就去蹭了，可这会儿，我只敢躲在家里看朱一龙主演的《叛逆者》，四十多集，能把日子过得飞快。

终于有一天，看新闻上讲到涿州被淹的消息，我才腾的一下儿跳起来。

小冷消失之前，我俩曾商定去涿州买房，挺好的房子，价格又合适，精装修，拎包入住。我俩一人订了一套——那笔钱不用白不用嘛。万没想到飞来横祸！说是淹了五六米。好在我俩订的都是高层。但无论怎样这房价都得降吧？

雨停之后我决定约小冷一起去涿州看房，她一直关机，根本联系不上。好在法玛从天而降，说是太想我们；特别是小冷姐姐，这么久没露面儿，她很担心。当然，也要借此机会去探班郑林。

法玛开着郑林新买的特斯拉拉着我风驰电掣。一路上被淹过的两侧林木都慢慢恢复了生机。我这个路盲特别需要法玛这样清醒聪明的姑娘。她一路讲着关于芭提雅的趣事，一边漫不经心似的告诉了我一个好消息：此片会参加本届金鸡奖展映，作为开场片。“要是能拿个奖就好了！”她笑嘻嘻地瞥我一眼，一边不忘看着路。

“谁说不是呀！你要是再能拿个最佳新人……”

“我盼小冷姐姐拿最佳编剧，编剧挂的还是小冷姐姐，她付出得最多了！”

“可问题是总编剧挂的是夏月啊！”

“那没关系，大不了她俩一起获奖，双黄蛋！”

“哈！你行啊！连双黄蛋都知道！”

“我现在想要了解贵国的一切！”

“为了郑林吗？”

“不，首先为了小冷姐姐和你，郑林排第三！哈哈……”

她快乐地转了个大弯——快到了。

28

坐在销售总监面前，听到这个消息，我和法玛面面相觑，都傻了。

原来，小冷早就已经来过了，她竟然把法玛打来的那笔巨款全部捐给受灾者！

我想过……想过……

但是我绝对没想到她会如此决绝……

我算计了半天才决定捐出十万，还是咬牙忍痛——这就是我和她的差距吗？

不知为什么我想哭。

我低下头掏出手机打了两行字：“我说过你永远是‘永恒少年’，永远做不了路西法！”

万没想到她竟然回复了：“你说过一个人拒绝成长，成长就会杀死她！”

我回：“这不是我说的，这是荣格说的。”

她回：“所以，我已经被杀死了一半，我的另一半还活着。另外，我现在想通了，年龄算什么？年龄不过是个数字而已。”

我蓦然想起多年前的我俩那次深谈，泪水突然夺眶而出。

“你怎么了，楚文姐姐？”法玛在一旁小心翼翼地问。

“没什么。”我站起身，“咱们去看房吧。”

我想回复小冷：“你的另一半，永远不会死。”

但是，我什么也没有说。

天空中蒸腾着水汽，云在天边徘徊。

截岔往事

孙　频

1

这世界上的河流基本都是亲戚，血脉相连不说，最终还会相聚到同一个地方。文谷河是这个河流家族中最平凡的一条河流，它时而爬行时而直立行走，从阳关山的峰顶慢慢溜达到了平川上。虽说路途遥远，但它一路上也没闲着，收留了无数条小河，像什么葫芦河、西冶河、中西河、峪道河、禹门河、董门河、向阳河、孝河，这些小河又收留了无数条无名涧溪和泉水。最后，这张河网就像一片巨大的树叶悬挂在了阳关山上。

逛着逛着，从文谷河就逛到了龙门口。这是一个狭窄的谷口，一出谷口，就进入了截岔。

所谓截岔其实就是一个端坐在山谷中的盆地，是文谷河、中西河和西冶河三河交汇的地方，故名截岔。山中其他地方只能种植莜麦、土豆和南瓜，而截岔地区则因为气候温暖潮湿，再加上水源丰富，不仅可以种植小麦、玉米、豆类和谷子，竟然还可以种植水稻，且一年两熟，所以那时候截岔经常以“山上江南”自居，且面无愧色。如果一个人本来正在遮天蔽日的原始森林里走着，走着走着，穿过一个山谷，忽然看到前方卧着一处巨大的盆地，盆地内不仅装着大片碧绿招摇的水稻和麦田，还装满了苹果、葡萄、梨、西瓜、香瓜之类的瓜果，心里不免还是会有一点恐惧的，就像误入了由山鬼变幻出来的深宅大院，虽雕梁画栋，却多少散发着一种阴森感。

事实上，这截岔盆地是整座阳关山上最富庶的地方，没有之一。平川上的人们说起我们截岔的时候，称呼为“截岔上”，这是一种略带歧视性的称呼，以示作为山区的截岔始终无法和平川处在同一个空间里。而住在深山里的山民要去截岔赶集的时候，则会说“下截岔去呀”，“呀”这个感叹词里兜着一种撒娇式的欢喜，因为河流下游代表着文明和富庶，何况截岔盆地里不仅装着七个村庄，还装着一个武元城——武元城里逢月赶集，还有一年一度的庙会，是所有山民期待的盛大节日。

武元城也是文谷河的出山口，从这里出去，文谷河就缓步进入平川地带了。从唐朝开始，阳关山上砍下的木材都是通过编木筏的形式，顺着文谷河漂下来，一直漂到武元城的响泉滩上岸。久而久之，这里便形成了一个木集，木材商和方圆十几个县的老百姓都要上这里来买木料。雍正年间，这里成了一个税口，开始征收木税。成为税关之后，人烟也随之稠密了起来，慢慢有了寺庙、道观和戏台。寿宁寺里有一座七层白塔，还有一座四圣宫，里面供奉着尧、舜、禹、汤。圣人扎堆，很是热闹。两条街上也有了饭店、车马店、骆驼店、理发店、中药铺、染坊、旅店，因为用木材方便，所以很多店铺都是用木材搭建起来的。后来又有了城墙和城门，随之孕育出集市和庙会。这里俨然是一座藏在深山中的袖珍木城，木城里最多的就是木料，一层摞一层，木塔一般林立在城中，小孩子们最喜欢在那玩捉迷藏，和迷宫一样。那时候无论是民间还是庙堂，建筑的灵魂都是土木，对木材的需求量很大。直到民国年间，税卡废除了，武元城不似从前那般热闹。但新中国成立后成立了木材公司，而木材公司的中转站就设在了武元城，所以林场的木材还是要编筏送到武元城。

截岔的性格和平川不同，和深山老林也不同，平川有点“滑”，深山老林有点“愣”，而截岔的性格是豪爽、慷慨，还有点好斗。比如在平川上，你只能看到包在最外面的一层泥土是什么颜色的，土的下面埋着什么就不知道了。但在截岔不同，它会肝胆相照地让你看到，埋在下面的地层依次是元古界长城系，下古生界寒武系、奥陶系，上古生界石炭系、二叠系，中生界三叠系及新生界第四系，甚至让你看到它的基底，是太古界河口的古老变质岩系。这些多少亿年前的古老岩层就袒露在盆地的盆沿上，这是拜侏罗纪时期的燕山运动所赐，当时岩层发生了剧烈的挤压和断裂，从而形成了这个盆地。我小时候在截岔盆地里游荡的时候，无论往哪个方向走，迎面碰到的都是这些古老的时间巨兽，你不得不去仰视它们敬畏它们，然后在它们的威严下屏息而行。

我出生的那个村庄是个独家村，像颗坚硬的牙齿，孤零零地长在河滩上，村里只住着我们一家三口以及一头牛、一只狗和十只鸡。后来我才知道，这里原本是荒滩上的一块空地，我父亲当初离开截岔盆地之后，便来到这空地上盖了两间房，垦了几亩地，养了一头牛，收留了一只流浪狗，后来又娶了个媳妇，就变成了一个迷你村。虽是独家村，父亲还是郑重地为它起了个名字，叫小虎村，这大概是世界上最小巧玲珑的村庄了。而在我出生之后，我的小名也叫小虎，这小小的村庄倒像是父亲送给我的礼物。

我很小的时候父亲就给我讲过，他本是出生在迷虎村的——曾经的截岔七村之首，到我出生的时候，迷虎村已经是一片废墟。我试图去想象过它曾经的样子，一个多自信的山村才会被这样认为，连老虎都能在此迷路。而小虎村听上去更像是迷虎村留在世上的一个孩子。

截岔七村皆是沿文谷河而建，随河蜿蜒，像排列在截岔盆地里的北斗七星，又似被文谷河串起来的七颗珍珠。据父亲说，当年每个村的村口都有一座水磨坊，一半身子站在河岸，一半身子跨在河中。每座水磨坊都有自己的名字，像什么丰盛磨、三义磨、永丰磨、大兴磨、和盛磨。水磨坊曾是一个村里最热闹的地方，商量婚丧嫁娶之类的大事都要坐到里面，小孩子们则欢呼着跑出跑进。因为面粉飞扬，水磨坊里终年像在下雪，所以从水磨坊出来的男女老少个个是白头发白胡子白眉毛，倒像是圣诞老人存储盒，从里面取出来的全是型号不一的圣诞老人。即使出了截岔，再往河的上游走，只要河边有村庄，就一定有水磨坊，从截岔到阳关山顶峰，这一路简直就是一个水磨坊博物馆，陈列着各种款式的水磨。

父亲小的时候，还是典型的农业社会，对农民来说，没有比土地更宝贵的东西了。截岔盆地因为四面环山，种庄稼的又只能在河流两岸的河滩地，所以土地就分外金贵，可以算得上是寸土寸金。山民们把那些旱涝保收的水浇地称为“刮金板”，可见对其的珍视程度。父亲说，那时候截岔盆地里流行一句话：“生是本村的人，死是外村的鬼。”就是说，人死了以后因为舍不得埋在本村的水浇地里，只能埋到荒僻的山林野地里，做个山林中的游魂。

为了引水浇地，截岔七村专门开了一条引水渠，因为共用一条水渠，截岔七村不仅多结为水亲，还时常打水仗，甚至还打出过人命——也是在打水仗的过程中立起了“截岔王”这样的彪悍人物。水亲以水结缘，几个村往来密切，常结为儿女亲家，每年农历的七月初二，截岔七村的人会集体前往武元城赶庙会，白天踩街，看高跷看旱船，晚上坐在戏台下面听大戏。

但一到了枯水期，七个村把脸一翻，谁都不认谁了，扛起铁锹和锄头随时准备打水仗，甚至还会通过“油锅里夹铜钱”这样的险招来分水，夹起几枚铜钱，就能分到几股水。据说，为了能给曲里村分到更多的水，截岔王在油锅里夹铜钱的时候，把自己的两根手指都炸熟了。

分水的前提是，每个村都在村口建了座拦水坝，如果最上游的迷虎村把水拦住，那下面的几个村子就无法浇地，庄稼就可能要旱死，所以上游的村子一浇完地就得赶紧开闸放水。但在枯水期，每个村子都想把水拦住，先把自己村的地浇足再说。于是后来，各村达成一个协议，就是轮着浇水，轮到下游的村庄浇水的时候，上游的几个村庄都得把坝打开，好让河水通过。

即使达成了协议，还时常有人在半夜偷水，就是悄悄把河水又拦截住，或是把别的村的水坝打开。所以当时有一种职业应运而生，就是看水人。看水人一般都是兼职，且身份琳琅满目：曲里村是截岔王亲自出马镇守；塔上村派出了截岔有名的中医郝树志，因为他医术医德俱佳，截岔人看病都得有求于他，谁还好意思从他眼皮子底下偷水；柏林村则是放出几个黑皮，就是小赖皮；南堡村派出的张有德身上背着自制的炸药包，往河边那么一杵，颇有水王的气势，恐怕截岔王要不服气了。

每年的七八月份，河水到了汛期的时候，就是沿河的那串村庄喜忧参半的日子。喜的是，汛期的文谷河不仅特别肥，还很仁慈慷慨，像圣诞老人一样，总是会从上游捎下来很多礼物，上好的松木，胳膊腿儿还囫囵的家具，成捆成捆的柴火，牛羊的尸体，还没来得及刷漆的空棺材（反正最后谁都要死的，省得再雇人割棺材了）。磨盘大的南瓜像童话里的南瓜马车一样从上游驶下来，大葫芦也跟着漂了下来，上面骑两个人不成问题。有时候还会漂下来一座完整的水磨坊，当然里面没有磨盘。还有的时候，会漂下来个把死人，脸朝下，静悄悄地浮在河面上，状如一段阴森的浮木。

每到这个时候，截岔七村的人便倾巢而出，都在河边守着，等着收文谷河捎来的礼物。位于上游的迷虎村自然最占便宜，可以挑拣些称心的礼物，比如木料啊，柴火啊，大南瓜啊。空棺材留着也不错，谁家还没个老人。至于那些破烂家具、死牛死羊和死人就留给下游的那几个村庄。但文谷河向来是有公心的，喜欢尽量做到不偏不倚，它在经过迷虎村和大塔村的时候，尽管捎来了不少礼物，却也会顺便把河滩地里长着的那些南瓜、金瓜、西瓜、香瓜、葡萄、苹果当作礼物捎走，带给下游的那几个村庄。

所以下游的南堡村和柏林村都懒得种西瓜，因为即使不种西瓜，每年夏天照样可以吃到又沙又甜的大西瓜。等河水开始变肥变宽的时候，下游的村民们就蹲在河边，手搭凉棚，翘首等待着西瓜队伍的到来。等着等着，就看到碧绿滚圆的大西瓜排着队下来了，赶紧伸出捕鱼的家伙，西瓜可比鱼好捞多了，傻呆呆的，一捞一个准，如果在这里漏了网，那西瓜就跟着河水赶往武元城了。偶尔，在捞西瓜的时候会捞起一个光屁股小孩，就好像在西瓜里长出了一个小孩，原来是在河里耍水的小孩，头上戴了半只西瓜皮，本是为了遮阳，却被当西瓜捞了起来。

不过，如果你以为文谷河总是这么慈眉善目得像个圣诞老人，那你就错了。它可是一条河，有着河流难以被驯服的野性。一到雨季，如果连日下雨，就可能酿成洪灾，洪水从山上奔腾而下的时候，状如饥饿的猛兽，会张开血盆大口，见什么吃什么，直至吞噬掉河流两岸的一切，房屋、田地、村庄、树木、动物、人。

二十世纪七十年代因为屯田垦殖和冶铁的需要，阳关山的林木被过度采伐，最终导致了1975年的那场大洪水，而迷虎村就消失于那场大洪水。在截岔七村里，迷虎村是离文谷河最近的，所以淤田最多最肥沃，但也最容易受灾。那场大洪水不是卷走两座房屋几亩淤田就作罢了，而是，它轻而易举地把整座迷虎村给端走了。洪水撤退后，迷虎村已被夷为平地，河岸的肥田也被厚厚的淤泥覆盖，多年被驯化和养护出来的良田，眨眼之间又返回蛮荒了。往年也有大大小小的洪灾，都是在洪水过后开始修补房屋、重新垦田，但那一次的洪水实在是太凶猛了，卷走村庄不说，还卷走了十几个人。而迷虎村已经不是修补的问题了，是整座村庄都得重建，淤田也全部需要重新开垦，而最最关键的问题是，洪水是年年都要来的，今年重建了村庄，开垦了淤田，到明年发洪水的时候，又得一切从头开始，年复一年，永无尽头。所以，在那次洪水之后，上面就做出了一个决定，那就是，迷虎村整村迁移。

后来偶然的一次机会，我从柜子深处翻出了一些爷爷留下来的遗物，那些遗物是被父亲藏在那里的。遗物中有一些纸质的资料，已经发黄了，我看了看，大概是那次大洪水之后整村迁移留下的资料。当时的安置原则是“上山不出口，东西两葫芦，分散不集中”，就是说，不打算再集中建村，而是要把迷虎村的村民分散到不同的村庄去，且不许下平川，只许村民们去往海拔更高条件更艰苦的中西川和葫芦川。大概是在迁移的过程中出现了不少问题，发现实际难度远比想象的要大，所以后来松了些口子，又允许少部分村民下山，迁徙到了平川上。我在那堆资料中发现了一张“迷虎村移民迁居录”，在那份名单里，迷虎村的三百多号村民被分散到了山上山下的五十多个村庄里，有的去了平川上的义望、洪相、广兴，有的去了西社、横岭，有的去了条件艰苦的古洞道、苏家岩。还有的去了阳关山海拔最高的庞泉沟，那里的积雪终年不化，一年有八个月需要在屋里生火炉，六月份的时候还在穿皮袄。在那名单里，居然还有几户迁到了河北、山东，甚至有一户迁去了遥远的江苏。

那张迁居录令我久久难忘。有的村庄只迁过去一户人家两口人，甚至有个叫代家庄的村子，已经快到古交的地盘上了，只迁过去一口人，八成是个老光棍或老寡妇。这样一个老人背井离乡，迁往一个人生地不熟的村庄是如何生活下去的，实在难以想象。还有那迁往外省的几户人家，对于几乎没出过山的山民，又是怎么一路千里迢迢寻过去的？在这份迁居录里，还有少数幸运的村民就近留在了截岔盆地里，被分散到了其他六村，其中就包括我爷爷一家，仅仅是从迷虎村迁到了曲里村，而曲里村的淤田数量仅次于迷虎村。

我出生的时候，我爷爷已经死了。那是在洪灾之后，我爷爷带着奶奶和我父亲兄妹三人迁到了曲里村，开始在曲里村盖房垦田。一天，都到黑夜饭时了还不见他回来，父亲便赶紧提着手电筒出去寻找。事实上并不难找，他就光明正大地躺在刚垦了一半的水田里，后脑勺上被砸了个大窟窿，流出来的血已经凝固成猪肝色，估计死了最少也有半日了。也就是说，他是大白天被人打死在水田里的。我奶奶从此一病不起，两个月后也匆匆离世。

这段往事父亲只是偶尔提起，他和我说起最多的并不是这个，而是爷爷如何吃苦能干又聪明，能打一手好算盘，还会嫁接葡萄，他嫁接的葡萄树上能同时结出绿色、紫色和粉色的葡萄。奶奶身体不好，常年吃药，爷爷从地里回来还要做饭洗碗洗衣服，一手把他们兄妹三人拉扯大。1960 年的时候粮食不够吃，他把仅有的一点白面掺上高粱面给他们兄妹吃，自己则日日吃用榆树皮和土豆干磨的面，他总能在山里找到榆树，所以，多余出来的榆树皮还拿到供销社去卖。又常说起爷爷如何节俭，一支百草牙膏用光了也不舍得扔，还要用擀面杖反复地擀牙膏皮，直到把牙膏皮擀得像纸一样薄。

这些话反反复复地说，以至于我觉得爷爷还和我们生活在一起，只是，他不用吃饭不用睡觉，每天就住在墙上的黑白照片里。

那是他的遗像。

2

父母都去世后，父亲便从截岔盆地搬了出来，独自在截岔七村（包括迷虎村的尸骸）上游的荒滩上开垦了几亩地，盖了两间房。他的两个妹妹均已远嫁，一个嫁到方山，一个嫁到古交。父亲一开始娶不到老婆，后来终于娶到了一个文谷河上游的瘸腿姑娘做老婆，这瘸腿姑娘就是我的母亲。

那时，父亲已经在文谷河上做起了放筏工。当时，阳关山林场砍下的木材主要还是通过筏运的方式被送到武元城的中转站，方圆百里各个煤矿用的坑木、道木，火车用的枕木，火柴厂用的木头，几乎都出自武元城。而筏运木材只能在夏秋两季水肥的时候进行，所以每到夏秋两季，放筏工便格外辛苦。

木筏一般都是把细木料编在前面，越往后的木料越粗越长，所以当木筏从河面上漂流而过的时候，既像一只正在开屏的水上孔雀，又像一块从河流上游漂下来的木头岛屿，大点的岛屿上还有小房子，一般是用油布搭成的帐篷，还有冒着炊烟的炉子和一堆锅碗瓢盆。木筏在水流湍急的地方会泡进水里，有点像木质的潜水艇，这时候，那些锅碗瓢盆便都盛开在了水面上，像朵朵睡莲，随时都会漂走，得有一个放筏工专门来“采摘”这些锅碗瓢盆。木筏上往往还搭有一个木架，上面繁复臃肿，不是一般的拥挤，挂着蔬菜、莜面口袋、盐袋子、油瓶、衣服、被褥、酒葫芦。还会站一只和放筏工做伴的八哥，因为能讲几句人话，时常被放筏工当作半个人来交谈，“吃啦没”“吃啦吃啦”“再叫唤把你的舌头割掉”。一听这话，它便很高兴地威胁道“把你的舌头割掉，把你的舌头割掉”。

因为架子上沾不到水，所以成了放筏工们共用的一只水上储物柜，只不过这柜子是透明的，里面的东西看得清清楚楚。筏子上往往还会支起一块长长的木板，大约只有一掌宽，既当凳子又当床，放筏工想休息的时候，需要像耍杂技一样，稳稳地把自己搁在木板上，然后抱着两只肩膀酣睡。睡不着？困得实在厉害的时候，站着都能睡着。

从林场的下油坊木场到武元城，走水路需走半个月，这半个月里，放筏工们吃住都在筏子上。因为漂在水上寒气很大，到了深夜，放筏工们就在木筏上生一只火盆，然后几个人围着火盆喝酒。每个放筏工都带着大葫芦，装满高度白酒，用来抵御寒气。这时候如果你站在岸边，就能看到，一簇一簇的鬼火从文谷河上游漂了下来，好像那些木筏是搭满鬼魂的幽灵船，要赶到河流下游往生似的。鬼火在浓稠的黑暗中跳动着，安详宁静，并不恐怖。

木筏是由筏头来掌舵的，立在筏梢，看准水路，后面的二排和三排紧密配合筏头，小心避开水中的大碛石。也不能让木筏上了浅滩，否则会搁浅。码尾的人手里拿着一根长木杆，把木杆拖在水中，按水流的缓急来掌握速度。放筏最怕的是叠排，就是后面的木筏把前面的顶了起来，顶成人字形，再跌进水里就容易散排，有的筏工在叠排时直接被拍成了肉饼。

父亲后来当上了筏头，总是立在木筏的最前面引路。每次他放筏经过家门口的时候，我和母亲总是早早就在河边等着。眼看漂下来一座木头岛，再一看立在筏梢的人，并不是我父亲，又漂过去一片，又一片，这些木头岛在水中行走的姿势飘逸极了，身形虽庞大，却似一根根轻若无骨的羽毛栖息在河面上，并不向往远处的那些大江大湖，单单只是在阳光中和水波里逍遥地漂着，至于漂到哪里，它们似乎并不在意。

又漂下来一座木头岛，我远远就看到父亲的身影正立在筏头，长长的木筏正驯顺地跟在他身后，只见父亲把手里的长杆使劲往河里一撑，整座木头岛便减速了。等到筏子靠了岸，我和母亲就背着炒面和面豆上了筏子。炒面和面豆都是放筏工常吃的干粮，炒面是把白面、豆面、玉米面放在铁锅里炒熟了，有的人家还在炒面里加些红枣；吃的时候可以加白糖，也可以加咸菜，可以干着吃，也可以用水拌了吃。我上小学的时候，每天都有同学带一种零食，就是用纸叠成信封，在信封里装满炒面，吃的时候同学之间会互换信封，虽然信封里不过是司空见惯的炒面，却好像收到了远方给自己寄来的信一样，吃的时候竟有种异样的满足感。我也在信封里带过炒面，但从来没有同学和我换过信封，我连一个朋友都没有，不知道是不是因为我是独家村长大的小孩。

如果家里碰巧刚吃过油糕，就给父亲带一罐瘦糕，瘦糕就是没炸过的糕，还保留着糜子的清香，父亲喜欢吃瘦糕。但瘦糕冷却之后会变得像铁一样硬，身上装两块冷糕倒像背着两块砖头，不过只要在火上一烤，那砖头就会化为绕指柔，且糜子的弹性极好，有时候能扯到一米多长，绕几圈，都能当围脖用了。

等上了筏子一看，除了放筏工，筏子上已经站了十来个人了，有的带了一头牛，有的领着一头猪。这都是住在河流上游的山民，他们经常搭着筏子去下游办事，或是走亲戚，或是去给自己的猪配种，或者是去武元城赶集，他们把搭木筏子叫“捎足足”。行到河水湍急处，木筏整个潜进水里的时候，他们会集体惊起，然后又并排栖息在那条窄窄的木板上，很像一群落在天线上的麻雀，还争相把脚跷得高高的，生怕鞋子被打湿了。放筏工则赤足立在水中，再冰冷的水也是如此，所以放筏工上了年纪之后个个腿脚变形，不是里罗圈就是外罗圈，甚至连路都走不了。

父亲对沿河这些想搭筏子的山民有求必应，别的木筏早就漂走了，他却不急着赶进程，一个村一个村地靠岸。人们一般都在水磨坊那里等筏子过来，父亲捎人、捎牲畜、捎东西、捎话，且分文不收。去看坟的风水先生要搭他的筏子，去布道的牧师要搭他的筏子，去亲戚家吃席的老人要搭他的筏子，被大树拍死的伐木工尸体也要搭他的筏子回家。他的筏子简直就是一辆游荡在文谷河上的公共汽车，每个村都是一个站点，他恪尽职守，一站都不肯落下。

一过龙门口，木筏就开始漂进截岔盆地了，一旦进入截岔盆地，即使当时还是个少年的我，也会忽然之间感到一阵微微的紧张。这种紧张可能是因为我从小就知道我们是截岔人却回不了截岔，还知道我爷爷当年就是被打死在截岔盆地里的。因为这个缘故，我从小虽然也经常在盆地里晃荡，但是和盆地里的那些小孩很难成为朋友，我会远远地躲着他们，而他们也不爱和我玩，好像他们是装在盆地里的孩子，而我是孤零零地挂在盆沿上的孩子，不是同一物种。

每年到了腊八那一天，截岔的家家户户半夜就会起来做馏米，我家虽然孤悬在盆地外，但馏米也是要做的，过年的时候扁食也是要包的，不然真是觉得自己被逐出人寰了。吃过馏米，我会溜进截岔盆地里，把自己藏在一个隐蔽的角落里，等着观看截岔的小孩出来做一种游戏。终于有两个小孩出来了，一个端着一盆馏米，一个拿着一把斧头，他们会用馏米喂自己家门口的石磨、石碾、石狮；在石磨和石狮上各放一小团馏米，就表示喂过它们了。然后，他们还要喂枣树和杏树。只见两个小孩走到自家的枣树底下，拿斧头的那个小孩边砍树根边吓唬树，把这枣树砍了吧，连枣儿都不结，要它做甚。端馏米的小孩连忙制止道，别砍啦，喂上它一点馏米，明年就会好好结的。说着就把馏米抹到刚砍过的斧痕上。这两个小孩一个唱红脸一个唱白脸，配合得天衣无缝。还有的小孩在给枣树喂馏米之前要先问一句，今年结不结果？然后马上替枣树回答道，结呀，还要多结哩。那时，我对这种小孩们自编自导的游戏十分迷恋，多年以后我在剧场里看小话剧的时候，总是会想起当年截岔小孩们玩的那种游戏。觉得那些小孩就像站在舞台上一样，天、地、神、树都成了这舞台上的演员，有一种人神共庆的欢愉气质。有那么一刻，我真想走过去，和他们成为朋友，一起来玩这种游戏，但我心里又充满畏惧，生怕被他们拒绝。

每次漂进截岔盆地的时候，我都能感觉到，站在我旁边的母亲甚至比我还要紧张。她因为一条腿有点瘸，站在木筏上的时候，会把我当拐棍拄着，牢牢抓着我的肩膀。因为紧张，她手里会不由得用力，以至于差点把指甲掐进我的肉里。我知道，她总是找各种借口搭父亲的木筏，比如要去武元城赶集，去卖鸡蛋卖木耳，要上筏子给父亲送干粮，其实是想看住父亲。尤其当截岔人开始陆陆续续登上木筏的时候，就是母亲最紧张的时候。她总是过度热情地与上了筏子的村民们寒暄着，脸上挂着一副大大的假笑，目光却总是偷偷地系在父亲身上。每次父亲挥动起手里的长杆的时候，她的目光就被那长杆钓起来，抛在空中，画过一道弧线，又重重跌入水中。有一次筏子在水流湍急处又潜入了水中，她忽然拖着一条瘸腿，惊恐地朝众人大喊起来，快跑，快跑啊。众人有些迷惑地看着她，还有人在偷偷地笑。在那一刻，我觉得好丢人，真想把自己的头埋进筏子上的锯末口袋里。

但我知道，连筏子带人一起沉没，或者，干脆发生叠排，把筏子上的人齐齐削进河里，这样的场景已经在母亲脑子里演习了成百上千次了。

这是因为，我和母亲都知道父亲的一个秘密。他藏有一个小本子，上面写着几十个人的名字，估计是他猜测出来的杀害爷爷凶手的嫌疑人名单，颇有点像阴间的生死簿。其实，所谓秘密也是他自以为的，趁他不在家的时候，母亲时常把那小本子找出来翻看，每次都把上面的名字数一遍，像数绵羊一样，看看是多了还是少了。有时候，有的名字会被父亲用笔重重画掉，像被放生的嫌疑人，与此同时，另一个新的名字会被捉进本子里。有时候我会凑上去和母亲一起看，她也默许了。大约是母亲知道我很孤独，连个玩的伙伴都没有，所以不管做什么都带上我一起，并不大把我当小孩子。她还告诉我，本子上的这些名字，她已经悄悄打听了一遍，有的就是迷虎村原来的村民，有的是截岔另外六个村的，这些人有的还住在截岔盆地里，有的则已经逆流而上，迁到文谷河上游去了，还有的下山去了平川地带。我心想，如果那凶手真的已经进了深山或去了平川了，哪里还能找得到，记也是白记。

看的次数多了，我都能把本子里的那些名字背下来了。但不管名字如何增减，稳稳坐在头把交椅上的永远是截岔王。这可能与截岔王的威名有关，据说此人身高八尺，豹头环眼，两只拳头握起来的时候就像左右各拎着一只铜锤，最擅长打架，且根本不打算要命的那种。“截岔王”得以被封王，还是因为分水的事。他为了给曲里村分到更多的水，徒手从油锅里捞铜钱，以至于把手指都炸熟了。以截岔王的身手，在人后脑勺上砸一个大窟窿是不费吹灰之力的，况且爷爷当初就死在了曲里村，所以他的嫌疑无疑最大。把截岔王放在首位，连我都赞同。

在“生死簿”上稳坐第二把交椅的是柏林村的著名黑皮游家明，此人还有个外号叫“滚刀肉”，其身手之黏软不烂可见一斑。据说当年一到了年根，文谷河沿岸要债的买卖基本都要雇游家明，而他也十分具有职业操守，决不会轻易让雇主失望。去讨债的时候，他自带着被褥和碗筷，还有他那只大花猫，像顶皮帽子一样蹲在他头上。去了人家家里，他二话不说，先笑眯眯地把被褥铺在炕上最热乎的地方，摆出一副后半生打算就在此安居乐业的架势。锅里的面熟了，他第一个先捞上来吃，还说自己不是什么讲究人，有什么吃什么，不挑。还要翻箱倒柜地找人家家里藏着什么酒，有什么喝什么，真是不把自己当外人。如果主人赌气不做饭，他便笑眯眯地自己动手，和面、炒酸菜、做臊子，做好了他一个人坐在炕头吃，全家人围在炕下看着他吃。他有条不紊地吃面、喝汤，还不忘在面里放两块腊八蒜，待吃饱喝足便歪在炕头剔牙、打嗝、放屁、撩猫逗狗。两天下来，那家人都饿得奄奄一息了，只有他一人生龙活虎，像太岁一样稳坐在炕头，抬都抬不出去。腊月二十三日的晚上，连灶王爷都被打发到天上说好话去了，这货照样躺在炕上打呼噜磨牙，岿然不动，就差主人跪下来给他磕头了，你是大爷，大爷快家去吧，再过几天就是年主（除夕）了。他很高兴地说，那正好在你家里过年嘛，有油糕吃油糕，有扁食吃扁食，我这个人，最好交代。说罢，还很疼惜地替自己摇了摇头。果然，除夕炸油糕的时候，炸一个他往嘴里塞一个，等油糕终于炸完了，却一个都不见了，全装在他肚子里了。他就这样，坦然地在别人家一住数日或数月，据说最长的一次住过半年，直至主人像送灶神一样把他送走。

“生死簿”上的三号人物是南堡村的张有德，张有德并不是截岔人，是年幼的时候，随其母从陕北逃荒过来的，母子二人被南堡村的一条老光棍收留了。不几年，老光棍去世，又过了几年，其母也去世了，他便被遗弃在这大山的盆地里，也不知道是怎么长大的。大约因为这幼年被遗弃的经历，在成年之后，他对集体便有一种过于浓烈的嗜好，简直上瘾，他比任何一个人都更像南堡村的人。为了证明自己是地道的南堡村人，也为了报答当年老光棍的收留之恩，他把村里一个外号叫“四洋人”的老光棍接到自己家里，认四洋人为干爹，自己能省一口是一口，每天只是好吃好喝地供着四洋人。但老光棍并不甘心被供着，一有空就跑回自己家里，回家的时候还从不空着手，每次都要搬走一件张有德家里的东西，从锅碗瓢盆到被褥凉席，甚至家具都一件一件地搬到了自己家里。他就像蚂蚁搬家一样，渐渐把张有德家里搬空了。而张有德每次发现四洋人又不见了，便哭着去四洋人家里求他，直到把他求回来。睡了一夜，四洋人又跑回去了，歪在炕上架着二郎腿，专心等着张有德来求他，他已经盘算好了这回的要价，他要吃鸡，吃羊肉也行，还是鸡吧，这个季节的羊肉难免有膻味。

不光是四洋人，南堡村的每一个人都可以躺在张有德家的炕上白吃白住，都可以支使张有德去他家地里白干活，连小孩子都可以支使他。张有德就像一座微型的城邦，谁都可以来他身体里和心里借宿，甚至长住不走，唯独没有他自己的容身之地——当然，他也并不需要他自己。多年之后，当我再次回想起张有德这个人物的时候，忽然觉得，其实他最终还是获得了一种巨大的胜利，一种自己消灭自己的胜利，一种精神打败物质的胜利。对于这样一个连自身都不存在的人来说，派他去给集体抢水真是再合适不过了。果然，张有德不负众望，在看水的过程中，曾做出了把自制的炸药包背在身上的壮举，以致成功为南堡村抢到了几股水。他并不在乎自己，大概是因为，早在还年幼的时候，他的一部分已经先他陨落和消亡了，从某种角度上讲，正是这种残缺让他变得无敌。

几十个名字常年休眠在这"生死簿"里，使这小小的本子似坟墓，又似火山，不知道哪天忽然就喷发出什么来了。本子的封面已经被摩挲得破烂不堪，可以想见，在只身离开截岔盆地后的这些年里，这小本子大概成了父亲的贴身陪伴，经常出入于他的两只手掌之间和枕下。他不在家的时候，它还会轮流出没于母亲和我的手中。那些名字，一个个被父亲捉住并养在本子里，一养就是十几年，竟被养成了一群熟得不能再熟的人。所以，我家虽然只有三口人，但有时候又会觉得家里熙熙攘攘的，到处都是人影，到处都是目光，除了墙上的爷爷，还有那些养在本子里的名字，他们不时会溜达出来放风，会交头接耳窃窃私语。然而，最恐怖的是，在这些名字当中，有一个名字终究会在某一天长出脸和手脚来，变成一个真正的杀人凶手。也就是说，这杀人凶手也日日夜夜陪伴着我们，在十几年里须臾不曾离去。

这天，我和母亲上了筏子一看，筏子上已经有十来个人了，一看就是从文谷河上游的庞泉沟下来的，因为大夏天他们身上照样裹着棉袄，庞泉沟那地方，好像一年四季都在过冬天。再者，从庞泉沟下来，要乘着筏子走好多天的水路，山中的河流多来自深山，水中的寒气利如刀剑，直刺骨髓，所以筏工们大夏天也要穿棉袄。除了十来个人，筏子上还堆着几麻袋饲料，看样子也是要送到下游去。几麻袋饲料堆在木头岛上，构成了岛中岛。饲料岛上盘踞着两个老人，其中一个裹着皮袄，护着两只雪白的桦皮桶，桶里装着金黄色的沙棘酱。这沙棘酱是用山里采摘来的沙棘果榨成的。只是，那沙棘果只有米粒大小，枝上又长满刺，采摘十分费劲，熬这两桶沙棘酱怕是要费不少时日。看样子，沙棘酱是带给下游的亲戚家的，也说不来是要和亲家走动，沿文谷河结为水亲是常事。

老头一见到有人上了筏子就大声打招呼，上来啦？吃啦没？每次都把这句话重复一遍，就像一只大号的八哥落在筏子上。即使上来的是张生面孔，但左不过大家喝的都是同一条河里的水，生又能生到哪里去。见无人理会他，母亲忙道，大爷穿得这么厚，是从庞泉沟下来的？老头笑眯眯地说，早先俺行（我家）就在截岔的迷虎村，后来迷虎村被冲跑了，俺浑家（全家）才被贬发到庞泉沟，那地方，冷得害怕了，三伏天就能下起雪来。

听到“迷虎村”三个字，母亲的脸色变得稍微有些不自在起来，只答对了一句，那可要穿戴得厚些，尤其是腿上，最怕受凉了。然后便把脸扭向了饲料岛上的另一个老人。

这是个老太太，干瘪如老丝瓜，没牙的嘴唇塌陷下去，张开嘴的时候，倒像脸上有个黑洞洞的窟窿，满头白发，像顶着一脑袋雪花。老太太坐在岛上，像孙悟空一样手搭凉棚，打量着每一个刚上筏子的人。她手边还蹲着一只鼓鼓囊囊的编织袋，袋子上扎了两个窟窿，两条颀长雪白的鹅脖子从里面伸了出来，一边眼花缭乱地挥舞着一边嘎嘎乱叫，乍一看，倒像是那编织袋长出了两只脖子两个脑袋，挺吓人。母亲说，娘娘，这是要去卖鹅？都养这来大了，可是不下蛋了？老太太咧开黑洞洞的嘴巴，戳着鹅的脑袋笑骂道，太能吃了，和养一头猪差不多，又爱打架，打起架来，十只鸡都进（比）不上它，狗都进（比）不上它，下的蛋大倒是大，就是有股土腥气，不想养了，拿到武元城卖了它们换狗儿。她看到我站在一边，便像变魔术一样，从怀里掏出一只硕大的鹅蛋递给我。那鹅蛋若是放到鸡蛋里，绝对算个巨人，我用双手才能抱住。鹅蛋是煮熟的，摸上去还是温热的。

每逢武元城赶集或赶庙会，都会有一些老人从深山老林的各道缝隙间分泌出来，牵着一只羊，抱着一只大公鸡，或者扛着半袋土豆，聚到河边等木筏漂下来，好让木筏把他们捎到武元城去卖掉东西。坐筏子的次数多了，我慢慢发现，很多从文谷河上游漂下来的老人其实从前都住在迷虎村，是那次洪灾之后被分流到深山里的迷虎村人，如今他们都已经凋谢成老人了。

旁边的老头突然插话进来，她呀，就好养鹅，以前住在迷虎村的时候，她行（家）就养着几只大鹅，像看门狗一样，赖得呀，见人就上来咬。还特别能吃，见甚吃甚，俺行（家）就在她房后嘛，那几只鹅动不动就跑到俺院子里偷吃舀喝，把猪食抢了吃，把鸡饲料也偷吃光。还要把院子里刚红眼圈的西红柿也偷吃掉，人家还晓得红的比绿的好吃，你说厉害不厉害？和霸王一个样，卖了好，快些卖了吧。

老太太不高兴地说，怎么不说说你兀会儿（那时候）养的那几只羊，那也能叫羊？跑到俺西瓜地里偷吃西瓜，专挑熟的吃，和人一个样，最后吃得走都走不动道，全躺在了俺西瓜地里，不晓得的还以为是俺给你家的羊下了毒药呢。

老头的兴致倒越发好了，大概是难得有人和他叙旧。他不依不饶地说，迷虎村谁家没有块西瓜地，就你行（家）有啊？羊又不晓得那是谁家的西瓜，上面又没做记号。说起这做记号啊，俺就想起兀会儿（那时候）在俺西瓜地里，趁着西瓜还是娃娃的时候，俺就在上面刻好名字，把大塔、塔上、西落、柏林、曲里、南堡几个村的老伙计的名字都刻上去，等到西瓜熟了，上面刻的名字也长树式（端正）了，就像是专门为他们结出来的西瓜。等到文谷河的水肥起来的时候，俺就把那些有名字的西瓜挨个扔进河里，它们跟着河就漂走了。俺那些个老伙计，每年到了西瓜熟的时候，都在水磨坊边等着呢，看见有西瓜漂下来了，抱起来一看，不是自家的名字，又放回去，再抱起一个，这个正是自家的名字，便乐呵呵地抱回家去。俺每年伏天寄给他们的西瓜，他们总能收到，基本上没落下过。

老太太揪起筏子缝隙间的水草，一边喂鹅一边撇嘴，又卖谝你识字，俺倒是一天学都没上过，不也能认得自己的名字？在截岔的时候俺还种着几亩稻田，还能吃上好大米，不比那晋祠大米差。俺种点硬大米种点软大米，把软大米磨了，正月十五的时候还能滚几个元宵吃。这阳关山上，也就截岔这一带能长得了水稻，贬到庞泉沟那种地方，还种水稻？逮着喝两口西北风就不赖啦。

老头叹道，人家不让咱们留在截岔，咱们又有甚办法，人就是哪里住惯哪里好啊。

说着说着两个老邻居忽然都陷入了沉默，因为，筏子已经过了龙门口，开始漂进截岔盆地了。

3

一进截岔盆地，眼前霍地就明亮起来，不仅因为山势在这里变缓，更重要的是，盆地里一下多出了很多植物，搞得这盆地真像个聚宝盆一样。沿着河岸可以看到高海拔处看不到的大火草、铁线莲、草芍药、唐松草和凤凰草，树木则除了青杆和油松，还多了红桦、白桦、青杨、乌柳、辽东栎，还出现了大片的枣林、苹果园、梨园、葡萄园，色彩斑斓的果实如宝石点缀其间。河岸的淤田则拼成了七巧板，只见一大块浓烈蛮横的绿色，连根针都插不进去，那肯定是玉米地；在阳光下闪闪发光，好像把庄稼种在了镜子上，那是稻田；正在放紫色烟花的是土豆地；红肥绿瘦的是西红柿地；绿叶间挂满金色星辰的是黄瓜地。西红柿和黄瓜有脚，能自己爬到架子上去，西瓜、金瓜、南瓜则没有脚，又都是圆胖子，只能在地上滚来滚去。

筏子在截岔经过的第一个村庄就是曾经的迷虎村，如今只剩下一堆被洪水淹过后的残垣碎瓦，其中还有一座幸存的房屋，只是连窗户和门都没有了，里面黑洞洞的，状如鬼屋。从迷虎村的尸骸旁边经过的时候，筏子上的人忽然全都沉默下来，集体注视着那岸上的村庄尸骸，很像葬礼上的默哀，除了父亲——他故意避开了目光。坐在饲料岛上的老头和老太太也一言不发地注视着曾经的家园，神情很是凄怆。鹅大概饿了，伸过头来咬老太太的手，她都浑然不觉。筏子一旦漂过去了，他们又坚决不肯回头去看，似乎铁了心地要把那梦境一般的家园留在过去。

接下来是大塔村，已经有两个老人和一个带孩子的女人等在水磨坊边了，水磨坊成了父亲每站必停的放筏驿站。每逢有水磨坊，他就指挥筏工们让木筏靠岸，再恭恭敬敬地把水磨坊边等着的人一一扶上木筏；上了木筏，还要照顾老人和小孩，把他们安置在稳妥干燥的地方。这次因为筏子上有饲料岛，父亲便把两个刚上来的老人安置到了饲料岛上，加上已经盘踞在上面的那两个老人，饲料岛变成了老人岛。只见父亲笑容满面，忙前忙后，对众人嘘寒问暖，活像一个蹩脚的司仪，生怕对客人们照顾不周一样。与父亲形成鲜明对比的，是那些刚从截岔上筏子的人，尤其是年龄大些的人，都是一副别别扭扭的样子。似乎想上筏子又不好意思上，但因为别的筏子为了赶时间都不肯停下捎人，他们只能上父亲的筏子。上来之后，脸上又多少挂着些惶恐不安，站也不是，坐也不是。父亲伸手去扶他们的胳膊的时候，他们会下意识地躲闪一下，好像怕被烫着一样；回过头来，又略带谄媚地对父亲笑笑，笑完便匆忙把目光挪到他处，并不敢与父亲对视。

他们在筏子上说话的时候也是轻声细语，好像周围全是睡觉的人，生怕把别人吵醒了，只是把耳朵递过去，或把眼神送过来。与上游下来的那些山民形成了鲜明对比，那些山民说话的时候都像是喊山，明明只有一步之遥，他们还是要拎着对方的耳朵，把话使劲扔进去，好像生怕别人是聋子；而且个个像话痨，只要张开嘴，那根本就停不下来。不知是不是在深山里都是牛羊却人迹罕至的缘故，被憋坏了。若是四个人一起上筏子，他们还会抬一张方桌上来，四个人围着方桌打麻将，麻将摔得震山响，身上裹着皮袄，为了防止鞋子被河水浸湿，干脆脱下来，把鞋带一系，把鞋挂在了脖子里，光着脚打麻将。筏子在每个村口都要停留，他们也觉得烦，但没办法，人家筏子是运送木材的，又不是自己包下来的。这筏头也是，宁愿误了工期少挣点钱，也要把每个村的人都捎上，有时候捎的不是人也不是牲畜，就是一句话，也一定要捎上再上路。他们对父亲又是钦佩又是恼火，背地里说他是个滕子（傻子）。

后来我才慢慢想明白，在截岔盆地里，但凡上点年龄的人，都知道我爷爷当年的事，他大白天被人打死在水田里，又因为同村人的相互包庇，找不到任何线索，导致成了桩破不了的无头案。虽说这已经是十几年前的旧事了，但因为没有了结，所以一直就悬在那里。虽有时间的晕染和冲刷，但这桩旧事显然并没有被时间消化掉，相反，它变成了一根尖尖细细的刺，始终扎在截岔盆地里。

而父亲的那个名单可以说网罗了整个截岔盆地，甚至连早已迁出截岔盆地的迷虎村人都被网罗了进来。也就是说，对于父亲来说，沿河上筏子的每一个人都可能是当年杀爷爷的凶手。这也是母亲感到不安的原因，只要父亲把长杆插进河底稍微一拖，就可能发生叠排。然而，父亲掌舵的每一只木筏，慢虽慢了些，却都还算顺利，从没有什么意外发生。而且父亲对每一个乘客都有一种超乎寻常的客气和殷勤，脸上漆着一层厚厚的笑容。但他越是这样，母亲就越发感到害怕。

因为父亲一开始放筏的时候并不是这样的。开始的时候他对截岔人冷冷淡淡，放筏也恨不得能绕过截岔盆地。但人家文谷河才不管呢，人有人道，河有河道，截岔是放筏的必经之地。每次硬着头皮漂过截岔盆地的时候，他几乎一路上都不做任何停留，径直就把筏子漂到武元城了。

他在家里休息的时候，也从不会说起他的复仇计划，只是白天去地里干活，傍晚捡些树枝回来劈成柴火，我家有一面墙整个就是用柴火垛成的，十分雄伟。他不光喜欢囤柴火，还喜欢囤面囤土豆，我家简直就像仓鼠的窝，到处囤满东西。再不然就是修补家什，东西用坏他也不肯扔掉，一张嘴就说自己当年从截岔出来的时候，除了光人一条，什么都没有。我和母亲都害怕听他忆旧，他一旦开始忆旧，我和母亲立刻抱头鼠窜。因为他说起那段苦日子的时候，脸上并没有多少伤感，反而还有点兴奋，好像有一种受虐的快感，简直瘆人。

到了晚上，他便雷打不动地给自己倒一壶白酒，摆一盘花生，开始独自喝小酒，经常是喝了好半天了，才想起该往嘴里扔一粒花生米了。喝了酒的父亲时常会灵魂出窍，他会虚虚地盯着一个地方一看半天，眼神邈远空洞，却又像是什么都没看到，不过那里本来就什么都没有。此时如果叫他一声，他好像也听不见，过半天了才终于答应一声，声音好像是从很遥远的地方传过来的。有时候，待着待着，他会忽然朝对面阴森森地冷笑一声，就好像对面正坐着他的仇人，而他实在不知道该怎样去惩罚这个仇人，只能报之以一声冷笑，以表示他极度的愤怒和蔑视。更多的时候，他连愤怒和冷笑都没有，只是木着一张脸，整个人看起来疲惫涣散，连目光也如游魂一般，不知道该躲到哪里才好；偶尔会落在我身上，像只怯怯的小飞虫一样，大概是怕被我发现，倏地又飞走了。更可怕的是，每次喝完酒之后，他都会把他那本生死簿拿出来，从头到尾又欣赏一遍，然后像个判官一样在上面勾勾画画，把某个名字慷慨逐出阴间，又毫不留情地把另一个名字从阳间拖进来。

我猜测，对于父亲来说，酒具有招魂的功能，在那些年里，只要喝点酒，父亲便可以为自己召唤来一个福尔摩斯，那福尔摩斯在他脑子里纵横驰骋，拼命破案。酒精变幻成的福尔摩斯把这些嫌疑人一个个拎出来分析，再一个个排除，排除完的重新又分析，觉得还是有嫌疑，于是有些名字写上了又画掉，画掉了又写上，都不知道在他那本子里生生死死多少回了。而母亲担心的是，父亲从不向任何人说起这个本子，包括她，如果他能像诉苦一样正大光明地把这小本子摆出来给她看，说他多么想找到这个仇人，她倒也放心了。除了酒后津津有味地摆弄小本子，父亲还会偶尔在梦中吐出一两句内容不清晰的梦话，因为没头没尾，就那么孤零零的一截横在黑暗里，所以更显得恐怖。

我开始时觉得，他不肯向任何人讲述这个小本子的原因是，他每向人讲述一遍，就意味着把自己心里的仇恨又喂养得肥大了一点。语言的创造力有时候是惊人的，说的次数多了，假的也会变成真的；反之，真的也可以变成假的。但后来，我在爷爷的遗物里发现了那张“迷虎村移民迁居录”之后，我开始意识到，父亲的不愿讲述，可能还有一个原因，那就是，他也发现了爷爷留下来的那张“迷虎村移民迁居录”，那张迁居录应该让父亲感到了一种更为复杂的痛苦。因为，就连我无意中看到那张迁居录之后，心里都难受了好几天，尤其是名单上那个独自迁往代家庄的老人，虽然并不认识，却令我久久难忘。

母亲一心只想让父亲和截岔人和解，后来她打听到在文谷河上游的呼家村有一座小教堂，教堂里住着一个老牧师。从河流上游到下游可以搭乘筏子，从下游到上游则要靠走路、骑自行车，或者搭乘林场的东风大卡车。因为常年帮林场运输木料，和林场比较熟，就说好了搭乘林场的大卡车。天还没有亮，我正睡得迷迷糊糊的时候，就听到门外传来汽车的喇叭声，接着就听到父亲和母亲连滚带爬地跑了出去，生怕汽车走了，那时候开汽车的可都是大爷。那天，父亲和母亲去了更深的山里，只留下我和一个独家村相依为命，我的食物是炒面，满满一大瓮立在墙角，只要不受潮，炒面放几年都坏不了。平时我如果得了什么不想被父母发现的好东西，比如捡到截岔小孩玩丢的玻璃球，再比如舅舅给我的一块钱，我就会把它们藏到炒面里。我很喜欢藏东西时的那种感觉，把手埋进炒面里，甚至可以把整条手臂都埋进去，那种柔软的旋涡能把你整个人都吸附进去，把一颗玻璃球或一块钱藏在炒面深处，就像把一粒种子埋在黄土中，过不了多久，炒面里就会长出更多的玻璃球和一块钱。

那天，父母亲走后，我一个人站在盆沿上望着盆地里的那几个村庄，就像一个人坐在热气球上俯视着脚下的地球，熟悉的孤独感变得前所未有的庞大。那一刻，我如此渴望能拥有一个朋友，不管他是谁，也不管他是老人还是小孩。后来我想，父亲当初离开截岔盆地，只身来到荒滩上盖房垦地的时候，是不是也有过与我类似的感受？在那么一两个瞬间里，我几乎就要被那种巨大的孤独感完全吞噬掉了，连点骨头渣都不留。而那时候的父亲还买不起牛，也还没来得及收留那只流浪狗，唯一陪伴他的就是那本“生死簿”，“生死簿”里的几十个名字日日夜夜陪伴着他，从某种程度上讲，这种非同寻常的陪伴是不是也减少了他的孤独感？就像一个流落到荒岛上的人，也许会把自己的影子都当成朋友。

天快黑的时候，父亲和母亲又搭乘林场下山的车回来了，下山的大卡车车箱里装满木料，父亲和母亲被堆在了木料的最顶端，大概是怕车开得快了把他们甩出去，两个人还用绳子把自己绑在木料上，倒像两个被押送的囚犯。好不容易解开绳子下了车，我一看，两个人都变成了雷震子，头发向上竖起，直指天空，大概是被山风雕刻成这个样子了。他们并没有给我讲见到牧师后的情形，但过了些时日，母亲又带着父亲去了趟呼家村，还是去拜访那牧师。

后来我在父亲的筏子上也见过那牧师几次，他搭乘筏子去武元城布道，看上去和普通人也没什么区别，就是一个瘦小的老头，戴着副巨大的眼镜，上了筏子有人和他打招呼，他就说，主与你同在。有人要给他让地方坐，他就不客气地坐下，然后对那人说，主保佑你。有一次，筏子上的两个男人因为抢一块干燥的坐处而打了起来，牧师走过去正色道，主不喜欢你们骂人，主喜欢你们宽恕人、爱人，要去爱别人；爱，这是主所喜悦的。打架的两个人竟真的偃旗息鼓下来。我猜测，牧师当时在呼家村的教堂里向父亲布道的时候，大概也是这么说的，要去爱，要去宽恕。因为，父亲去了两次呼家村之后，忽然就做出了一个决定，当木筏从下油坊木场漂下来的时候，他要在每个沿河的村口都停留一下，好让需要去下游的人们搭上筏子。为此，有好几个筏工都不愿跟他干了，因为这么做实在太浪费时间，人家别的筏子都跑两趟了，他们才跑一趟。他也不勉强，辞了就辞了，他另找了几个新手做筏工。只要筏头没换就好，因为筏头是一条筏子上的定心丸。

从此，父亲摇身一变，变成了一个牧师的劣质仿制品，不过他不是出现在教堂里，而是漂流在文谷河上。即使隔着二里地，都能看到他脸上堆着一层厚厚的笑容，这笑容太过丰盛肥厚，以至于溢得到处都是，简直有些触目惊心。这笑容可不是随手安装在脸上的，是父亲对着镜子苦练出来的。有了这个打算之后，又生怕人家不敢上他的筏子。他便开始对着镜子苦练笑容，白天练，晚上练，连梦里都在练。微笑，大笑，冷笑，狂笑，慈祥地笑，豪迈地笑，不屑一顾地笑，不露齿地笑，三十二颗牙齿全露在外面地笑。他对着镜子笑，对着墙笑，对着狗笑，对着空气笑，吃饭时在笑，睡觉时在笑，骂人时也在笑。他把所有笑的品种演习了成百上千次，然后摩拳擦掌，只等着在筏子上投入实践了。

筏子再经过截岔盆地的时候，父亲一改往日的冷淡，一反常态地热情招呼人们上他的筏子，但人人都觉得其中有诈，哪敢上他的筏子，谁不知道他父亲当年就是被打死在截岔盆地里的。如果遇到有老人带着个小孩正等在岸边，他会像个狼外婆一样，掏出一块他自己舍不得吃的红薯糕，笑眯眯地引诱那小孩，小儿快上来，上来给你个好吃吃。小孩乐呵呵地被红薯糕钓到了筏子上，后面的老人急得直跳脚，但孩子不能不要，只好也跟了上去。再则是因为愿意停留下来捎人的筏子越来越少了，谁都不傻，筏工们都想着多跑一趟就多挣点钱，想去武元城的人们，如果不想步行，就只能搭乘父亲的筏子。毕竟有些好汉不怕死，坐就坐了，爷又不是被吓大的。果然，坐就坐了。不光是坐了，他们还发现，筏头的态度好得吓人，像孙子一样。

既然筏头像孙子，有些人上了筏子便像大爷一样横，要求把最干燥舒适的地方让出来给他坐。换了别的筏头，早一杆子把他挑进河里去了，你他妈谁啊，敢跑到我筏子上横？但父亲不但不生气，还笑眯眯地帮这大爷找地方坐，甚至还殷勤地给人家递过去一根烟。他显然在效仿呼家村的老牧师。但那老牧师，不管别人信不信，他自己总归是信的，这种信仰使他变成了一种更纯粹更坚硬的存在，戳在人群里，却又比谁都虚无轻盈，好像只是一团气体。而父亲不同，他更像是在扮演那老牧师，他只是一个演员，但并没有真正理解角色，光是得了些皮毛，所以他是滞重的、混沌的，有时候难免还会显得有些滑稽，倒更接近于一个喜剧演员。

4

既然坐过的人也没见少了胳膊少了腿，囫囵着下了武元城，又囫囵着回来了，一来二去，敢坐父亲筏子的截岔人就慢慢多了起来。虽然不乏个别黑皮敢在筏子上称大爷，但多数上了筏子的截岔人，还是有些神情紧张，不敢不笑，也不敢使劲笑，更不敢大声说话，只是相互交头接耳，倒像个秘密组织。有的大人带着小孩，在上筏子前，还要特意在小孩身上绑个葫芦，以作为掉进河里之后的救生工具，看来是随时准备着要跳河逃走的。主要是父亲突如其来的热情委实把他们惊着了，只觉得是不是有什么阴谋在里面。

其实连母亲也是这样想的。当父亲在放筏的间隙里回家休息的时候，母亲并没有看到一个焕然一新的宽恕者，还是那个旧的父亲，白天下地，晚上闷声不响地喝半天酒，喝下去半壶了才想起来要往嘴里扔一粒花生米，好像他根本就不是在喝酒，他只是为了迎接酒后被召唤出来的福尔摩斯。更恐怖的是，因为他在筏子上笑得太多太用力了些，以致把脸都笑瘫了，不笑的时候脸上也不由自主地挂着一层笑壳，连发怒的时候也像在笑，活像戴了个小丑面具。母亲明白，呼家村怕是白去了，父亲还是没有学会宽恕。她一边偷偷观察着父亲脸上的笑容，一边却又好像不忍心多看，只是假装漫不经心地对我说，小虎，我像你这么大的时候也是班上的好学生，不是瘸了一条腿兴许还能考上大学，在城里有份好工作。你晓得我这条腿是怎么瘸的？十四岁那年放暑假的时候，我去山上采药材，摔下山摔断了一条腿，父母怕花钱，由它自己长好了，结果长好后就瘸了。和你说吧，其实我都不止一次地寻过死，觉得活着没意思，一个瘸子这辈子还能干什么，结个婚都被人挑三拣四。不过我后来想明白了，我得先放过自己，不然，自己就是自己最大的仇人。

我知道这话不是对我说的，便假装听不见。父亲也假装听不见，只是一杯接一杯地喝酒，两只嘴角还控制不住地上扬，喝酒的时候也像是笑着喝的，真是吓人。一壶酒喝得差不多见底了，他照旧又翻出那个破旧的小本子，笑容可掬地研究着上面的那些名字。那可怖的笑容真的是瘫在脸上了，连做噩梦的时候都是笑着做的。

母亲忽然罕见地爆发了，她一把夺过那个本子扔到了地上，满脸是泪，她冲父亲说，我晓得你要不是当初被赶出截岔你也不会找我，可我要不是因为十四岁时摔断一条腿落下残疾，我也不会找你。既然走到一起过日子了，我就不会丢下你，你也不要早早死在我前面。你要是真杀了你的仇人，你不用偿命吗？你有几条命？父亲有些吃惊地看着母亲，可是，他连吃惊都是笑着吃惊的。我真想把舅舅送我的那副墨镜翻出来戴上，不要再看到父亲脸上可怕的笑容。

他慢慢捡起本子揣在怀里，只说了一句，谁说我要杀仇人了。然后便披了一件衣服，走到屋外，又出了院子。我跟出去的时候，父亲正坐在河边抽烟。大山里的夜晚，初看是一种纯净的毫无杂质的黑暗，看久了才发现，黑暗其实也有很多层次，层层叠叠，如一幅在山河间铺开的水墨画卷，夜空里挂着一弯上弦月和几点寒星，文谷河在黑暗中长出了银色的鳞片，散发着一种温柔的明亮。我们的小虎村在黑暗中变身为一盏孤零零的灯光，异常瘦小微弱，前面的截岔盆地里也亮着灯光，像是装了一盆星星。无论如何，这些年里，那些灯光都是我们的陪伴，尤其是除夕的晚上。

除夕晚上，整个截岔盆地都在放鞭炮，主要是二响炮和麻鞭，有的人家把麻鞭挂在枣树上，有的是小孩子提在手里，一边跑一边到处噼里啪啦地响。这家的刚放完，那家的又接上了，好像一条火龙在截岔盆地里乱窜，在此起彼伏的鞭炮声中，总有二响炮飞到半空中大吼一声，看吓到别人了，便满意地消隐而去。还有的小孩放起火和甩炮，起火是绑在竹扦上的，起火蹿上去的时候就像一颗流星从人间飞到了夜空里，再盛开成一朵金色的菊花。拿着甩炮的小孩子则专门往人多的地方甩，甩炮像五光十色的老鼠一样在人们脚下乱窜。若是去了武元城，还能看到烟火，像什么炮打灯、浓车火、城儿壁子、海底捞月、平火。平火是烟火里最威武的，一般用来压场，平火分大、中、小三组，分别称为大将军、二将军、三将军。大将军个头最大，笨重异常，需要十几个年轻后生才能搬起来。放大将军的时候，开始喷出来的是金色的小星星，像金色的喷泉一般，但这喷泉还在不停地往高里长，最后，它居然长到了三层楼那么高，真正是烟火中的大将军，几里地之外都能被看到，它还慷慨地掏出更多的星星撒向截岔盆地。

而我们小虎村，最多就放一串麻鞭两只二响炮，但那点声音太微弱了，还来不及变成动静就被黑暗全吸进去了。所以我经常想，如果父亲和截岔人和好了，我们一家人是不是就可以搬回到截岔盆地了。

那晚，父亲在河边坐了很久。直到我催他回去，他才朝着河水说，小虎，你说人们怎么都不相信，连你妈都不相信，我就是想为人们做点好事，尤其想为截岔人做点好事。很多年之后我才想明白，父亲所谓的“想为人们做点好事”，大约就是从看到那张“迷虎村移民迁居录”开始的。可在当时连我都不信，只要想想他那“生死簿”，想想他有事没事就翻开那阴森森的小本子数人头，就没人敢相信“他是想做点好事”。

此后，只要父亲的筏子经过小虎村，母亲早早就在岸边等着。正好我也放暑假了，母亲便把我也一道拉上，等父亲的筏子漂过来。而这简直是我巴不得的事情，对于一个在独家村长大的小孩来说，对人群有一种奇异的迷恋，而一旦真的掉到人堆里，则又是兴奋又是害怕，反而一句话都说不出来了。

后来我回想起那些坐木筏的经历，觉得一只木筏其实就是一场临时性的聚会。整个夏天，有无数场千奇百怪的聚会从文谷河上漂过，而这本身又是木筏之间的盛大聚会。木筏上的人主要有两类，一类是串门走亲戚的，一类是去武元城买东西或卖东西的。除了截岔一带，山村多数都很闭塞，见缝插针地镶嵌在大山的某一道缝隙里，因此，走亲戚和串门对于山民们来说是头等大事。为了走个亲戚，背上干粮走两天盘山路是常有的事。到了亲戚家里，主人和客人都很兴奋，那是一种由衷的欢喜。主人连忙把客人让上炕，摆上炕桌，倒上茶，老婆则忙着生火、架锅、炸油糕，或蒸一大锅莜面栲栳土豆片。主人和客人都像八辈子没说过话一样，好不容易逮到了说话的机会，从见面就开始不停地说不停地说，说得口干舌燥了，喝口水继续说，连上厕所都是跑着去的。吃饭的时候，甩着腮帮子边吃边说，吃完了继续说，说到高兴处便哈哈大笑，说到不高兴处便抱头痛哭，哭完接着又说。一直说到天黑了，月亮爬上来了，一家老小都在炕上躺成一长排了，两个人还杵在被褥当中不停地说，一个听着听着都要睡着了，另一个把他叫醒，拎着他的耳朵继续把话灌进去，他为了礼貌，只好把眼睛瞪得大大的，防止自己再睡着，一边胡乱应承着，应承着应承着，眼睛又悄悄闭上了。这样一直说到半夜，说着说着，终于连最后一点声音都熄灭了，连那个说话的人都睡着了。

有些深山里的山民上了筏子也是这样，八辈子没说过话一样，从头说到尾，从天上说到地下，从古代说到未来，把一筏子的人烦得都要跳河了，他却浑然不觉，只管在那里滔滔不绝地演讲，唾沫四溅，站在离他两尺开外的地方都会被喷一脸。若是有人胆敢抗议，少聒噪两句吧，演讲者便愤然反击，你怎么不在文谷河上盖个盖子？管天管地还管起人说话来了？

有的山民上筏子是为了去武元城做点小买卖，这在当时叫“副业”。有个老头，我每次在筏子上见到他的时候，他都抱着一只木盒子，盒子里养着一大块雪白的豆腐。原来他每天半夜就爬起来做豆腐，做好豆腐便拿去武元城卖，所以总是搭父亲的筏子。他每次见到我，都要割下一小块豆腐给我吃，母亲连忙推辞，说，大爷快不要割，割开卖相就不好了。老头不高兴地说，都是迷虎村的人，娃娃吃块豆腐就咋的啦？原来老头也是当年洪灾之后被迫从迷虎村迁到葫芦川的。

还有一个中年女人，说她打小就是在迷虎村长大的，大洪水之后跟着父母迁到米家庄了，那时候她也就二十来岁。我每次在筏子上见到她的时候，她都挑着两只坛子，坛子里装着酒枣。原来是这女人家里种的枣树多，每年秋天打了枣，她便酿上十几坛酒枣，埋在地里，让酒枣在冬天的时候吸收雪的精魂，待到第二年夏天再挖出来。此时的酒枣已经酒香扑鼻，还夹着一缕雪花的清香，吃几颗人就醉了。每到这个时候，她就搭父亲的筏子去武元城卖酒枣。若是在筏子上碰到从前的熟人，她会拿出酒枣来分给熟人吃，卖不卖倒成了次要的事情，我也被她列入了熟人的范围，每次都会塞给我一把酒枣。有一个老人贪嘴，吃了一把酒枣不过瘾，又从坛子里舀了一大把，吃完不一会儿就醉了，如醉罗汉一般在筏子上东倒西歪地打拳，时而又跑到筏子边，哭着喊着要往河里跳，还说谁也不要拽住他。别人告诉他，根本没人拽他，尽管跳。他便又就近轰走一个筏工，说是自己来掌筏，一直开到它东海去。结果，筏子还没来得及掌，他就盘坐在筏沿上打起呼噜来了。

还有一次，一个在那次洪水之后，从迷虎村迁到水裕贯的老人客死在那里了，老人临死前的愿望是把他送回迷虎村，魂归故里。但从水裕贯到截岔盆地路途遥远，步行的话，至少需要两天两夜，况且还抬着一口柏木棺材。于是，老人的子女便想搭父亲的筏子，带着棺材漂回到曾经的迷虎村去。父亲连犹豫都没犹豫，一口答应，于是，一支浩浩荡荡的送丧队伍便上了父亲的筏子。

那天，我和母亲上了筏子的时候，不禁吓了一跳，筏子上白花花一片，像是哪里都没下雪，就这筏子上下了一场大雪。再一看，原来是一片穿孝衣的男女，戴着白帽，白帽上还有白帘子垂下遮住面孔，有的手里挑着白灯笼，有的举着白色的花圈。在这一片浩瀚的、纯净的白色正中间，却极安静地栖息着一口黑色的棺材，上面还画着艳丽诡异的花卉和鸟兽，一看就不是这个世界上的花卉和鸟兽，面目阴森。几个女人扶着棺材，垂下的白色帘子挡住脸，正发出低低的啜泣声。忽然之间，一阵狂暴的山风疾步掠过文谷河，送丧队伍白衣飘飘，几欲集体成仙，两只最大的花圈被吹到了半空中，拿花圈的人怕花圈被吹跑，死不撒手，于是便被山风一起带到了空中。两个白衣人像乘着气球飞到了空中，筏子上的人齐齐仰起脸观看他们的飞行，连哭也忘了。但好景不长，山风的脾气向来捉摸不定，转瞬又撤走了，两个攀着花圈的白衣人没有了依托，直直坠入了河中，花圈上的白花散落，像莲花一样盛开在河面上。

我发现连送丧队伍也认识我，一个司仪模样的人摸摸我的头，递给我一个白布包，我打开一看，里面是花生、瓜子和糖块。后来一想，这送丧队伍里的人基本都是迷虎村的人嘛，显然，他们都把我当作了一个小迷虎村人。但我一想到父亲的那个本子上记的好多名字都是迷虎村的，便又有些不寒而栗。也就是说，父亲一直想找到的那个凶手，可能就藏在这些人中间；只不过他早已易形，也已经变老，可能就是那个卖豆腐的老头，或是那个拎着沙棘酱走亲戚的老头，还或者，是那个正躺在棺材里的老人。

筏子漂过龙门口，终于漂进了截岔盆地，静静地漂到了迷虎村的尸骸前。

一具棺材漂进来的消息早已传遍了截岔盆地，截岔六村的人都跑过来围观，一时间人头攒动人山人海，小孩子从缝隙里插进来，后面看不见的跳起来往里看，简直像赶庙会。这时候我忽然发现，那没有了窗户和门的鬼屋里居然钻出一个老头来，好像里面真的住了鬼。后来我才知道，原来是洪灾之后迁到了平川上的李顺老汉，因为在平川上实在住不惯，加上老伴去世了，儿女们又各自成家，他便一个人偷偷又跑回了迷虎村，在一堆废墟里硬是捡出一间还算囫囵的房子——起码还有个屋顶，从此便住了进去，加上衣衫褴褛，乍一看到他，还真分不清是人是鬼。

人们都围观着父亲的筏子和那具棺材。倒不是因为亡灵执意要归乡有多稀奇，人老了都讲个落叶归根嘛；而是因为，在水上放筏本来就是件风险很大的事情，所以筏工们都是很忌讳触霉头的，连不吉利的话都不许在筏子上说，更不可能帮人送一具棺材，任是天王老子的爹娘没了都不行。但父亲不但把棺材安然无恙地送回来了，还分文不收。人们用半是敬佩半是狐疑的目光看着父亲。还有些更为复杂的目光明明灭灭地闪烁在人群当中。不待送丧队伍把感激的话说完，父亲已经长杆一点，立在筏头飘然远去。

除了死人，父亲的筏子上还坐过孕妇、新娘、病牛、骆驼、拖拉机，乘客的品种之繁多，令人眼花缭乱，真是应有尽有。而父亲的放筏技术一流，即使在涨洪水的时候，他也能保全筏子囫囵漂进武元城，从没有散排叠排的情况出现。但母亲显然还是放心不下，因此，还是一有空就带着我搭上父亲的筏子，像一大一小两个保镖一样护送着筏子去武元城。生怕哪天父亲忽然一翻脸，来个叠排，把一筏子的人全抖落到河里去。她可能觉得，父亲知道自己的老婆孩子都在筏子上，就决不至于做出这种事来。母亲把我和她当成两个人质押在了筏上。

自从送完那棺材之后，在截岔的岸边等父亲筏子的人就越来越多了，人们似乎是得到了一个承诺，连最不吉利的死人都能搭筏子，活人怕什么。父亲仍然是每村必停，有求必应，瘫在脸上的笑容也越来越惊心动魄，几乎要刻进肉里了。我后来想，那时候的父亲，在对“宽恕”的训练上，已经开始渐入佳境了，以至于连他自己都搞不清那宽恕的真假。

虽然上筏子的截岔人越来越多，但我发现，这些人都有一个共同的特点，那就是，上了筏子以后，除了神情紧张，不敢大声说话，手里还或多或少会拎着点礼物，几个土豆，一袋银盘，一串柿饼，一包油糕。他们在筏子上看到我的时候，简直像见了救星，忙不迭地跑到我面前，夸张地笑着，摸着我的头说这小儿一看就很机明（聪明），跟了他爷爷了。又赶紧把手里的礼物塞到我怀里，然后如释重负地做一回乘客。若是我不在筏子上，他们便会在下筏前把礼物悄悄留在筏子上。那些礼物，父亲从来不拿，统统留给其他筏工。而母亲却在背地里嘱咐我，截岔人给你东西的时候，你就收下，这样他们也坐得心安一点。

这一点，她不说我也明白，所以，别人给我什么我都不推辞，像个大号储钱罐，往里面塞什么都可以。于是他们又惊叹道，啧啧，看这小儿懂事得嘞，还真是他爷爷的孙子。不知为什么，我总觉得这话不大像是夸人的。

这天，筏子在经过截岔的时候，我忽然看到一只胖大的莜面口袋晃晃悠悠地上了筏子，口袋下面还长着两截瘦骨嶙峋的腿。我吓了一跳，难道是莜面口袋自己长出腿来了？这时候，莜面口袋被重重摔在了筏子上，一个异常干瘦的老人降落在了我面前，好像是从莜面口袋里孵出来的。其实刚才是老人扛着那口袋上来的，只是那口袋足足比他肥大了两三圈，所以把他淹没了，只剩下两条腿。老人的表情比任何人都要惶恐，上了筏子谁都不瞅，二话不说便从腰间抽出一条裤带。我以为他要脱裤子，连忙去阻止，却见裤子上还绑着一根麻绳，一抖落，那裤带竟是只面口袋。他又把背上背着的葫芦瓢取下来，便开始从大口袋里往小口袋里舀莜面，舀了半口袋才停下来，然后，又把这半口袋莜面背到了父亲面前。还不等父亲开口，他就赶紧抢着开口，眼睛却躲闪到别处，只听他结结巴巴地说，林宗啊，这，这半口袋莜面你千万要，要收下，你要是，要是不收下，俺哪里还敢让你捎俺这对足啊！硬走到武元城去，俺，怕就回不来啦，老啦，腿比人还老得快。林宗啊，这两年截岔人得了你不少的恩惠，俺晓得截岔人对，对不住你，这半口袋莜面你留，留下了，俺心里头多多少少也能好受一点。

听到这番话，日夜瘫在父亲脸上的笑容似乎有些冻住了，好像下一秒钟就会坍塌瓦解，眼睛里也忽然变得波光闪闪。但这个过程只持续了几秒钟，片刻之后，我便看到，一团更大更浓烈的笑容像乌云一样从父亲脸上升起，遮天蔽日，把他眼睛里的波光，把他的鼻子嘴巴全都挡住了。我后来想，自从搬出截岔之后，也许父亲是第一次听到有人对他说这样的话，而这番话提醒了父亲，他还有委屈的权利。于是，感到委屈的父亲用一种更欢快的声音对老人说，叔，你说的这是什么话，怎么是你们对不住我了，要收了你的莜面，倒好像你们真对不住我了，那哪行？

老人的惶恐已经接近于忏悔了，好像他此刻正站在教堂里，他仰脸对牧师忏悔道，你爹当年被打死在截岔，俺晓得你心里过不去，给了谁也过不去，可是人总要往前瞅，不然还有甚活头？早都过去的事了，过了就过了，你不要老是搁在心里头。

而父亲脸上的笑容还在升级，还在往宽里和阔里长，以至长成了一团巨型乌云，覆盖住了筏子上所有的人，乌云里还翻滚着闪电一样的笑容和目光。只听父亲大声笑着对老人说：“叔，什么搁心里头，我连记都记不得。只要我林宗还在这文谷河上放筏，我的筏子你随便坐。但你不要给我什么莜面，我不能要。”

我后来想，父亲大约就是在那一刻意识到的，原来，宽恕也是一种复仇的武器。

老人用乞求的目光看看父亲，又看看我和母亲。母亲拖着瘸腿走到老人面前，接过莜面口袋说，叔，我最爱吃莜面，莜面给我和给他是一样的，我们是一家子。老人感激地看着母亲，然后，慢慢挪到了那只胖大的莜面口袋前，蜷缩在了上面。这时候，父亲周身席卷着笑容走到母亲面前，用不容置疑的口气对她说，不能要人家的莜面。母亲也生气了，回他道，你不吃我吃。父亲恐怖地笑着说，不能要。母亲使劲瞪了他一眼，转身把半袋莜面扔进了河里，然后自己也跟着跳了进去。我急得差点要哭出来，却见母亲嗖嗖地向岸边游去。没想到，母亲居然会游泳。

筏子上的人们都翘首看着母亲，直到她游到岸上才松了口气，只是，筏子上一片死寂，再没一个人说话了。刚才那老人还坐在莜面口袋上，像个很老很老的小孩守在一座孤岛上，又孤独又惶恐。

5

每年的农历八月初二是河神的生日，这一天晚上，不管是上游还是下游的村庄，都会在文谷河里放河灯。河灯分好几种，一种是用瓷碗做的，装上半碗麻油或煤油，再把用棉花搓成的灯芯放进碗里点着。另一种是用琉璃咯嘣做的，做琉璃咯嘣需把玻璃烧成玻璃液，然后用玻璃吹管蘸上溶液，吹出球形或葫芦形，薄如蝉翼。用这样的玻璃容器做河灯简直再合适不过了，在里面灌满麻油，再插一根灯芯就成了。还有一种河灯是纸灯，用纸叠成碗状或莲花状，然后在底部蘸上石蜡防水；在石蜡凝固之前还要放到沙子上，把沙子黏到河灯底部，一来防止灯被浸湿，二来加重灯的分量，不易被风吹翻。纸灯上往往会写一些祝愿的话，还或者，河灯主人会把自己的心愿写上去，好让河神帮自己实现。

到了八月初二这一晚，我早早就守在了河边。随着夜色逐渐浓重下来，文谷河也被染成了一条漆黑的幽冥之河，散发着一种隐隐的恐怖氛围，从山川间爬行而过。突然之间，一片繁星坠落在河面上，幽冥之河竟长出一片金色的鳞片。然后，坠入河里的星星越来越多——不只是多，它们还在河里相互嬉戏追逐，以至于把整条河都点亮了。于是，漆黑的幽冥之河忽然就变得辉煌起来，如一座神庙，好像整条银河都沉入了文谷河当中。

河里的每一颗星星就是一盏河灯，上游村庄放的河灯已经快漂进截岔盆地了。我拦住两盏河灯，上面都长着字，一盏是“风调雨顺，平安是福”；另一盏是“请母亲大人托梦回来”，下面还有落款“野则河村　张开礼”，好像是怕自己的母亲回来时迷了路。我把两盏河灯又放回去了。这些河灯，其实就是一个个信使，背着主人的邮件，千里迢迢赶去送信，只是收件人的身份五花八门，可能是人，可能是神，还可能是鬼。所以，这些河灯，看似漂在文谷河上，实则是漂在生与死的界河里，可以从生的世界漂到死的世界里，也许那里的亡灵都在苦苦等待家人的书信，所以万万不能把这些书信半路截了。

我也做了一盏纸河灯，还悄悄在河灯上写了一个心愿：“我想交到一个朋友，如果那个朋友收到河灯，请把回信放到柏王的树洞里。”柏王是截岔一带最古老最雄壮的一棵虎头柏，据说它已经活了两千多年了，没有哪棵植物哪个村庄能陪它这么久，导致它变成了介于树、神和精怪之间的物种。树干需要十几个人才能抱得拢，光是树杈间的鸟窝便大得像所小房子，至于底下那个树洞则更是恢宏，够三四个人在里面吃饭睡觉。三伏天的时候，我经常去那树洞里睡午觉，森林的寂静清幽自带一种神性，所以，睡在那树洞里，经常会无端感受到一种庄严感，仿佛自己正在一座世外的庙宇里修行。柏王是截岔一带的地标，上至耄耋老人，下至黄毛小儿，无人不晓此树。所以我才在自己那盏河灯上写上柏王，这样不管是谁收到信都知道去哪儿回信。

我把河灯里的蜡烛点亮，然后小心翼翼地把它送入文谷河中。只见它先是在水涡中打了两个旋，然后便如一朵金色的莲花，静静地、安详地朝河流下游漂去。我知道，它将漂过截岔六村连带迷虎村的尸骸，如果截岔六村没有人收留它，它将漂进武元城，如果武元城也没有人收留它，那它可能会漂进汾河，然后随汾河进入黄河，再随黄河进入大海。如此漫长艰辛的旅途，简直赶得上唐僧去西天取经了。又想到这小不点儿的邮差却背负着我那么庞大的一个心愿，心里便又有些感动，只是站在河边，久久目送着它的背影。

自河神节之后我就有了一个隐秘的盼头，但又不想让任何人知道，只是每天都要去看望柏王，顺便在它老人家的树洞里躺一会儿或坐一会儿。其实我是想看看有没有人把回信放到树洞里，也不知道河灯最后把我的信捎给了什么人。我勉强按捺着兴奋和期待，猜测了无数次，可能是和我差不多大的小孩，或许还是个女孩，也或许是个老爷爷，还说不定，最后是大海里的鲸鱼收到了我的信，但它也没法给我回信啊。我去了树洞几次，都扑了个空，心里不免失落，又想到河灯也许已经沉到河里去了，那就真的被河神收到了，也罢。失落之余，还是每次都在幽寂的树洞里静坐一会儿，山风从森林里奔跑而过的时候，柏王会发出沙沙的声音，好似一个老态龙钟的老人正在和我说悄悄话。

过了几天，正当我灰心之际，却在柏王的树洞里捡到一封信，那是一封真正的信，写在从作业本撕下来的方格纸上。更重要的是，寄信人还用同样的纸折了一只信封，把信装进去，用糨糊把口封上，信封上什么都没写，却画了一张花花绿绿的邮票。我心跳不止，无端觉得这信可能是寄给我的，连忙拆开，果然是写给我的。信里写道："朋友，我收到你的河灯了，既然你的河灯能漂到截岔，说明你肯定在截岔的上游，我猜不到你到底住在哪个村，你有空来截岔耍吧。你见过水稻吗？截岔还能长水稻呢。我们截岔本来有七个村，有一个村被洪水冲跑了，就剩下六个村了。你说你想有一个朋友，我也想有一个朋友，我收到你的信，又给你回了信，那我们就算朋友了。我有一个秘密，不想告诉别人，但我可以告诉你，因为我不认识你。我堂姐放暑假又到截岔来了，她在北京上学，比我大两岁，一见我就谝她是北京人，我很讨厌她，每次都不想看见她。有什么了不起，把你生在山里你就是山里人，把你生在北京你就是北京人，没什么好卖谝的吧。我要是能考上大学，也考到北京去。小时候玩捉迷藏的时候，她知道我躲进了柜子里就故意把柜子从外面锁上，害我在柜子里被关了半天，差点尿了裤子，我好讨厌她。我在家门口挖了一个陷阱，里面灌了水，上面搭了高粱秆，再铺上树叶，结果她没踩进去，倒是我娘娘踩进去了，我的复仇计划破产了。"

下面没有署名，但我还是激动不已，这是我生平收到的第一封信。而且他不知道我就住在截岔上游的小虎村，而我也不知道他究竟住在截岔哪个村，这让他的来信显得又神秘又遥远。他还在信的结尾说到自己的复仇计划，立刻让我想到了父亲和他的小本子，觉得他就是一个小号的父亲，而我对他们这种人简直太了解了。我立刻隆重地回了信，在信中对他表示了深切的同情，并劝慰他要放下仇恨，要宽恕他的堂姐。写完这句，我自己都吓了一跳，自己什么时候也变成一个小型的牧师了。但我觉得还不够，他在信中向我吐露了一个秘密，他给他堂姐挖了个陷阱，只是他堂姐没掉进去。我觉得我也必须在信中说出一个关于自己的秘密，才显得公平。于是我又在信中写道，我住的这个村子只有三口人，就是我爸我妈和我，另外还有一头牛、一只狗、十只鸡，这便是这个村的全部成员。最后我又补充道，我还养了两条鱼，文谷河里逮到的，也算这个村的成员吧，有时候我会把它们装在罐头瓶里，带着它们出去散步。

我也学着折了一只信封，也在上面画了一张花花绿绿的邮票，然后把信装进去，糊住口，放到了柏王的树洞里。过了两天，我发现我的信被取走了，忍不住心中窃喜。又过了两天，一封崭新的信出现在了树洞里。好像这柏王的树洞变成了一个小小的邮局，一个只属于我们两个人的邮局，藏在这无边的森林里。

他在第二封信里又向我吐露了一个秘密，说他上小学的时候，曾偷了同学一支自动铅笔，因为大人不给他买，他实在太羡慕那支自动铅笔了。但这支偷来的自动铅笔他一次都没敢用，只是悄悄藏了起来，藏着藏着后来就找不到了，直到笔丢了他心里才好受了一些，觉得好像又把笔还回去了，但心里面总觉得自己是做过小偷的。

为了公平，我也在第二封信里回给他一个秘密。我说，你知道吗？瘸子也是能游泳的，我妈就是个瘸子，但她会游泳，因为她从小就在文谷河里游泳。后来上山采药材的时候摔断了一条腿，我外公和外婆又不舍得花钱给她治，她那条腿就落下残疾了，可是尽管腿瘸了，她却还能游泳，还游得挺好的。

写完这封信的时候，我心里某个地方隐隐有些不舒服，那时候我还不知道，这是因为我已经感受到了残忍以及由此带来的不适。但我太害怕失去这个朋友了，便不敢再犹豫，把写好的信装进信封，糊了口，又放到了柏王的树洞里。

到第三封信的时候，他又向我吐露了一个更大的秘密，让我一时有些不知所措。他在信中说，他得了病，已经有大半年不上学了，他妈不让他往外跑，他只能趁他妈不在家的时候，偷偷地溜出去，溜到柏王那里。他还去省城看过病，也住过院，但没治好，现在没有一个同学去看他，老师和同学已经把他忘了。他爷爷说他肯定会好起来的，但他堂姐悄悄告诉他，他的病治不好了，他快要死了。他说，人死了不知道会不会疼，看他们村里死了的那些老人，不吃不喝，一动不动地躺在棺材里，就像睡着了一样。不吃不喝地躺着也不错，什么都不用干，也不用考试，只是怕将来考不了大学了，北京也去不成了，也没法向他堂姐报仇了。

我心里一阵难过，好不容易才交到一个朋友，这从未见过面的朋友却快要死了。我必须回复他一封更为隆重的信。为了安慰他，我在回信中和盘托出了一个更大的秘密，我说你不要害怕，我爷爷已经死了很多年了，死了就是睡一个长长的觉，死了的人白天不会和人讲话，但晚上会去梦里和家里人讲话。我爷爷就时常到我爸的梦里来看他，还会和我爸说会儿话。犹豫了一下，我继续往下写，这时候我已经不再是出于安慰了，更多的其实是出于讨好，好像生怕对方不理我了，不再给我回信了，我必须留住他。我写道："我爷爷是被人从后脑勺打死的，流了好多血，他死的时候我还没生出来，我只见过他的照片，人死了就住在照片里了。我告诉你一个秘密，你不许告诉别人，我猜我爸一直想为我爷爷报仇，因为他有一个小本子，专门用来记仇人的名字，那本子上的名字足足记了有几十个，我都能背下来，头一个名字是截岔王，第二个名字是游家明，第三个名字是张有德，下面还有一大串，连那个看病先生郝树志的名字都在上面呢。不过，这个仇他肯定报不了了，因为连他自己都搞不清到底哪个是杀我爷爷的仇人，仇人多了等于一个仇人都没有。"

此后我这唯一的朋友就再没给我回过信。我连着去了柏王那里几次，都没看到他给我留下只言片语。我不死心，又给他留了一封信，在这封信里我只问了他身体怎么样了，有没有好起来。因为我已经没有更大的秘密可以出卖了，在前几封信里我已经把自己抖落得空空荡荡了。过了两天，我又去柏王的树洞里拜访，只见里面安安静静地躺着一封信，我赶紧打开一看，原来是我上次写的那封信。这次柏王失信了，没有帮我把信寄出去。我失落地躺在树洞里，知道自己又返回到从前了，我还是那个挂在截岔盆沿上的孩子，连一个朋友都没有。

父亲一如既往地每村必停、有求必应，别的筏子早跑到武元城卸下木料了，他还不慌不忙地漂着，拉着满满一筏子的人、猪、鸡、马、牛、羊、蘑菇、木耳、土豆、饲料，简直就是一只漂在文谷河上的诺亚方舟。遇到腿脚不便的老人要搭筏子，他会跳下筏子，亲自把老人背上去，简直比老人的儿子还孝顺。有腿脚不好的老人攒下半口袋干木耳，想拿到武元城去，武元城有专门收木耳的人，父亲都不用他们亲自跑，在村口接了木耳，去武元城卖给收木耳的人，还要把卖的钱一分不少地再送回去。在这个过程中，父亲不仅表现得相当愉悦，甚至都有点上瘾了，谁不接受他的帮助他就和谁急。他脸上的那层壳越笑越厚，但无论怎么笑都有一种挥之不去的阴森，简直像个出土的青铜面具。就连后来的我都有些搞不清楚，当时的父亲是真的感受到宽恕所带来的愉悦了，还是发现宽恕也可以作为武器，从而把这个武器使用得更加如鱼得水？再或者，是两者兼而有之？

母亲赌气不上父亲的筏子了，却把我派出去，让我做她的小特务，任务还是看住父亲。这一日，父亲的筏子又从文谷河漂下来了，我便一个人上了筏子。父亲见母亲没有上来，好像有些失落，但也没多问，只是撑着筏子继续往下漂。

筏子进入截岔盆地，先是漂过了迷虎村的尸骸，从那尸骸里忽然跳出一个干枯瘦小的老头，像是从古老的坟墓里钻出来的，挽着裤腿，赤脚上套着黄胶鞋，嘴角叼着一杆旱烟袋，手里拎着半袋干木耳，是李顺老汉，看样子是打算去武元城卖木耳的。父亲把李老汉捎上，然后继续往前漂。接着漂过了大塔村和塔上村。我总觉得起塔上村这个名字是为了和大塔村较劲，你一个小村子敢叫大塔，那我就叫塔上，总能镇得住你。一进截岔，父亲脸上的笑容更浓烈了，近乎浓墨重彩的京剧脸谱。筏子漂到曲里村的时候，上来两个人，女的年轻些，总试图扶住自己身边的那个铁塔似的老头，老头虽然架着一副拐杖，但还是在努力保持一尊铁塔的威严，总是不想让她扶，仿佛一旦被人扶了，就坐实成残次品了。但他走路实在是够费劲的，他的右腿看起来像条假腿，没法打弯，所以走路的时候，就用全身拖着右腿在地上使劲画圈，看他走过的痕迹，简直就是在地上胡乱画圆圈。

父亲远远看到在岸边画圈的老头，脸上的笑容似乎凝固了一下，但很快，就像反弹一样，他的脸上又轰然绽放出一种更猛烈的笑容。父亲连忙把筏子靠了岸，然后跳下筏子，要亲自接那老头上筏子。老头虽不情愿，但再怎么画圈也画不上去筏子，再加上中过风的身躯滞重迟钝，以至发酵成了过去双倍的分量，两个人都扛不上去。父亲只好又叫来一个筏工，三个人手脚并用，像搬运木头一样把老头搬上了筏子。然后父亲又把老头安顿在一只干燥的麻袋上，麻袋里装满了锯末，是要运到武元城的那家木材加工厂的，这算是筏子上最舒服的椅子了。

等他上了筏子我才发现，老头不光是右腿瘫了，连脸都瘫了，右嘴角是歪的，使劲向下扯着，口水从里面滴出来，顺带把右边的一只眼睛也拽了下去，所以两只眼睛一只吊着一只垂着。老头的右手哗哗抖个不停，其中的食指和中指居然是黑色的，质地有点像烧剩的炭渣，这样两只手指插在一只肉质的手上，使眼前的老头有点像改装过的机器人，十分可怖。我怀疑他身上的那些器官，有些是肉质的，有些则也是这种炭渣质地的。难道他在油锅里被炸过？

这时那个从迷虎村尸骸里钻出来的李老汉凑上来，忽然叫了一声“截岔王”。我才明白过来，原来这就是传说中的截岔王，在父亲的“生死簿”上稳居头把交椅的那个嫌疑人。想来那两根炭渣般的手指就是当年从油锅里夹铜钱的时候被炸熟了，本来可以锯掉的，一直留着，大约也是一种纪念，就像把勋章佩戴在身上。只听李老汉一点不见外地说，截岔王，你老人家这是瘫啦？连你都能瘫？那俺们还活不活了？截岔王坐在麻袋上一言不发，歪嘴里不停地淌着口水，如果在下面接个盆，估计一会儿就接满一盆了。

他旁边的那个女人不时替他擦一下口水，原来是他女儿。只听他女儿接口道，可不，中了一次风就成这样了。几个从上游下来的人也围过来，七嘴八舌道：“瘫子还去赶集？”“瘫子不好死，在炕上躺七八年不成问题。”“这是半瘫，没瞅见一条腿还能动？全瘫了就麻烦了，每天往裤子里尿。”“这嘴都歪成漏斗了，吃饭怕也是个麻烦事吧，吃进去的又都撒出来了。”

这时候父亲过来了，人群安静而不祥地裂开一道缝，把父亲裹了进去。父亲笑容满面地走到截岔王跟前，人群似乎悄悄往后退了一圈。我想起母亲的嘱咐，便上前一步，紧紧跟在父亲身后。父亲亲热地拍了拍截岔王的肩膀，说，叔，有几年没见你了，心里还挺惦记你的。怎么，这是要去武元城赶集？截岔王斜着眼，歪着嘴角，还是一言不发。他女儿忙抢着替他说，不是去赶集，都半瘫了还赶甚集。他一个老伙计的小子吃（娶）媳妇，要在武元城里摆一天武元席，人家还专门跑过来送的喜帖。他一辈子就好个面子，不去也不好，走路太累，又是个半瘫，想着要是能捎上足，就省得走路了。

我只吃过一次武元席，那是截岔地带最盛大的一种宴席，得有十分重大的喜事才配得上武元席。办武元席的时候，武元城的那条主街全部被占满，从街头到街尾摆满桌子，桌子和桌子之间又首尾衔接，组成一条长龙盘踞在主街上。武元席上的菜也是截岔一带最好的，像传统的“炸五谷”和“八大碗”自不必说——“炸五谷”就是炸丸子、炸烧肉、炸花生果、炸山药、炸红薯，而“八大碗”是指清蒸丸子、八宝饭、红烧鸡、方烧、条烧、喇嘛肉、胡萝卜蒸羊肉、炝莲菜——此外，熬鱼和猪肘也一定会出现在武元席上，还有平时根本吃不到的过油肉、酱梅肉、琥珀肉、柏籽羊肉、黄酒焖肉、烤羊排等菜肴也会出现在武元席上。吃一次武元席够截岔人回味一整年，每天在饭市上讨论的也多是那顿武元席。一回头，吃过武元席一个月了，再一看，两个月了，三个月了，半年了，但还像是昨天刚刚吃过一样。办武元席需要不菲的开销，甚至会花掉一家人一整年的收入，所以一般人是不敢办武元席的，但只要办一次那就是截岔最隆重的节日，主人会把所有的亲朋好友请到武元城，还有朋友的朋友，亲戚的亲戚，甚至连正在武元城赶集的陌生人也可以坐上去蹭席。我吃过的唯一一次武元席就是蹭席。可不，截岔谁会请我们一家去赴宴呢？总之，武元席的隆重和热闹是绝不亚于元宵花灯会的。

她语速很快，好像急于替自己和父亲辩解，又好像急着要掩盖点什么。看来，她也是知晓那段截岔往事的。父亲一边笑一边在身上翻找着什么。人群又无声地往后退了一圈，我却离父亲更近了，像父亲身体里分泌出的一个影子，我生怕父亲会摸出一把刀来，或是比刀更可怕的东西。父亲扭脸看了我一眼，目光异常明亮，却什么都没说。父亲最后翻出的是半包皱巴巴的纸烟，他往自己嘴里塞了一根，又递给截岔王一根。截岔王没接，父亲宽容地笑了笑，把烟卡在了那两根炸熟的手指中间，然后掏出火柴，先替截岔王点上，之后才把自己那根也点上。天哪，他连抽烟的时候都是笑着的。

截岔王侧着脸看了父亲一眼，因为一只眼睛高一只眼睛低，所以看人的时候不得不侧起脸，好像看得极为专注一样。他伸出颤颤巍巍的左手，从自己那两根炭黑色的手指中间把烟拔出来，塞进了歪嘴里，我担心那歪嘴连根烟都叼不住，结果他还很体面地把大半根烟都抽完了。父亲手里的烟先抽完了，他灭掉烟头，起身又拍了拍截岔王的肩膀，笑着说，叔，有事就说，咱们可不见外。

父亲转身刚要走的时候，截岔王忽然开口了，声音从一张歪嘴里发出来，倒像是从一个曲里拐弯的洞穴里钻出来的，轰隆隆的，含混不清，还带着些回声。他叫了一声，林宗。父亲停住了，慢慢把脸转了过来，笑容还挂在脸上。只听截岔王又轰隆轰隆地说，听说你保存着一个小本子，专门用来记仇人的名字，名字记了都有几十个了，俺在你本子上坐的还是头把交椅，你倒挺抬举俺。你不用管俺是怎么晓得的，俺小孙子给俺倒歇的。

他很正大光明地把他的小孙子出卖了，我心虚地往后退了一步，我知道他小孙子是谁了，就是那个和我书信往来却从未见过面的朋友。父亲似乎微微一愣，但没吭声，继续笑，等着截岔王往下说。截岔王果然又继续道，几十个人，你自家能弄机明（清楚）到底哪个是你的仇人？怕是你自家也弄不机明吧？听说在你那本子上坐二把交椅的是游家明，你和截岔不来往，可能还不晓得，游家明得了食道癌，两年前就殁啦。哦，对了，坐三把交椅的是张有德，是吧？你去看看张有德这会儿活得还像不像个人，身子垮了，什么营生也干不了，刚过五十满嘴的牙就掉光了。有人看见他在垃圾堆上捡吃的，送一碗饭摆到他家门口，他还假装看不见，有骨气呢。他还用你当仇人对付？说不来哪天就饿死了。这么多的人，你能分机明到底是谁杀了你爹？怕你也没那个本事吧。你也不用再找了，俺今儿就是来告诉你的，杀你爹的仇人就是俺，你把俺排到头把交椅上算你有眼光，赶紧把其他名字都勾掉吧，就留下俺截岔王。俺这半条老命你随便拿去，甚时候想拿甚时候拿，俺要是和你哼哼半声，就不是人养出来的。你也看到了，俺现今就是个瘫子了，走路都走不利索，能活几天可不好说，你要报仇就趁早，俺死了你找谁报？你要觉得不够，俺再把俺小孙子一起拉上给你垫背，他得了白血病，怕活不了几天了，俺就这么一个孙子，俺们爷俩抵你爹一条命够不够？

他女儿大声打断了他，说甚呢，越说越不像话。一边呵斥一边俯下身帮他擦口水。在他刚才讲话的当儿，从歪嘴里淌出的口水竟把他的衣服打湿了一片。他挣扎着不想让他女儿帮他擦，嘴里还含混不清地喊着，俺就是你那仇人，快不要再找了，以后也不要见人就笑了，怪瘆人的。你去问问哪个截岔人不怕看见你笑？你要不笑，谁都能好受点。这不，仇人就在你对面，以后不想笑就不要硬笑了，对自己的老婆娃娃好一点，你这娃娃，自小俺就见他在截岔里一个人晃悠，连个和他耍的娃娃都没有，也是恓惶。老人们讲求仁得仁，你爹一辈子贪的是好处，俺一辈子要的是个名声，俺死了，这名声正好归俺。

父亲的脸还是笑着的，我却好像看到，他的笑容后面还藏着一个人，那是另外一个父亲，两个父亲交叠在了一起。他特意返回去，其中一个父亲拍了拍截岔王的肩膀，很大度地说，叔，那些过去的事提它做甚，你也上岁数了，把自己的身体保护好才要紧。他刚要转身，截岔王又大声喝住了他，因为右手不听使唤，他只好拼命挥舞自己那只左手。我这才发现，截岔王整个右半边都瘫了，右手右腿，右边那只眼睛，还有右边那个嘴角，只有左半边还能动，所以左边得费力地拖着右边，好像一只牛正拖着身后笨重的牛车。他的歪嘴轰鸣着，俺就是你那个仇人，谁也别和俺抢，俺说是就是，你记下，等俺死了你就没有仇人了。另一个父亲则淡定地笑着说，叔，你弄错了，我根本就没有仇人。说罢转身走开了。截岔王听闻此话，把左手哆哆嗦嗦地伸进了裤腰里，不知道裤裆里藏着什么，等抽出来的时候，手里却多了一把水果刀，看来是出门之前就有准备的。

众人以为他要用刀伤人，不愧是当年的截岔王，便纷纷向后退去。不料，截岔王举起水果刀向自己的小腹刺去，把刀刺进去的时候，嘴里还吼道，俺这条命你不拿是吧？不拿俺给你。众人蒙住了，周围一时鸦雀无声。却见截岔王把刀拔出来，哆哆嗦嗦地还要刺，众人这时候清醒过来了，呼啦扑上去把刀夺掉，问一个瘫子夺刀太容易了。只见他小腹上虽然被捅了个窟窿，但因为手上没劲，扎得不深，并没有大碍，只是流了些血。有人脱下自己的裤子做绷带，众人七手八脚地帮他把伤口包扎起来了。截岔王四脚朝天地任人摆布，歪嘴里还大喊着，俺就是你那仇人，俺就是，杀了俺你就没有仇人了，你也好过些，你老婆和娃娃也好过些。

说自己根本就没有仇人比把刀架在仇人脖子上更有杀伤力。看来，父亲还是败给了父亲。

6

过了几天，我又搭上父亲的筏子的时候，听到坐在筏子上的人正在小声议论着什么。看到我过来，还故意把声音放大了一点，看来是想让我，准确地说，是想让父亲听到。原来，截岔王的小孙子昨天夜里走了，白血病，到底没救过来。我心里明白，是我那个唯一的朋友走了，我还连他的面都没见过。想起那天截岔王在筏子上说过的话，把俺小孙子的命也抵给你。又想起那游家明两年前就已经死了，却至今还躺在父亲的“生死簿”上。心里忍不住替父亲感到愧疚，还有一种隐隐的恐惧感，好像那个从没有见过面的朋友，还有游家明，真的把命都抵给我爷爷了。于是，他们和我爷爷变成了一个人，或者，同一个鬼魂。回到家里以后，我有些畏惧地看着墙上爷爷的照片，他坐在那里，看起来更庞大更阴森了些。

为了与墙上的爷爷对抗，我偷偷做了一件事情，我把父亲的小本子藏到了柏王的树洞里，无论我把什么藏进去，包括我自己，它都会保管得好好的。令我感到意外的是，父亲并没有到处找他的那个小本子，甚至好像都忘记了它的存在，他喝完一壶酒之后，便坐到河边抽烟去了。他久久坐在河边，不知道在想什么。母亲很不放心，派我出去跟着父亲，我只好也坐到了河边。月亮爬上来了，月光点亮了河水，河水又照亮了我和父亲。我自己和自己做游戏，猜测现在父亲的脸上是笑还是不笑。我赌他不笑，因为他实在没有必要大晚上对着一条河笑。况且，他白天笑，晚上笑，也该笑累了。然后我悄悄扭过头，看着父亲的脸。他真的正对着一条河笑。我赌输了。

就这样又过了几日，这天，母亲说她新晒了些羊肚菌，要拿到武元城去卖，便又带着我上了父亲的筏子，我知道她是找个借口上筏子。父亲见母亲上来了，虽然什么话都没说，还是那副笑脸，但我能看得出他由衷地高兴。我发现我已经不知不觉练就了一种本事，那就是，能辨别出父亲脸上的千百种笑容：高兴的笑，仇恨的笑，宽恕的笑，恐惧的笑，刀光剑影的笑，泪如雨下的笑。

筏子漂进截岔，漂到南堡村的时候，上来一个人。此人极瘦，骨架外面包着一层皮，还是个秃子，头上没有一根头发，光着脚，连鞋都不穿，他张开嘴说话的时候，我才发现，他嘴里没有一颗牙，但他的年龄看上去还不足以要把牙齿都掉光。总之，他身上有一种强大的荒芜感，强大到不仅不需要鞋，甚至连头发和牙齿这样的点缀他也不需要了，这又使他周身散发着一种奇异的洁净，虽然他身上的衣服已经接近于褴褛了。他上来的时候一手拎一只木桶，盖了盖子，不知道里面装的是什么。我当时还不知道，此人就是“生死簿”上的三号人物张有德。

张有德上了筏子以后，放下两只木桶，目不斜视地走到了父亲面前。父亲忙笑着和他打招呼，有阵子没见了，这是要下武元城去哪？张有德平平静静地看着父亲，忽然就开口了，声音从没牙的嘴里发出来，像风掠过石滩，带着些枯索和苍冷，但令我印象深刻的是，连他的声音里都带有一种洁净之气，像个参禅得道的僧人。他的话很简单，他说，听说你在找杀你爹的仇人，我是来告诉你，仇人不是截岔王，也不是游家明，是我。截岔王不过是为了留名，我才是你那个仇人，把我的命抵给你爹，你就可以安生了，以后切勿再找了。

说罢他走回到两只木桶前，众人以为他要从桶里拿什么武器，吓得往后退了一圈。只有母亲脸色一变，拖着一条瘸腿朝张有德走去。在她还没有走到张有德跟前的时候，张有德已经一手拎一只木桶来到了筏子边。在众人还没有反应过来之前，他提着木桶轻轻一跃，跳进了河水中。那两只木桶里装的竟然是石头，所以掉到河里之后，两只木桶拖着他迅速向河底坠去。母亲趴在筏沿上大喊，快撒手，快些撒手。但眨眼之间，张有德已经从文谷河里消失得无影无踪了。

多年以后，当我回想起第一次也是最后一次见到张有德的情形，那情形如同达利的画一样，渐渐扭曲幻化，甚至飞翔，他在画中变成了一个骑士，但他骑的不是马，不是鲸，也不是风，而是两只桶。他骑桶前往的地方，忽而是水草蓊郁阴森的河底，忽而又是白云疾驰而过的天空，而去往这两个地方，本身又是一回事，都是无尽处，都是生死消弭之处，对于他来说，那确实是最好的去处。人要是都无法死亡，很多事情就失去了意义。他其实是把自己献祭给了一个概念，比如集体；而概念对人残酷的戏弄，又被献祭这种行为的庄严性弱化了，以至于像他骑桶这样的行为都显得不那么滑稽了。

他们在河底找到他的时候，他的两只手还死死焊在木桶上，撬都撬不开，最后只好连人带桶一起捞了上来，最后把他放到一口薄棺材里的时候，那两只桶依然陪着他，变成了他身上异常忠实的一部分。

我一口气跑到了柏王的树洞里，那个小本子还在。我惊恐地发现，它尽管被我封存在这里，它里面的那些人却一个接一个地走了出来，走到了父亲面前，又从阳间走到了阴间，它真的成了一本可怖的生死簿。我数了数，除了勾画掉的，本子里还有三十九个名字，我担心这三十九个名字会一个接一个地从本子里走出来，一个接一个地搭上父亲的筏子，然后每一个名字都郑重告诉父亲，我就是那个你要找的仇人。三十九个仇人，你不知道哪个是真的哪个是假的，只是感觉这三十九个人组成的空间，像极了一个摆满镜子的密室，你无论朝哪个方向看去，都能看到人影。到最后，你会发现，这间密室里其实堆叠着无数个人影，在镜子里，镜子怀抱的镜子里，镜子对面的镜子里，一个又一个的人影像种子一样破土而出。

为了不让更多的人发现小本子里的秘密，我决定把它藏得更隐蔽一点。于是我顺着柏王的树干往上爬，后来在树干上找到一道裂缝，把本子塞了进去，又在外面伪装了些树叶和青苔，从外面一点都看不出来。我这才放心地从树上下来，回了家。

快到家的时候，天已经黑了，我站在山坡上看着前面那点孤独寒瘦的灯光，那就是小虎村。它像是一切村庄甚至城市的起点，都是从一盏灯光开始的，又像是世界的尽头，那尽头处大概也是这样一盏孤灯吧。进了家门看到父亲又在喝酒，与往日不同的是，桌上连碟花生都没有，只光秃秃地摆着一壶酒和一只酒杯。我怕他问我有没有看到他的小本子，但他没有，甚至都没有和我说话，他只是对着酒杯微笑，一杯接一杯地喝酒。墙上还是爷爷的那张旧照片，黑白色天生的肃杀搭起了一座阴森的小庙，爷爷端坐其中，俯视着我和父亲。

我也抬头注视着他。我发现他变得更庞大了，大概是因为，张有德也被他吸附过去了，也成了他的一部分。到最后，那本子里的三十九个人会不会都被他吸附过去，而他将变成一个巨人，住在那黑白的庙宇里。这时候，只听父亲问我，小虎，你的作业本有没有没用完的，给我一本。我刚要回答，忽然听到传来一阵敲门声。对于一个独家村来说，听到敲门声是一件稀有而不安的事情，这么多年里，除了外公和舅舅偶尔来敲过门，我还从没有见过别的客人登门。

开门一看，门外站着的不是外公也不是舅舅，而是一个真正的客人，这真正的客人出现在小虎村，简直如同天外来客。来人是那个住在迷虎村废墟里的李顺老汉，他从一个村庄的尸骸里走到一个如孤坟一般的独家村，气质上倒还是一致的，都是一些被世界抛弃和遗忘的角落，所以看到他也不应该太惊奇。父亲忙把李老汉让进屋里，说，顺叔，你怎么敢走黑夜路？不怕遇上麻虎（狼）？我低头一看，他的胶鞋都湿了，估计是被山间的夜露打湿的。他也不坐，很不见外地操起桌上的酒壶，给自己灌了两口，似乎是在给自己壮胆，壮完胆之后，如小鸡般瘦小的李老汉大义凛然地对父亲宣布道，林宗，俺就是你要找的那个仇人。

我赶紧想了想生死簿里有没有李老汉的名字，好像是有的。我既恐惧又兴奋地想，完了，本子里的三十九个名字排着队来找父亲了，每一个名字都会告诉父亲一句同样的话，我就是你要找的那个仇人。三十九个仇人站在面前，父亲估计都要应接不暇了，想不到，有一天连仇人都能大丰收。

这时候母亲从厨房出来了，端出小米稀饭和葱花烙饼，请李老汉坐下吃饭。但李老汉不吃不喝也不坐，只是凛然站着，果然是个仇人的样子。以往在翻看父亲那个小本子的时候，我无数次地想象过，那个仇人究竟长着一张什么样的脸，现在，截岔王、游家明、张有德、李顺的面孔都重叠在了一起。然而，还有更多看不清的面孔重叠进来，当三十九张面孔重叠在一起的时候，我究竟会看到一张怎样的面孔？

只见李老汉不但不吃饭，还干脆把脖子往父亲面前一横，说，快些拿去，来给你送人头你还不要？俺就是你要找的那仇人，仇人给你送人头来了。父亲脸上依然堆着笑，他看着那颗花白的头，后退了两步，连哄带骗地对李老汉说，顺叔，要是不吃饭就早点回吧，夜深了怕麻虎（狼）都出来了，我家就一张炕，多个人也睡不下。李老汉继续梗着脖子说，半截子进棺材的人了，还怕它个麻虎（狼）？有本事让它把俺吃喽，有本事让它连骨头也不要吐。母亲也过来劝慰道，顺叔，林宗他胡写乱画了几个名字，就是闲得没事干，都是一个村出来的，有话好好说。

李老汉收起脖子，目光正好与墙上的爷爷相遇。他忽然就跳起脚来对着爷爷说，还能活几年，老子谁也不怕了。林宗，你晓得你有多少个仇人？就你本子上记下的那三四十个名字？你说得不差，截岔王必不住（可能）是你仇人，游家明、张有德也必不住（可能）是你仇人。可是，迷虎村下游的大塔村、塔上村、曲里村、柏林村、西落村、南堡村，哪个村没有你的仇人？告诉你句实话吧，那几个村哪个村都有想杀你爹的人。那时候，你爹仗着迷虎村在截岔的最上游，总是把水坝拦住为难下游，先把本村的地浇饱；就是本村的地浇饱了，他还是不让坝痛快地打开，下游几个村的地就旱着，最后旱得实在不行了，就有人来偷水，就打起水仗。你晓得他为甚要这么做？因为在文谷河沿岸，控制了水就控制了人，其他六村就都得听他的，水拿在手里就是权力啊，他要的就是那点权力。那时候迷虎村的人还都挺吃兴（得意），谁让俺们村排在截岔最上游呢，老天爷赏饭，后来报应就来了。不过最吃兴（得意）的还是你爹，谁让人家是村长呢，人家能把迷虎村的地浇得饱饱的，粮食长得最多，村里人谁敢不听他的？人家还把上面也哄得好，上面可信得过人家呢。还有件旧事，俺不晓得你记不记得，以前迷虎村有个叫林三为的人，这人愣，就不服你爹，时常在半夜的时候偷偷打开水闸，给下游的几个村放水。你爹骂他吃里爬外，后来，这个人忽然就没了，哪里都找不到，他爹妈一直在等他回来，他爹直到咽气都没等到。那年大洪水把迷虎村都冲跑了，林三为家的房子也被洪水端走了，洪水过后，房子底下露出一具尸首，烂得就剩下骨架了，也认不出是谁，草草就埋了，可俺估摸着，那骨架就是林三为的。谁能想得到林三为就在自家的房子底下躺着？就是没人能想得到，才把他埋在那里吧。俺说句公道话吧，爱不爱听是你的事，你爹当年就是文谷河上的一个水霸。

父亲没说话，只是扭过脸，笑着看着爷爷的照片，似乎想把爷爷从墙上叫下来对质。李老汉也看着爷爷的照片。于是两个人的对话变成了三个人的，只是其中两个人都不说话罢了。李老汉对着爷爷的照片说，这只是截岔六村，你以为迷虎村的地浇饱了你就没有仇人了？告诉你吧，你在迷虎村的仇人更多。迷虎村后来不是被文谷河收回去了吗？人家是条河，是爷，俺们不过是些受苦人。迷虎村被收回去以后，上头说不就地建村了，再建还是要淹，干脆把村民们都安置到别的村去，那安置村民的名单就交给你爹来定，人家是村长嘛，对迷虎村的情况最熟悉。这就又成了他手里的权力。

我发现父亲脸上的笑少了一半，剩下的一半薄薄地浮在脸上，倒更像是一层遮挡自己的面纱，仿佛在半梦半醒中一样。他站在那里，还是一句话都没说。而李老汉已经说上瘾了，根本不管父亲接不接话，他住在废墟里，大概很久没有好好和人说过话了，他还在往下说。迷虎村的三百多号人被分散到了五十多个村子里，有的被贬到了平川上的义望、洪相、广兴，俺们一家就被贬到了广兴村。说起来还是去了平川呢，结果呢，俺们的口音和人家不一样，吃食习惯也和人家不一样，人家叫俺们“山斗子”，看不起俺们，笑话俺们的口音。俺们还嫌他们寡淡，又寡淡又精，人太精了就没啥意思了，连个串门的地方都没有。说起来是去了平川上了，平川上生活比山上好，那和贬犯人有什么区别？俺是一天都不想在那里待，连做梦都梦见回了山里了，梦里把俺高兴的呀，可算是回去了。后来，俺的几个儿女该娶的娶该嫁的嫁，俺老伴儿也走了，就剩下俺孤人一条，俺还待在那里做甚？俺就赶紧跑回来了，回来了连电也没有了，但心里舒坦。俺自家种点菜种点山药蛋就够吃了，文谷河的水随便吃，又没盖盖子，平川上吃个水还要掏水费。有的被贬到了深山里，像那些老雕都去不了的村子，什么大草坪、金沿，除了牛羊，一年到头看不见个人影影。有些村不靠河不靠路，去哪里都要靠两条肉棍棍腿，从截岔走到苏家岩还不走他个四五天？饿了吃口干炒面，黑夜了就睡在树上。还有的去了庞泉沟，那里的雪就没停过，七八月还在下雪，冬天下的雪能把人埋掉。这都算近的啦，还有的被贬到了什么河北、山东，李五金一家还被贬到了南方。那去了南方可怎么活？连说话都听不懂。李五金后来就报销在南方了。

父亲的脸色开始发白，似乎呼吸也有些艰难了，很像一个掉到河里正在溺水的人，但他脸上还艰难地残留着一点笑容。我看着他残留在脸上的那点笑容，希望连这点笑容也消失掉，似乎只有这笑容全部消失掉，父亲才算痊愈了。这段时日里，笑已经成了父亲的一种疾病。李老汉并没有因此停下来，相反，他的演讲已经逼近高潮了。只听他大声说，你爹把村里人人贬发到无远可近（遥远）的地方，他把自己安排得倒齐全，带着你们全家搬到了曲里，那还用搬？你说说看，除了那几家和他关系好的留在了截岔，迷虎村的人哪个不该是他的仇人？所以，你以为你在本子上记上那三四十个名字就够了？那哪够？每个截岔人都有几个亲戚吧？还有亲戚的亲戚，哪个截岔人的亲戚实在看不过眼了，跑到截岔来给你爹一榔头，然后往深山老林里一钻，也不是没可能吧？那哪还能寻得见？你晓得你为甚一直寻不见那个仇人了吧，因为那个仇人根本就不是一个人。

我和母亲一起看向父亲，不知什么时候，他脸上的最后一点笑容也消失了，我很久没有看过父亲不笑的样子，一时竟有点不认识他了。但渐渐地他脸上重有了光亮，好像他已经从溺水中把自己解救出来了，然后，他朝着一个虚空的地方，再次慢慢笑了起来，他无声地微笑着，整个人有一种如释重负的轻盈和自由。

我后来想，也许，父亲就是从听到爷爷把文谷河的水当作权力的一瞬间明白了他自己，他把宽恕当成了一种权力。他们其实如此相似，不愧是父子。我想，也是从那一刻起，父亲真正放过了自己。

7

父亲问我要了一个没用过的作业本，把里面的方格纸一张一张地撕了下来当作信纸。他写了很多封信，又专门下了一趟山，在县城找到邮局，按照爷爷留下的那张“迷虎村移民迁居录”上的地址和名字，把那些信一封一封地寄了出去。沿文谷河的那串村庄，包括截岔七村，他捎的则是口信。所有的书信和口信都是同样的内容，八月十五的晚上他要在武元城摆武元席，请所有的截岔人包括早年迁出去的截岔老人们都来赴宴，一来是为截岔人能过个团圆节，二来是这可能是最后一次摆武元席了，因为要在武元城这里建文谷河水库了，等水库建起来的时候，武元城就整个沉到水库底下去了。

他还给我爷爷写了一封信，但写好之后就烧了，他说只有烧掉，死人才能收到。我想起我那写在河灯上的信，是河灯做邮差，把它送给了收件人；后来又是柏王做邮差，传递着我和我那唯一的朋友之间的书信往来。现在，是火做了邮差。只见这个邮差伸出蓝色的舌头，舔着那封薄薄的信，那信转瞬之间就变成了黑色的羽毛，在火光里安静而诡异地翻飞着，带着幽灵的气质，大约那个世界里的亡人已经收到了。而信里的那些字，我还一个都没看到就被烧成了灰。这样也好，毕竟是写给爷爷一个人的信，那就只应该让他一个人看到。每封书信都是长有心脏的，都抱着一个秘密，书信若是人人都可以看，那这个世界上就没有暗影和角落了，该多无趣。

为了筹办这次武元席，父亲拿出了这几年他放筏攒下的全部积蓄，母亲不仅支持他，还拿出了自己卖鸡蛋和木耳攒下的一点钱。父亲下了两趟山，去平川上置办各种食材，然后请林场的卡车把食材拉到武元城。还拜访了几个红白宴功夫最好的大师傅。因为摆武元席那天是八月十五，准备些月饼自然是必要的，所以母亲也开始前后忙碌起来。她拉着我，漫山遍野地找核桃，找山杏，采野玫瑰花和银盘。山杏和野玫瑰采到后要用白糖腌起来，腌好后可以做月饼馅里的青红丝。我爬上核桃树摘核桃，母亲在树下捡核桃，母亲采野玫瑰的时候，我把花瓣谢去后露出的玫瑰瓶儿放进嘴里嚼，清甜中带着一缕玫瑰的花香。母亲在松树下采银盘的时候，我爬上树摘松果，里面的松子也是做月饼馅的原料之一。还采了些野果，刺李和蛇莓可以酿果酒，茅莓可以做醋，沙棘则可以做成沙棘酱——用沙棘酱可以做一道美食叫“开口笑”，做的时候先把黄米蒸熟，红枣去掉枣核，再把蒸熟的黄米塞进红枣里，然后把南瓜掏空，里面塞上红豆、玉米、松子，再上锅和红枣一起蒸熟，最后把熬好的沙棘酱浇在上面就成了。顺手还采了些草药，比如黄芪和党参，黄芪可以做一道菜叫黄芪煨羊肉，大补。金露梅和银露梅的花瓣则可以泡茶喝。还有些野菜的嫩芽，比如铁扫帚、野葵、小苜蓿什么的，开水一焯再凉拌一下就很可口了。

山杏和野玫瑰花腌好了，分别切开做了青红丝，再把核桃、花生、芝麻、松子捣碎，加入黑糖搅拌均匀，从广寒宫的模子里抠出来的月饼要放到泥炉里慢慢焙上两个小时，烤好的月饼是金黄色的，咬一口，满嘴都是玫瑰花香。除了月饼，还要做油糕和馏米，这都是阳关山上过节必备的吃食。油糕是把糜子磨成面粉，蒸熟了揉成面团，里面可以包红豆枣泥馅，也可以包萝卜黄豆馅，还可以什么都不包，那就是素糕。油糕不炸也可以吃，那就叫瘦糕，把包好的油糕一层一层地码到瓮里，可以放很长时间。做馏米的时候则要选用一口最大的锅，足够一个人在里面洗澡的那种，一层黄米一层红枣地铺在笼屉上，再在最上面撒上一层五颜六色的果干，像什么杏干、蛇莓干、山葡萄干、山楂干、金瓜干、枸子干，大火蒸几个小时，每隔一个小时要往米里淋一次水，等到米香四溢的时候就可以出锅了。

父亲则在武元城忙宴席的筹备，很多菜都是需要事先准备好的，像丸子、烧肉、小酥肉、方肉、喇嘛肉、花生果都是需要事先炸好的，红薯和山药也需要事先炸好，沙棘红薯和拔丝山药是小孩子们特别喜欢吃的菜。另外一些菜，比如蒸肉、蛋卷和皮冻也是需要事先做好的，蒸肉需要把猪肉馅和土豆泥和在一起，再上锅蒸熟。买回来的猪、羊、鸡、鹌鹑先后都派上了用场，鸡变成了香酥鸡，鹌鹑变成了鹌鹑茄子，猪头肉、猪蹄和猪耳朵已经卤上了，猪血还做了猪血肠。从文谷河里捕的鱼养在盆里，是准备做熬鱼的。

终于等到了八月十五那天，武元席自然要在晚上摆，顺便可以赏月。我下午就和母亲抬着月饼和油糕去了武元城，只见那条主街上已经摆满了桌子，长桌子、方桌子、圆桌子，各式各样的桌子毫无缝隙地连接在了一起，像条瘦骨嶙峋的龙卧在那里。我眼巴巴地等着，终于等到天黑了，然后，我看到东边的那排山峦上忽然镶了一道银边，便知道月亮要升起了，心里一阵欢喜。等着等着，终于等到一轮巨大的满月从山峦后面慢慢爬了出来，随着月亮的升起，银色的月光像大雪一样覆盖了山谷里的武元城。响泉滩上的那些积水像大大小小的镜子散落在那里，每一面镜子里都住着一轮月亮，甚至连碗口大的小水坑里也住着一轮幼小的月亮，好像全世界的月亮都在这一晚跑出来团聚了。城里那些庙宇、道观、戏台、店铺全都被镀上了一层银光，连主街上的那些桌子都闪着银光。而武元城周围的那圈山峰在月光的反衬下更显黢黑森然，像威严的众神站立于四周，慈悲地俯视着这座小小的木城，大约它们也知道吧，知道这木城即将结束自己的使命，知道今晚的武元席便是最后的盛宴。

祭过月明爷之后，终于开始上菜了，一道接一道的菜被端上了桌子，相同的菜每隔两张桌子就上一盘。“炸五谷”和“八大碗”上来了，过油肉、酱梅肉、鹌鹑茄子、黄芪羊肉、扣肉、熬鱼、香酥鸡、银盘炒肉、虾酱豆腐、羊杂割、拔丝山药、开口笑、猪头肉糕、虎皮肘子、佛手卷、烧花油、小烧肉、大烩菜也都上来了。虎头虎脑的铜火锅也摆上来了，里面翻滚着烧肉、丸子、豆腐、土豆、白菜、木耳、粉条。每张桌子还上了一盆头脑，头脑是把羊肉、黄芪、良姜、煨面、莲藕、山药、黄酒糟、羊尾油炖在一起做成的汤食，最好的头脑用的都是雁北羊。只见汤色洁白如玉，每一盆玉白色的汤里都卧着一轮金色的月亮。酒也摆上来了，有黄米酿的黄酒，还有刺李酿的果酒，是专门给小孩子喝的，每只酒碗里也沉着一轮月亮。月饼摆上来了，也是缩小版的月亮。一眼望过去，这长龙身上竟然栖息着无数个月亮，连小孩子的瞳孔里都升起了月亮。到处都是月亮，像是天上那轮月亮的子嗣们都来到了人间。

母亲一直提心吊胆地等着，她生怕宴席摆好了却没有人来赴宴。但随着月上中天，前来赴宴的客人们三三两两地在月光下出现了。他们有的是从山上步行几天下来的，有的是搭乘筏子下来的，有的是骑马过来的，有的是从平川上骑自行车上来的，有的是被林场的卡车捎过来的，有的是从外省坐火车再坐汽车、拖拉机再步行过来的。无论乘坐的是何种交通工具，当他们一个接一个在月光下出现的时候，又好像他们是集体乘着月光来赴宴的，今晚的宴席应该叫月光宴才对。

菜上齐了，酒斟好了，月饼也摆上了，那条瘦骨嶙峋的长龙忽然变得五光十色，近于华美。客人们纷纷入座，多年不见的故人们相互问候，有的还抱头痛哭。宴席就要开始了。父亲也在月光下出现了，他端着酒碗站在龙头处，声音洪亮地对着整条长龙说，截岔七村的父老们，我代我爹向你们赔个不是，这碗酒就算是我爹敬你们的了。说罢一仰脖子，一碗酒一饮而尽，然后他放下酒碗，后退几步，郑重地跪在了地上。父亲在月光下朝着众人磕了三个头。整条街上鸦雀无声，只有大雪一样的月光纷纷扬扬地将一切覆盖。

在来年春天到来之前，住在武元城里的人们陆陆续续搬了出来，因为开春的时候水库就要开始动工了。几年之后，水库建好了，整座武元城就要沉到水底了。水库放水的那天，几乎截岔七村的人都涌到了水库边，来和武元城告别。随着水位的慢慢升高，孝文庙、观音庙、崇真观、四圣宫、寿隆寺、古戏台渐渐从人们视野中消失了，店铺林立的两条街道也消失了，到最后，只剩下了白塔的塔尖还露在水面之外，所有人都依依不舍地注视那个塔尖，直到它也消失在了茫茫水面上。最终，山谷间长出了一面碧波粼粼的大湖，从唐朝始有的武元城葬身于其中。

又过了两年，阳关山里的盘山公路也修起来了，是顺着文谷河修的，河到哪里路就到哪里，看起来更像文谷河的一道影子。公路从山顶的庞泉沟蜿蜒而下，如一条丝带般一直蜿蜒到水库边，又擦着水库的边过去，一直伸展到平川上，与平川上那些密密麻麻的公路交会在了一起。它也找到了自己的归处，就像河流最终会汇入大海一样。

随着公路修好，还有人们在生活上对木材的需求量大大减少，木筏也渐渐从文谷河上消失了，随之一起从文谷河上消失的，还有放筏工。自从林场不再放筏之后，父亲就在家里专心种地，闲时采采木耳和蘑菇。我家没有再搬进截岔盆地，我们的独家村依旧挂在盆沿上。再后来，截岔的孩子们纷纷离开家乡，都去平川读高中去了，开始了住校生活，这其中也包括我。大约是得益于从小习惯的孤独，在学习上倒颇能耐住性子，导致我读高中的时候学习成绩还不错。

但每年夏天一到了汛期，文谷河开始涨水的时候，父亲都会自制一只木筏，从文谷河的上游往下漂，仍是在每个沿河的村口都要停留一下，把那些想去下游走亲戚甚至想去水库钓鱼的人们都捎上。筏子依然要走半个月的水路，漂过龙门口，漂进截岔盆地，最后漂进文谷河水库。漂进水库的筏子上已经只剩下了父亲一个人了，他会放下长杆，静静立在筏头，任由筏子随水飘零。烟波浩渺的水面上映着翠峰的倒影和父亲的一叶扁舟，远处的芦苇荡里芦花如雪，不时有几只体态优美的水鸟从芦苇荡中飞出，从水面上滑翔而过的时候，总是会留下一道丝绸般的水痕。

我考上大学的那年，他腿上的风湿性关节炎已经很严重了，以致腿都变形了，走路的时候也开始一瘸一拐。不过母亲宽慰他道，两个瘸子一共还剩下几条腿？三条。他说，能剩三条也不错。

也是在每年的这个时节，都有很多大南瓜和大冬瓜从文谷河的上游漂下来，有的南瓜和冬瓜大如一座小房子，在上面掏个门，直接就能住进去。每个南瓜和冬瓜上都刻着父亲的名字“林宗”，而且不是刚刚刻上去的，应该是在它们很小的时候就刻上去了，随着它们渐渐长大，那名字便也牢牢长进了肉里，像人身上的文身一样，洗都洗不掉，直至变成了肉身的一部分。父亲不忙的时候会蹲在河边，乐呵呵地收他的邮件。不过，即使父亲没有及时收到那些南瓜和冬瓜，它们顺着河水漂进了截岔盆地，也总有人会把它们送回来，端端正正地摆在我家门口。

因为，那上面是写了收件人的名字的，那是寄给我父亲一个人的邮件。

小事儿别撒谎

阿　成

1

晚上10点。大雪横飞之下的街道、树、房子等等，所有的一切都被白雪覆盖着，把城市变成了一座雪城。冻得瑟瑟发抖的老三，开着面包车正艰难地往南岗（区）方向走。这辆面包车没有风挡玻璃，雪花不断地冲进车里。雪片迷眼，这让老三开起车非常困难。眼下的老三只有一个信念，去玛莎街。老三一边往玛莎街开，一边在脑子里想着应对的办法。这是他第一次感到自己的智商不够用了，不知道眼下他选择的这个招儿是愚蠢还是明智。总之，鬼使神差地他选择了去玛莎街的“榆木疙瘩酒吧”。

老三是本城人。按说，他在城市里认识的人不算少，发小、中学同学，还有职业技校的同学，以及社会上的那些狐朋狗友，能叫出名字的至少也有二三十人。但是生活经验告诉老三，二三十人并不等于有二三十个机会，而且这二三十人也不是个个都值得信任。再加上眼下大雪咆天，又是黑更半夜，如果突然去那二三十位中的某一家“串门儿”，一是不合常理，二也很唐突。见了面双方都不自然。久离半陌生。在这种状态下，“接待方”（权且叫接待方）肯定会对自己产生怀疑。这样，不仅没有达到目的，反而画虎不成反类。所以，老三才选择了去玛莎街。

大雪中，老三开的面包车艰难前行的样子，有点像话剧《风雪夜归人》里的场景。老三知道，城里的酒吧大都是后半夜才关门的，有的甚至通宵不打烊。这样子，自己无论什么时间，什么气候，去某家酒吧喝酒，就很正常。如果说有什么不正常的话，那就是自己为什么偏偏选择大雪咆天的天气去酒吧喝酒。假设对方的表情上出现了这种疑问，咋说？只能说跟自己的情绪有关。那么，究竟是怎样的情绪呢？这得说清楚啊。失恋？受挫？抑郁了？得了癌症？还是肇事潜逃？或者负案潜逃？老三心里骂道，我靠，还负案潜逃。但是，不是负案潜逃那是什么呢？老三心里非常清楚，自己预设的每一个谎言下，都必须有一个故事跟着才行，而且这个故事还必须合情合理。但是，自己准备的“故事”合情合理吗？有没有什么破绽呢？

玛莎街一条小街，属Ⅳ类街道。好巧不巧的是，眼下正在铺改地下排水管道，这样就把本来不宽的街面占去了一半儿。老三小心翼翼地往前开着。心想别他妈的再开到沟里去了。但转念一想，如果真开到沟里去反而一切都解决了。但老三知道自己不可能这样瞎整，怎么可能把车开到壕沟里去呢？再说堆在沟旁边的残土有1米多高。假设说最后把车开到沟里去，那也必须得有开到沟里去的道理才行。而且这么干还得冒很大的风险。首先，面包车栽到沟里自己一定会受伤，轻伤可以接受，如表皮擦伤之类。假如是重伤，骨折、破相、脑震荡，甚至变成植物人儿……老三想到这儿自己也苦笑起来，苍天呐，你救救我呗。

雪花扑在老三的脸上凉飕飕的，但又很快化成了水儿，顺着他的面颊蜿蜒而下，俨然一副泪流满面的样子。无助的老三想，如果自己是个儿童就好了，就有资格放声大哭一场，而且没人笑话。在人世间，有听说过笑话儿童的事吗？

老三在迷蒙飞舞的重重雪阵之中，终于看到了街边的榆木疙瘩酒吧。酒吧的彩色灯带正在雪中一闪一闪地亮着。老三将车靠边停了下来，熄了火，关掉车灯。确定周围没有人后，老三才小心翼翼地把车上的那些风挡玻璃的碎片扔在了自己的车前面。地面上是一层厚厚的雪，碎玻璃扔下去一点儿声息都没有，其中还有一块玻璃碎片儿像冰笋一样插在雪里头，像一把锋利的剑。老三绝对没想到，正是这把剑后来真的变成了一把真正的剑，且让一个人丧了命。不仅如此，老三更不知道的是，就在旁边的这个土沟里已经有一个醉酒人躺在里面了，如果醉汉当时就被人发现或许还有救呢。是啊，世上所有的不可知不可料，只有一个字可以解释，“命”。

老三尽量把这些风挡玻璃的碎片散放在车的前面，让人看起来像是被人敲碎之后散落在地的样子。搞妥了之后。他便朝榆木疙瘩酒吧走去。边走还边在心里边盘算着，自己的突然造访怎么跟榆木疙瘩说。

2

榆木疙瘩是老三多年前的一个狱友。当年老三因为打架被关进了拘留所。用老三自己的话说，其实他不应该被拘留，但是他打的那个人是公安分局 H 某的战友。被害者对他的战友 H 某说，别笑啦，这家伙是趁我没注意给我来了一下子，我没防备；如果我防备了肯定把他打个狗抢屎。说罢，冲空中挥了一个下钩拳。然后说，你看，八成他把我的鼻梁子打塌了。说罢，将自己的鼻子凑到 H 某的面前问，你瞅瞅，鼻梁是不是塌了？H 某仔细地察看了他的鼻子说，没啥大事儿，鼻梁子肯定没塌。不过呢，按照治安处置条例，至少可以把这个家伙拘留 5 天。当然，你们双方也可以选择和解，他给你一点儿医疗费，包括精神损失费、误工费。你看，亲爱的战友，你选择哪一种？战友说，能不能拘留他一个月？H 某说，不能。被打的战友叫了起来，为啥呀？他都把我打成这样了。H 某笑了，他把你打成咋样了？战友说，我的鼻梁子差一点被他给打塌了。H 某说，问题就在这儿，如果他真的把你鼻梁子打塌了，不要说拘留他一个月，甚至他还有可能构成伤害罪，判他个一年半载的都有可能。兄弟，你得有一点胸怀。不是有那么一句话吗？常在江湖漂，哪有不挨刀的。战友说，我现在真想把你的鼻梁子给打塌了。H 某说，那我就选择和解。

当年，老三进的那家拘留所是新修建的，有点儿像刚刚装修好的样板间。里面的布局跟老式的拘留所完全不同，横看竖看似乎还有一点日本风格。老三进去的时候就挨着榆木疙瘩。你想，一个挨着你的人，而且整整 5 天都挨着，想不认识都难。

这就是老三选择去榆木疙瘩酒吧的理由。不能说有过前科的人之间没有情感、没有友谊、冷漠、冷血，不是这样的，只是他们之间的情感和友谊常常没有原则罢了。

3

一个多星期前，老三还在丁香电影院工作，是临时工，做勤杂工，属于随叫随到的那种。吼你一声，你立刻就得答应，别让喊你的人生气。一个总是让领导生气的人，后果不堪设想。老三之所以去丁香电影院做勤杂工，并不是这份杂耍式的工作吸引了老三，或者说老三对丑角有天生的爱好，而是电影院本身吸引了他。在老三的身上有一个非常大的文化弱点，这家伙特别喜欢看电影。但老三不喜欢电视剧，他认为电视剧把中国人磨磨叽叽的劲儿表现得太恶心了，看着让人发疯。在不同类型的影片当中老三最喜欢科幻片儿。为什么？因为科幻片里的人物代替自己完成了许多根本不可能完成的事。也许有人会说，这算什么呢？是不算什么，但它满足了一个人的精神追求。把个人虚拟成英雄是人生的重要内容之一。为什么有人撒谎的时候还声泪俱下，甚至都哭抽了？这就是把自己虚拟化的一个典型的现象。在电影院里工作，不消说，看电影就方便多了。不过，有时候也比较麻烦，由于老三经常在工作期间偷偷地溜进剧场里看科幻片儿，被同事“鞋拔子”告发了不止一次。千万不要说领导们不希望在职工当中有自己的眼线，不是希望，而是必须有。鞋拔子之所以告发老三偷看电影，一方面是来自他家族的遗传，他父亲、哥哥、姐姐、妹妹，都喜欢告发。这是这个家族的别一种精神享受。另一方面，自然也是和被告发人之间有过节、结过梁子有关联。由于鞋拔子的告发，主管领导把老三辞退了。毕竟老三是个临时工，且在试用期内，辞退老三那就是轻松一个动作。这位主管领导姓崔，人称“崔三爷”。崔三爷之所以活在世上，就是要阴沉个脸给人看的。

老三被辞退之后一直在城里闲逛。这期间他也去了多家电影院求职。老三之所以专选电影院去求职，并不是为了给自己创造一次改过自新的机会，是他真的割舍不下看科幻片的方便。但在求职过程中，老三才发现找一份自己心仪的工作该是多么不容易、多么难、多么跌份呀。人都是有自尊的呀，老三也有。

其中一家影院的经理问老三，你为什么要来电影院工作呢？

老三说，我喜欢看电影。

经理说，你不在电影院里工作也一样可以看电影啊。

老三说，电影票太贵。

经理说，不看电影能死吗？

老三说，不能死，但活得不舒服。

经理说，好的，好的，我知道了，以后一旦有了空位置我会第一时间通知你，让你好好舒服舒服。

就这样，老三一直在城里“流浪”。不要以为城里所有的流浪汉都喜欢流浪，在流浪初期他们还不是真正的流浪汉，而是在发疯地找工作，直到最后完全丧失了希望才开始了流浪生涯。

正当老三流浪到他的银行卡提示“余额不足”时，恰好城里的电影院开始上映美国科幻片儿《火星上的爱情》。老三太喜欢科幻片儿了。过去只要有科幻片儿上映，他是场场不落。但是，现在的老三已不是从前的老三了，而今他连买电影票的钱都没有了。这说明什么？说明一个人必须得有工作，有了工作才有工资，有工资才能去买电影票。这就像成熟的男人必须有老婆一样，是硬道理。老三心想，到现在我还没媳妇儿呢，对没对象没媳妇这种事，他自己总结出三条：第一是没工作？第二是曾经被拘留过，第三是没钱。属于“三无”人员。其实也并不是没人给老三介绍对象。前些日子就有人给老三介绍了一位女性，是一个群众演员。当时她正在外县拍戏，扮演一个被侮辱、被损害的女人。介绍人说，等这个女演员拍完戏回来，你们见见，听说她喜欢文艺青年。说到这儿，介绍人问，三儿，你也算是文艺青年吧？老三说，算哪。介绍人说，所以呀，我觉得你们之间比较合适。你小子长得又帅，就是稍微有一点儿鹰钩鼻子，像捷尔仁司斯基。但是这件好事儿没有落实，原因是那个女演员在拍戏的时候，跟戏里那个“侮辱她的”男演员恋爱了。老三听了之后，只是冲地上吐了一口唾沫。这事儿就算过去了。

4

新电影《火星上的爱情》上映了。鲜花烂漫的是，这时候，老三已经有新工作了，而且还是一份挺体面的工作，他开上了一辆高档的商务车。

关于这件事我后面再详细讲。

开上新车之后，老三决定开着他的高档商务车去他曾经工作过的那家电影院去看电影，或称蹭电影。按照常理儿这种事儿应该没问题。可没想到，电影院把门儿的“鞋拔子”不让他进。这就有点不近人情了。老话说得好，“世上没有无缘无故的恨，也没有无缘无故的爱”。老三在这家电影院上班的时候也不知道他犯了哪根神经，经常嘲笑鞋拔子，说鞋拔子的脸像“鞋拔子”。本来人家已经有一个“大长脸”的外号了，他又给起了一个“鞋拔子”。一般地说，起外号并没有多大的伤害，只要不是侮辱性的就好。像“牡丹花”呀，“中国猛男”呀这样的外号都很好。但是也得分人。“鞋拔子”认为，老三给他起这个外号是对他的侮辱，是熊人。更是一个临时工对正式职工的挑衅，有点儿不认识大小王啦。

竖起来，老三敢这样对待鞋拔子也没有什么特别的理由。再者说了，世上所有的“理由”都是一个有欺骗性的词。还有，无理由伤害在世上多如牛毛。老三纯是看不惯鞋拔子娘们儿唧唧那个样儿。可这关你老三什么事儿呢？用鲁迅先生的话说，即使厌见可以不见哪，为什么要给人家起外号呢？

老三要进去蹭电影，鞋拔子愣是不让他进。鞋拔子看着天花板上梦幻般的白炽灯说，没票不行啊，先生。电影院其他的职工看到老三来了，都说，拔子，让他进来吧。鞋拔子说，说不行就不行，今天就是我亲娘老子来说情也不行。任大家怎么说情他就是不让老三进。老三点着鞋拔子的脑瓜子说，我怎么看到你这个脑瓜不像脑瓜子呢？鞋拔子笑着说，那像什么呢？老三说，像烂杨梅。鞋拔子说，噢，改了，不叫鞋拔子了，叫烂杨梅了。你爱叫我什么叫什么？今天我就是不让你进。嘿嘿。

5

可老三咋也没想到鞋拔子就住在玛莎街呀。这真是一个未知世界啊。

那天晚上电影散场以后，鞋拔子下班回家。外面下大雪嘛，路非常滑。高兴归高兴。可是他穿的是那种塑料底的平底儿布鞋，塑料底儿一冻像牛皮底儿一样硬，致使鞋拔子在路上摔了好几跤，有的是连摔，刚爬起来又摔倒了。当时鞋拔子想，妈的，今儿个晚上把这一辈子的跤都摔完了。祸不单行。在鞋拔子刚要往玛莎街拐的时候，有一辆小货车路过，鞋拔子一躲，重重地摔了一跤。这种事是车行驶在冰雪路面上经常有的现象。当时鞋拔子就觉得脑瓜子像钟一样，嗡的一声。在钟声环绕的眩晕当中，老三终于站稳了脚跟，没被撞倒。司机是一位有正能量的司机，挺负责任的，立刻下了车问，咋样？需不需要叫 120 上医院看看去？"钟声"远去的鞋拔子有些不悦，说，走你的吧，叫什么 120。烂杨梅！司机说，什么什么什么？你说我什么？鞋拔子说，烂杨梅！司机一愣，但是还是理解地笑了笑，开车走了。

回到家，鞋拔子跟媳妇儿说，娘子，我头疼。媳妇儿问，咋了？鞋拔子说刚才好像让车撞了一下。媳妇说，唉哟我的亲妈呀，啥叫好像啊？你记住那辆车的车牌号了吗？鞋拔子说没注意，我不能确定是不是让车撞了。鞋拔子说的也是实话，刚才那个情景似乎已经在脑子里变得特别模糊起来。媳妇说，二傻子，你老年痴呆呀？橡皮人儿啊？让没让车撞你都不知道？记住那是一台啥车没有？鞋拔子急了，我记你个头，我现在连你都认不出来了，一进门儿我就恍恍惚惚的，心想，这个娘们儿是谁呢？媳妇儿说，行，知道扯犊子，没啥大事儿。鞋拔子嘟嘟囔囔地说，谁扯犊子，你还以为我真傻呀。这句话是鞋拔子在人世上说的最后一句话，说完，哐当一声倒在地上，口吐白沫，不动了。媳妇儿吓坏了，赶紧打 120。

接到电话之后，120 救护车第一时间就出车了。可这黑更半夜的，又下着大雪，特别是开到玛莎街上之后，这条街不是正在铺设下水道嘛，路不好走哇。有一次，120 急救车差一点没撞到旁边人家的院墙上。

救护车终于开到了鞋拔子的家门口。车到了，鞋拔子也挂了（死了）。

经过调查、推断，警察怀疑鞋拔子有可能是被老三的车撞死的。原因有两条：第一，那天在那条街上经过的车辆不多。第二，老三车的风挡玻璃碎了。当时警察还没有了解到老三和鞋拔子因为看电影的事发生了口角。警察的初步判断是，老三是撞了人才导致他的车风挡玻璃破碎的。

6

现在我讲一讲老三是怎样开上这辆高档商务车的，不然就无法解释清楚老三车的风挡玻璃为什么碎，究竟是撞了人碎的，还是其他的什么原因。

老三被电影院辞退之后，不久又找到了一份新工作。这个我在前面已经说过了。他这份儿新工作获得颇有戏剧性。什么叫戏剧性？戏剧性就是不可思议，但又合情合理。

那天老三闲逛到“梦之旅”旅游公司的门口，看见门口停了一辆崭新的商务车（还是临时牌照）。娘亲啊，真漂亮。老三在心里赞叹道。他看见一个秃头的中年男子正在笨拙地擦车。百无聊赖的老三便过去搭讪。没错，闲人和搭讪是孪生兄妹。老三一边搭讪一边儿很自然地帮秃头擦车。秃头看了他一眼，笑了笑，没说什么。被人帮忙总会有一种亲切感。

秃头是“梦之旅”旅游公司的办公室主任，姓马，人称马主任。

马主任问老三，小伙子，喜欢车吗？

老三说，是爱。

马主任又问，哟，会开车吗？

老三说，老把式了。

马主任问，现在在哪儿高就啊？

老三说，正在找工作的路上。

马主任听了开怀大笑，说，小伙子，你挺幽默啊。

擦完车以后，马主任掏出了 20 元钱递给老三，这算是帮我擦车的工钱。老三忙把马主任的钱推了回去，您误会了，我不是为了钱才帮您擦车的。我是看您这么大岁数了，顺手过来帮帮忙。我又没什么事儿，整个一个“小鸡儿不戴笼头——散逛”。马主任认真地看了看老三，说，刚才你说正在找工作是吧？老三长长地叹了一口气说，大哥，难呐。马主任说，比找对象还难吗？老三说，找对象容易，找工作难。马主任说，年纪轻轻的没工作怎么行呢？没工作就是行尸走肉哇。老三苦笑了一声没说什么，心想，这话可真损，没工作就是行尸走肉了？马主任接着说，我这儿刚进来一台新车，正好缺一名司机。老三一听，表情立马就定格了，什么自信呐，自尊呐，全没了。他瞪大了眼睛看着马主任，像虔诚的信徒看到了上帝一样。这位仁慈的“上帝”对老三说，这样吧，一会儿你跟我到经理那儿去一趟，就说你是我侄子。不对不对，不是侄子是外甥。我姓马，你姓什么？老三说，我姓冯，叫冯在。马主任说，比马字多两点。行。我记住了，到了经理那儿你就说我是你舅舅。老三说，舅舅好。马主任乐了，见了经理你就说你不但会开车而且还是老司机。懂了吗？老三说，舅，您不是开玩笑吧？为什么是我呢？马主任说，我对你就一条要求。老三说，舅，别说一条，十条也没问题。马主任说，你必须每天向我汇报车里都发生了什么，坐车的人都说了些什么。老三眼珠子骨碌转了一圈儿说，明白，舅，我全明白。您就把心放到肚子里吧。他们说啥，我连逗号句号都不会忘的。

7

回头说老三推开“榆木疙瘩酒吧”的门，看到榆木疙瘩（以下简称“疙瘩”）正趴在柜台那儿半睡不睡的，像一只老猫。疙瘩被门上挂着的铃铛惊醒了。他一看是老三有点儿吃惊，问，你咋来了？老三拍着身上的雪花说，咋？我不能来呀？疙瘩说，能来能来，咱这儿开的是买卖，买卖就是欢迎所有的客人，朋友，包括亲爱的老三兄弟。喝点什么？兄弟。沃得克还是威士忌？老三说，沃得克也行，威士忌也行，都行。疙瘩说，咱这儿有 97 度的沃得克，要不要尝尝？老三说，97 度？比酒精的度数还高啊，咋喝呀？疙瘩说，兑雪碧喝呀，贼棒。老三说，我兜里可没多少钱呐。疙瘩说，免费啦——兄弟来了还啥钱不钱的。俗。

先前，疙瘩（榆木疙瘩的简称）是一个小蟊贼。那次他进了局子是失手了。平常疙瘩是在 1 路、2 路、3 路公共汽车上“工作”。那几条线路上的公交车司机和乘务员都认识他。那次失手是他掏了一个进城的老农民。老农民带着准备给老伴儿交住院费的钱上了 3 路公交车。疙瘩正好在这辆公交汽车上“上班”。老农民鼓鼓囊囊的挎包立刻被疙瘩捕捉到了。他整个作案速度比闪电还快。疙瘩刚得手，后边儿就有人拍了一下他的肩膀，并顺势把手铐给他戴上。疙瘩说，师傅师傅，放我一马吧，我这是头一次，不承想遇到神探了。便衣说，谁是你师傅，我啥时候教你掏兜了？

疙瘩每每回忆这一情景都忍不住笑，说，可他妈的着笑了。那个便衣就像我兄弟似的，搂着我的肩膀一块儿往公安分局走。

因为是新建的拘留所，犯人还不多（多数嫌疑人还在旧拘留所里，正准备分期分批押往新的拘留所）。这是3监号。加上老三和疙瘩一共是4个人。一个老头儿是强奸犯，看着低眉顺目的、很慈祥的样子，完全看不出老家伙是一个如此下流之人。老家伙总小心翼翼地看着其他犯人，好像这些犯人都是他的长辈似的。老家伙已经把自己所有的犯罪事实全招了，就等着判了。另一位是个算卦的，脏兮兮的，总是在那儿唉声叹气，搞得大家心烦意乱的。疙瘩说，你再叹气我他妈的掐死你。你他妈的一天瞎鸡巴算卦，嘚瑟、嘚瑟、嘚瑟出事儿了吧？算死了一个。老三好奇地问，老头，当初你咋没算出来你会进局子呢？

老三的位置挨着疙瘩。老三问，哥，为啥都管你叫榆木疙瘩呢？疙瘩说，弟儿，你看看我这张脸。说着把脸冲向老三。老三仔细地看了看他的脸，这是一张完全不值得信赖的脸，棱角分明得像一只没有完成的烟斗。老三说，懂了。疙瘩问老三是怎么进来的。老三说我没啥大事，就是打了一个人。

8

榆木疙瘩酒吧。

老三咂了一口威士忌后，冲着疙瘩诡异地笑了，说，你别像个警察似的瞅我。我没啥事儿，就是想你了，过来叼一眼。但疙瘩依然一脸狐疑地看着老三说，兄弟，你他娘的十多年都不想我，今天大雪咆天的突然想起我来了？不会是借钱吧？我们下皮子的（掏兜）可都是心理学家呀，你心里咋想的都写在你的脸上哩。老三说，借什么钱借钱，你不要那么紧张。疙瘩笑着说，我不紧张，不过我看你倒是有点儿紧张。老三假笑着说，我紧张什么？我有啥好紧张的？说着，他逡巡了一下整个酒吧。

酒吧里一共三四张桌子。有两个酒鬼正坐在靠窗户的位置那儿吹着牛皮。那个叫"来一打"说，妈的，来尿了，我出去尿泼尿，回来咱们接着喝。他对面的李半截说，你不刚尿完吗？咋，尿袋子漏了？再说屋里有卫生间，跑外头尿哪门子尿呢？来一打说，我就想在雪地上滋个尿窝窝。咋的，不行啊？李半截说，小孩儿，小孩儿，小孩儿，瞅着奔四张了（40岁）还玩小孩儿。来一打没理他，踉踉跄跄地推开酒吧的门出去了。

榆木疙瘩和老三叙起了旧。

疙瘩说，你知道那个算命的吗？咱们一个监号儿的。

老三说，知道，他怎么的了？

疙瘩说，出家当和尚了。

老三说，我靠。对了，那个老强奸犯咋样了？

疙瘩说，那老头是个有福的人呐。拉去监狱服刑，有一次他扒着窗户往外看，看见路上走的一个熟人，一激动，心肌梗塞，死啦。

老三说，知道他看见那个熟人是谁吗？

疙瘩说，这上哪儿知道去。

说着，俩人又互相交流了一些垃圾信息。这时老三也喝完杯子里的酒说，兄弟，知道你活着，而且还活得挺好就行了，撤了。

疙瘩俯过身来悄悄地说，等等，兄弟，等等。然后他压低了声音问，跟我说实话，摊啥事儿了？

老三说，没事儿。

疙瘩说，真没事儿？

老三说，几年没见你怎么变得这么啰唆呀？真没事儿，要是有事儿，天打雷劈。就是过来看看你，昨天晚上梦见你了。

疙瘩感慨道，兄弟，想不到你还是个讲感情的人哪。然后，冲着老三离去的背影喊，兄弟，喝酒了，开车小心着点。

出了酒吧，漫天的鹅毛大雪并没有停下来的意思。老三一边往车那儿走一边说，还他妈的告诉我小心着点儿，要是小心能出事儿吗？

老三来到了自己的面包车前，看到他扔在车前面的那些碎玻璃已经被大雪掩埋了，连那把冰笋似的“剑”都不见了。不过，他在车前发现了一些凌乱的脚印和两窝尿孔。这种尿孔东北男人都熟悉。一种是狗尿的，一种是人尿的，大小不一样。老三观察了一下，两个尿窝窝都非常深，显然是人尿的。如果是狗尿的旁边应当有狗爪子印儿。老三心想，八成是这个人在这儿尿尿被另一个人看见了，条件反射，也想尿了，“冷尿，热屁，穷撒谎”嘛，就过来跟他一块儿尿。老三估计，其中肯定有酒吧那个大长脸尿的尿窝窝。

上了车之后，老三将车往后倒了倒，免得压到车前面的玻璃碎片，再他妈的把轮胎扎了，那可真是画虎不成反类犬了。

这个“伪造现场的方案”是老三于慌乱中自己设计的，以期证明自己并不在真正的事发现场。

之后，老三把车开走了，消失在迷茫的雪夜里。那情景有点像前苏联电影《漫长的路》中驿站的那个马车离去的镜头。

老三一边开着车一边儿想，这雪再他妈的下下去，估计得把那些碎玻璃全埋了，谁能发现呢？但转念又一想，有句话怎么说来着？你来或者不来（勘查），碎玻璃碴子都在那里。这时候老三的心里才略微有些踏实。

9

在“舅”的引荐下，老三正式到“梦之旅”公司上班了。职务：商务车驾驶员。

公司配的这台商务车相当大气，就停在“梦之旅”公司的门口，常有年轻人在车前拍照。这辆商务车是“梦之旅”公司经理的专车，其他员工是不可以随便坐的。经理也特别地珍爱这台车。经理刚刚从过世的姑姑那儿继承一大笔财产（姑姑一个直系亲人也没有，经理是唯一的合法继承人），其中就包括这家“梦之旅”公司。过去，不要说商务车了，就是摩托经理也没有。这回咣当一家伙全有了。穷人乍富嘛，一定要显摆显摆，晚上开车的时候，经理让老三把车厢灯全打开。老三估计经理是这么想的，万一有熟人走在街上，车厢里亮亮堂堂的，外面的人就能清楚地看到他了。老三之所以这么判断，是他从车座后视镜里看到，经理像一条警犬似的一直在不断地搜寻人行道上熟悉的面孔。但老三装作没看见。假舅舅已经事先嘱咐他了，在这儿开车就要夹着尾巴做人，经理说什么就做什么，让你开车厢灯你就开车厢灯。老话儿说的好：“干活儿不由东，累死也无功。”

可万万没有想到的是，老三刚上班儿不到一个星期就出事儿了，还是一件他不敢说清楚的事儿。老三痛心疾首地想，自己才他娘的上班几天哪，本来是老天爷眷顾才让自己有了这份好工作，可自己呢居然鬼迷心窍，下大雪的天儿去看电影。用那家电影院经理的话说，不看电影能死呀？还有，城市里家家电影院都在放映《火星上的爱情》，选择去哪家电影院看不行，为啥偏偏选择自己工作过的这家电影院呢？为啥？为啥？为啥？就是二逼。

老三之所以选择那家把他辞退的电影院去看电影，说穿了，完全是出于虚荣。虚荣的本质是：一半是魔鬼，一半是天使。他就是想让曾经的同事们，特别是崔阎王看看，你不要我，嘻，有人要我。而且新工作还是开一辆贼漂亮的商务车。老三就是想嘚瑟嘚瑟。结果，嘚瑟，嘚瑟，嘚瑟出事儿了吧？除了显摆和嘚瑟之外，在老三内心深处还有一点儿占小便宜的心理。这是穷过的人们的普遍心理，即便是富了以后的大富翁也难以克服这一弱点。老三想的是，去曾经工作过的电影院看电影，对方不会要票的。要知道，一张电影票 50 块钱。50 块钱那也不是小钱，可以买鸡、买鱼、买肉，像小地主似的美美地吃上两天。既然可以省钱，那为啥还花钱去看电影呢？是波？所以老三想都没想，开着车直奔那家电影院。

10

老三在丁香电影院遭到鞋拔子拒绝之后，人没马上离开。他想，如果马上离开会显得灰溜溜的。于是，他在休息大厅那儿坐了下来。当然不能干坐着，要了一包爆米花和一瓶可乐，坐在沙发那儿一边吃爆米花一边喝可乐。为了装潇洒，还跷起了二郎腿。他想，娘希匹，此处不让爷进，爷上别的电影院去看去，不就是 50 块钱吗？三爷我花得起。可现在回过头来想，如果遭到鞋拔子的拒绝后自己马上离开，停在楼下的车风挡玻璃就不至于被砸。正是因为他在休息大厅的逗留，才导致车的风挡玻璃被哪个挨千刀的人给砸了。

假想，推想，幻想，加上胡思乱想，有时候像流水一样，在没有结果之前一时半晌是停不下来的。老三想，砸高档商务车风挡玻璃的目的，应该是想偷车里的东西。可砸车人哪里知道开这辆车的司机是个穷鬼呀。老三又转念一想，不对。如果是偷车里的东西没必要砸风挡玻璃，砸车门玻璃就可以得手。如果砸风挡玻璃，想进入车厢还得爬进去，太愚蠢了，大二了。这样看，砸风挡玻璃就是羡慕嫉妒恨。那么，谁跟自己有这么大的仇呢？老三脑子里突然闪过一个念头，会不会是鞋拔子干的？这也有可能啊。不用说，鞋拔子的嫌疑最大。可老三又一想，这也不大可能，鞋拔子今天负责收门票，他怎么可能擅离职守呢？还专门跑出去把我的车风挡玻璃给砸了？不可能。再说自己就坐在休息大厅，始终也没见鞋拔子出去啊。那么是崔阎王？不能不能。崔阎王他不会干这种小儿科的事儿，他毕竟是个领导。再说是他辞退了我，又不是我辞退他，要砸，应该是我砸他的车玻璃，他不至于砸我的车玻璃啊。

11

车风挡玻璃被砸之后的第二天，老三去了“梦之旅”办公室。

老三跟马主任说，舅，车的窗玻璃让坏人给砸了。

马主任吃了一惊，砸了？咱这可是新车呀。咋回事儿？

老三说，舅，是这么回事儿。昨天晚上我去玛莎街看一个朋友。他是我的一个多年好友，我们有十多年没见了，这几天下晚儿黑做梦经常见到他。我就想是不是他死了？找我有啥事儿呀？整得我一天心烦意乱的。我想整天心烦意乱的开车也不安全哪。想来想去，反正晚上也睡不着觉，是死是活、是真是假，开车过去看一眼，一切不就都清楚了吗？我这个朋友在玛莎街上开了一个小酒吧，叫榆木……

马主任皱着眉头问，什么样的朋友啊？黑灯瞎火的，下那么大的大雪去看他。

老三说，舅，不瞒你说，过去我的这位朋友是个“青年走险分子”，就是所说的“问题青年”。现在已经改邪归正了。

马主任说，这么说，你过去也是一个问题青年喽？

老三说，舅，我虽然不是优秀青年，但我肯定是一个有正能量的人。你要相信我。舅，我开车过去之后，很快在玛莎街找到了那家榆木疙瘩酒吧。酒吧的名字还是以我这位朋友的外号起的，我的这位朋友外号叫榆木疙瘩。那天晚上是下大雪，我把车停在了离酒吧不远的地方。在榆木疙瘩酒吧我见他活得挺好的，啥事儿没有。可我也不能立马就走哇，就喝了一杯酒。

马主任瞪大了眼睛说，酒后不能开车呀。

老三说，是酒后不能开车，但我知道这小子卖的酒肯定兑水，咂一小口就品出来了。

马主任好奇地问，平时你能喝多少？

老三愣了一下，他没有想到马主任对这个问题感兴趣。马主任正在办公桌后面期待地看着他。

老三说，这要看心情喽。心情好的时候能喝小 1 斤。

马主任问，你是说 1 两还是 1 斤？

老三说，1 斤，500g。我爸，我姑，都能喝酒。我算不能喝的。所以就喝了一小杯，一小杯顶多半两。这半两酒里头还让榆木疙瘩兑上了 1/2 的水，就跟没喝酒是一样的。舅，说心里话，我之所以喝了一小杯，是因为那天晚上太冷。

马主任说，一般说下雪天不会太冷啊，你是不是给自己喝酒找理由啊？

说罢马主任舔了一下自己的嘴唇。

老三说，那天我穿得可能少点儿。外面一件外套，里面就是一个背心儿。没想到我出来的时候发现，车的风挡玻璃被人砸了。这把我心疼得呀，嘎嘎新的车呀！新媳妇儿一样。当时我就哭了。舅，在您的恩赐下，我多不容易找到这么一份好工作啊。可是，可是，谁能想到上班儿没一个礼拜，车风挡玻璃就让人给砸了。舅，您还不得炒了我呀？

马主任听了之后显得很平静，说，这得分啥事儿。你这个事儿我已经清楚了。你不用着急。我去跟经理说。毕竟你是我介绍来的，而且我还说你是我外甥。我要是不出面也太不讲亲情了。是不是？

老三不敢说是，也不敢说不是，就那样木着脸看着马主任。

马主任抓起电话，老三以为他要给经理打电话，结果他是给当地的公安分局刑侦科的马科长打电话。刑侦科的马科长是马主任的二弟。电话里，马主任把老三昨天晚上在玛莎街车风挡玻璃被砸的情况，添油加醋地讲了一遍。

马主任在电话里说，二弟，你替哥查一查，光天化日之下竟敢砸我们车的风挡玻璃？妈了个巴子的，你给我查查，是谁干的？

老三连忙旁边提醒说，舅，不是光天化日之下，是昨天晚上 10 点多钟。

马主任说，对，不是光天化日之下，是晚上。“月黑杀人夜，风高放火天”嘛。地点是吧？在玛沙街榆木疙瘩酒吧附近。啥？丢没丢东西？

老三说，啥也没丢。

马主任说，啥也没丢。

马主任喜欢古诗词，也喜欢写那种“老干体”的“格律”诗。无论是开会，发言，他总要带一两句古诗词。大家都装作特别佩服他的样子，冲他直伸大拇指。这位马主任追求的幸福其实很简单，就两点，一是喝酒，二是别人夸他。

12

公安分局刑侦科的马科长接到电话之后，还真就当回事了，主要是当时没什么大案。于是，他就带上助手孙梦花去玛莎街勘察勘察。

在玛莎街，马科长和助手孙梦花很快找到了老三的停车地点，他们清理了厚厚的白雪之后，发现了散落在雪地上的那些玻璃碎片，还拍了照片。不能因为事小而不为嘛。

旁边正在挖地下管道的工人问，你们干啥？

马科长说，考古。

孙梦花接着说，这个地方有一具木乃伊。

马科长蹲在地上仔细地研究这些碎玻璃的位置。然后，转过头来对孙梦花说，你喜欢摄影吗？

孙梦花说，科长，我正在拍呢，你别像我妈似的老盯着我。

马科长说，我不是这个意思。在摄影行业有这么一个说法叫“摆拍”……

孙梦花愣了一下，立刻明白了马科长的意思，说，我也纳闷儿呢，这玻璃不像是被砸后自然散落在地的，我怀疑是人为布置的这个现场。

马科长和助手孙梦花把雪地上的那些碎玻璃片儿都捡了起来，并小心翼翼地，一包一包地放进了专用的塑料袋儿里。还是那句话，不能因为事小而不为。万一这里含着大事儿呢。小心无大错。

孙梦花问，科长，装这些玻璃片儿干啥？

马科长说，职业病呗。

收集好这些碎玻璃之后，马科长按照表哥马主任提供的线索，对助手孙梦花说，走，咱们去对面的那家榆木疙瘩酒吧串个门儿。

两人到了榆木疙瘩酒吧。

疙瘩看见警察进来略微有些紧张，磕磕巴巴地问，大叔，啥、啥、啥，事儿啊？

马科长说，装什么糊涂？啥事儿你自己不知道啊？

疙瘩一听吃惊不小，大叔，咱不带这么吓唬人的，想喝酒，我按三折给您——两折，您看好不好？我真不知道啥事儿啊。要知道啥事儿我立马就告诉您。大叔，我心脏不好，前几天上医院去检查了，医生说我的心脏有好几根血管儿都堵了。

马科长说，心脏一共有几根儿血管儿？

疙瘩说，那我不知道。

马科长说，看来你有一颗破碎的心哪。

疙瘩说，肯定是破碎的心了。为啥破碎？关键是我成宿成宿地熬夜，陪着这些王八蛋喝酒。就是铁心脏也受不了啊。

马科长问，说完了？

疙瘩说，说完了。然后非常诚恳地说，大叔，这几年我一直是遵纪守法，是良民了。

马科长问，你知不知道昨天晚上在你的酒吧门口停了一辆商务车。

疙瘩说，我知道啊。

孙梦花问，你看见了？

疙瘩说，我倒是没看见，是我们这儿的一个老顾客，他想尿尿，还不愿意在屋里尿。他说要出去在大雪地尿一个雪窝窝。尿完了回来，他说门口停了一辆商务车，挺漂亮的，我把它强奸了，在那辆面包车前头尿了一泡尿。

马科长问，那个人叫什么？

疙瘩说，他叫“来一打”。

孙梦花问，外号？

疙瘩说，对。

马科长说，来一打？我还从来没听说过这个人，啥意思？

疙瘩说，他到我这儿一开口就是来一打冰啤。喝没了，再来一打。就什么的，给他起了外号叫“来一打”。

马科长想了想说，来一打挺能喝呀。

疙瘩说，能喝，能从早晨一直喝到后半夜。

马科长说，酒蒙子。

疙瘩说，对。来一打是我们玛莎街上的“名人”。

马科长问，跟他一块儿喝酒的那个人叫什么？

疙瘩说，李半截。大胖子，有300来斤。左边的眉毛就剩半截了，是点烟的时候让打火机突然蹿出来的火苗子给烧的。

马科长问，你有来一打的联系方式吗？或者上哪儿能找到这个来一打？

疙瘩说，我只知道来一打住我们这条街的街尽头，第一个院，头一栋楼，第一个单元门儿。进去之后，对着楼梯口，第一家。我从来没有去过他家。这么说吧，我跟他不是朋友，我认为跟顾客走得太近不是啥好事儿。

孙梦花说，你还是跟他挺熟啊。知道第一个院，头一栋楼，第一个单元门儿。

疙瘩说，姐，我不傻，听出来你话里有话。这么说吧，你要找不到他家你就随便问街上的人，来一打家住哪儿？可街筒子的人全都知道他。

马科长问，他们俩是什么时候从你酒吧走的？

疙瘩说，走啥呀？都喝蒙了，外边儿又下那么大的大雪。俩人儿就趴在桌子上睡了，第二天早晨才走。

马科长说，你确定？

疙瘩说，那有啥不确定的。

马科长说，如果来一打再来的话，包括你说的那个李半截，给我打电话。

疙瘩说，明白，打枪的不要，悄悄地干活。

马科长问，还有，老三到你这儿来有什么反常的地方没有？

疙瘩听马科长说到老三吃了一惊，心想，这家伙是不是真的犯了什么事儿啊？

他说，这怎么说呢？要说反常也不反常；要说不反常呢，也有一丢丢的反常。我和老三自打几年前从局子里放出来之后就没见过面，偶尔在大街上见过一次，一龇牙，一点头，就过去了。要说我们两个人亲呢，也不是太亲；要说不亲也不很准，毕竟在一个号里蹲过，难兄难弟，狱友嘛。不过，我总觉得他突然来酒吧看我，还是多少有一点意外。但是静下心来一想，也没啥可惊讶的。为什么这么说呢？因为我也这样，突然想起了某某，包括朋友，包括亲人。只是没像老三这样直接就去找人家了。再加上他来的那天下大雪。要说反常呢，这个算是一点。

13

马科长和助手孙梦花从榆木疙瘩酒吧出来之后，没走出多远就被铺设地下管道的工头叫住了，警官，你快来看，沟下面有一个死人。马科长沉着地问，在哪儿呀？那个工头立刻把他带到管道沟旁边。而这个地方离老三停车的地方至少有600多米。

沟前边围了好几个人。那个工头指着坑下面说，你看。

在管道沟的下面的确躺着一个男人，仰面朝天，死是肯定死了。但是死者面带微笑，一副似死非死蔑笑人世的样子。

工头说，警官，我猜，八成是这哥儿们想跨过这个管道沟，助跑的时候没蹬实在，上面不是有雪嘛，土松，还滑，结果一头攮到沟里去了。

孙梦花说，你的意思是说他没跳过去，出溜下去的？

工头说，是这个意思。我认为不一定是出溜，是攮进去的。你看，这沟并不深，人是可以爬上来的。我猜这哥们儿一定是喝高了，腿软，像面条似的，蹬不住，才没爬上来。或者他就不想爬上来，酒喝多了，躺着多舒服啊。有句话怎么说来着？跌倒了不是爬起来，而是就手躺下睡一觉。可是这晚上多冷啊，零下20多度。结果，冻死了。冻死的人一般都是微笑着的。我刚看到他牛逼的样子，我还吓了一跳。

马科长问，你是咋发现的？

工头说，开始没发现。这不下大雪嘛，这雪像白床单儿似的把人都给盖上了。我们清理沟的时候才发现，妈呀，这儿还挺一人哪。

马科长和孙梦花仔细勘察了一下现场。仔细地清理之后，发现沟两边都有这个死者的脚印。他们觉得工头说得也对。谁黑更半夜大雪咆天地来回跳沟玩儿。而且看死者的样子岁数也不小了，至少有四十五六岁。在他身上还真就找到了身份证。此人叫刘诗歌。挺文艺的一个名儿。

孙梦话问工头，你认识死者吗？

工头说，不认识。不用问，喝多了，迷路了，找不到家了。把壕沟当被窝儿了。

马科长心想，现在人人都是福尔摩斯了。虽然马科长心里这样想，嘴上不能这么说。他告诉孙梦花给分局打电话，让他们来人勘查现场。

分局的人到了。

经过勘察，在工头发现的死者身上并没有发现任何伤痕。但是，围观群众当中有一个基督徒认出了他，哦，圣母玛利亚。这不是新搬来的老刘婆子的丈夫吗？

孙梦花问，谁是老刘婆子？

基督徒说，老刘婆子家离这儿不远，也就二百米。

马科长让孙梦花去把老刘婆子叫来认尸。

14

孙梦花在那个基督徒的带领下来到了老刘婆子的家。

老刘婆子住一幢平房，有一个栅栏院儿，是一幢老式的苏联房。这条街上大都是这种苏联房。先前不少苏俄侨民居住在这条街上。第一个住户是个叫玛莎的老太太，后来这条街就起名“玛莎街”。再后来，这些苏俄侨民陆续回国了，现在住的都是当地的中国人。其实这也不是老刘婆子的房子，是刘诗歌刚刚通过中介租的。所以这条街上大多数人还不认识这两口子。

在老刘婆子家。

孙梦花说，刘阿姨好。您丈夫在家吗？

老刘婆子说，不在，他昨天晚上一宿没回来。不知道死哪儿去？咋的？找他有事儿？

孙梦花说，是这样的，您丈夫摔伤了，您过去看看吧。没想到老刘婆子说，活该，咋不摔死他呢！我不去看，摔伤就摔伤，死就死。走道儿像个娘们儿似的，拧呀拧，这回拧出事儿了吧。该！咋不摔死他呢。孙梦花说，刘阿姨，您还是过去看看吧。现在您先生还真是生死未卜呢，万一有什么遗嘱、遗言，钱呐，财产哪，是不是？别耽误了。老刘婆子这才瞪大眼睛说，妹儿，不会是真死了吧？带路的那个基督徒说，刘夫人，您去看看就知道了。

老刘婆子跟着孙梦花来到了她丈夫死的地点，一看，果然是她丈夫，立马趴在雪地上号啕大哭，并在雪堆上来回打滚儿，一边打滚儿一边对那个工头说，你们是杀人犯！我丈夫就是你们害死的。旁边的工头说，怎么是我们的责任呢？明明他是自己掉沟里摔死的。这时候，有街坊甲出来打抱不平了，说，师傅，你这么说就不对啦。他为什么掉沟里？工头说，我怎么知道他为什么掉沟里？弄不好，喝高了，散脚了。再加上天又黑，又下雪，视线也不好，就出事儿了呗。街坊乙说，不光是你们挖沟的有责任，咱们这条街多长时间没路灯了？就因为他们挖沟把电缆线都挖断了，黑灯瞎火的，又下雪，不摔到沟里才怪呢。街坊丙说，挖断了电缆你们倒是赶快修哇，不修。光这个事儿我就打了三四遍电话了，就是不修。所以，路灯管理处也有责任。街坊丁说，咱们也不能光怨路灯管理处。他们挖沟的、道桥处和排水处就没责任了？你既然在这儿挖了沟，就得设上安全围栏，防止人掉下去。有围栏吗？没有。再说了，你们在这沟挖多长时间了？挖挖，停停，停停，挖挖。工头说，这也不能怨我们，主要是地下管道老也不到货，管道不到我们就得停工等料。

听这几个街坊这么一说，所有围观的街坊都说，对呀，对呀。应当是他们集体负责。

那个基督徒手指着苍天翻着白眼儿说，圣母玛利亚，太可怜了。搬到这个地方来干什么呢？

街坊丙说，你说干什么？房租便宜呗。

经过勘查之后，马科长和其他勘查的警察都撤了，尸体也被拉了回去，准备做进一步的鉴定。

在回去的车上，马科长问孙梦花，你有什么新发现没有？

孙梦花说，有。刚才分局转过来丁香电影院的报案，说是他们电影院有一个外号叫鞋拔子的人，昨天晚上下夜班儿回家的时候被车撞死了，被撞的地点就在玛莎街上。

马科长想了想说，传讯老三。

15

当时老三正在办公室和马主任说话呢，女警官孙梦花走了进来。

孙梦花问，楼下那辆没风挡玻璃的车是你们的吗？

老三说，是。

孙梦花问，谁是司机？

老三说，我。

孙梦花说，你跟我走一趟吧。

马主任吃惊地问，咋回事儿咋回事儿，警官同志？

孙梦花笑着说，没啥事儿。就是请他到分局说明一下情况。

对于这种事，这种情景，老三并不陌生，他把双手伸了过去，等待着那位女警察给他戴手铐。

孙梦花笑了，不用。走吧。

这时候马主任才反应过来，说，你们是不是说砸风挡玻璃的事儿？不是他砸的。他会砸咱自己的新车吗？那指定是坏人砸的。你们把他带走干什么？

孙梦花说，就是了解一下情况，很快就会回来的。

马主任说，很快，很快是多快呀？

孙梦花说，很快就是很快。怎么？还要我给你写张借条吗？

马主任说，那倒不用，可我这个当主任的总得问清楚哇。

孙梦花掏出了自己的名片递给马主任说，这是我的名片，有事儿，可以给我打电话。好了，走吧。

16

拘留所，预审室。

马科长问老三，你认不认识鞋拔子。

老三不屑地说，扒了皮我认他骨头。

马科长说，你们为什么叫他鞋拔子呢？这个外号很怪嘛。

老三说，因为他的脸长得长，而且往里凹，就像鞋拔子。我跟你说吧，不光是“鞋拔子”这一个外号，他还有几个外号。

马科长似乎很有兴趣，说说看。

老三一时忘记了自己身在何处，兴奋了，肾上腺素上来了，说，他还叫“大长脸”和“一宿摸不到头儿”。

马科长把食指放在嘴唇上问，一宿摸不到头儿？什么意思，啥叫一宿摸不到头？

老三说，一宿摸不到头儿的意思就是，他脸太长，他媳妇儿摸他的脸一宿也摸不到头。

马科长开怀大笑，我靠。这么个一宿摸不到头啊。那，平时你们俩关系怎么样？

老三说，不好，就应该把这个王八犊子撞死。

马科长说，就因为鞋拔子没让你进去看电影这点儿屁事儿，你就要开车把他撞死？

这下可把老三吓住了，他失声地问，咋的，鞋拔子死了？

马科长问，你是不是电影学院毕业的？

老三说。我就念到技术学校，还电影学院呢。

马科长说，不对吧？你表演得很好哇，而且很专业。

老三立刻说，我的天呐！离谱了。怎么是我开车把他撞死呢？您这是把我往坑里带呀。

马科长说，还有，你怎么知道“鞋拔子”，就是“一宿摸不到头”住在玛莎街呢？

老三诚恳地说，警官，我不知道他住在玛莎街，真不知道。

马科长说，是不是这样子，鞋拔子没让你进去看电影，你就在电影院外边一直等他下班出来。鞋拔子下班儿后你就开车尾随他，一直尾随到玛莎街，看到前后都没人，就开车冲过去把他撞死了。结果把车的风挡玻璃都撞碎了。你小子下手够狠的呀。

老三咧嘴笑了，但马上缓过神儿来，心想，这可不是警察跟他开玩笑，这是诱供啊。

老三老练地说，警官，如果您刚才说的那番话是开玩笑也就算了，我也喜欢开玩笑。如果不是开玩笑，对不起，您这是诱供，是胡说八道。

说完，老三自己也吓了一跳。怎么可以这样跟警官说话呢？但是话已经说出去了。泼出的水，嫁出的女。收是收不回来了。爱咋的咋的吧。

马科长说，是我胡说八道还是你狡猾抵赖，事实会证明这一点。

之后，双方开始了一段较长时间的沉默。

沉默是什么？沉默是心理战。

之后，马科长意味深长地看着老三，咋不说话了。

老三心想，看来警察已经到电影院了解过了。于是，老三非常耐心地跟马科长说，警官先生，真的不是我开车撞死了鞋拔子。没必要，撞死他干啥？不就是没让我进去看电影吗？多大个事儿啊？然后，他又苦口婆心地说，马科长，我知道您是老警察了，人称中国版的福尔摩斯，聪明和智慧在你一方。您就随便说吧。

马科长说，谁说我是中国版的福尔摩斯了？

老三说，是我猜的。我的意思是，愚蠢和二逼在我一方。

科长说，但是……

老三说，对。但是。您想过没有？智者千虑必有一失。我怎么可能因为大长脸、鞋拔子、一宿摸不到头，不让我进去看电影就开车把他撞死了？这可能吗？合乎逻辑吗？

马科长说，合乎逻辑。

老三说，您说合乎逻辑是吧？好。我想跟您说这样一个道理。您听听我讲的是不是这么个道理。我要想撞死他，首先必须有充足的理由，我不可能瞎整啊。我得策划一下，应该怎么才能把他撞死，自己还能逃之夭夭，逍遥法外。

马科长有兴趣地问，那你应当怎么撞呢？

老三说，不是说我怎么撞，我是说，撞死一个人必须要有充分的理由。

马科长问，那我倒要请教你一下，那是什么样的理由呢？

说罢，转过头来对助手孙梦花说，听见没有？你单靠在警校学的那些东西，包括和师傅学的东西还是不够的。有时候我们还要向嫌疑人学习，向他们请教。

孙梦华说，罪犯是侦查员最好的老师。

老三问，怎么，我现在成罪犯啦？

马科长说，你现在是犯罪嫌疑人。这就像一个鸡蛋，还没有孵出小鸡儿，尽管它肚子里已经有小鸡儿了，但也只能算是鸡蛋不算小鸡儿，等鸡蛋孵出小鸡儿以后才算小鸡儿。

老三说，明白了。您听我慢慢跟您说。

马科长说，我有的是时间，你慢慢说吧。喝水吗？

老三说，不客气。我不渴。谢谢。

马科长掏出了烟卷儿说，整一支？

老三犹豫了一下，烟可以。

马科长递给老三一支烟，并替他点燃。

老三说，打火机不错。

马科长说，德国货。

老三感慨地说，德国货就是好啊。

马科长说，好，我们言归正传吧。

老三深深地吸了一口烟说，比如，我是说比如，不是真的。

马科长笑着问，那是在怎样的情况下，或者怎样的背景下，他死活不让你进去看电影，你就把他撞死了。我是说比如。

老三说，那只能说鞋拔子不让我进去看电影，是一个撞死他的诱因，是一条导火索。首先，我必须跟鞋拔子有血海深仇。

马科长问，那是什么样的血海深仇呢？

老三说，比如说，他撬了我的对象，并且把我对象给睡了，还搞出了大肚子。再比如说，当众殴打我的父母，侮辱我的父母，而且不赔礼不道歉，非常张狂。在这种情况下，马科长，我是有啥说啥，在这种情况下，以我的性格，我的个性，我的暴脾气，才有可能开车把他撞死。

马科长说，很好，说下去。

老三说，但是，这得有一个前提条件，开车的时候我必须事先喝了烈酒，才产生了这样恶毒的想法。这应当叫激情犯罪吧？

马科长说，榆木疙瘩酒吧里就有烈酒，97 度，是吧？你喝了多少？

老三说，这你们都知道啊。他是有 97 度的烈酒，我也尝了一丢丢，还是兑的雪碧，什么都不当。如果我真喝了 97 度的烈酒，把鞋拔子撞死了，那应当属于激情犯罪。可我没喝。

孙梦花说，所以你这不叫激情犯罪，是蓄意杀人罪。

马科长说，你好像挺喜欢看公安方面的报刊吧？

老三说，我跟您说，所有的犯罪嫌疑人，罪犯，包括像我这种进过局子的人，都喜欢看公安方面的书籍、报纸和杂志。现在不是提倡读书吗？我们这种人也得学习，也得读书。当然书读得好哇还是坏呀，那只有天知道了。但事实证明，无论是学士、硕士、博士，还是博士后，只要是犯了罪，无论读多少书，最后最后，还得落你们手里。

马科长说，好了好了，回到正题吧。还博士后，你咋没说博士后导师呢。

老三说，好，回到正题。我不过是去曾经工作过的电影院看一场电影，而且电影院里看电影的人又不多，整个电影院大概也就十几个人……

马科长说，等等，等等，你怎么知道影院里就十几个人？

老三说，我当然不知道，是那个劝他让我进去看电影的工友说的。

马科长说，哦，你接着说。

老三说，我出来的时候还想，你不让我进去，等着，我总有一天把你活活掐死。

然后，老三咬牙切齿地说，让他在我的身下像蛇一样地扭来扭去，直到断气儿为止。

马科长笑着说，你做到了。

老三立刻像喊口号的那样说，我可没撞人。我不过是想象。但是，我也没想到鞋拔子的家就住在玛莎街附近。

孙梦花说，是你跟踪发现的嘛。

老三说，警花同志，您能不能不闹？干吗呀？下套哇？好玩儿是吗？天地良心，我根本没跟踪他。而且我也不知道他家在哪条街上，是你们刚才说他家在这条街上，我才说他家在这条街上。

马科长说，你是开车跟踪才发现他住的这条街上的。

孙梦花说，仇人见面分外眼红，所以你怒火中烧，开车冲过去把他撞死。是，还是，不是？

老三斩钉截铁地说，不是。我开车去玛莎街是看我的狱友榆木疙瘩。

马科长听了之后笑着说，你再仔细想想，这大雪咆天黑更半夜的，你抽什么邪风去看你的哥们儿榆木疙瘩呢？你想好了再说。

这时候传来了轻微的敲门声。

马科长看了看墙上的表说，行啦，今天就先到这儿吧。你小子不累我还累呢。

临起来的时候，马科长说了一句，现在鞋拔子正在医院进行尸检，等结果出来就知道是不是你的车撞的了。你先回到号里好好想一想。何去何从，一切由你来决定。简单说吧，你有故意杀人的重大嫌疑。

老三立刻叫了起来，什么什么什么什么？我有故意杀人的重大嫌疑？

马科长说，假如不是你干的。我是说，假如，那么你知道是谁干的吗？

老三说，啥？因为我不知道谁干的，就是我干的？

孙梦花说，这是你自己说的。

老三说，懂了，懂了，懂了。你们抓不着杀人凶手，又没法向上级交差，没法给被害人家属一个交代，于是就想着把我当成替罪羊。是这个意思吧？

孙梦花说，你作为犯罪嫌疑人有为自己辩护的权利，辩护你没有杀人。这是一。

老三说，二？

孙梦花说，二，你必须拿出你有不在现场的证据。

老三说，三？

孙梦花说，三，你有充分的证据证明被害人不是你杀的，而是另有他人。

老三说，四？

孙梦花说，没有四。

这时候进来一个警察，悄悄地跟马科长耳语了一番。

马科长说，好了，把他带回去。

老三问，急事儿？

马科长觉得老三挺有趣儿，说，对呀。今天中午食堂卖山东大包子，去晚了就没了。

老三听了长长地叹了一口气说，羡慕嫉妒恨呐。

孙梦花说，拘留所的在押人员也有，不过是素馅儿的，没肉，健康食品。

17

马科长从预审室出来以后，看见检验科的赵红旗提着一个兜子，问，咋的？送礼都送到预审室来了？

赵红旗说，对，送礼。

三个人边走边调侃，来到了检验科。

赵红旗坐在电脑前，把 U 盘插进电脑，打开之后说，马科长，你看，这是老三那辆商务车的风挡玻璃碎片。我们拼的时候发现少了一条。

马科长仔细地看了看，确实少了一条。就是那条标枪形状的玻璃，长约 50cm。

马科长问，有问题吗？

赵红旗说，你是真不知道还是假不知道？就在当天晚上，玛莎街还有一个外号叫“黑子”的家伙被人杀了。凶手使用的凶器，估计有可能是你们提供的这条没拼上的玻璃。看到没有？这片玻璃上有血迹。

马科长说，不对呀。我们在现场的时候没发现死者身上有伤啊。

赵红旗说，你说的是另一个。是不是那个叫什么诗歌的人？

孙梦花说，刘诗歌。

赵红旗说，这是又一个。

孙梦花说，天呐，咋又一个呢？

马科长问，这个叫黑子的死者你们是在哪儿发现的？

赵红旗说，离老三的面包车不远的沟里，大雪像鸭绒被似的把他盖住了。

马科长说，你是什么时候知道的？

赵红旗说，刚刚。给你打电话不接，发短信也不回。我不可能全世界去通知你吧？事关重大，没招了，我才去审讯室把你叫出来。

说着，赵红旗将手里的一个文件袋递给他，说，这是全部资料，刚拿到的。今天中午食堂是山东大包子，咱们得早点儿去。

马科长说，别包子了。孙梦花，马上去现场。

孙梦华自言自语地说，没想到一个晚上，一条街，死了仨。

18

在拘留所的号子里。

老三特别后悔，他觉得自己不应当撒谎。撒这个谎有什么用呢？就应当实话实说，胡同里赶猪，直来直去的，说，晚上我没请示领导，私自出车看电影去了；电影没看成，停在电影院外面的车风挡玻璃反倒让人给砸了。谁砸的？不知道，要知道谁砸的就好办了。如果让我抓着现行（这时候老三完全进入了自我幻想阶段），我就拿雪团子大把大把地往他嘴里塞，把他舌头给冻下来。

幻想到这儿。老三想，当然也不可能让我抓到现行。就是这个世界上最傻、最笨、最二的坏人，也绝对不会当着车主的面儿砸人家车的风挡玻璃。除非这个人喝醉酒了，或者有精神病。

想在这儿，老三猛地一拍自己的脑门儿，娘吔，说不好真就是一个神经病砸了车的风挡玻璃呢。

老三之所以这么判断也有他的道理。很简单，因为他车里啥值钱的东西都没有。正常情况，想砸你车风挡玻璃的人肯定有所图，比如说，车里有值钱的东西，或者砸玻璃的人心情不好，跟老婆打仗了，再不就是受领导欺负了，或者是被一大群误解，被逼得发疯了，就拿我的车发泄他内心的愤怒。

老三想，这种可能性也不是没有啊，但很少。通常，发泄愤怒的人并不是完全丧失理智，很有可能这个砸车风挡玻璃的人是一个胆小鬼，他不敢拿让他愤怒的人发泄，八成他也不是对方的对手。可是内心的愤怒总要发泄出去吧？最后就拿车来发泄。毕竟车不会反抗。

可老三心里又开始画魂儿了。他想，有没有另外一种可能呢？这个人也是个司机，但是常年没有车开，或者有车开，开的是那种破车，是亲戚朋友都看不起的那种过了气的破车。开这种车的司机在同行当中特没面子。这一点老三是有体会的。在他刚刚开车的时候，就开了差不多三年的那种老式的三轮汽车，开起来，咚咚咚，咚咚咚，比拖拉机的声还大，而且减震一点儿也不好，特别颠。同行直笑话他，说老三哪，你可以加点儿小心，别把你的小弟弟给颠下来，那就没法传宗接代了。那种低人一等的滋味儿不好受哇。所以，这个砸车的家伙见到了新车，又是一辆高档的商务车，什么心情？恨哪，要破坏它，把它变成破车。

幻想中的老三认为，凡是有这种情绪的人，回到家常常是闷闷不乐，借酒浇愁，喝了酒之后出来散心。可是借酒浇愁愁更愁哇。逛啊逛，逛到我的车跟前儿了。看到我的车这么漂亮，心里更难受了。就是在这种情绪驱使之下，捡起了旁边的一块石头，日他娘的，老子把你的风挡玻璃砸了。

想到这儿，老三还是觉得不对劲儿，雪下得那么大，这家伙上哪儿去找石头去？所有的街道都被大雪覆盖了，能看见石头吗？大石头可以，可是，大石头他搬得动、举得起来吗？就算他能举得起来砸风挡玻璃，那大石头还不得干到车里去呀？可是，车里不但没发现大石头，连小石头都没有哇。可车窗玻璃被砸这是事实。那么，究竟是啥东西把自己车的风挡玻璃砸了呢？

老三后悔当初自己没有勘查一下犯罪现场，仔细地寻找一下犯罪的物证。要知道，一个罪名的成立必须得有人证、物证，少一个都不行。想到这儿老三糊涂了。可转念一想，自己为什么要想这些破事儿呢？爱他妈的谁砸谁砸的。究竟是谁砸的，包括寻找人证、物证，那是警察的事儿，跟自己有一毛钱关系吗？我这不是二吗？

但老三想，也不能说自己想的这些没用，万一碰着一个弱智的警察，咱可以把以上的这些推理提供给他，帮助他早日破案。这样不就可以尽早地洗清自己的不白之冤吗？

想到这儿，自己啥不白之冤呢？这不都是自己造成的吗？这叫偷鸡不成反蚀一把米。哪是一把米呀，是一大袋子米。还他妈的戴上了一顶杀人嫌疑犯的帽子。即便是冤枉也怨不着别人呐。当初撒那个谎干什么呢？二逼。

19

再说事发当天的丁香电影院。

老三从丁香电影院收拾好风挡碎玻璃以后，慌里慌张地开车走了。他觉得自己没看上电影就挺够丢人的了，再让鞋拔子看见自己车的风挡玻璃被砸了，那人可就丢大了。

老三像逃跑一样快速地离开了电影院。

一边开车他一边盘算怎么和马主任说这件事。他想，总不能说晚上自己开车去看电影吧？才开了几天车呀，就这么胆大妄为私自出车？再说了，没跟马主任打招呼就私自出车这是铁定的毛病。虽然说马主任是他舅，可毕竟假舅不是真舅啊。

想到这些，老三差点眼泪没掉下来，心想，要是马主任是亲舅该多好啊。我就跟他说，舅，您外甥犯了一个大错，您就打我吧。把悲情牌一打，完事儿了，有啥事儿也不是事儿了。

老三低着头苦思冥想着。他觉得自己的想法，包括刚才想的那些乱七八糟的东西，有用，也没用。说有用，毕竟是一种思路；说没用，自己的这些思路等于零。关键是，当初自己就不应该因为这点小事儿撒谎。可当时自己为啥非要撒谎呢？假如承认自己私自出车看电影又能怎么样呢？公司把自己炒了？有这种可能。但是，毕竟有舅舅罩着。假舅也是舅啊。

陷入如此的窘境，老三觉得自己特委屈、特无助，他真想放开喉咙大哭一场。

20

那个被人“杀掉”的倒霉蛋叫黑子。黑子是他的外号，至于具体叫什么名字，为了保护黑子的隐私，我这里就不公开了。

本着有错必纠、有案必查的原则，为了把这件事调查清楚，马科长和他的助手孙梦花一块儿去了黑子的家。他们在黑子身上发现了几个疑点，其中最重要的一点是，从黑子的身上找到了两张被害人当天晚上去佳木斯的火车票。从被害人，即黑子的死亡时间上看，显然，案发时早已过了火车发车的时间了。这样，问题就来了，为什么这个叫黑子的家伙没坐火车去佳木斯呢？

孙梦花说，马科长，要是这个叫黑子的人坐火车离开这座城市，或许他还能保住自己的命。

马科长说，花呀，要是、但是、如果、假如，这是咱们这一行最避讳的词儿。

孙梦花说，马科长，你看你，我这不是跟你闲唠嗑吗？

马科长严肃地说，在破案过程中没有闲唠嗑，只有用科学的方法分析案情。你的意思我明白，你的分析是，这个叫黑子的被害人是偶然被人杀的，并不是预谋杀人，也不是报复杀人，或者仇杀。

孙梦花说，马科长，我还真不是这个意思。我认为这个黑子被杀的背后一定另有玄机。

黑子的家。

黑子的老婆说，你们去找白光吧，他俩好得穿一条裤子都嫌肥。白光啥情况都了解。虽然我跟这个王八犊子在一个炕上睡了三四十年，但是，不知道这个犊子玩意儿一天到晚，蔫儿蔫儿地都干些什么事儿。这么说吧，我们俩人儿凑在一起既不像搞破鞋，也不像是搭伙，夫妻那就更不像了。死就死，死了，死了，死了就完事儿了。我跟他也过够了。

孙梦华问，阿姨，您好好想一想，黑子有没有什么仇人？或者是最近得罪了什么人？

黑子的老婆说，我不跟你说了吗？这些事你去问白光，我啥都不知道。平常我俩在家——没话。

21

在去找白光的路上。

孙梦花说，马科长，现在这人哪，没外号就好像不是个人似的。我估计这个白光也是外号。

马科长说，估计是？

孙梦花忙说，我错了，我错了。我又瞎估计了。

马科长和助手孙梦花很快找到了黑子的好朋友白光。

没想到的是，白光却反问马科长，警察哥哥，你对黑子的媳妇儿印象咋样？

马科长说，没什么特别的印象，就是感觉有一丢丢的泼。

白光听了之后佩服地说，倒是警察呀，警察的眼睛就是×光。

然后，白光开始介绍黑子这个人。

他说黑子是一个老实的男人。说完猥琐地笑了，说，但是，这小子内心并不老实。他娶的这个媳妇儿非常不称心。警察哥哥，刚才您不是说这个娘们儿是个泼妇吗？她不光是泼妇，还是个丑泼妇。

孙梦花说，既然知道丑当初为什么还要娶她呢？

白光说，这人哪，都有鬼迷心窍的时候。当初他俩搞对象的时候黑子跟我说，这小姑娘挺好的，就是眼睛小点儿、嘴大点儿、招风耳、有点酒糟鼻子。我心想，这五官也没啥像样的地方了。可是黑子相中了。警察哥哥，从黑子这件事上我算明白了，当一个男人鬼迷心窍的时候，不一定注意到女方的这些缺点。结婚后不长时间，两口子就开始打，而且是天天打。这么说吧，不论黑子做什么事情他媳妇儿都看着不顺眼。懂不？而且这娘们儿不管有人没人，一点儿也不给黑子面子，当着外人的面把黑子损得像个三孙子似的。我跟黑子认识的时候，那可是一个阳光大男孩儿，喜欢画画，喜欢书法，喜欢唱歌，挺开朗的，见了女孩子一点儿都不害羞，夸夸其谈，有说有笑的。自打娶了这个娘们儿，你看把黑子造得，衣服得自己洗，饭得自己做，屋子得自己收拾。其实，黑子本不是一个蔫了吧唧的人，愣是他媳妇把他打得蔫头耷脑的。

马科长很奇怪，他老婆这是为什么呢？

白光说，为什么？要泼呀。要泼对这个娘们儿来说就是一种享受。警察哥哥。

孙梦花踢了踢马科长。马科长立刻醒悟过来，说，好了，咱们不说他老婆了。说说黑子的情况，特别是他被害当天晚上的情况。你知道当天晚上黑子打算坐火车去佳木斯的事吗？

白光说，这你可问对人了。黑子的事也只有我知道，不可能有第二个人知道。

孙梦花说，白叔……

还没等孙梦花把话说完，白光立刻叫了起来，我不姓白，我姓赵，知道吗？

马科长笑着问，那，赵先生，人家为什么管你叫白光呢？

白光说，我还有一个外号叫“老支输”。就是别人打牌的时候，我喜欢在旁边支招，结果被我支招的人都输了。所以这帮混蛋的玩意儿给我起了个外号“老支输”。白光是咋回事儿呢？是被我支招的人输了以后怕他们骂我，我嗖一家伙，像一道白光，跑了。

孙梦花说，这么个白光呀。

马科长说，跟你聊天儿非常有意思。你接着说，黑子当天晚上是怎么个情况？

白光说，黑子是一个挺窝囊的男人，在单位也好，在朋友当中也好，特别是在家里就是一个受气包。家里的老婆又是那个德性，不少工友、同事、朋友，包括我，都劝他离婚算了。人生在世就一回，你这个罪要遭到啥时候是个头呀？你也对不起自己个儿呀。但黑子不敢。黑子说如果他媳妇儿听说他要离婚，非拿菜刀砍了他不可。他们吵架的时候，他老婆把窗户、门全都打开，整个社区都能听见。整得黑子一点面子都没有。警察哥哥，你也是个男人，你说咋办？这么说吧，如果我摊上这种娘们儿，那肯定是鸡蛋壳开屁股——乞里咔嚓，一脚把她踹出门去。

白光说到这儿，问，警察哥哥，我是不是有点走题了？咱还说黑子。所以呀，摊了这么个娘们儿，黑子就一直想搞破鞋。可他胆儿小，不敢。他跟我说他看好了一个超市的营业员，这个营业员是有丈夫的，而且她丈夫经常揍她。也不知怎么的，一来二去的，黑子跟这个营业员扯上了。其实，所谓的扯上也没什么实质内容，就是见了面儿一笑，说几句话。咱再说这个女的，也是有贼心没贼胆，不太敢跟黑子扯但又想扯。要不说，男女之间没有友谊，只有爱情呢。正赶上这个女人老妈生病，要坐火车回佳木斯看望老妈。黑子知道了，说，咱陪你一块儿去中不？这女的开始也同意了。黑子说，谢谢你，我先买火车票。买俩软座。然后，我在火车站那个纪念塔下面等你。

孙梦花问，结果呢？

白光说，结果，黑子在火车站那个纪念塔下一直等到火车都开了，那个女营业员也没来。警察哥哥，我估计是害怕了，怕她丈夫知道。

马科长问，你怎么知道？

白光说，黑子给我打电话了，可怜兮兮地问我咋办。警察哥哥，黑子就是这么一个人，他也没个倾诉的对象，就我这么一个。我说，那你就回来呗。黑子说，可我有点儿不甘心，我这辈子也就这么一次机会。要不，我再等等？我说火车都开了你还等个屁呀。黑子说，我看看下趟车玫瑰能不能来。反正我跟我老婆撒谎说我今天晚上值班儿。

马科长问，谁是玫瑰？

白光说，就是那个女营业员，叫黄玫瑰。

马科长说，你接着说。

白光说，我问黑子下趟车是什么时候，他说明天早晨 7 点。我说，我的傻兄弟，傻逼洛夫卡，快回来吧，别说是黄玫瑰，就是红牡丹她肯定是不去了。

马科长说，怎么又冒出个傻逼洛夫卡？傻逼洛夫卡是谁？

白光说，警察哥哥，傻逼洛夫卡是黑子的爱称。黑子在那边叹了口气说，行吧，我也别傻老婆等蔫汉子了。回去。警察哥哥，整个情况就是这样。

马科长说，你认识这个黄玫瑰吗？见过吗？

白光说，见过。实话实说，大圆脸，大屁股，大奶子，颧骨高高的。老话讲，颧骨高杀夫不用刀。咋样？靠，黑子把命丢了吧？

马科长问，你知道这个黄玫瑰住哪儿吗？

白光说，住哪儿不知道，她就在那个“便小民仓买”上班。警察哥哥，你到高德地图上一查就能查着。到那儿就能找到她。

马科长说，好今天就先到这儿，有事儿再来请教你。走了。

白光诚恳地说，警察哥哥，在家吃点儿饭呗。

22

便小民仓买。

马科长和孙梦花一眼就认出了黄玫瑰，这女人颧骨是挺高的，但并不是那么明显，也没有白光说的那样长得那么难看，还可以的。孙梦花掏出了警官证对玫瑰说，我们想找你了解点儿事情。

黄玫瑰一听黑子死了，而且是被害，当时就哆嗦起来，眼泪哗哗的，不断地说，怎么可能？怎么可能？为什么？黑子，这究竟是为什么呀？

马科长问，你怎么认为黑子不可能是被害呢？

玫瑰说，害这么一个老实人干啥呀？一没钱，二没权。

孙梦花在一旁讪笑着说，人长得还可以嘛。

黄玫瑰叫了起来，咋说话呢？长得好看就得被害呀？

马科长盯着黄玫瑰的眼睛不动声色。黄玫瑰是一个聪明的女人，她立刻明白了这眼神背后的含义。她用纸巾把眼泪擦干，平复了情绪之后，说，警官。我跟你们说实话吧。我跟黑子是挺好的，是男女朋友。但我对天发誓，我们俩从来没有越界。

孙梦花问，什么叫越界？

黄玫瑰说，就是我们没干那事儿。

孙梦花问，哪事儿？

黄玫瑰说，那事儿就是在一起同房。这你应该明白了吧？就是说我俩没在一起搞破鞋。

孙梦花说，你这么说我就明白了。

黄玫瑰接着说，我们俩好是因为他老婆不待见他；我在家里，我男人也不待见我。算是同病相怜，有共同语言，共同话题。但是，有缘没分哪……

马科长打断了她的话说，现在黑子死了。你说说黑子死的那天晚上你们俩都干了些什么。

黄玫瑰说，关于那天晚上的事儿，我们两个也策划了一段时间，之后才决定迈出这一步的。正好赶上我娘家妈生病，我就借个理由回佳木斯去看我老妈，黑子跟我一块儿走。到了佳木斯我先回家看我老妈，黑子住宾馆。我这边完事了去宾馆找他。决定一不做二不休把男女该做的全做了，痛痛快快地干一把。哪怕事后我们两个都离不成婚也算是报复了他们了。

马科长问，那你为什么没去火车站呢？

黄玫瑰说，本来我是要去的，行李、洗漱用品、给我妈买的补品都准备好了。我男人也知道我要去我娘家妈那儿去。在我临出门儿的时候他发现我的背包里有避孕套，上来就给我两个大耳刮子，问我，带这东西干什么？我一看，这没什么好说的了，当时也不知道从哪儿来的勇气，心想，武大郎服毒，吃也死，不吃也死，豁出去了。我说，你装什么少男少女？这东西干什么用你不知道啊？你说干什么的？我心想，我这么说他还不得把我一顿暴揍哇。可我心里特别坚决，特别勇敢，特别特别，心想，这日子反正我他妈的也过够了，你打就打，打死了我就省事儿了，打不死我就跟你干，从今以后我就是个战士。

说到这儿，黄玫瑰扑哧一声乐了，倒把马科长和孙梦花搞蒙了。黄玫瑰说，可我做梦都没想到，我男人扑通一声给我跪下了，鼻涕一把泪一把地说，玫瑰呀，我对不起你，你千万别跟我离婚，你也别出去搞破鞋了，今后我百分之百地对你好，你想咋的就咋的，咱们家你都说了算，你要让我上东我不向西，你让我撵狗我不撵鸡。我对天发誓，只要你不离开我啥都行。说完，咣咣的，跪在地上给我磕头哇。我一看，一把从他手里抢过避孕套，说，骡子！给我。你他妈不能生孩子，我还能生呢。我不能让你这个混账男人把我耽误了。我问你，臭骡子，哪个女的不想做母亲？我男人跪在地下可怜兮兮地说，我上医院治行不？实在治不好，咱要一个孩子中不？我指着他的鼻子问，要的是我亲生的吗？我男人可怜兮兮地说，那我就接着治呗。肯定能治好的，现在医学多发达呀。后来，他就上我手里抢避孕套，我就不给。抢来抢去，最后我心软了，唉，啥也别说了，这就是命啊。这时候电话响了。我跟我男人说，看见没有，来电话了，就是那个男人在火车站等着我呢，着急了。你要不要去会会他？我男人扑登一声站了起来，说，我去会会他。说着就钻进厨房去拿菜刀。

马科长和孙梦花相互对视一眼。

黄玫瑰说，我坐那儿一动都没动，说，只要你敢出这个门儿，咱俩这个婚是离定了。我男人立刻站住了，菜刀咣当一声扔在地上，抱头哇哇大哭，说，熊人哪，熊人啊，我这是黑瞎子拍门——熊到家了。

马科长问，那他到底去没去呀？

黄玫瑰说，没去，他也不敢去。哎呀，这一宿啊，我心里又高兴又难受。我男人那个殷勤呐，又打洗脚水给我洗脚，又给我冲奶粉，还要给我按摩。哎呦，我的妈呀，使唤丫头眨眼功夫便成了正宫娘娘了。

孙梦花冷着脸问，那你男人到底出门儿没出门儿啊？

黄玫瑰说，没有。我明白你说这话的意思。你们也看明白了，我男人就那个熊样。那天晚上他算是露出了本性，啥也不是，狗屎一坨。他杀人？他杀鸡都不敢，他就打我的章程吧。现在连我也不敢打了。

23

审讯室。

开始的时候，来一打是一副满不在乎的样子，笑嘻嘻地问马科长，你怎么知道我的外号叫“来一打”？

孙梦花在一旁说，地球人都知道。

来一打说，这么神奇吗？我这么有名吗？这么说我是名人了。哈哈。

马科长说，你不单是名人还是犯人，杀人犯。

来一打听了打了一个寒战，说，马科长，咱不带这么吓唬人的。我咋就成了犯人了？还杀人犯。我不就是喝点儿酒吗？政府又不禁酒。再说，我喝酒又不是酗酒。要不我的外号怎么叫“来一打”呢？马科长，不是我吹牛皮，我喝酒没醉过。不但我没醉过，我爹、我爷爷、我太爷都没醉过，都能喝，而且都喜欢喝。

马科长说，行了行了，别跟我耍花舌子了。说说那天在榆木疙瘩酒吧喝酒，你都干什么了？

来一打说，上酒吧能干啥？喝酒，吹牛皮，就这两样。别的啥也没干。

马科长说，除了喝酒吹牛皮之外，中间你是不是出去了一趟？

来一打说，中间出去了一趟？这我得想想，那天喝得有点飘，差不多有一打半。我想想，我想想，对，中间我是出去了一趟，出去尿尿了。马科长，我出去尿尿没毛病吧？

孙梦花说，酒吧里有卫生间你不去尿，为什么非要到外面尿呢？

来一打说，嗨，就这事儿啊？这事儿怎么说呢，按说屋里是有卫生间，很方便。可是，就在我起来要去卫生间尿尿的那一瞬间，你说我看到什么了？我看见窗外大雪纷飞，一下子就想起来小时候我们几个淘小子，下晚儿放学回家的路上，看到厚厚的大雪，大家都掏出了小鸡鸡在雪地上站成一排，开始尿。一人尿一个雪窝窝。太好玩儿了。我一想到这儿，立马改变了主意，决定出去尿一个雪窝窝。

马科长问，在哪儿尿的？

来一打说，这可有点记不清了。

马科长问，在哪儿尿的还需要隐瞒吗？

来一打说，这有啥可隐瞒的？一个尿尿。就是在外面，嗯，离这酒吧不远，沟边那儿。

看到来一打手上还缠着绷带，马科长问，你手上的伤是怎么回事？

来一打说，我当时手里握了一个玻璃碴子，有点儿握大劲儿了，把手割破了，出血了。当时我不知道，我本来是拿着玻璃碴子吓唬他，他往后一退，靠，栽沟里去了，把我还吓了一跳。

说完，来一打定定地看着马科长。马科长微笑着看着他，一副胸有成竹的样子。

来一打说，我明白了，我明白了，我全明白了。马科长，我也查了一些资料，我当时的行为，往天大了说也就是属于激情犯罪。

孙梦花听了噗嗤一声乐了，说，还挺专业的，知道激情犯罪。那就说说你整个激情犯罪的过程吧。

接下来，来一打开始讲述自己整个“激情犯罪”的过程。

24

来一打跌跌撞撞地从榆木疙瘩酒吧出来之后，直奔老三停在地下管道沟土堆旁边的商务车。到了商务车的前面，他一边掏家伙尿一边看。开始他以为自己是看花眼了，他发现这辆商务车咋没有风挡玻璃呢？雪花正不断地往车里干呢。就在这时候，他听见旁边传来咯吱咯吱的声音，一看，黑子走过来了。当然，当时他并不知道这个人是谁，更不知道他叫黑子。人有这样的自然属性，中学就学过巴普洛夫学说，条件反射。那家伙也凑过来尿。

黑子站在来一打的旁边掏出家伙开始尿。来一打侧过头来看了看这家伙，觉得挺有意思。这伙计是不是也有“童年情结”呀？来一打友好地龇牙冲他笑了笑。没想到黑子说，瞅啥？没见过尿尿啊？来一打听，哟嗬，瞅都不行？你那家伙是金的呀？我他妈的就瞅了，怎的？黑子本来气儿就不顺，这可算有一个撒气的机会了，立刻转过身来往来一打的鞋上尿。

地球人都知道，黑子是一个老实人，一个谦谦君子，一个礼让有加的人。但是，他还是一个没有脱离低级趣味的人。那一瞬间，黑子对自己的言行也吃了一惊，心想，今天咱总算是有了一点儿男子汉气概了。

来一打见黑子往自己鞋上尿，立刻闪到一边，然后四处撒目想找个家伙。这时候，来一打发现不远处的雪堆上有个东西亮晶晶的，他一看，是碎玻璃片儿，也不管干净埋汰了，拿起那片儿碎玻璃就朝着黑子冲了过来。黑子的尿还没尿完呢，还有半截在肚子里，一看来一打手里拿着一个亮晶晶的家伙冲了过来，以为是刀，吓得立刻往后退。黑子一边往后退一边说，你要干啥？你想干啥？来一打说，你说干啥？我今天非宰了你个兔崽子不可。我看你一眼是他妈的看得起你，你还往我鞋上尿尿，胆儿肥了是不是？今天老子就好好教育教育你，非把你的家伙割下来不可，让你尝尝当太监的滋味。就这样，两个人相持着。来一打一步一步地往前逼，黑子一步一步地往后退。黑灯瞎火的，黑子没注意到自己已经退到土沟的边缘了。可来一打看到了，就没再往前逼，怕这家伙掉到沟里去。来一打虽然是一个酒鬼，但是作为人的正常的良知还是有的。但黑子误解了，他以为来一打是先往后退，然后再猛地往前冲。一般短跑运动员不都是这个样子吗？在发令枪没响之前都是往后坐一下，枪一响再往前冲，这样有爆发力。黑子赶紧往后撤了一步，没想到直接栽到沟里去了。

按说，人栽到沟里也不至于摔死。再说，自打这个下水管道开沟之后就曾有人不小心栽到沟里去过，顶多是受点轻伤，上点儿消炎药也就是了。不过，挖了水管道沟之后，因为垃圾车开进来困难，开进来又倒不回去，于是，附近自律性比较差的居民就开始往沟里倒垃圾和污水。一来二去地，很快就冻成了一大片厚厚的“冰川”。黑子是倒着栽到沟子里去的，后脑勺磕在污冰上。别看天天喊人定胜天、人定胜天，其实人的生命是非常脆弱的。黑子栽到沟里后当时人就挂了。

说起来，来一打也不是什么坏人，爱喝酒就是坏人吗？不一定的。当然，也不是什么高尚的人、纯粹的人。如果是好人，他就会下去把黑子拉上来。这样，就有可能经过手段高明的医生救治，黑子还有一线活的希望。当时来一打没认为事情会这么严重，能摔死人。心想，他妈的，让他自己往外爬吧。瞅一眼都不行了，瞅一眼能死啊？然后顺手把碎玻璃扔到雪堆里，走了。

来一打回到榆木疙瘩酒吧。

疙瘩一眼就看到他的手出血了，忙问，咋的了兄弟？手咋出血了呢？

来一打往自己手上一看，这才发现自己的手出血了，说，没事没事，刚才让玻璃碴子给割了一下。

之后，他的酒友李半截，还有疙瘩赶忙找出纱布给他包扎。李半截还说，你看看你，尿尿还挂彩，要是拉屎你还不得残废了呀？来一打说，可不是呗。但他没说黑子栽到沟里的事，心想，让那家伙慢慢儿往外爬吧。想到黑子往外爬的样子，来一打咧嘴乐了。李半截说，还他妈乐呢。

25

那么，鞋拔子究竟是不是老三开车撞死的呢？有没有那种可能，风挡玻璃已经碎了，大雪飞到车里，人睁不开眼睛，于是把鞋拔子蹭了一下，但由于视线太差老三不知道？有没有这种可能？

其实，那天晚上鞋拔子心情特别好，非常兴奋。不管怎么说，今天自己总算是出了一口恶气。当然，能够出了这口恶气还有一个潜在的原因，就是，毕竟老三不在电影院工作了，走人了。老话说得好，“人在人情在”，只要你不在这儿干了，对方立马就意识到你对他的威胁没了，你过去的优势也随之不复存在了。这可不是你在的时候，目空一切，想欺负谁就欺负谁，被欺负的人无力反抗，窝囊，憋气。过去你调侃对方，对方只能装大度，一笑了之。现在你不在岗了，还想让对方像过去一样对你低眉顺眼？咋想的？

这就是那天晚上鞋拔子不让老三进去看电影的动因。

鞋拔子下了班儿以后，夜班儿嘛，电影院外面正大雪纷飞，北风呼号。天冷路滑，视线不好，路不好走。是，电影院有夜班职工宿舍。院方不但给上夜班儿的员工安排了住宿的地方，还准备了夜宵，而且夜宵相当不错，饺子、面条、鸡蛋，全免费。那么，鞋拔子为什么放着这么好的待遇不要，非要冒着凛冽的风雪回家呢？说起来也怪让人同情的。平时，鞋拔子的媳妇儿瞧不上鞋拔子，认为他窝囊，不是个男人，像个娘们儿，一天到晚总数落他。这几乎是大多数女人的通病。再加上“鞋拔子”这个外号是他媳妇儿最不愿意听到的，好像她找老公有审丑嗜好似的。一次她去电影院找赵刚强，居然没人知道谁是赵刚强。这时候主任崔阎王过来了，说，鞋拔子就是赵刚强，赵刚强就是鞋拔子。这对赵刚强的媳妇儿是一个很大的刺激。回来对鞋拔子说，你们电影院没一个好人，包括你们主任崔阎王。并追问赵刚强，谁给他起的鞋拔子这个外号。鞋拔子说，老三呗。鞋拔子的媳妇儿听了之后气得直喘粗气。可这又有什么办法呢？你总不能像收拾自己男人那样去收拾别的男人吧？但外号就像是一个人的影子一样，像古代囚犯脸上的金印，短时间内无论如何是摆脱不掉的。今天鞋拔子终于出了这口恶气。他想第一时间把这份喜悦告诉媳妇儿。假如今天晚上不告诉媳妇儿的话他一宿也睡不好。所以无论同事怎么劝他都非要回家不可。同事问他有啥急事儿啊，鞋拔子撒谎说，今天晚上我必须回去，家里的自来水管漏水，万一漏水把家里泡了就傻眼了。同事一听是这个原因说那你得回去。但他们没有想到鞋拔子会撒谎，更猜不到鞋拔子撒谎是急着回家跟媳妇报喜去。

由于兴奋，鞋拔子走的时候忘了换他的那双雪地鞋了。众所周知，黑龙江冬天虽然特别冷，零下二三十摄氏度，但屋子里温暖如春，比南方的屋子里要暖和多了。所以，职工上班之后都会换上便鞋。这种习惯在南方没有，在黑龙江非常普遍。鞋拔子的这双便鞋是一双北京产的塑料底儿布鞋，到了室外一冻，塑料鞋底立刻变得梆硬，小滑板儿一样，走路得格外地小心。不是有那么一句话吗？小心驶得万年船。话是这么说，关键是鞋拔子太兴奋了。开始他走得还挺小心。再加上这座城市清雪效率高，以雪为令，只要一下雪，街道两旁的商家、机关、企业和学校，包括电影院都要出来扫雪，否则罚款。但这是指城市的Ⅰ，Ⅱ，Ⅲ类街道。不是说Ⅳ类街道就没人清扫，也有人清扫。只是玛莎街不是正在挖下水管道吗？没法儿清扫。街道两旁的居民们都是顺着踩出的小道儿上班下班，出门儿回家的。

鞋拔子也是顺着这条小道往家走。但是由于走的人多了，像抛光一样，小道就结上了一层冰，变成了一条水晶一样的冰道。有经验的人会踩着冰道旁边的雪走，这样安全一些。可当时正在下雪，晚上出门的人又很少，那条小道被白雪遮蔽了，小道上只有鞋拔子一个人在走。用诗人的话说，“在写脚书”。经验告诉我们，什么是最滑的地方？上面是一层薄薄的雪，下面是厚厚的像镜面儿一样的冰。上面的雪等于是在冰道上洒了一层润滑剂，要多滑有多滑。走在这样的路上要倍加小心才行。还是那句话，鞋拔子太兴奋了，他一心想着回到家把自己今天的英雄壮举跟媳妇儿述说。是，鞋拔子这样的小兴奋没法跟航天飞机上太空比。但是，小人物的兴奋也是兴奋，小人物的小幸福也是幸福呵。彼此的幸福质量是一样的。鞋拔子一想到两口子开心的样子就更加兴奋不已了，恨不得一步到家。

事情就是这样，假如你走夜路不小心摔了一跤，且比较轻微，他往下走就会注意了。但是鞋拔子心太急了，第一跤就重重地摔在地下，而且是四仰八叉，不是像游泳运动员入水式的往前干的，即俗话说的“狗抢屎”。如果是狗抢屎顶多弄个满脸花，影响容颜是肯定的，但是通常不会有生命危险。鞋拔子是仰面朝天摔倒的，摔倒之后，人半天一动不动，摔蒙了，意识出现了空白，半天半天，才慢慢地缓过来。然后他慢慢地爬起来，一边起，一边还从心里冒出了一句成语，“欲速则不达哟”。

鞋拔子起来之后，慢慢儿，慢慢儿，慢慢儿地，蹭回家。回到家之后不久就出现了前面说的一幕，人挂了。

26

鞋拔子在去医院的途中，在 120 救护车上就挂了。

救护车上的医护人员把扣在鞋拔子脸上的氧气面罩摘了下来。医生和护士还坐在边座上摘帽低头默哀了一阵儿。可鞋拔子的媳妇儿不让医生摘掉鞋拔子脸上的氧气面罩，说，你能保证我老公彻底死了吗？

随行的医生说，您可以怀疑我的人品，但是你不能怀疑我的医术，作为一名医生，死活还是能看出来的。请您相信我，您的老公已经走了，这是事实。不过，您的心情我理解。可这时候鞋拔子的媳妇儿已经完全丧失了理智，发疯似的阻止医生摘氧气面罩。医生无奈地说，好好好，不摘，不摘。听您的。然后嘀嘀咕咕地说，人都死了，还戴着这玩意儿干啥呀？万圣节呀。鞋拔子的媳妇儿说，你说啥？医生说，我啥也没说，我在为您老公祈祷呢。鞋拔子的媳妇问，祈祷有用吗？医生说，尽人事，听天命嘛。

经医院急诊科主任医师的确认，鞋拔子是挂了。这时候鞋拔子的媳妇儿反而显得比较理智。看来人在巨大的悲痛面前不一定一点儿理智也没有。换句话说，情感和理智从来就是一对儿同谋。鞋拔子的媳妇儿说，我知道这件事儿跟你们没关系。但是，我老公生前跟我说过，他可能是被车撞的。麻烦你们再检查检查，他是不是被车撞走的？几位医生听了之后面面相觑。最后，主治医生说，这件事情您可以请公安局的法医来鉴定一下。我们鉴定了也是不算数的。不过，这事得您自己联系、申请。鞋拔子的媳妇儿说，我不知道咋联系呀？主治医生说，我们也可以帮您联系，但费用由死者家属自己承担。鞋拔子的媳妇叫道，我承什么担？这事应当由肇事司机负责。主治医生说，我同意。

法医到达医院的时间是翌日的下午 4 点。白天他还有两具尸检。就是说，不要以为说尸检为大，尸检也得排队。

法医是一个 50 多岁的清瘦男人。他先检查了鞋拔子的头部和四肢。当然得脱光了。然后又拍了 X 光片。一通翻来覆去的检查之后，最后，法医在尸检报告上写："非他杀。系跌倒后头部被硬物撞击死亡。"并签上了自己的名字。鞋拔子的媳妇儿看了尸检报告说，不可能！他就是被车撞死的。法医说，如果你对我的尸检报告不认可，可以申请省或国家有关部门重新鉴定。

尸检查完之后，医生问，女士，您是把遗体拉回家去，还是存放在咱们医院的太平间？鞋拔子的媳妇儿说，如果放到太平间的话影不影响下一次尸检？主治医生说，从理论上说，不影响。鞋拔子的媳妇儿说，既然不影响二次尸检那就先送到太平间吧。对了，存放在太平间你们收不收费？主治医生说，那要看您停放多长时间，时间长了是要收费的，但是三五天的，免费。鞋拔子的媳妇儿说，这些事儿我都得先问清楚了，省得你们以后找后账。

看着鞋拔子被护工推走，鞋拔子的媳妇儿放大悲声地号了起来。

27

其实，尸检的不单是鞋拔子一个人，还有黑子。

鞋拔子被推走之后，法医说，好了，下一个吧。

下一个是黑子。黑子也是应家属的要求做尸检的。

黑子被推了进来。当然，黑子生前是绝对不会想到自己死后还有这么一套程序。法医翻来覆去地检查了一遍之后感慨地说，咱们黑龙江就是这样，天冷路滑，由于走路不小心摔死的人很多。南方就没有这种事儿，海南更少。所以，冬天意外死亡率比南方各省要高。没办法呀。说着，法医在尸检报告上唰唰刷地写了他的验尸报告，并非常潇洒地签上了自己的名字。主治医生问，也是摔死的么？法医说，这几天我一共验了六七个这种意外死亡的。还有一个是喝醉的酒自己栽到沟里冻死的，叫什么诗歌。所以，出门在外就三条：1. 小心。2. 小心。3. 还是小心。

主治医生说，还有一条，冰天雪地出门别喝酒。

法医看了看主治医生说，这一条儿好，以后我也加上。

说完，带上他的器械走了。

28

公安分局，刑侦科办公室。

三份尸检报告放在了马科长面前。马科长仔仔细细地看了这两份报告后，对助手孙梦花说，你现在去黑子的家，把这份儿尸检报告也带上，跟他老婆说明一下情况后，你的工作就算完成了。孙梦花说，我用不用安慰安慰她？马科长说，随便你。有效果你就安慰几句，没效果你就直接走人。我现在提审来一打，看看这件事儿怎么处理。估计怎么也得关他个十天半月的再放，毕竟他威胁了黑子。还有，你通知老三的单位，叫他们把人领走。告诉他们，教育一下自己的员工，以后小事儿别撒谎。

孙梦花稍微一愣，说，马科长，你是不是一开始就知道老三撒谎啊？

马科长说，这小子在我一个远房的表哥那儿工作。刚上班。我跟表哥通过电话，了解过。因为咱们在现场也看到了，玛莎街肯定不是车风挡玻璃被砸的第一现场。是啊，无论是大案子还是小案子、真案子和假案子，经常会伴随着一些巧合。所以，我们必须从这些巧合当中走出来，以免妨碍我们的判断。

孙梦花说，是呗，我也觉得奇怪呢，他总不会用这种愚蠢的方法证明自己撞了人吧？

马科长笑了，这事儿老三也闹心哪。事情就是这样，只要你做了就要承担后果。

孙梦花说，活该，谁让他撒谎了。

马科长说，也真难为这个老三了，大雪咆天的，跑到玛莎街摆这么个假现场。就是心理素质差。心理素质差的人常常是案件后首先被怀疑到的人。

孙梦花说，那个来一打心理素质可不差呀？

马科长说，好不到哪儿去。别看他嬉皮笑脸的，那是一种脆弱的表现。

29

拘留所。

马主任办完了相关的手续之后，把老三从号子里领了出来。

老三见到了马主任一个劲儿地鞠躬，说，舅，对不起，对不起，非常非常对不起。我现在肠子都悔青了。谢谢舅，您还亲自来领我。

马主任说，我不领你谁领你呀？再说了，人家公安局通知的就是单位来领人。你毕竟是咱们单位的职工，我是办公室主任，还是你舅，我能不来领你吗？

老三想了想说，马主任，我现在可不敢叫你舅了。我当时一时糊涂，好面子，车的风挡玻璃被坏人砸碎之后，鬼迷心窍，鬼使神差把车弄到了玛莎街。为啥？就是怕电影院的职工出来看见丢人，尤其是怕鞋拔子看到之后幸灾乐祸。

马主任说，所以你就跟我说是在玛莎街去那个什么疙瘩酒吧喝酒，车风挡玻璃被人砸的？

老三说，舅，你说我撒的这个谎多小孩儿。

马主任说，老三哪，小不小孩儿的，刚才马警官说得对呀，这点儿小事儿用得着撒谎吗？

老三说，用不着，根本用不着。

马主任说，三儿呀，以后记住了，小事儿千万别撒谎。看着没有，幸亏我表弟心明眼亮，侦破手段高明，要不然你至少得背上两条人命的嫌疑，押你个三年五载的有毛病吗？

老三说，肯定没毛病。

马主任说，你就说去电影院看电影的时候车被人砸了，丢人，那也是丢小的，这回你这人可丢大了。有一句歇后语怎么说来着？棺材没有底儿——丢死人了。

老三听了哇的一声哭了起来，说，我恨我自己，我就是个傻子，二逼。

主任说，得了得了，号啥？不过话说回来了，丢大了又能怎么的？身上能少块肉吗？首先，一个人要自信。现在不是讲各种自信吗？人也要自信。以后要咬牙切齿地记住，小事儿，千万别撒谎。懂不懂？

老三说，懂了。大事就更不敢撒谎了。

马主任说，用我表弟的话说，小事，撒谎是心理素质问题，情有可原。但是大事儿撒谎那就是本质问题了，后果很严重。

老三说，舅，您放心吧，您说的话我不是记在心上，是刻在心上。

马主任说，行了，你现在先去清华浴池把自己收拾干净了，然后去把车的风挡玻璃安上。

老三哆哆嗦嗦地问，安上风挡玻璃之后我就可以回家了？

马主任说，咋的，不干啦？

老三可怜兮兮地问，还让我干吗？

马主任说，这话叫你说的，大小我是你舅舅。再说了，我还是办公室主任，经理这点面子能不给吗？放心吧？

老三说，舅，我还有一个教训。

马主任问，啥教训？

老三说，别总给别人起外号。这不，都是因为给人家起外号惹的祸。比方说，我不给他起“鞋拔子”这个外号，他怎么会不让我进去看电影呢？鞋拔子是个老实人。平时我那么叫他鞋拔子、大长脸，他顶多是翻了翻白眼儿，嘴一撇就走了。其实让我进去看电影也不算啥大事。可是咱嘴贱哪，给人家起号，惹出了这么大的麻烦。

马主任说，给别人惹麻烦事小，主要是你给自己惹了麻烦。

老三像想起什么似的问，舅，您今晚有空没？

马主任说，干啥？

老三说，不干啥。就是想请您吃顿饭。我家里还藏了一瓶好酒。有好几年了。我爹活的时候他都没舍得喝。是他的一个同乡从酒厂顺出来的原浆酒……

马主任叹了一口气，想说啥，但还是憋了回去，然后语重心长地说，三儿呀，你知道当初我为啥要你吗？因为你跟我那个死去的侄子长得很像，所以，我把这份怜悯心用在了你身上，转移了，懂不懂？

老三说，舅，今后我就是你那个死去的侄子，我一定好好孝敬您。

马主任说，再说了，说出大天来又不是你砸的车玻璃。你就是老实，胆儿小，才撒谎做了糊涂事。下回注意，小事儿千万别撒谎。

30

这几起意外死亡的案子调查清楚之后，马科长让孙梦花写一个结案报告。

孙梦花说，科长，这几个死者跟犯罪毫无关系呀？

马科长说，你就看着写写吧。

孙梦花说，这叫没有困难创造困难也要上呗。

孙梦花很快就把报告写完了，之后交给了马科长。

马科长看了之后，欣赏地说，可以啊。俗话说：“井淘三遍有好水。”你还真淘出点好东西。我干了这么多年的刑警还没见过这样的报告。挺好的。这样，发给辖区的各个社区，让社区里的业主们都看一下。警民共建和谐社会嘛，这就是一个典型的例子。

其实孙梦花的报告横看竖看有点像报告文学。我归纳了一下：

如果，黑子的媳妇对他好一点，他就不可能想出轨。

如果，在雪地上尿尿的来一打理智一点，也不至于让黑子掉到沟里摔死。

如果，鞋拔子宽容一点，让老三进去看电影，就有可能不会发生车玻璃被砸的事故。

如果，黄玫瑰的丈夫对自己的媳妇好一点、不打她，她也不可能和黑子计划一块儿出轨。

如果，下水管道能够及时到货，这个土坑早些回填上，这样垃圾车就可以顺利地进出运垃圾，就不至于那个喝醉了酒的刘诗歌掉到沟里冻死。

如果，挖了管道沟以后，能够在沟两旁设红灯警示标志，也不至于让人摔下去。

如果，附近的居民们不往这个沟坑倒污水和垃圾，就不会形成一个冰川，让黑子脚一滑，一头栽进去丧了命。

如果，老三的车窗玻璃被砸了以后，不撒谎、不伪造现场，也不至于后来惹出了那么多的麻烦。

……

经典鉴赏
聆听获奖小说，进入文学世界。
作家往事
跟随纪录片，探寻作家的故乡。
文学发展
穿越时间长河，纵览文学的演变。
随心书摘
记录你的阅读感悟和写作灵感。
扫码探索
中国文学脉络
在文学的棱镜里，发现生活的千面。